द
हिडन हिंदू-2

द
हिडन हिंदू-2

3 पुस्तकों की श्रृंखला की दूसरी कड़ी

अक्षत गुप्ता

प्रकाशक • **प्रभात प्रकाशन प्रा. लि.**
4/19 आसफ अली रोड,
नई दिल्ली–110002

संस्करण • 2025
मूल्य • चार सौ पंचानबे रुपए
मुद्रक • आर–टेक ऑफसेट प्रिंटर्स, दिल्ली

THE HIDDEN HINDU-2 *by* Shri Akshat Gupta ₹ 495.00
(Hindi translation of THE HIDDEN HINDU-2)
Published by Prabhat Prakashan Pvt. Ltd., 4/19 Asaf Ali Road, New Delhi-2
by arrangement with Dhoni Entertainment Pvt. Ltd.
e-mail: prabhatbooks@gmail.com ISBN 978-93-5488-679-9

आभार अभिव्यक्ति

लोग कहते हैं, एक पुस्तक के लिए धैर्य की आवश्यकता होती है। परंतु जो बात लोग नहीं जानते हैं, वह यह है कि एक लेखक की छाया बनने के लिए अविश्वसनीय मात्रा में धैर्य की आवश्यकता होती है। संपादकों, प्रूफरीडरों और प्रकाशकों के साथ समन्वय करना; काम के बोझ को संतुलित करना; समय पर सारा कार्य पूर्ण करना और मार्ग में धैर्य खो देने पर लेखक की निराशा को सहना। धन्यवाद सेशन, अन्य चीजों का ध्यान रखने के लिए, ताकि मैं लिख सकूँ; तुम मेरी प्रज्ज्वल छाया रहे हो।

बिखरना, आगे बढ़ना और फिर अपनी नीव, अपने लोगों, अपने वंश तथा अपने भाइयों से छब्बीस वर्ष बाद जुड़ना। मैंने सोचा कि ऐसी वास्तविकता असंभव थी, जैसे कोई काल्पनिक कथा हो—सत्य से बहुत दूर! मुझे लगता था कि ऐसा केवल कहानियों में होता है, जब तक यह मेरे साथ नहीं हुआ।

अपने सारे भाइयों से पहले एक औपचारिक मुसकान के साथ मिलना, फिर खुशी के आँसुओं से मिश्रित साथ बैठकर जाम पीने का स्वप्न पूर्ण हुआ। छब्बीस वर्षों बाद हमारा पुनर्मिलाप हुआ।

वे नाम से सौरभ गुप्ता हैं, फिर भी मैं उन्हें 'मनु भैया' बुलाना पसंद करता हूँ—मेरे हमउम्र, जिनके साथ मैंने अपना मासूम बचपन साझा किया।

अंकित और रोमी, हमारे पहले भाई-बहन, हमारी पहली जिम्मेदारी।

हालाँकि, मुझे संकल्प और सलिल का उल्लेख करना चाहिए, परंतु सावन और हनी परिवार एवं भाइयों की तरह ज्यादा लगते हैं। मीठी, हमारी इकलौती बहन और सबसे छोटी।

क्या मुझे निशांत गुप्ता और अविनाश गुप्ता को धन्यवाद कहना चाहिए,

जो हम सबको साथ लाए? नहीं! हम भाई उन्हें 'मिकी भैया' और 'अंकित' कहते हैं।

मुझे स्वीकृत करने और बचपन जैसा प्रेम व हँसी देने के लिए धन्यवाद।

बड़े भैया, यह हम सबकी ओर से आपके लिए श्रद्धांजलि है। अगली दुनिया में भेंट होने तक आप हमारे दिलों और यादों में हमारे साथ रहेंगे। आपकी आत्मा को शांति मिले, भैया!

शर्मा साहिल, तुम इस नाटक के परदे के पीछे के कलाकार हो। मुझसे छोटे होकर भी, बिना कुछ कहे, तुम अपने कार्यों से मुझे कितना कुछ सिखाते हो! मैं तुम्हारी सराहना करता हूँ, मेरे शांत साथी!

वर्तमान में एक सलाहकार और मेरी पुस्तक की ईमानदार व पहली समीक्षक, एक सेवानिवृत्त मेजर, पेशे से पैराग्लाइडर, दिल से मुसाफिर और एक अति सुंदर व्यक्तित्व रखने वाली है—द वॉइस नोट क्वीन! परांशु, तुमने इस भाग को संपूर्ण बनाया और मुझे पाठकों का नेतृत्व दिखाया। मैं तुम्हारे साथ और काम करना चाहता हूँ। तुमने इसमें जो मेहनत की है, उसे कभी नहीं भुलाया जा सकेगा। शिखा मैम, एक सफल व्यक्ति पर अपना विश्वास कायम रखना सरल है। आपने मुझे बिना परखे मुझ पर तब से विश्वास रखा, जब मैं कुछ भी नहीं था। मैं सदैव आपका ऋणी हूँ और समय के अंत तक आपके साथ आगे बढ़ना चाहता हूँ।

मुझे अपनी दुनिया में शामिल करने के लिए तुम्हारा धन्यवाद, प्रियांशु चोपड़ा और विकास हसीजा। जब भी संदेह और भ्रम पैदा होते हैं, मैं आपके समर्थन के लिए आभारी हूँ। यह जानकर सुकून मिलता है कि तुम दोनों सदैव मेरे साथ रहोगे, क्योंकि हमारे काम के दौरान हमने सम्मान और हँसी साझा की है। उतार-चढ़ाव ने हमें और मजबूत बनाया है और हम साथ मिलकर ऐसी अनेक स्थितियों को सँभाल सकते हैं। तुम दोनों को बहुत सारा प्यार।

एक त्रुटि-रहित लेख बनाने में बहुत परिश्रम लगता है। रवि, श्रेया और सलोनी ने ऐसा करने के लिए जो कुछ भी किया है, मैं उसकी सराहना करता हूँ। यह सब संभव करने के लिए धन्यवाद।

सफलता का चेहरा भले ही एक ही दिखाई दे, परंतु विश्व के सामने दिखने हेतु वह कई कंधों पर खड़ा होता है। इस कार्य में मेरे साथ अनेक कंधे

चल रहे हैं। मैं आप सभी को मिली ऐश्वर्या से मिलवाना चाहता हूँ। मैम, मुझे सदैव एक मुसकान के साथ झेलने के लिए धन्यवाद। मेरा साथ देने और मेरे सपने को लोहे के समान दृढ़ रखने के लिए धन्यवाद।

हरीश शेनॉय, आपको करीब से जानना आनंददायक है। आप मेरे लिए खास हो।

विजेश कुमार इस संगठन के पहले पुरुषों में से एक हैं, जिन्होंने मेरी क्षमता को पहचाना और मुझ पर विश्वास किया।

मुझे तुम्हें एक बार खाना खिलाना है, समीर महाले और तुम्हारे अपार समर्थन का मैं सदैव आभारी हूँ।

गोपालजी, पिनाची दा, अनुज शर्मा, आशीषजी, संजयजी, रंजनजी, अंकितजी, मोलश्री, रिंजिनी और राघवेंद्रजी, आप सब इस उड़ान के पंख हैं। इतने प्यार के लिए और इसे इतनी ऊँची उड़ान भरवाने के लिए धन्यवाद। ये सभी कंधे मिलकर 'टीम पेंग्विन' के नाम से जाने जाते हैं।

मुझे नहीं पता कि आप मेरे लिए यह सब क्यों करते हो? क्योंकि मैं जानता हूँ कि आपको बदले में कुछ नहीं मिलता। संदीप पाटिल, मेरी यात्रा के सबसे निस्स्वार्थ साथी। एक बड़ा भाई, जो घर से दूर है।

समय और विश्वास दो सबसे कीमती चीजें हैं, जो आप किसी को दे सकते हैं। श्रीमती दिव्या खोसला कुमार, मुझे ये दोनों उपहार देने के लिए बहुत-बहुत धन्यवाद। आपने धैर्यपूर्वक मेरी बातें सुनीं और मेरी योजना में विश्वास रखा। मुझे आपके साथ काम करने की अनुमति देने के लिए मैं आपका हृदय से आभारी हूँ।

पर्ल, तुम्हारी आत्मा की शुद्धता तुम्हारे व्यक्तित्व में झलकती है। तुम एक सेल्फ मेड आइकॉन हो, एक सच्चे सुजन और वास्तविक जीवन में अभिनेता बिल्कुल नहीं। मेरी शुभकामनाएँ और प्यार तुम्हारे साथ है, भाई। मैं तुम्हारी सफलता की कामना करता हूँ। चाहे कुछ भी हो जाए, मैं सदैव तुम्हारे साथ रहूँगा।

मोल, तुम एक ओर से दौड़कर आए और दूसरी ओर से उड़ गए। मैं तुम्हारा कृतज्ञ हूँ। तुम्हारा भविष्य बहुत उज्ज्वल है। मैं तुम्हारी शुभकामनाओं की कामना करता हूँ।

रसेल भाई, तुम्हारे बारे में क्या कहूँ? मौन को मुसकान के साथ अपना कार्य करने देते हैं। तुम्हें बहुत सारा प्रेम, भाई, मुझे सदैव अपने दिल व दिमाग में रखने के लिए।

'कुछ चीजें कभी नहीं बदलतीं,' यह एक पुरानी कहावत है। मैं किसी ऐसे व्यक्ति को जानता हूँ, जो मेरे लिए कभी नहीं बदला। उस समय ऐसे स्तर पर होते हुए भी तुमने मुझ पर विश्वास रखा और अब भी कुछ नहीं बदला। यह तुम्हारा व्यक्तित्व दर्शाता है। हर्षिल शाह, मेरी पीठ थपथपाने के लिए धन्यवाद।

पुस्तक के कवर में आप दोनों ने अपने हृदय का अंश समर्पित किया है, इसका मुझे विश्वास है। जॉर्ज और नीरजजी, इस पुस्तक को मेरे जीवन में लाने के लिए धन्यवाद, मेरे महान् डिजाइन जीनियस!

मनीषा और सौम्या··हमारे मार्ग मिलने का मुझे अत्यंत आनंद है। मेरे साथ हँसने और रोने के लिए धन्यवाद।

अनुक्रम

1

विलुप्त प्राणियों का नगर

पृथ्वी काफी समय से रॉस द्वीप पर घटी घटनाओं का वर्णन कर रहा था। मृत संजीवनी की पुस्तकों की पूछताछ के लिए ओम् का अपहरण होना, ओम् के अतीत का रहस्य खुलना, अश्वत्थामा एवं परशुराम का लौट आना, नागेंद्र के साथ उनकी शत्रुता और परिमल तथा एल.एस.डी. की वास्तविकता—जो अब तक एक भारतीय इतिहास के प्रोफेसर और एक हैकर के वेश में छिपे हुए थे कि वे दोनों नागेंद्र के सिपाही थे, ये सारी बातें पहले से ही मिसेज बत्रा के मन में घूम रही थीं। इससे पहले कि वे इन सारी बातों को समझ पातीं, पृथ्वी के बताए नए रहस्य ने उनके मन में प्रश्नों का एक और पहाड़ खड़ा कर दिया। जब पृथ्वी ने कहा कि वास्तव में वह ओम् का पुत्र है, मिसेज बत्रा ने आश्चर्य से पूछा, 'ओम् शास्त्री तुम्हारे पिता हैं?'

फिर विचलित होकर उन्होंने कहा, 'मुझे थोड़ा समय चाहिए। मैं थोड़ा सूप गरम करके लाती हूँ। तुम पियोगे?'

'जी, जरूर, धन्यवाद!' पृथ्वी ने मुसकराकर उत्तर दिया।

मिसेज बत्रा के रसोई में जाने के बाद पृथ्वी ने वहाँ के परिवेश पर ध्यान दिया। वैसे उनका घर छोटा सा था। साधारण फर्नीचर से बैठक कक्ष सजा हुआ था और वहाँ काँच की खिड़कियाँ एक छोटे से बगीचे व बरामदे का दृश्य दिखा रही थीं। दो कमरों के द्वार थे और एक तीसरा द्वार था, जिसके पीछे नीचे की ओर जाती सीढ़ियाँ थीं। पृथ्वी के ठीक पीछे वाली दीवार मिस्टर बत्रा की चिकित्सा के क्षेत्र में पाई गई उपलब्धियों को प्रदर्शित कर रही थी। वहाँ पर टँगी सारी तस्वीरों में मिस्टर एवं मिसेज बत्रा के अलावा किसी और को न देखकर पृथ्वी को ज्ञात हो गया था कि इनकी कोई संतान नहीं थी। ये

पति–पत्नी ही एक–दूसरे का सहारा थे। इन सब चीजों से पृथ्वी का ध्यान हट गया, जब मिसेज बत्रा हाथों में गरमागरम सूप की कटोरियाँ और मन में एक नया प्रश्न लेकर बैठक में आईं।

'तो रॉस द्वीप पर इतना कुछ होने के बाद तुम कहाँ थे?'

पृथ्वी ने सूप पीते हुए एक पल के लिए सोचा और कहा, 'यह बताना थोड़ा कठिन है। मैं एक ही समय पर समुद्र–तल से 21,780 फीट ऊपर और 25,938 फीट नीचे था। आप सबसे पहले कहाँ जाना चाहेंगी—पहाड़ों के ऊपर या समुद्र के नीचे?'

ऐसी पहेली पर मुँह बनाते हुए मिसेज बत्रा ने कहा, 'तुम शुरुआत से मुझे सब बताओ।'

समुद्र–तल से 21,780 फीट ऊपर ओम् एक अपरिचित स्थान पर अचेत पड़ा हुआ था। जैसे ही उसे होश आने लगा, उसे दूर से किसी के चिल्लाने की आवाज सुनाई दी, 'हिंदू, जल्दी करो! उन्हें तुरंत आने के लिए कहो!'

ओम् ने अपनी आँखें धीरे-धीरे ऐसे खोलीं, जैसे वह अतीत के किसी स्वप्न से जाग रहा हो! उसके चारों ओर उपस्थित वृद्ध पुरुष उसे देखकर मुसकरा रहे थे। वह उनमें से किसी को नहीं पहचानता था, फिर भी, उनको अपने आसपास देखकर वह सुरक्षित अनुभव कर रहा था। वह धीरे से उठा और चटाई पर सीधा बैठ गया। वहाँ की मिट्टी की दीवारें कुटिया को ठंड से बचाने में सक्षम नहीं थीं। वहाँ उपस्थित पुरुष भूरे ऊनी वस्त्रों में ढँके हुए थे। सभी ने एक जैसे कपड़े पहने हुए थे और तभी ओम् ने देखा कि उसने भी वैसी ही पोशाक धारण कर रखी है। 'शायद यह एक मठ है,' ओम् ने सोचा।

जब उसने चारों ओर देखा तो उसका सामना कोने में स्थित एक दर्पण में स्वयं के प्रतिबिंब से हुआ। वहाँ उसने देखा कि उसकी जटाएँ और लंबी घनी दाढ़ी अब नहीं थी। सिर पर थे तो बस, कटे हुए छोटे बाल और उसका मुख पूरी तरह से साफ कर दिया गया था, जिससे उसके मुख की विशेषताएँ उभर आई थीं। अब उसके गाल, होंठ, माथा और आँखें स्पष्ट दिखाई दे रही थीं। उसके रंग–रूप का संपूर्ण परिवर्तन हो गया था।

ओम् ने कुटिया की छोटी सी खिड़की के बाहर झाँककर देखा कि हलकी बर्फबारी हो रही थी और जहाँ तक आँखें देख पातीं, वहाँ तक बर्फ

की सफेद चमकीली चादर ने धरती को ढँक रखा था। अचानक उसे ऐसा लगा, जैसे यह सब उसके साथ पहले भी हो चुका था। अनजान कुटिया में होश आना, अज्ञात चेहरों से अभिवादन होना, बाहर बर्फबारी होते देखना—सबकुछ उसे उस समय का स्मरण कराने लगा, जब वह पहली बार धन्वंतरि और सुश्रुत से मिला था—और यह ओम् की सबसे पहली स्मृति थी। यद्यपि वह युगों पहले की बात थी, आज भी ओम् को यह नहीं पता था कि मृत्युंजय बनने से पूर्व उसकी क्या पहचान थी?

वह कंबल हटाकर खड़ा हुआ और द्वार की ओर चलते हुए अपने आसपास खड़े पुरुषों से पूछने लगा, 'मैं कहाँ हूँ? और मेरे लिए किसे बुलाया गया है?' उन सबसे यह प्रश्न करते हुए वह इस बात पर विचार कर ही रहा था; परंतु इससे पहले कि वह कोई अनुमान लगा पाता, एक भारी और जोरदार आवाज ने उसका ध्यान अपनी ओर खींचा। उस आवाज से ओम् हाल ही में परिचित हुआ था।

'उन्होंने मुझे बुलाया है।' यह आवाज सभी युगों के सबसे शक्तिशाली योद्धाओं में से एक की थी। शापित अमर योद्धा अश्वत्थामा ने प्रवेश किया। रॉस द्वीप पर होश खोने से पहले ओम् की भेंट अश्वत्थामा से हुई थी और उस समय अश्वत्थामा युद्ध के लिए आधुनिक कवच पहने हुए तैयार था, किंतु यहाँ उसने ओम् और अन्य सभी के समान ही कपड़े पहने थे। यहाँ किसी के बीच कोई मतभेद नहीं था। प्रत्येक आत्मा समान थी और शांति एवं आपसी सम्मान की एक अनकही भावना वहाँ के वातावरण में प्रबल थी। जैसे ही अश्वत्थामा वहाँ से गुजरा, सभी वृद्धों ने उसके सम्मान में अपना सिर झुका लिया।

अश्वत्थामा ने भी अपना सिर प्रणाम की मुद्रा में झुकाया। वह धीरे-धीरे ओम् की ओर उसके गोली के घाव को जाँचने हेतु बढ़ा; परंतु वह घाव अब वहाँ नहीं था। चमत्कारी रूप से इतनी संगीन चोट भी बिना कोई निशान छोड़े ओम् की देह से अदृश्य हो गई थी। अश्वत्थामा की प्रतिक्रिया देखकर ऐसा लगा, जैसे उसे इस बात की आशा थी और उसने ओम् के चेहरे की ओर देखा। ओम् के मन में पहले से ही अनेक प्रश्न उफन रहे थे।

'यह जगह जानी-पहचानी-सी लग रही है...मैं कहाँ हूँ?'

अश्वत्थामा मुसकराया। 'हाँ, तुम यहाँ पहले भी आ चुके हो। मृत

संजीवनी के संरक्षक के रूप में तुम अपने पुनर्जागरण के पश्चात् लगभग नौ वर्षों तक हिमालय में घूमते रहे। यह स्थान तुम्हारे पहले घर, अर्थात् धन्वंतरि और सुश्रुत के निवास से अत्यंत निकट है, जहाँ तुम्हें पुनर्जीवित किया गया था।'

अश्वत्थामा के मुख से ऐसा उत्तर सुनकर ओम् काँप उठा। अपने हृदय की गहराई में वह इस उत्तर के लिए आतुर था; परंतु उसने अभी तक इसे सुनने के लिए स्वयं को तैयार नहीं किया था। अंत में, उसे वह जगह मिल ही गई, जो सदैव उससे छिपती रही; और आज उसकी सदियों लंबी खोज सफल हो गई थी। किंतु उसके मन में अब भी हजारों प्रश्न दौड़ रहे थे और वह नहीं जानता था कि इस जानकारी पर कैसी प्रतिक्रिया देनी चाहिए?

ओम् ने स्वयं को शांत करते हुए पूछा, 'तो हम हिमालय श्रृंखला में हैं! मुझे यह जगह कभी नहीं मिली। यह कौन सा पर्वत है?'

अश्वत्थामा ने चौपाई में उत्तर दिया—

'परम रम्य गिरिवर कैलासू।
सदा जहाँ शिव उमा निवासू॥'

ओम् को अब ज्ञात हो गया था कि यह अवधी चौपाई उस पवित्र पर्वत की ओर संकेत दे रही थी, जहाँ वह उस समय उपस्थित था।

उसने हाथ जोड़कर विस्मय से ऊपर देखते हुए कहा, 'कैलाश पर्वत! भगवान शिव का निवास, ब्रह्मांड का केंद्र, प्रदेश की नाभि, विश्व का स्तंभ, स्वास्तिक पर्वत, तिब्बती में 'बर्फ का कीमती रत्न'— ये समस्त नाम विश्व के सबसे अप्रकट और पवित्र पहाड़ों में से एक है—कैलाश पर्वत।'

'हाँ, कैलाश पर्वत।' अश्वत्थामा ने सिर हिलाते हुए कहा।

अधिक स्पष्टता प्राप्त करने की आशा में ओम् कहता गया, 'मैं पहले भी कैलाश आ चुका हूँ, किंतु मुझे अपना घर कभी नहीं मिला।'

'मुझे पता है।' अश्वत्थामा ने निश्चय से कहा, जिससे ओम् के मन में अगला प्रश्न प्रकट हुआ।

'तो मैं उसे क्यों नहीं ढूँढ़ पाया?'

'अब तक कोई भी पूज्य कैलाश पर्वत की सफलतापूर्वक चढ़ाई नहीं कर पाया है और न ही कभी कर पाएगा। कई अभियान इसके शिखर तक

पहुँचने में विफल रहे हैं; जो भी इसे चढ़ना चाहता है, उसके लिए यह पर्वत रहस्यमय प्रकार से अपनी दिशाओं को परिवर्तित कर देता है। इसे धुरी मुंडी माना जाता है—शाब्दिक रूप में कहें तो विश्व की 'धुरी', जो पृथ्वी, स्वर्ग और नरक के बीच; भौतिक और आध्यात्मिक संसारों के बीच संबंध प्रदान करती है।'

ओम् ने उत्तेजित स्वर में कहा, 'हाँ, मैं जानता हूँ कि कैलाश पर्वत भगवान शिव और देवी पार्वती का निवास होते हुए सहस्राब्दियों से तीर्थयात्रियों को अपनी ओर आकर्षित करता आया है। यह विश्व का ऐसा केंद्र है, जहाँ स्वर्ग व पृथ्वी जुड़ते हैं और इसे हिंदू, बौद्ध तथा जैन धर्म के लोगों द्वारा पवित्र माना गया है। जैसा कि कुछ संतों का मानना है, यह मनमोहक पर्वतमाला 500 आत्माओं का घर भी है, और जब एक निवासी आत्मा मोक्ष की कामना करती है, केवल तब ही किसी अन्य आत्मा को यहाँ निवास करने का अवसर मिलता है।'

'हाँ, और उनमें से कुछ पवित्र आत्माएँ अभी तुम्हारे साथ यहाँ उपस्थित हैं।' अश्वत्थामा के उत्तर ने ओम् की उन बातों की पुष्टि कर दी, जिन्हें वह आज तक केवल मिथक समझ रहा था।

ओम् ने तपस्वियों के समूह को और उनके चेहरों की शांत मुसकान को धीरज से देखा।

'व्यापक रूप से मानी जानेवाली समस्त दंतकथाएँ वास्तव में सत्य हैं। यह स्थान विलुप्तों का नगर है—ज्ञानगंज!' अश्वत्थामा ने पुष्टि की।

ओम् के विचारों की गति अनवरत थी। उसके लिए स्थिर रहना असंभव था और इसी कारण उसने फिर से अश्वत्थामा की बात काट दी।

'ज्ञानगंज को प्राय: एक पौराणिक ऐतिहासिक भारतीय और तिब्बती शहर के रूप में सम्मानित किया जाता है, जो संपूर्ण जगत् से अदृश्य एक रहस्यमय शाश्वत प्राणियों का साम्राज्य है। हिमालय की गोद में छिपे होने के उपरांत अनेक गुप्त प्रकारों से इसका प्रभाव मानव जाति पर पड़ता रहता है। यह वह स्थान है, जहाँ ऋषि-मुनि न केवल मानव जाति, बल्कि सर्व चेतन प्राणियों के विकास का सूत्रपात करते हैं।'

'इसे बहुधा शांगरी-ला और सिद्धाश्रम जैसे विभिन्न नामों से संबोधित

किया जाता है। यह वही पवित्र क्षेत्र है, जहाँ सबका भाग्य रचा जाता है। जब तक किसी का कर्म ज्ञानगंज से नहीं संबंधित होता, तब तक वह यहाँ नहीं पहुँच सकता।'

ओम् के मन में अब भी प्रश्न उठ रहे थे। 'क्या यह सत्य है कि यहाँ मृत्यु का वास नहीं है और चेतना सदैव जीवित रहती है?'

अश्वत्थामा ने वही शब्द कहे, जिन्हें सुनने की ओम् पूरे जीवन प्रतीक्षा कर रहा था। 'जैसा कि मैंने कहा, ज्ञानगंज के बारे में तुमने जो भी मिथक सुने हैं, वे सब सत्य हैं। ओम्, अंततः तुम उसी कुल के संग हो, जिसे तुम खोज रहे थे।'

'परंतु मैं इतने वर्षों में इसे क्यों नहीं ढूँढ़ पाया?'

ओम् को कुटिया से बाहर ले जाते हुए अश्वत्थामा ज्ञानगंज की मायावी प्रकृति की व्याख्या करने लगा।

'हमारा नगर एक आध्यात्मिक छलावरण है, जिसका अस्तित्व वास्तविकता के एक संपूर्ण अन्य क्षेत्र में है। यह अभिव्यक्ति का एक आयाम है, जिस कारण यह आधुनिक मानचित्रण की विभिन्न तकनीकों और उपग्रहों से छिपे रहने में सफल रहा है।'

अश्वत्थामा के साथ चलते हुए ओम् ने उस रहस्यमयी स्थान के वातावरण की दिव्य और शक्तिशाली शांति को अनुभव किया। पहाड़ के दक्षिणी किनारे के समीप से जाते हुए जब उसने चट्टान से नीचे देखा तो मंत्रमुग्ध करने वाले दृश्य से वह अपनी दृष्टि हटा ही नहीं सका। अश्वत्थामा ने पीछे मुड़कर देखा तो पाया कि ओम् कहीं एकटक देख रहा था।

जब अश्वत्थामा को ज्ञात हुआ कि ओम् क्या देखकर विस्मित हो गया था, तब उसने कहा, 'यह मानसरोवर झील है। इसका निर्माण सर्वप्रथम ब्रह्मदेव की कल्पना में हुआ था, जिसके पश्चात् यह पृथ्वी पर यहाँ प्रकट हुई।'

अश्वत्थामा की बातें सुन ओम् की आँखें झील के सौंदर्य का रस लेने लगीं। सूरज की किरणों को पानी की सतह से उछलकर, झील को एक पवित्र चमक देते हुए देख उसका चेहरा भी चमक उठा। वैसे तो झील शांत दिखाई दे रही थी, परंतु ध्यान से देखने पर पता चला कि उसकी शांति को अलंकृत करने वाली छोटी-छोटी लहरें उसकी चंचलता का संकेत दे रही थीं। बर्फ से

ढँकी उन चोटियों की गोद में बैठी गहरे नीले रंग की यह झील ब्रह्मदेव द्वारा पृथ्वी के लिए चित्रित किए गए सबसे अद्भुत दृश्यों में से एक थी।

'अति सुंदर!' ओम् ने अपने मन में उभरते भाव को सरलता से व्यक्त करते हुए कहा।

'आओ, हमें कहीं और पहुँचना है।' अश्वत्थामा ने ओम् को उसकी स्वप्नमय स्थिति से बाहर निकालते हुए कहा।

कुछ दूर चलने के पश्चात् वे एक गुफा के प्रवेश-द्वार के समक्ष आ गए। वह द्वार उन्हें एक सुरंग में ले गया, जो प्राकृतिक रूप से उज्ज्वलित होने के कारण सरलता से रास्ता दिखा रही थी। ओम् इस प्रकाश को देखकर चकित रह गया; क्योंकि सुरंग के शीर्ष पर ऐसा कोई छिद्र नहीं था, जहाँ से दिन का उजाला भीतर आ सके और उसे ऐसा कोई स्रोत दिखाई नहीं दिया, जो रोशनी प्रदान करता हो। जैसे-जैसे वे आगे बढ़ते गए, सुरंग और लंबी होती गई। दूसरी ओर का भव्य द्वार भी अब उन्हें दिखाई देने लगा। जब वे बाहर निकले, तब शाम हो चुकी थी। ओम् ने मुड़कर देखा तो पाया कि सुरंग का भीतरी भाग अभी भी उज्ज्वलित था। 'हो सकता है कि ये दो भिन्न समय क्षेत्र हों', उसने अनुमान लगाया।

ओम् फिर से अश्वत्थामा की ओर मुड़ा और उसे अपने घुटनों पर पाया। अश्वत्थामा एक समतल चट्टान के आगे अपना सिर झुकाए और हाथ जोड़े प्रार्थना में लीन था। वह चट्टान बाघ की खाल से ढँकी हुई थी और खाल पर अभी भी उस क्रूर प्राणी का मस्तक जुड़ा हुआ था। उसके बगल में एक दिव्य नक्काशीदार एवं विशाल त्रिशूल गुरुत्वाकर्षण के नियमों को झुठलाते हुए भूमि से ऊपर हवा में तैर रहा था और उस तेजस्वी त्रिशूल की रक्षा में लगभग 40 फीट लंबा एक सर्प उसके समीप बैठा था। यह दृश्य उन्हीं लोकप्रिय चित्रों का स्मरण दिला रहा था, जिनमें भगवान शिव को ध्यान करते कभी ओम् ने देखा था। ओम् को सदैव ऐसा लगता था कि ये चित्र भगवान शिव के भक्तों की कल्पना के अंश रहे होंगे; परंतु ऐसा नहीं था। वे सभी प्रामाणिक थे। अब, जब वह उसी स्थान पर खड़ा था, वह देख सकता था कि संपूर्ण युग में उसने जिन चित्रों की प्रशंसा की थी, वे वास्तव में भगवान शिव के निवास के सटीक चित्रण थे; उन चित्रों और

वास्तविकता में केवल इतना अंतर था कि उस समय वहाँ स्वयं भगवान शिव अनुपस्थित थे।

ओम् जानना चाहता था कि वह स्थान वास्तव में शिव का निवास था, इसलिए वह अश्वत्थामा की प्रार्थना समाप्त होने की प्रतीक्षा करने लगा, ताकि वह उसके विचारों की पुष्टि कर सके। ओम् ऐसी शक्तियों के बीच उपस्थित था, जो उससे भी बलशाली थीं और जो निर्माण, विनाश एवं परिवर्तन की डोर प्रदान करते हुए संयुक्त रूप से ब्रह्मांड को जोड़ रही थीं। ये प्रभावशाली ऊर्जा की लहरें जैसे उसे ढँक रही थीं और उसके कण-कण को स्पर्श करते हुए पूरे ज्ञानगंज को उज्ज्वलित कर रही थीं।

तभी एक विचित्र ध्वनि ने ओम् का ध्यान भंग कर दिया। उसने मुड़कर देखा कि वह आवाज एक उड़ान-रहित पक्षी की थी, जो अपने भूरे रंग के पंख फड़फड़ाकर, अपने पीले पैरों को थपथपाकर चल रहा था। उसकी पूँछ पर पंखों का एक गुच्छा था और उसके धुमैले रंग के मस्तिष्क पर एक काली चोंच थी। वह पक्षी लगभग एक मीटर लंबा था और उसकी चाल को देख ओम् अनुमान लगा सकता था कि उसका वजन लगभग 15 किलो था। ऐसा प्रतीत हो रहा था कि यह वही पक्षी था, जिसे पृथ्वी पर वर्ष 1662 के पश्चात् फिर कभी नहीं देखा गया था।

'डोडो!' ओम् ने आश्चर्य से कहा।

एक अपरिचित पुरुष को अपनी ओर घूरते हुए देख वह पक्षी झाड़ियों में छिप गया। ओम् ने अश्वत्थामा को अभी भी अपने घुटनों पर अपनी आँखें बंद रखे पाया, इसलिए उसने स्वयं ही उस पक्षी को और समीप से देखने का निर्णय किया, जो सदियों पहले विलुप्त घोषित कर दिया गया था।

अपने इतने विस्तृत जीवनकाल में ओम् ने अनेक पशु-पक्षी देखे थे, जिससे वह अपने आसपास के अन्य प्राणियों को पहचानने और उनसे वार्त्तालाप करने में कुशल हो गया था। वह धीरे-धीरे पक्षी की ओर बढ़ने लगा और उन झाड़ियों के पास खड़ा हो गया, जिनमें वह छिप गया था। वहाँ उसने लगभग ढाई फीट लंबा एक और विशाल उड़ान-रहित पक्षी देखा। उसकी पीठ काली और पेट सफेद रंग का था। उसकी चाल देखकर ऐसा प्रतीत हो रहा था, जैसे उसकी बड़ी और काली रेखाओं से गड़ी हुई चोंच उसके

मस्तिष्क पर भार डाल रही हो। उसकी आँखों पर बनी हुई एक सफेद पट्टी से वह नेत्रहीन जान पड़ता था; परंतु ध्यान से देखने पर दिखाई देता था कि काले मोतियों के समान झिलमिलाती उसकी दो आँखें भी थीं। उसके पंख लगभग 15 से.मी. लंबे दिखाई दिए, जिस कारण वह उड़ान नहीं भर सकता था। पक्षियों की एक और विलुप्त प्रजाति का यह सदस्य अंतिम बार वर्ष 1852 में देखा गया था, जिसे 'ग्रेट औक' कहा जाता था। ग्रेट औक प्रतिभाशाली तैराक थे और पानी के भीतर शिकार करने में कुशल थे। डोडो की तरह उसने भी ओम् की जिज्ञासा भरी दृष्टि को भाँप लिया और उससे दूर चला गया।

इतने कम समय में दो विलुप्त प्रजातियों को देखकर ओम् का आश्चर्य बढ़ता ही गया और इसलिए जिज्ञासा भरा मन लिये वह पक्षी के पीछे-पीछे चल पड़ा। जब ग्रेट औक ने एक चट्टान से छलाँग लगाई तो ओम् यकायक भूमि के छोर पर रुक गया। वहाँ किनारे पर न जाने कहाँ से एक झील प्रकट हो गई थी, जिसे देख ओम् सतर्कता से आगे बढ़ने लगा। वह झील इतनी शांत थी कि उसकी सतह किसी धातु की समतल और चमकती सतह से कम नहीं लग रही थी। आसपास के स्थान रिक्त होने के कारण वह और झिलमिलाती प्रतीत हो रही थी, जिससे वहाँ के वातावरण में एक अनोखी शांति थी। ऐसे अद्भुत दृश्य ने जैसे ओम् की साँसें रोक ली हों! सूर्य की किरणें जैसे सीधे स्वर्ग से आते हुए झील के चेहरे पर एक सुनहरा रंग बिखेर रही थीं, जिसे देखकर ओम् ने धरती पर स्वर्ग का अनुभव किया। अब तो उसे शंका भी होने लगी कि वह पृथ्वी पर ही था या नहीं! उसकी शंका सत्य भी हो सकती थी। हो सकता था कि कैलाश पर्वत का वास्तव में भौतिक और आध्यात्मिक विश्व के बीच एकमात्र संबंध था। स्वयं की घोषणा पर ही ओम् चकित रह गया। उसने पहले कभी इतनी गहन शांति और सुंदरता का अनुभव नहीं किया था। उसने अपनी आँखें बंद कर लीं और वह नीरव वातावरण उसे अपने अंदर समेटने लगा। परंतु ठीक उसी क्षण किसी चीज ने धीमे से झील की शांति को भंग कर दिया, जिससे उसकी आँखें खुल गईं। वह हलचल ओम् से अधिक दूर नहीं थी। अब तक जो झील धातु के समान लग रही थी, अब वह जैसे पिघलने लगी और उसके नीचे से एक विशाल प्राणी प्रकट हुआ। उसकी लंबाई 40 फीट से भी अधिक और वजन हजारों किलो का प्रतीत हो रहा था। वह थी 'स्टेलर

सी काउ'—एक और विलुप्त शाकाहारी स्तनपायी, जिसे अंतिम बार सत्रहवीं शताब्दी के अंत में देखा गया था।

इससे पहले कि ओम् इन विलुप्त प्राणियों के इस जगह पर उपस्थित होने पर विचार कर पाता, उसने देखा कि सी काउ के संग लगभग 20 फीट लंबी 'बाईजी' सफेद डॉल्फिन का एक समूह भी झील का आनंद ले रहा था। उन्हें चीनी नदी 'डॉल्फिन' के नाम से भी जाना गया था। जहाँ तक ओम् को पता था, इन जीवों को आधिकारिक तौर पर वर्ष 2002 में विलुप्त घोषित कर दिया गया था। जब ओम् उन्हें किनारे की ओर तैरते हुए देख रहा था, तब उसे तट पर एक विशाल क्राई वायलेट पौधा भी दिखाई दिया, जिसमें मोटे व हलके हरे रंग के पत्ते और हलके बैंगनी रंग के फूल थे। इस आकर्षक प्रजाति को अंतिम बार वर्ष 1950 में देखा गया था। ओम् का ध्यान फिर से इस दृश्य पर अटक गया था; परंतु यह शांति भी अधिक समय तक नहीं बनी रही।

यकायक उसे पीछे से सूखे पत्तों के कुचलने की आवाज आई और उसने तुरंत मुड़कर देखा कि झाड़ियों में कुछ हलचल हो रही थी। वे झाड़ियाँ थीं, कॉफिया लेम्ब्लिनी की, जिनके पुष्प सफेद रंग के और लंबी डाल पर कागजी छाल थी। उन्हें वर्ष 1907 के पश्चात् कभी नहीं देखा गया था। ओम् झाड़ियों की ओर इस आशा से बढ़ने लगा कि उसके पीछे डोडो या ग्रेट औक होंगे; परंतु जब उसने देखा कि वहाँ कोई उड़ान-रहित पक्षी नहीं, अपितु एक खूँखार प्राणी था, तो वह चुपचाप वहीं रुक गया। वह था एक मांसाहारी प्राणी, जिसकी आकृति सिंह से दुगुनी थी और जो लगभग 11,700 वर्ष पहले जीवित हुआ करता था। वह भव्य प्राणी बर्बर था एक सेबर-टूथ टाइगर। ओम् को ज्ञात हो गया था कि अब वह एक शिकार बन गया था, जिसे यह प्राणी सरलता से तितर-बितर कर सकता था। उनके बीच बहुत कम दूरी थी। शिकारी ओम् का भय भाँप चुका था और उसके काँपते हृदय की धड़कन भी सुन सकता था। अब केवल पशु के लिए छलाँग मारकर उसे निगलना शेष रह गया था। ओम् ने स्वयं को प्रत्याशित आक्रमण के लिए तैयार कर लिया, क्योंकि वह जान गया था कि ऐसी स्थिति में इतने कुशल शिकारी से बच निकलना असंभव था। ओम् के पैर भूमि में गड़-से गए थे और वह पूर्णतः स्तब्ध हो गया था। और फिर, उस पशु ने धावा बोल दिया। उनके बीच की

दूरी हर क्षण कम होती जा रही थी और अपने भारी पंजों को भूमि पर धमकाते हुए सेबर-टूथ टाइगर ओम् की ओर दौड़ने लगा। उसके तेज नाखून पंजे से बाहर निकल आए। उसकी दहाड़ की गड़गड़ाहट की गूँज इतनी तीव्र थी कि ओम् काँप उठा और उसके रोंगटे खड़े हो गए। अब कुछ ही क्षणों में ओम् को असहनीय पीड़ा का अनुभव होने वाला था, जो एक नश्वर को मृत करने के लिए पर्याप्त थी। अपने शिकार पर छलाँग लगाने से पहले सेबर-टूथ ने अपना अंतिम कदम उठाया। ओम् के जीवित रहने की प्रवृत्ति ने पृथ्वी पर से उसके पैरों की पकड़ ढीली कर दी और अब वह अपनी रक्षा करने के लिए तैयार था।

दोनों जंगली रोष में टकरा गए। सेबर-टूथ ओम् पर हावी होते हुए दिखाई दिया, जब उसने अपने पंजों से उस पर वार करना प्रारंभ किया। ओम् ने भी उसके आक्रमण से बचने के लिए अपने जीवन में सीखे हुए समस्त युद्ध-कौशल का प्रयोग किया। जैसे ही ओम् को लगने लगा कि वह इस युद्ध में लंबे समय तक नहीं टिक पाएगा, वैसे ही एक सामान्य मनुष्य से अधिक लंबा-चौड़ा वानर; शिकारी और शिकार के बीच आसमान से बिजली के समान गरजते हुए भूमि पर आ गिरा। सेबर-टूथ नए प्रवेशक से टकरा गया और उनके वार के प्रभाव ने पशु एवं वानर, दोनों को एक-दूसरे से थोड़ी दूरी पर फेंक दिया। जिस प्रकार वह वानर सेबर-टूथ से पहले अपने पैरों पर खड़ा हो गया था, उसे देखकर यह स्पष्ट हो गया था कि वह ओम् की सहायता करने हेतु युद्ध में भाग ले रहा था। फिर जो दृश्य ओम् ने देखा, उस पर विश्वास करना उसके जैसे व्यक्ति के लिए भी थोड़ा कठिन था। जैसे ही वानर सेबर-टूथ की ओर बढ़ा, सेबर-टूथ शांति से पीछे हटने लगा। उसकी आकृति वानर जैसी अवश्य थी, परंतु उसकी चाल-ढाल किसी मनुष्य से कम नहीं थी और उसका यह व्यक्तित्व सराहनीय था। उसके कारण सेबर-टूथ वापस झाड़ियों में चला गया और ओम् सुरक्षित हो गया। उद्धारकर्ता ओम् की ओर बढ़ने लगा, जिस कारण अब ओम् उसकी विशेषताओं को उचित रूप से देख सकता था। उसकी देह मनुष्य की थी और मस्तिष्क व पूँछ वानर की। उसकी छवि भगवान हनुमान से मिलती-जुलती थी, परंतु वह हनुमान नहीं था। ओम् उनके बीच अंतर बता सकता था, क्योंकि रामायण युग में उसकी भेंट

भगवान हनुमान से सुषेण के रूप में हुई थी, जिन्होंने लक्ष्मण के प्राण बचाने हेतु संजीवनी बूटी का सुझाव दिया था।

'तुम यहाँ हो?' शापित अश्वत्थामा की भारी आवाज ने ओम् को विश्व-प्रसिद्ध कैलाश पर्वत के भीतर छिपे नगर के विचित्र अनुभवों से बाहर निकालते हुए कहा।

ओम् ने मुड़कर देखा और अश्वत्थामा को वानर की ओर देखकर मुसकराते हुए पाया। वानर अश्वत्थामा के पास पहुँचा और सम्मानपूर्वक हाथ जोड़कर प्रणाम किया।

'ये सभी तो विलुप्त घोषित कर दिए गए हैं!' ओम् ने अपना आश्चर्य व्यक्त किया।

'हाँ, इसलिए इनमें से हर एक प्राणी यहाँ संरक्षित है।' अश्वत्थामा ने भूमि से एक टहनी उठाई। 'हमारी समय-रेखा का आरंभ सतयुग से होता है।' यहाँ उसने समझाने हेतु भूमि पर एक छोटा सा शिलालेख बनाया—'फिर आता है त्रेता युग।' उसने बाएँ से दाएँ एक विकर्ण रेखा खींची—'जिसके पश्चात् द्वापर युग आता है।' उसने विकर्ण के सिरे को ऊपर की ओर खींचते हुए टहनी को उठाए बिना एक सीधी रेखा खींची—'और अंत में कलियुग।' वहाँ से उसने दाएँ से बाएँ एक और विकर्ण खींचा। 'जब यह कलियुग समाप्त हो जाएगा, तब यह समस्त वनस्पति एवं जीव अगले सतयुग का प्रारंभ करेंगे।' उसने एक अंतिम सीधी रेखा खींची, जो शुरुआती बिंदु से जुड़ रही थी। 'इसलिए, यह चक्र स्वयं को दोहराता रहता है।' यह कहते हुए वह टहनी से रेखाओं को और गहरा बनाता रहा। अंत में, वह चित्र अनंत का चिह्न बन गया था।

ओम् ने अपने चारों ओर देखा और अनेक प्रकार की विलुप्त प्रजातियाँ पाईं—एक सिगिलरिया वृक्ष, जिसका अस्तित्व 38.3 करोड़ वर्ष पहले हुआ करता था, उसके ठीक समीप थी वर्ष 2014 में विलुप्त घोषित किए गए अकालिफा वाइल्डरी की एक छोटी झाड़ी। एक पश्चिम अफ्रीकी काला गैंडा, जिसके दो सींग थे और जिसका वजन 1.5 से 2 टन था। वह अंतिम बार वर्ष 2006 में कैमरून में देखा गया था और 2011 में आधिकारिक तौर पर विलुप्त घोषित कर दिया गया था। पाइरेनियन आइबेक्स, जो मुख्य रूप से

घास और जड़ी-बूटियों का सेवन करता था, उसकी प्रजाति के अंतिम सदस्य को वर्ष 2000 में मार दिया गया। ओम् सबसे समृद्ध प्राकृतिक आवास के बीच उपस्थित था, जहाँ वह हर विलुप्त पशु व पक्षी से घिरा हुआ था, जो कभी इस धरती पर रहते थे।

अश्वत्थामा वहीं वापस जाने लगा, जहाँ से ओम् ने निवास में प्रवेश किया था। जब ओम् और वानर उसके पीछे आने लगे, तब अश्वत्थामा ने ओम् से कहा, 'ओम्, यह वृषकपि है। यह भी अपने कुल का अंतिम सदस्य है, जिसे किंपुरुष या कपि कहा जाता है।'

'कपि!' ओम् ने दोहराया।

यह सुनते ही वानर ने जोर की दहाड़ मारी—

'जय हनुमान ज्ञान गुनसागर। जय कपीस तिहुँ लोक उजागर॥'

वानर की आवाज एक सामान्य पुरुष की आवाज से अधिक भारी थी। उसने आगे कहा, 'हनुमान चालीसा की पहली पंक्तियों में वर्णित कपि प्रजाति का मैं अंतिम सदस्य हूँ और···'

'और हमारे नगर के इस क्षेत्र के संरक्षक भी।' अश्वत्थामा ने उसकी बात को पूरा करते हुए कहा, जिसका उत्तर कपि ने एक मुसकान के साथ दिया।

'वृषकपि, मेरी रक्षा करने के लिए धन्यवाद। मुझे विश्वास नहीं था कि मैं आज जीवित बच पाऊँगा।' ओम् ने विनम्रतापूर्वक कहा।

'वह तो केवल मेरी क्यूटी थी। उसे शिकार करना पसंद है।' वृषकपि ने एक मासूम मुसकान के साथ कहा, 'किंतु मैंने उसे अब बता दिया कि आपका शिकार करना वर्जित है।'

'तुम इतने भयंकर जीव को क्यूटी बुलाते हो!' ऐसे विचित्र नाम पर ओम् की हँसी छूट गई।

अश्वत्थामा ने हँसते हुए कहा, 'वृषकपि नाम रखने में बहुत रचनात्मक हैं।'

'और तुम कौन हो? तुम यहाँ क्या कर रहे हो?' कपि ने ओम् की ओर देखकर पूछा।

'मैं···मैं तो···यही पता लगाने का प्रयास कर रहा हूँ।' कुछ भ्रमित ओम् ने उत्तर दिया।

जब अश्वत्थामा ने सुरंग में कदम रखा तो वह साँवले आकाश से निकलकर उज्ज्वलित वातावरण में पहुँच गया। क्षण भर के लिए ऐसा लगा, जैसे वास्तव में वह दो अलग-अलग समय क्षेत्र थे, जैसे थोड़ी सी ही दूरी समय की धारणा में इतना बड़ा अंतर बनाने में सफल रही हो! ऐसा प्रतीत हुआ, मानो ओम् और अश्वत्थामा के बीच एक पारदर्शी दीवार थी, जो सूर्य और चंद्रमा, दिन और रात, वास्तविकता और स्वप्न के प्रदेशों का सीमांकन कर रही थी! वृषकपि ने अदृश्य सीमा पर खड़े होकर उन दोनों को विदा किया। उसने अपनी दाईं ओर एक हलचल देखी और डोडो पर चिल्लाने लगा, 'तारा! मैंने तुमसे कितनी बार कहा है, इस ओर मत आओ।'

कुछ ही समय में अश्वत्थामा और ओम् उस रिक्त पत्थर के मंच पर वापस आ गए। ओम् ने इस अवसर पर एक और प्रश्न पूछा।

'तुमने मेरे पहले घर, धन्वंतरि के निवास, का उल्लेख किया था। तुम्हें कैसे पता चला कि मैं यहाँ हिमालय में रहता था?'

'हमें तुम्हारे अस्तित्व के बारे में तब तक पता नहीं था, जब तक हम उससे नहीं मिले, जो तुम्हारे बारे में सबकुछ जानता था।'

ओम् नहीं जानता था कि अश्वत्थामा किसकी बात कर रहा था? उसके मुख पर चिंता देखकर अश्वत्थामा ने पूछा, 'क्या तुम उनसे मिलना चाहोगे?'

समुद्र-तल से 21,780 फीट ऊपर ओम् उत्तर की खोज में अकेला जिज्ञासु व्यक्ति नहीं था। समुद्र-तल से 25,938 फीट नीचे, कैलाश पर्वत से लगभग 2,772 किलोमीटर की दूरी पर भी प्रश्न उठ रहे थे। नागेंद्र ने अपनी गोद में खुली हुई मृत संजीवनी की दोनों पुस्तकों को देखा। उसने वह प्राप्त कर ही लिया था, जो वह चाहता था—अमरता का रहस्य! परंतु उसके पास अभी भी एक महत्त्वपूर्ण तत्त्व की कमी थी—ओम् के रक्त का नमूना! इसके बिना उसकी योजनाएँ व्यर्थ थीं। उसने जोर से ठहाका लगाते हुए पुस्तकों को बंद कर दिया। उसके पीछे परिमल और एल.एस.डी. चौंक गए। क्रोधित नागेंद्र को देख वे विचार में पड़ गए कि अब आगे क्या होने वाला है?

□

2

अतीत की महान् कथाएँ

10°N 90°E पर, इंदिरा पॉइंट (भारत का सबसे दक्षिणी अंश) से लगभग 560 किलोमीटर दूर, एक विशाल पनडुब्बी समुद्र की गहराई को चीरते हुए अपना रास्ता नाप रही थी। पनडुब्बी की लंबाई दो फुटबॉल मैदान जितनी और चौड़ाई तीन मार्गों वाले राजमार्ग जितनी थी। 50,000 हॉर्स पॉवर का उत्पादन करने वाले भाप के दो टर्बाइन और 3,200 किलोवाट के चार टर्बो जनरेटर उसे सतह पर 41.1144 किलोमीटर प्रति घंटे की गति और पानी के नीचे 53.708 किलोमीटर प्रति घंटे की गति प्रदान करते थे। इस विराट् जलयान का रख-रखाव और संचालन लगभग 100 व्यक्तियों का एक दल करता था।

भीतर सभाकक्ष में नागेंद्र परिमल और एल.एस.डी. के साथ नई योजना बनाने में व्यस्त था।

'कैलाश पर्वत के सबसे निकट तट के लिए मार्ग निर्धारित करो।' नागेंद्र ने शांतिपूर्वक आदेश दिया।

तुरंत खड़े होकर वह तेजी से अपने कक्ष की ओर चलने लगा, यह दर्शाते हुए कि उनकी छोटी सी बैठक समाप्त हो गई थी। परिमल और एल.एस.डी. भी उसके पीछे कमांड सेंटर की ओर चलने लगे। उन्हें भारतीय नौसेना से बचते हुए उनके वर्तमान स्थान से दीघा समुद्र-तट के लिए सबसे छोटा मार्ग निर्धारित करना था।

मार्ग में ऐसे एकाएक परिवर्तन करने के आदेश ने परिमल को चिंतित कर दिया था और यह चिंता उसकी आवाज में झलक रही थी, जब उसने कहा, 'कैलाश पर्वत की चढ़ाई करना वर्जित है। पौराणिक लेखों के अनुसार,

कोई भी मनुष्य कैलाश पर्वत पर नहीं चढ़ सकता, जहाँ बादलों के बीच देवताओं का निवास है। जो भी इसकी चोटी तक पहुँचने का प्रयत्न करता है और देवताओं के दर्शन प्राप्त करने का साहस रखता है, वह सदैव मृत्यु को प्राप्त होता है! ऐसा कहा जाता है कि केवल एक व्यक्ति था, जो उस पवित्र पर्वत की चोटी तक पहुँच सका था और वह था मिलारेपा⋯'

'उस दुष्ट का नाम मेरे समक्ष लेने का साहस फिर कभी मत करना!' मिलारेपा के उल्लेख पर नागेंद्र ने चिल्लाते हुए परिमल को चुप करा दिया। परिमल और एल.एस.डी. भयभीत होकर काँपने लगे।

तभी नागेंद्र भारी धातु से बने एक द्वार के आगे रुक गया, जिसे भारी ताला लगाकर सुरक्षित रूप से बंद किया गया था। उस पर चिपकी थी एक सफेद पट्टी, जिस पर बड़े-बड़े लाल अक्षरों में 'प्रतिबंधित' लिखा था, जो दर्शाता था कि जहाज पर किसी अन्य व्यक्ति को वह द्वार खोलने की अनुमति नहीं थी। द्वार के ऊपरी हिस्से पर कुछ रहस्यमय प्रतीक और अक्षर उकेरे गए थे, जैसे कि वे किसी प्राचीन भाषा में हों! नागेंद्र के हाथ को ताले की ओर जाता देख एल.एस.डी. एवं परिमल ने एक लंबी साँस ली, एक-दूसरे को देखा और मन-ही-मन आने वाली विपदा के लिए स्वयं को तैयार किया। प्रतिबंधित कक्ष का द्वार खुलते ही एक असाधारण और प्रभावशाली बल ने उन्हें घेर लिया। उस अदृश्य ऊर्जा ने उन्हें ऐसे जकड़ लिया था, जैसे किसी पुराने पेड़ की जड़ें भूमि को जकड़ती हैं। उनके कंधे ऐसे झुके हुए थे, जैसे उन पर समस्त सागर का भार आ गया हो, और उनकी आँखों से आँसुओं के झरने बहने लगे। उनकी त्वचा से उनकी नसें ऐसे चिपक गई थीं, जैसे कुछ ही क्षणों में वे फट जाएँगी। उनके नाक व कानों में से रक्त की रेखाएँ दौड़ने लगीं। वे कुछ नहीं कर सकते थे। वे स्तब्ध होकर खड़े थे। उनकी आँखें खुली थीं और वे अपने हृदय की भारी धड़कनों को साफ-साफ सुन सकते थे। उनकी नसों में रक्त का प्रवाह पनडुब्बी की गति से भी तेज चल रहा था। ऐसा प्रतीत हो रहा था, जैसे उनकी देह केवल एक मूर्ति हो, जिसमें उनकी आत्मा फँस गई थी।

द्वार बंद करने से ठीक पहले नागेंद्र ने भौंहें जोड़कर ऊँची आवाज में कहा, 'मैंने कहा, मुझे कैलाश पर्वत के सबसे निकट किनारे पर ले चलो, कैलाश पर्वत पर नहीं!'

फिर द्वार बंद हो गया और रहस्यमय ऊर्जाओं का वश भंग हो गया। अस्त-व्यस्त होकर परिमल एवं एल.एस.डी. वहीं खड़े रहे और नागेंद्र ने द्वार भीतर से बंद कर लिया। एल.एस.डी. पसीने से तर-बतर हो गई थी। उसने अपनी काँपती हथेली से अपना मुख पोंछा और परिमल की ओर मुड़ी, जिसके नाक व कान से अब भी रक्त बहकर उसके कपड़ों पर गिर रहा था। एल.एस.डी. ने तुरंत रुई का एक बड़ा सा गुच्छा लिया और रक्त को पोंछने में उसकी सहायता करने लगी। नाक से निकलते रक्त के बहाव को रोकने हेतु परिमल ने कपड़े का एक और टुकड़ा नाक पर रख लिया।

परिमल की स्थिति स्थिर होते ही एल.एस.डी. ने कहा, 'तो मुझे कैलाश पर्वत के बारे में और बताओ।'

परिमल ने अभी भी अपनी नाक को कपड़े से ढँक रखा था, जो अर्ध रूप से लाल रंग में लथपथ हो गया था। धीमी आवाज में उसने जानकारी देना आरंभ किया, 'कैलाश पर्वत को ऐक्सिस मुंडी या आकाशीय ध्रुवों के बीच निलंबित पृथ्वी की धुरी के रूप में जाना जाता है। वहाँ का वातावरण स्वाभाविक रूप से सभी जीवित प्राणियों को जीवित रखने हेतु स्वयं को नियंत्रित करता है। तीर्थयात्रियों और पहाड़ के आसपास के क्षेत्र में आने वाले अन्य लोगों ने बारह घंटों में बालों व नाखूनों को तेजी से इतना बढ़ते देखा है, जितना बढ़ने में उन्हें सामान्य परिस्थितियों में दो सप्ताह लग जाते हैं। पर्वत के आसपास रहने से भी समय की बढ़ी हुई गति का अनुभव किया जा सकता है; और ऐसा विश्व में कहीं किसी और ने नहीं देखा है, मानो पर्वत की वायु ही जीवों की आयु को त्वरित बढ़ाने लगती है।'

परिमल ने देखा कि नाक से रक्त बहना बंद हो गया था, अतः उसने वह मलिन कपड़ा फेंक दिया और अपना लैपटॉप खोला। अपनी बात को आगे बढ़ाते हुए उसने कहा, 'कैलाश पर्वत का एक और संगीन रहस्य है, पृथ्वी के ध्रुवों और अन्य प्राचीन स्मारकों के संबंध में इसकी भौगोलिक स्थिति। यह कोई संयोग नहीं हो सकता कि कैलाश पर्वत एवं उत्तरी ध्रुव के बीच 6,666 किलोमीटर और दक्षिणी ध्रुव के बीच 13,332 किलोमीटर का अंतर है, जो किसी अकथनीय कारण से उत्तरी ध्रुव की दूरी से ठीक दुगुना है। रहस्य की बात यह भी है कि मिस्र के पिरामिडों और उत्तरी ध्रुव के बीच की दूरी भी 6,666 किलोमीटर है।'

परिमल ने अपना लैपटॉप एल.एस.डी. की तरफ घुमाया। 'इसे देखो।' स्क्रीन पर छाई जानकारी पढ़कर एल.एस.डी. चकित रह गई—

कैलाश पर्वत से उत्तरी ध्रुव की दूरी : 6,666 किलोमीटर

कैलाश पर्वत से स्टोनहेंज की दूरी : 6,666 किलोमीटर

स्टोनहेंज से डेविल्स टावर की दूरी : 6,666 किलोमीटर

स्टोनहेंज से बरमूडा ट्राइएंगल की दूरी : 6,666 किलोमीटर

बरमूडा ट्राइएंगल से ईस्टर आइलैंड की दूरी : 6,666 किलोमीटर

ईस्टर आइलैंड से तजुमल की दूरी : 6,666 किलोमीटर।

एल.एस.डी. के नेत्र उन अविश्वसनीय संख्याओं को देखते ही रह गए और परिमल जो कुछ भी उस गुप्त पर्वत के बारे में जानता था, वह सब उसने उगलना जारी रखा।

'विश्व की सबसे ऊँची चोटी है माउंट एवरेस्ट की, जो 29,029 फीट ऊँची है और फिर भी उसके शिखर तक 4,000 से अधिक लोग पहुँच चुके हैं। कैलाश पर्वत लगभग 21,780 फीट ऊँचा है, जो माउंट एवरेस्ट से 7,251 फीट कम ऊँचा है, फिर भी इस पर्वत पर चढ़ने में कई अभियान विफल रहे हैं। कई व्यापक अध्ययनों एवं सिद्धांतों के उपरांत कोई भी आज तक कैलाश पर्वत पर न चढ़ पाने का उचित कारण नहीं समझ पाया है और न ही वे इस रहस्य को सुलझा पाए हैं कि जब सर्वश्रेष्ठ पर्वतारोहियों के लिए इतनी ऊँचाई तक पहुँचना अति संभव है, फिर भी अनगिनत प्रयासों के पश्चात् वे असफल क्यों हुए? मुझे लगता है कि कुछ रहस्यों को रहस्य ही रहने देना उचित होता है, भले ही वे कितने भी भयावह क्यों न हों, या उनका इतिहास कितना भी विस्तृत रहा हो! हाँ, ऐसी एक दंतकथा के अनुसार, मिलारेपा नाम का एक तिब्बती एकमात्र मनुष्य था, जो 900 वर्ष पहले कैलाश पर्वत की संपूर्ण चढ़ाई कर उसकी चोटी तक पहुँचा था।'

पनडुब्बी 21.42°N 87.30°E की ओर बढ़ रही थी, जो पश्चिम बंगाल में दीघा समुद्र-तट (जो कैलाश पर्वत के सबसे निकटतम था) के निर्देशांक थे। स्वभाव से एक इतिहासकार होते हुए परिमल भी उस आख्यान की ओर बढ़ने लगा, जो लगभग एक सहस्राब्दी पहले के समय में घटित हुआ था।

'मिलारेपा का जीवन तिब्बत की सबसे अनमोल किंवदंतियों में से एक है। सदियों से यह कथा मौखिक रूप से संरक्षित है, जिस कारण हम यह नहीं जान सकते कि इसमें कितना सत्य है ? फिर भी, युग-युगांतर से मिलारेपा के जीवन उदाहरण बौद्ध धर्म का पालन करने वाले अनगिनत व्यक्तियों को शिक्षा और प्रेरणा प्रदान करते आए हैं। तिब्बत के सबसे महान् रहस्यवादी की इस गाथा में लोभ, प्रतिशोध, राक्षसों, माया, हत्या और पुनर्जीवन जैसे अंग हैं।

'मिलारेपा का जन्म 1,052 ई. में पश्चिमी तिब्बत के क्या नगत्सा नाम के गाँव में हुआ था। उनका नाम 'मिला थोपगा' रखा गया था, जिसका अर्थ है 'सुनकर आनंदित करने वाला'। वे एक समृद्ध कुटुंब में पले-बढ़े थे और उनके कुल का नाम था 'जोसे', जो बाज के कबीले का कुलीन वंश था। थोपगा और उनकी छोटी बहन पर गाँववालों का अत्यंत प्रेम था। अंतत: उनके पिता का स्वास्थ्य बिगड़ता गया और जब उन्हें ऐसा लगा कि उनकी मृत्यु निकट थी, तब उन्होंने कुटुंब के सारे सदस्यों को अपनी मृत्यु-शय्या के समीप बुलाया। वहाँ थोपगा के पिता ने निर्देश दिया कि मिलारेपा के बड़े होने और विवाह होने तक उनकी संपत्ति की देखभाल उनके भाई एवं बहन द्वारा की जाए। परंतु जैसे ही उनकी मृत्यु हुई, मिलारेपा की चाची और चाचा ने बिना कुछ सोचे-समझे अपने भाई के साथ विश्वासघात कर दिया। उन्होंने संपत्ति को आपस में बाँट लिया और थोपगा को उसकी माँ एवं बहन के साथ त्याग दिया।

'बहिष्कृत होकर वे घर के दासों के लिए बने क्षेत्र में रहने लगे। उन्हें अल्प मात्रा में भोजन व वस्त्र दिए जाते थे और उनसे खेतों में श्रम कराया जाता था। दोनों बच्चे कुपोषित स्थिति में, फटे-पुराने वस्त्र पहने और जुँओं से भरे हुए रहते थे। जो गाँववासी कभी उन पर स्नेह की वर्षा करते थे, वे भी प्रसन्नता से उन्हें नीचा दिखाने लगे।

'जब थोपगा पंद्रह वर्ष के हुए, तब उनकी माँ ने उनकी विरासत को पुन: प्राप्त करने का प्रयास किया। कौड़ी-कौड़ी जोड़कर उसने एक महाभोज का आयोजन किया, जिस पर उसने समस्त कुटुंब के सदस्यों तथा पूर्व मित्रों को आमंत्रित किया। जब अतिथियों ने भोजन कर लिया, तब वह अपने मन की बात कहने हेतु खड़ी हुई। अपना सिर ऊँचा रखते हुए उसने ठीक उसी

बात का स्मरण वहाँ बैठी भीड़ को दिलाया, जो उसके पति ने अपनी मृत्यु से पहले कही थी। उसने माँग की कि थोपगा को वह विरासत दी जाए, जो उसके पिता ने उसके नाम रखी थी। परंतु लोभी चाची और चाचा ने असत्य कहा कि संपत्ति वास्तव में उनकी कभी थी ही नहीं, इसलिए थोपगा उस पर अपना अधिकार नहीं व्यक्त कर सकता था। उन्होंने माँ और बच्चों को दासों के घर से भी निकाल दिया, जिस कारण उन्हें रास्ते पर रहना पड़ा। वे तीनों जीवित रहने के लिए भिक्षा माँगने और छोटे-मोटे काम करने लगे।

'माँ ने अपने थोपगा के लिए सितारों की कामना की थी; परंतु इतनी बड़ी आशा के जाल में उनके सिर के ऊपर की छत भी उनसे छीन ली गई। अब वह अपने पति के परिवार से घृणा करने लगी और उनसे प्रतिशोध लेने हेतु उसने अपने पुत्र से जादू-टोना सीखने का आग्रह किया। उसने कहा—'यदि तुमने ऐसा नहीं किया तो मैं तुम्हारे समक्ष अपने प्राण त्याग दूँगी।'''

'अपनी माँ की ऐसी तामसिक विनती से विवश होकर थोपगा अपने लिए ऐसे गुरु को ढूँढ़ने लगे और उन्हें मिला एक जादूगर, जो एक न्यायप्रिय व्यक्ति था। उसने जादुई कलाओं में महारत प्राप्त कर ली थी और थोपगा उसके शिष्य बन गए। पहले कुछ दिनों में जादूगर ने उन्हें केवल अप्रभावी मंत्र सिखाए, परंतु जब उसे थोपगा के साथ हुए अन्याय की जानकारी मिली और उसने इस बात की पुष्टि की, तब उसने निष्ठा से गुप्त शक्तिशाली मंत्रों एवं अनुष्ठानों का अपना सारा ज्ञान उन्हें सौंप दिया।

'थोपगा ने दो सप्ताह एक भूमिगत कोठरी में बिताए, जहाँ वे काले जादू के पाठ का अभ्यास किया करते थे। जब उनका वह संक्षिप्त एकांतवास समाप्त हुआ, तब उन्हें ज्ञात हुआ कि उनका विस्तारित परिवार किसी के विवाह में एकत्र हुआ था, जहाँ उन पर एक घर गिर गया था। उस मलबे में चाचा-चाची के लोभी जोड़े को छोड़कर बाकी सभी सदस्यों की कुचल जाने से मृत्यु हो गई थी। उन दोनों का बच जाना थोपगा को उचित लगा, क्योंकि अब उन्हें स्वयं के लोभ द्वारा रचे हुए अंतिम परिणाम को भोगना था।

'उनकी माँ ने उन्हें एक उत्तम योजना बताते हुए पत्र में लिखा और आदेश दिया कि वे उनकी फसलों को भी नष्ट कर दे। थोपगा उन पर्वतों में

छिप गए, जहाँ से पूरा गाँव दिखाई देता था। वहाँ से उन्होंने जौ की फसलों को नष्ट करने के लिए भारी-भरकम ओला-वृष्टि का आवाहन किया।

'ऐसी विपदा देख ग्रामीणों को काले जादू का संदेह हुआ और वे अपराधी को खोजने के लिए क्रोधित होकर पर्वत की चढ़ाई करने लगे। अब भी वहीं छिपकर थोपगा ने उन्हें अपनी विनष्ट फसलों के बारे में बात करते हुए सुना। तब उन्हें ज्ञात हुआ कि अपना प्रतिशोध लेने की आँच में उन्होंने निर्दोष ग्रामीणों का भी विनाश कर दिया था! अपराध-बोध से जलते हुए उन्होंने अपने कर्मों का पश्चात्ताप करने हेतु दूसरे शिक्षक की खोज में यात्रा प्रारंभ की और अंतत: उनके अंतर्ज्ञान ने उन्हें भारत का रास्ता दिखाया।

'कोई नहीं जानता कि उन्होंने भारत में क्या किया और उन वर्षों के अंतर्गत वे वास्तव में किससे मिले? कहा जाता है कि वर्षों-वर्ष केवल बिछुआ बूटी के पानी का सेवन करने से उनकी त्वचा हरी हो गई थी। उनकी प्रतिज्ञा थी कि वे केवल एक सफेद सूती वस्त्र पहनें, भले ग्रीष्म हो या शिशिर, और इस तपस्या ने उन्हें मिलारेपा का नाम दिया, जिसका अर्थ है—'मिला—एक सूती धारी'।'

एल.एस.डी. पूरी कथा सुनने के लिए आकुल थी। 'यदि कैलाश पर्वत का शिखर अप्राप्य है तो उन्होंने असंभव को कैसे संभव किया?'

'मुझे नहीं पता; परंतु यह माना जाता है कि कैलाश पर्वत तक कोई भी तब तक नहीं पहुँच सकता, जब तक उसके कर्मों का संबंध कैलाश से न हो। आगे जाकर अपने जीवन में मिलारेपा ने अपने दुष्कर्मों भरे अतीत पर शोक व्यक्त किया।

'किंवदंती के अनुसार, उन्होंने कहा था कि युवावस्था में मैंने घोर दुष्कर्म किए थे। परिपक्वता में मैंने निर्दोष जीवन जीना सीखा। अब अच्छाई व बुराई से मुक्त होकर मैंने अपने कर्मों की जड़ को नष्ट कर दिया है और भविष्य में कर्म करने का कोई कारण नहीं होगा। इससे अधिक करने से सिर्फ दु:ख या सुख अनुभव होगा। कुछ भी करने से क्या लाभ होगा? मैं एक वृद्ध पुरुष हूँ। मैं शांति से रहना चाहता हूँ।'

एल.एस.डी. ने कहा, 'हो सकता है, कैलाश पर्वत पर चढ़ने के पीछे के रहस्य का इन शब्दों से कुछ संबंध हो!'

'हाँ, हो सकता है। परंतु नागेंद्र का मिलारेपा से क्या संबंध है?' परिमल ने बुदबुदाकर कहा।

'क्या? क्या तुमने कुछ कहा?' एल.एस.डी. ने भ्रमित होकर पूछा।

'नहीं! मैं तुमसे नहीं पूछ रहा था। वैसे भी, कथा के अनुसार वर्ष 1135 में उनकी मृत्यु हो गई थी।' परिमल ने कहा।

उस पनडुब्बी में मिलारेपा और नागेंद्र के संबंध में उठे इस प्रश्न का उत्तर परिमल को तो नहीं प्राप्त हुआ, परंतु ज्ञानगंज में ओम् को पता चलने वाला था कि अश्वत्थामा और परशुराम को उसके अस्तित्व की जानकारी कैसे मिली! अश्वत्थामा ओम् को फिर उस कुटिया में ले गया, जिसमें वह जागा था। वहाँ उपस्थित था एक संत, जिसकी हरी त्वचा की देह को सफेद सूती वस्त्र ने ढँक रखा था।

'आओ, मिलारेपा से मिलो।' अश्वत्थामा ने संत की ओर इशारा करते हुए ओम् से उसकी भेंट करवाई।

मिलारेपा, जिसकी मृत्यु इतिहासकारों के अनुसार वर्ष 1135 में हो चुकी थी, वह वास्तव में विलुप्त प्राणियों के नगर में स्वस्थ और सुखी जीवन व्यतीत कर रहा था।

अब ओम् महान् धन्वंतरि की कुटिया में नागेंद्र से मिलने से पहले के सारे अतीत और अपनी भूली हुई पहचान के बारे सुनने के लिए उत्सुक था। वहाँ नागेंद्र अपने प्रतिबंधित कक्ष में दीघा समुद्र-तट पर पनडुब्बी के पहुँचने का अनुमान लगा रहा था।

□

जब मिसेज बत्रा ने पृथ्वी को उसके कटोरे से सूप का अंतिम घूँट पीते देखा, तब उन्हें ज्ञात हुआ कि उनके हाथ में सूप की कटोरी अब भी भरी हुई थी। उसे एक तरफ रखते हुए मिसेज बत्रा ने कुछ स्मरण करते हुए कहा, 'पहाड़ की चोटियों और समुद्र-तल के बीच एक तीसरा स्थान था, जहाँ महत्त्वपूर्ण खोजें की जा रही थीं। मेरे पति डॉ. तेज बत्रा ने ओम् के रक्त की जाँच करते समय कुछ असामान्य देखा था और जब रॉस द्वीप की प्रयोगशाला नष्ट हुई, तब वे उसे सुरक्षित बाहर निकालने में सफल रहे। सामान्य रक्त के विपरीत, जिसमें लाल एवं सफेद रक्त कोशिकाएँ होती हैं, ओम् के रक्त में

उन्हें अद्वितीय काली रक्त कोशिकाएँ दिखाई दी थीं। इस विचित्र अन्वेषण को और अच्छे से समझने के लिए तेज ने उस रक्त पर विभिन्न परीक्षण करने का निर्णय लिया। रॉस द्वीप पर की गई उनकी परिकल्पना के अनुसार, जैसे खमीर और चूहे अपने जीवन काल को दोगुना कर सकते हैं, वैसे ही ओम् के जीन भी स्वयं परिवर्तित होकर उसकी आयु को बढ़ने से रोक रहे थे। जैसा तेज का अनुमान था, काली रक्त कोशिकाओं ने स्वयं को उत्परिवर्तित किया और दीर्घायु के परीक्षण में सफल हुईं।

'इसके बाद तेज ने इसे कई संक्रमित रक्त के नमूनों के साथ मिलाया। उन्होंने साल्मोनेला टाइफी (टाइफाइड पैदा करने वाले बैक्टीरिया), स्ट्रेप्टोकोकस न्यूमोनिया, विब्रियो कोलेरा, इबोला, इन्फ्लुएंजा आदि के विरुद्ध इसका परीक्षण किया। तेज यह देखकर अचंभित रह गए थे कि ओम् की रक्त कोशिकाएँ सभी रोग-जनकों के आगे पूरी तरह से प्रतिरक्षित थीं! जिसका अर्थ यह था कि उसका रक्त सभी प्रकार की एंटीबॉडीज से परिपूर्ण था।

'यह सब इतना अविश्वसनीय था कि तेज को ऐसा प्रतीत हो रहा था, जैसे वे काली रक्त कोशिकाएँ उनकी क्षमता का उपहास कर रही थीं! इस रहस्योद्घाटन को अवसर के रूप में एक वरदान मानने के उपरांत उन्होंने इसे एक चुनौती के रूप में लिया। डॉ. तेज काली रक्त कोशिकाओं के साथ एक अवांछित युद्ध में डट गए और पराजित होना उन्हें स्वीकार्य नहीं था। उन्होंने रक्त को 2,500 डिग्री सेल्सियस के अधीन किया। इतना तापमान, जो लोहे को भी पिघला सकता था, और नमूने पर उसका प्रभाव दर्ज किया। आश्चर्यजनक रूप से काली रक्त कोशिकाओं ने अन्य रक्त कोशिकाओं के चारों ओर एक प्रकार का रोधन बनाया और गरमी से उनकी रक्षा करने हेतु, ठीक विपरीत तापमान बनाते हुए 2,500 डिग्री सेल्सियस पर स्वयं को जमा लिया। फिर तेज ने नमूने को अत्यंत कम तापमान पर रखा और तब भी उन्होंने देखा कि काली रक्त कोशिकाओं ने फिर से एकजुट होकर स्वयं गरमी पैदा करके बाहरी परिस्थितियों का प्रभाव उन पर नहीं पड़ने दिया। उन्होंने लाल एवं सफेद रक्त कोशिकाओं की ऐसे रक्षा की, जैसे परशुराम और अश्वत्थामा ने ओम् की रक्षा की थी। परंतु परशुराम और अश्वत्थामा ओम् को किसलिए तैयार कर रहे थे?' उत्तेजित मिसेज बत्रा ने अपने मन की बात कही।

'उसकी मृत्यु के लिए।' पृथ्वी ने सिर हिलाते हुए उत्तर दिया।

पृथ्वी की ऐसी विरक्त वाणी सुनकर वे भ्रमित रह गईं; परंतु वे जानती थीं कि उनके प्रश्न का कोई सरल उत्तर भी नहीं था और उन्हें धैर्यपूर्वक पृथ्वी ने जो कुछ भी देखा था, उसे सुनना होगा। भले ही एक ऐसे पुरुष से समानांतर घटनाओं के बारे में जानना, जिन्हें देखने के लिए उसने उस समय जन्म भी नहीं लिया था, कितना भी विचित्र क्यों न हो; परंतु मिसेज बत्रा के पास और कोई विकल्प नहीं था।

'सुबह के 3 बज रहे थे, जब पनडुब्बी अपने गंतव्य पर पहुँची।' पृथ्वी ने कथा पुनः आरंभ की।

□

दीघा समुद्र-तट निकट था, इसलिए परिमल ने प्रतिबंधित कक्ष के निर्विवाद द्वार पर दस्तक दी। तीसरी दस्तक से पहले द्वार खुला और उसके पीछे नागेंद्र अपनी पीठ पर एक झोला और गले में एक गोल, धातु से बनी बोतल लटकाए तैयार था। द्वार खुलने के साथ वही क्रोधित ऊर्जा भी बाहर निकली, जिसकी पीड़ा एल.एस.डी. और परिमल को फिर से भोगनी पड़ी। उस दुर्भाग्यपूर्ण क्षण में वहाँ से जाता हुआ एक पुरुष भी उस कष्टदायी ऊर्जा की चपेट में आ गया और तुरंत उसकी देह पिघलकर लुगदी में परिवर्तित हो गई।

बिना किसी भाव से नागेंद्र ने अपने पैर से उसके पिघले हुए शव को कक्ष के अंदर सरका दिया और द्वार बंद करके परिमल एवं एल.एस.डी. को भी पीड़ा से मुक्त कर दिया।

सागर को चीरते हुए पनडुब्बी सतह पर आई। परिमल की नाव, जिसका प्रयोग रॉस द्वीप में किया गया था, उसी में बैठकर तीनों तट की ओर बढ़ने लगे। किनारा आते ही नागेंद्र ने सबसे पहला कदम भूमि पर रखा और मन में दृढ़ निश्चय लिये, बिना अपने सिपाहियों की प्रतीक्षा किए, आगे बढ़ने लगा।

एल.एस.डी. परिमल को देखने के लिए पीछे मुड़ी और पाया कि वह अभी भी नाव से सबका सामान उतार रहा था। अपने सिपाहियों की धीमी गति को देख नागेंद्र ने अपनी गड़गड़ाती और तीव्र आवाज में कहा, 'हमारी दौड़ समय के विरुद्ध है। न समय मेरे लिए रुकने वाला है और न ही मैं किसी के लिए। मेरे पास पहुँचने के लिए केवल नौ दिन हैं।'

दौड़कर जब एल.एस.डी. नागेंद्र तक पहुँची, तब उसने हाँफते हुए पूछा, 'नौ दिनों में हमें कहाँ पहुँचना है?'

इसके उत्तर में नागेंद्र ने उसे पुराने कागज का एक मुड़ा हुआ टुकड़ा दिया, जिस पर कुछ उकेरा गया था।

जब परिमल भी उन तक पहुँचा, तब तक नागेंद्र फिर से आगे बढ़ने लगा था। एल.एस.डी. कागज को स्पष्टता से परखने हेतु दुबककर बैठ गई और उसे खोलकर पढ़ने लगी। वह मृत संजीवनी की पुस्तकों से काटा गया टुकड़ा था, जिसके दाएँ छोर पर एक समुद्र, शीर्ष पर पर्वत और दोनों के मध्य में एक लाल रेखा खींची गई थी। यह समझना कठिन था कि वह विश्व का कौन सा भाग था? परिमल ने एल.एस.डी. के मुख पर छाए भ्रम को पढ़ते हुए मिट्टी में पड़े हुए काँच के एक टुकड़े को उठाया और अधूरे नक्शे के आसपास के भागों का अनुमान लगाते हुए भूमि पर उसका चित्र बनाने लगा। इससे पहले कि परिमल चित्र को पूरा कर पाता, उसका हाथ अचंभे से रुक गया। एल.एस.डी. ने उसकी बनाई रेखाओं को ध्यान से देखा और समझने का प्रयत्न किया।

'यह संभव नहीं है'—परिमल ने विचार किया।

वह अधूरा टुकड़ा भारत के नक्शे का था, जिसके एक छोर पर भारत का पूर्वी तट और दूसरे छोर पर हिमालय श्रृंखला का चित्रण था। उसमें बनी लाल रेखा दीघा समुद्र-तट और रहस्यमय कैलाश पर्वत की तलहटी के बीच खींची हुई थी। यह वही मार्ग था, जिसकी उन्हें अगले नौ दिनों में यात्रा करनी थी। परंतु वे अभी भी नहीं जानते थे कि वे कहाँ जा रहे थे? और इस बात की चिंता लिये परिमल एवं एल.एस.डी. ने नागेंद्र की ओर देखा, जो पहले ही बहुत दूर निकल चुका था। एल.एस.डी. ने नक्शा सुरक्षित अपने झोले में रख लिया और वे दोनों नागेंद्र के पीछे दौड़ पड़े।

□

3

ननशाद

वहाँ कैलाश पर्वत पर ओम् महान् मिलारेपा के बारे में और जानने के लिए उत्सुक था। उसने पूछा, 'मैंने आपके बारे में बहुत कुछ सुना और पढ़ा है। कुछ कथाओं के अनुसार, आप अंततः गुफाओं में रहकर अपना जीवन व्यतीत करने लगे थे।'' यह सत्य है या मात्र अनुमान? और यह कि आप मेरे बारे में कैसे जानते हैं?'

मिलारेपा ने अश्वत्थामा की ओर ऐसे देखा, जैसे वे उसकी स्वीकृति माँग रहे हों, और अश्वत्थामा ने आश्वस्त होकर सिर हिलाया।

'चलो, मैं तुम्हें वहाँ ले चलता हूँ, जहाँ से इस कथा का प्रारंभ हुआ था। अपने युवा काल में प्रतिशोध से प्रेरित होकर मैंने कई लोगों के जीवनों को नष्ट कर दिया। अपनी माँ के अनुरोध पर मैंने घर छोड़ दिया और अपनी घृणा को एक माध्यम देने हेतु काली व नकारात्मक शक्तियों का अध्ययन किया। मेरी माँ का निधन हो गया; किंतु मैं प्रतिशोध के मार्ग पर चलता रहा, यह मानते हुए कि अपनी माँ को मिली हर पीड़ा का प्रतिशोध लेना उनका पुत्र होने के नाते मेरा कर्तव्य था। इस कारण, मेरी हिंसा कई निर्दोष आत्माओं को सहन करनी पड़ी।

'अपनी तपस्या के वर्षों में मैंने अपने कर्मों का पश्चात्ताप किया और मारपा का शिष्य बन गया। मुझे शिष्य के रूप में स्वीकार करने से पूर्व उन्होंने मुझसे ऐसे कार्य करवाए, जिन्हें पूरा करने के लिए मुझे कठोर परिश्रम करना पड़ता था। उनके आदेशानुसार मैं एक इमारत का निर्माण आरंभ करता; परंतु जब वह आधी बन जाती, वे मुझे उसे नष्ट कर देने का आदेश देते और कहते—'इसे फिर से बनाओ।' ऐसा बार-बार होता। मैं स्तंभ खड़ा कर देता

और फिर उसे मिट्टी में मिला देता। इमारत के निर्माण और विनाश के तीसरे दौर के पश्चात् उन्होंने मुझे तिब्बत के 'ल्होद्रग' नाम के गाँव में एक अंतिम बहुमंजिला इमारत बनाने का आदेश दिया, और वह आज भी वहीं खड़ी है।

'अंततः, मारपा ने मुझे अपने शिष्य के रूप में स्वीकार कर लिया। उन्होंने मुझे समझाया कि निर्माण और विनाश मुझे मेरे नकारात्मक कर्मों का प्रायश्चित्त कराने का एक तरीका था। भले ही मैं इस बात को समझ गया था, किंतु मैं सदैव इस पर विचार करता कि मुझसे इमारतों का ही निर्माण क्यों करवाया जाता था? फिर, जब मैं भारत आया, तब मुझे इस प्रश्न का उत्तर मिला। उस समय भारत का नक्शा आज के नक्शे से भिन्न था।

'मारपा ने मुझे हर उस बात का ज्ञान दे दिया था, जितना उनके पास था। इसके पश्चात् वे मुझे अपने शिक्षक नरोपा के पास ले गए, जिनका जन्म बंगाल के एक उच्च वर्ग के ब्राह्मण परिवार में हुआ था। इसी कारण मेरा प्रवेश भारत में हुआ था। विभिन्न युगों के अनेक विद्वान् मेरी ही तरह सूत्र एवं तंत्र का अभ्यास कर रहे थे। नरोपा की शिक्षा पूरी होने पर मेरा वहाँ से विदा लेने का समय आ गया था। परंतु मैं यह सुनिश्चित नहीं कर पा रहा था कि मुझे किस दिशा में आगे बढ़ना चाहिए? इसलिए, मैंने अपनी दुविधा नरोपा के समक्ष रखी, 'मैं आपके मार्गदर्शन का आभारी हूँ; परंतु मुझे अभी भी अपना उद्‍देश्य नहीं दिखा है।' मैंने नरोपा से कहा।

'मेरे पास जितना ज्ञान था, उतना मैंने तुम्हें दे दिया है। अब तुम्हें स्वयं अपना मार्ग खोजना है। इसका आरंभ करने हेतु तुम्हें भारत की यात्रा करनी चाहिए। वहाँ तुम्हें ननशाद नाम के एक व्यक्ति को खोजकर उसका निर्देश लेना चाहिए।' उन्होंने कहा।

'मैंने उनसे विदाई ली और भारत की यात्रा पर निकल पड़ा। ननशाद की खोज में कुछ वर्षों तक भटकने के पश्चात् मैं साकेत नामक एक नगर में पहुँचा, जिसका संस्कृत में अर्थ है 'स्वर्ग'। भगवान राम की भूमि के रूप में जाना गया यह नगर वर्तमान में 'अयोध्या' के नाम से प्रचलित है। वहाँ मुझे अंततः ननशाद के बारे में पता चला, जो अयोध्या से लगभग 640 किलोमीटर दूर एक गाँव में रहता था, और उसे आज 'बिसरख' नाम से जाना जाता है। कई दिनों की लंबी यात्रा के पश्चात् मैंने आशापूर्वक बिसरख में प्रवेश किया।

'गाँव के प्रवेश द्वार पर मुझे सबसे पहले एक वृद्ध पुरुष मिले, जो एक अधूरी इमारत के निर्माण में व्यस्त थे। मैंने उससे पूछा, 'क्या आप यहाँ रहने वाले किसी ननशाद से परिचित हैं?' उसने मुझे तिरछी दृष्टि से देखा और भूमि से एक सूखे पत्ते को उठाकर उससे बातें करने लगा। इस विचार में कि उसने मेरी बात सुनी नहीं, मैंने फिर उससे वही प्रश्न किया; परंतु उसने अनूठे प्रकार से मुझे अनसुना कर दिया और अपने हाथ में पकड़े सूखे पत्ते से ही बातें करता रहा! मैंने फिर आसपास देखा कि कोई और मेरी सहायता कर सके, परंतु वहाँ उसकी आधी इमारत और उसके अलावा कोई उपस्थित नहीं था। अपनी खोज जारी रखने के लिए मैं आगे बढ़ा।

'अगले तीन दिन मैंने ग्रामीणों से उस पुरुष का पता पूछा, जिसके पीछे मैं देश भर की यात्रा कर चुका था। बिसरख एक छोटा सा गाँव था, इसलिए मैंने हर जगह पूछताछ की। परंतु निराशाजनक, वहाँ रहने वाले किसी भी व्यक्ति को ननशाद नामक पुरुष की कोई जानकारी नहीं थी। मेरे पास अब कोई विकल्प नहीं था, अतः मैंने भारी मन से पुनः तिब्बत जाने का निर्णय लिया।

'वापस जाते समय मैं उसी वृद्ध पुरुष के पास से गया, जो अभी भी उस अधूरी इमारत में व्यस्त था। ग्रामीणों ने मुझे बताया था कि जितनी भी इमारत अब तक बनी थी, वह सारी उस वृद्ध ने ही बनाई थी। उसकी सिकुड़ी हुई अवस्था को देख इतना तो स्पष्ट था कि किसी भी क्षण उसे मृत्यु अपना सकती है। मुझे उस पर दया आई। मारपा के लिए इमारतें बना-बनाकर अब मैं उस कार्य में कुशल हो गया था और ननशाद की खोज अपने अंतिम छोर पर आ गई थी। इस विचार में कि इमारत का पूर्ण निर्माण देखना वृद्ध की अंतिम इच्छा होगी, मैंने उसकी इस कार्य में सहायता करना उचित समझा।

'मैंने उसे अपनी सहायता प्रदान करने का सुझाव दिया, परंतु उसने मुझे नकार दिया। मैंने उसे आश्वासन दिया कि मुझे इसका कोई प्रतिफल नहीं चाहिए। उसकी आयु और जर्जर अवस्था देखकर मैं आश्चर्यचकित रह गया, क्योंकि जीवन के इस मोड़ पर आकर कुछ भी बनाने की प्रेरणा और धैर्य उसके पास कैसे था? उससे थोड़ा और वार्त्तालाप करने हेतु मैंने उससे पूछा कि वह यह इमारत किसके लिए बना रहा है?

'यकायक वह मेरी ओर मुड़ा और कहा, 'तुम इसे किसके लिए बनाना चाहते हो? अपने लिए या मेरे लिए?'

'मैं उस प्रश्न के लिए तैयार नहीं था और मैं अवाक् खड़ा रहा। उसके प्रश्न का उत्तर नहीं तो स्वयं की संतुष्टि के लिए प्रतिक्रिया देने का प्रयत्न करने लगा। उसे अपनी सेवा देने से पहले मैंने वास्तव में इसके पीछे अपनी प्रेरणा के बारे में कोई विचार नहीं किया था। वृद्ध कुछ देर तक मेरे दुःखी मुख को देखता रहा और फिर उसने एक शर्त रखी, जैसे उसे मेरी सहायता से अधिक मुझे उसकी सहायता की आवश्यकता थी! उसने कहा कि जब तक मैं इमारत का निर्माण समाप्त नहीं कर देता, तब तक उससे किसी भी विषय में कोई भी प्रश्न पूछना वर्जित है।'' मैंने उसकी बात स्वीकार कर ली।

'मैं यह किसके लिए कर रहा हूँ? इस प्रश्न का उत्तर ढूँढ़ना ही मेरा इमारत की संरचना को समाप्त करने का उद्‌देश्य बन गया। मैंने उसकी बात मान ली और उसने भी मेरा प्रस्ताव स्वीकार कर लिया।

'जैसे ही मैंने उस अधूरी इमारत में कदम रखा, वृद्ध ने मालती नामक किसी स्त्री को पुकारा। भीतर पत्थर से बना एक बड़ा सा द्वार था, जो बंद था। मुझे ऐसा प्रतीत हुआ कि मालती वहाँ से बाहर आएगी; किंतु फिर मैंने उसे कहते सुना—तुम वहाँ हो! यहाँ आओ।''

'मैंने उसकी दृष्टि का पीछा करते हुए देखा कि मालती कहाँ थी; परंतु वह तो भूमि को देख रहा था, जहाँ केवल एक सूखा पत्ता पड़ा था। वह उसी को मुसकराकर देख रहा था और यकायक वह मृत पत्ता फड़फड़ाते हुए उसकी हथेली पर बैठ गया! तब मुझे ज्ञात हुआ कि वास्तव में वह एक तितली थी, जो विश्राम अवस्था में सूखे पत्ते जैसी दिखाई दे रही थी।

' 'लो, मालती से मिलो।' उसने कहा। ऐसा दृश्य देख मैंने उत्सुकता से पूछा, 'तुमने एक जंगली तितली को कैसे वश में किया?'

'उत्तर के रूप में वह मुझे एक भावहीन दृष्टि से घूरने लगा, जो मुझे उसकी शर्त का स्मरण दिलाने के लिए पर्याप्त थी। किसी भी प्रश्न के लिए वहाँ कोई स्थान नहीं था। फिर उसने पत्थर से बने उस विशाल द्वार की ओर इशारा किया और कहा, 'तुम्हें उस कक्ष के भीतर जाने की अनुमति नहीं

है। ऐसा करने का कोई प्रयत्न मत करना। मालती, तुम इस पर अपनी दृष्टि रखना।' अगली सुबह से मैंने इमारत का निर्माण आरंभ कर दिया।

'अगले कुछ महीनों में हमने चुपचाप काम किया। उसका रुष्ट स्वभाव अंतिम दिन तक बना रहा। उसने मुझसे कभी बात नहीं की। हर दिन सूर्यास्त के पश्चात् वह केवल उतना ही द्वार खोलता, जितने में उसकी देह भीतर जा सके। छह घंटों तक वह भीतर रहता था और उतने समय में मैं हम दोनों के लिए भोजन बनाता और अपना ध्यान तथा नियमित कार्य कर लेता। मालती सदैव मेरे समक्ष जो दीवार थी, उस पर एक विशिष्ट नम स्थान पर बैठी रहती। मैंने उससे मित्रता करने का प्रयत्न किया, परंतु वह कभी नहीं मानी। कभी-कभी ऐसा लगता था कि वह वास्तव में आदेशों का पालन करते हुए वृद्ध पुरुष की अनुपस्थिति में मुझ पर दृष्टि रख रही है।

'मैं हर दिन मालती को अपने स्थान पर लगन से बैठा देखता था; परंतु एक अप्रिय सुबह मैंने देखा कि उसका स्वास्थ्य बिगड़ रहा था। यह स्पष्ट था कि वे उसके अंतिम कुछ घंटे थे। उसके जाने से पहले ही मुझे उसके लिए दु:ख हो रहा था। परंतु उस वृद्ध पुरुष पर मालती की अवस्था का कोई प्रभाव नहीं पड़ रहा था। वह तो दीवार पर एक छिपकली को पकड़ने में व्यस्त था और उसे लुभाने के लिए उसे एक कीट की आवश्यकता थी। फिर मैंने देखा कि उसने मरती हुई मालती को उठाया और उसका चारे के रूप में प्रयोग किया। निर्दयी, दुष्ट! मेरी वाणी को क्षमा करना, परंतु ऐसे दृश्य ने मुझे क्रोधित कर दिया। जैसे ही छिपकली मालती के निकट आई, मालती मेरी ओर मुड़ी और मैं उसकी विवशता भाँप सकता था। पलक झपकते ही छिपकली ने मालती को जीवित निगल लिया। उसके मृत, पत्तों जैसे पंख भूमि पर गिर गए और छिपकली ने उसके अवशेषों को चबा लिया। वहाँ वह वृद्ध अत्यंत उत्साह से उस भीषण दृश्य को देखता रहा। उसने ध्यान से छिपकली को दीवार से हटाया और अपने कक्ष की ओर चलने लगा। भीतर जाने से पहले जब उसने मुड़कर मुझे देखा तो उसकी आँखें टिमटिमा रही थीं और उसकी हथेली पर वह छिपकली बैठी थी।

'यह गर्भवती है। इसकी संतान मेरा अगला पालतू जीव होगी।' ऐसा कहकर एक नटखट शिशु की तरह वह अपने निषिद्ध कक्ष में चला गया और स्वयं को फिर से बंद कर लिया।

'मालती के पंख सूखे पत्तों की भाँति हवा के साथ उड़ गए। मैं निराश हो गया था; परंतु उससे भी अधिक मैं यह जानने के लिए उत्सुक था कि वह वृद्ध प्रतिदिन उस द्वार के पीछे ऐसा क्या कार्य करता था? परंतु उससे पूछताछ करना वर्जित था। मैंने उसके साथ इतने महीनों तक श्रम किया, फिर भी उसने मुझसे मेरा नाम तक नहीं पूछा। इसके उपरांत मैं अपने वचनानुसार कार्य करता गया। कुछ दिनों के पश्चात् वह अपनी हथेली में एक छोटी सी छिपकली लेकर मेरे पास आया। इस बार वह एक नर छिपकली थी, जिसे अपनी माँ को देखने का अवसर नहीं मिला था; क्योंकि वृद्ध ने उसे और उसके अन्य शिशुओं को मारकर खा लिया था। उसने अपने उस नए पालतू जीव का नाम 'कर्क' रखा। कुछ सप्ताह बीत गए। कर्क वृद्ध की अनुपस्थिति में मुझपर दृष्टि रखने लगा और दीवार पर बने मालती के नम स्थान का नया निवासी बन गया।

'अगले छह महीनों में मैंने बरामदे के खंभे, छत की केंद्रीय संरचना और किनारों पर मार्ग बनाए। निर्माण के अंतर्गत मुझे ऐसा आभास होने लगा कि यह कोई साधारण इमारत नहीं थी; इसके पीछे अवश्य कोई विशेष उद्देश्य था। वृद्ध की क्षीण काया को देखकर मुझे संदेह था कि मैं उसके उद्देश्य को कभी नहीं जान पाऊँगा, क्योंकि हो सकता था कि इमारत के निर्माण से पूर्व ही उसका दाह-संस्कार करना पड़ जाए! उन महीनों में मैंने कई अन्य जादूगरों और योगियों को भी ननशाद की खोज में बिसरख आते देखा। वृद्ध पुरुष ने उनकी बातों को भी वैसे ही अनसुना कर दिया, जैसे मेरी बातों को किया था। मैंने उन सभी को एक ही उत्तर दिया कि गाँव में ऐसा कोई व्यक्ति नहीं है। दिन रात्रि में परिवर्तित होते गए और पूरे एक वर्ष के पश्चात् इमारत का निर्माण अंततः पूरा हुआ। उस दिन मुझे ज्ञात हुआ कि वह संरचना वास्तव में किसी देवता के मंदिर की थी। बाहरी वास्तुकला से पता चल रहा था कि निषिद्ध कमरा वास्तव में मंदिर का गर्भगृह था और उसकी आकृति अन्य हिंदू मंदिरों से विपरीत थी। उस रात्रि मैं उस जगह

को साफ करने के लिए देर तक जागता रहा और वह वृद्ध सदैव की तरह अपने कक्ष में बंद रहा।

'मुझे तिब्बत से भारत आए कुछ ही साल हुए थे, जिस कारण मैं तब भी इसकी विशाल संस्कृति और धर्मों से परिचित होने की प्रक्रिया में था। तब मुझे पता चला कि हिंदू परंपरा में मंदिर में देवता की मूर्ति को बैठाने के समारोह को 'स्थापना' कहा जाता है, जो अगले दिन होने वाली थी।

'भोर होते ही वृद्ध पुरुष ने मुझे जगाया और मेरा काम समाप्त हो जाने के कारण मुझे त्वरित अवकाश लेने के लिए कहा। मुझे ज्ञात हुआ कि मैं अब उसके प्रतिबंध से छूट गया था। पहले दिन उसने मुझसे जो प्रश्न किया था, उसका स्मरण करते हुए मैंने अंततः उसका उत्तर दिया, 'तुमने मुझसे पूछा था कि मैं यह किसके लिए कर रहा हूँ, स्मरण है? मैं नहीं जानता था कि यह मंदिर किस देवता के लिए बनाया जा रहा था, इसलिए मैंने इसका निर्माण देवत्व के लिए नहीं किया। यहाँ से जाने के पश्चात् मैं अपने जीवन में आगे बढ़ जाऊँगा, इसलिए निश्चित रूप से मैंने यह स्वयं के लिए भी नहीं किया। रह जाते हो तुम, इसलिए मैंने इसे तुम्हारे लिए बनाया है।'

'उस पत्थर के द्वार को देखते हुए मैंने उससे पूछा, 'तुमने इसका निर्माण किसके लिए किया है?'

'मैंने तुमसे एक प्रश्न पूछा था, किंतु तुम दो उत्तरों की अपेक्षा करते हो। मैं केवल एक ही उत्तर दूँगा, जिसके पश्चात् तुम्हें जाना होगा। स्वयं निर्णय कर लो कि तुम्हारे लिए कौन सा प्रश्न अधिक महत्त्वपूर्ण है!' उस वृद्ध ने कटु उत्तर दिया।

'परंतु मैंने उससे केवल एक ही प्रश्न पूछा था, इसलिए उसकी इस बात ने मुझे संकोच में डाल दिया था। मैं उससे पूछना चाहता था कि वह दूसरा प्रश्न कौन सा था; परंतु उसके रूखे व्यवहार को देखते हुए मुझे ज्ञात था कि फिर वह मेरे किसी भी प्रश्न का उत्तर देने से मुकर जाएगा।

'शीघ्र बोलो! मुझे स्थापना की कृति आरंभ करनी है। तुम्हारा उत्तर देने के लिए मेरे पास पूरा दिन नहीं है।' वृद्ध का धैर्य टूट रहा था।

'इससे पहले कि मैं कुछ कह पाता, एक भटकते विद्वान् ने आकर उससे पूछा, 'क्या आप जानते हैं कि ननशाद कौन है?'

'मैंने वृद्ध पुरुष को अचंभे से देखा। तो दो प्रश्नों से उसका यह तात्पर्य था! विद्वान् ने कुछ क्षण प्रतीक्षा की, परंतु जब उसे कोई उत्तर नहीं मिला तो वह किसी और से पूछने के लिए दूसरी ओर चला गया। मैंने इस अवसर का उपयोग किया।

' 'मेरे पहले प्रश्न का उत्तर दो।' मैंने चौड़ी, आशा भरी निगाहों से उसे देखते हुए कहा।

'कर्क आकर उसके कंधे पर बैठ गया। उसके मुख को सहलाते हुए वृद्ध ने कहा, 'मैं ही वह नाम हूँ, जो तुम्हें बिसरख तक ले आया। मैं हूँ ननशाद!'

'और फिर, मुझे चकित छोड़कर वह अपने निषिद्ध कक्ष में चला गया और मेरी दृष्टि उस पर ही टिकी रही। जिसकी मुझे खोज थी, उसी पुरुष के लिए मैं वर्ष भर काम कर रहा था और मुझे एक क्षण भी इस बात का आभास नहीं हुआ!

'सुबह साँझ में परिवर्तित हो गई और शीघ्र ही तारे निकल आए। मैं वहीं बैठा रहा, उसके बाहर आने की प्रतीक्षा करता रहा। उस दिन से पहले कभी भी ननशाद इतने लंबे समय तक कक्ष के भीतर नहीं रहा था। आधी रात को वह बाहर आया और मुझे ठीक वहीं खड़ा पाया, जहाँ उसने मुझे सुबह छोड़ा था। उसकी अभिव्यक्ति में आश्चर्य का कोई संकेत नहीं था। वह द्वार खुला छोड़कर वापस भीतर चला गया। एक वर्ष में पहली बार मैंने अंदर झाँककर देखा। गर्भगृह से निकलती ऊर्जा की एक अविश्वसनीय शक्ति ने मुझे घेर लिया। कई वर्षों के पश्चात् उस दिन मुझे उसी द्वेष और घृणा का आभास हो रहा था, जिसे मैं वर्षों पहले मन में लिये भटक रहा था। परंतु इस बार मैं रोष के साथ एक अपार शक्ति का भी आभास कर सकता था। मैं इतनी शक्ति अवशोषित कर रहा था कि मेरे नथुनों से रक्त बहने लगा और कुछ ही क्षणों में मेरी चेतना मेरी देह से निकल गई और मैं भूमि पर गिर पड़ा। आँखें बंद होने से पूर्व जो अंतिम दृश्य मैंने देखा था, वह था एक धुँधली आकृति का, जो निश्चित रूप से ननशाद की नहीं थी।

'जब मैं उठा, तब मेरे वस्त्र रक्त से लथपथ थे। कर्क मेरी छाती पर बैठा था और मेरी आँखों में देख रहा था। स्थापना समाप्त हो चुकी थी। जब मैं बैठा, तब मेरा सामना एक विशाल मूर्ति से हुआ, जो लगभग 20 फीट लंबी

थी, जिसके दस सिर थे और कई हाथों में विभिन्न अस्त्र व शस्त्र थे। स्वर्ण आभूषणों से लदी वह मूर्ति उसी मंच पर रखी गई थी, जिसे मैंने देवता के लिए बनाया था। उस मूर्ति की अभिव्यक्ति अत्यंत तीव्र प्रतीत हो रही थी।

' 'यह किसकी मूर्ति है?' मैंने विस्मित होकर पूछा।

' इससे पहले कि मिलारेपा ननशाद का उत्तर बता पाते, अश्वत्थामा ने चिल्लाकर कहा, 'लंका के राक्षस राजा रावण की!' ओम् को देखते हुए उन्होंने कहा, 'बिसरख आज उत्तर प्रदेश के ग्रेटर नोएडा में स्थित है और माना जाता है कि यह राजा रावण का जन्मस्थान है। इस भूमि पर कई प्राचीन मंदिर खड़े हैं। स्वयंभू शिवलिंग, जिसकी पूजा रावण एवं उसके पिता विश्रवा ने की थी, की इसकी खोज एक सदी पहले वहाँ हुई थी। वह आकार में अष्टकोणीय है। लिंग भूमि से 2.5 फीट ऊपर उठा हुआ है और 8 फीट नीचे तक जाता है। यह एक विशाल वट वृक्ष के पास बने मंदिर में विराजमान है और इसमें संगमरमर से बना एक आँगन है, जहाँ भक्त प्रतिदिन पूजा करने आते हैं।'

मिलारेपा ने सहमति में सिर हिलाते हुए कहा, 'मैंने इस खोजे गए गर्भगृह का निर्माण सन् 1135 से पहले किया था। अब तो राक्षसराज को समर्पित एक नया मंदिर निर्माणाधीन है, जिसमें 42 फीट का शिवलिंग और रावण की 5.5 फीट की मूर्ति है। मुझे कभी पता नहीं था कि मैं रावण के मंदिर के विकास के लिए इतना परिश्रम कर रहा था।'

'परंतु मेरा प्रश्न था कि आप मेरे बारे में कैसे जानते हैं? इन सबका मुझसे और मेरे प्रश्न से क्या संबंध?' ओम् की अधीरता उसकी वाणी में स्पष्ट सुनाई दे रही थी।

'तुम्हारे लिए यह जानना आवश्यक है कि मैं ननशाद से क्यों और कैसे मिला तथा वह कौन था, क्योंकि यह सारी जानकारी तुम्हारे और तुम्हारे प्रश्न से संबंधित है। तो ध्यान से सुनो। रावण को दशशीश रावण, दशग्रीव, महारावण, दशानन, लंकेश्वर, लंकेश्वरन, रावणसुर, रावणेश्वरन, ईला वेंधर और रावुल जैसे कई नामों से जाना जाता है।'

'हाँ, मुझे पता है; पर आप मुझे यह क्यों बता रहे हैं?'

'तो अब 'ननशाद' लिखो और इसे उलटी तरफ से पढ़ो।'

ओम् ने मिलारेपा की बात का अनुपालन किया। जब उसने नाम को

लिखकर उसे उलटी ओर से पढ़ा, तब उसने देखा कि ननशाद 'दशानन' बन गया, जो रावण के सबसे प्रसिद्ध नामों में से एक था।

मिलारेपा ने कहा, 'रावण की तरह ननशाद के भी अनेक नाम थे। उनमें से एक है नागेंद्र—जिस नाम से कभी तुम उससे परिचित थे।'

नागेंद्र का नाम मिलारेपा के मुख से सुनकर ओम् काँप उठा। 'फिर क्या हुआ?'

'फिर? फिर दशानन की स्थापना के पश्चात् मैं बिसरख से बिना कुछ लिये चला गया।' मिलारेपा ने उत्तर दिया।

इसके साथ ही ओम् की उत्सुकता पहले से कहीं अधिक बढ़ गई। परंतु वह अकेला ऐसा नहीं था, जिसकी जिज्ञासा बढ़ती जा रही थी। उस समय कैलाश की ओर बढ़ते हुए परिमल एवं एल.एस.डी. को भी ऐसी ही कुछ उत्तेजना हो रही थी।

उनकी यात्रा दीघा समुद्र-तट से पूर्ण अर्धचंद्र के नौ दिन पहले से आरंभ हुई थी। अपने पहले पड़ाव नाथू ला दर्रे तक पहुँचने के लिए उन्होंने बाईस घंटे की यात्रा की थी।

रात्रि में उन्होंने एक वीरान होटल में रुकने का निर्णय लिया। भोजन के पश्चात् वे नागेंद्र के कक्ष में एकत्र हुए। परिमल और एल.एस.डी. नागेंद्र के समक्ष खड़े होकर उसके निर्देशों की प्रतीक्षा कर रहे थे। नागेंद्र का ध्यान एक पुरानी लकड़ी की मेज पर फैले नक्शे के फटे टुकड़ों पर था।

नागेंद्र ने कहा, 'भारत से कैलाश पहुँचने के दो मार्ग हैं—एक उत्तराखंड में लिपुलेख दर्रे से होकर जाता है और दूसरा सिक्किम में नाथू ला दर्रे से। लिपुलेख दर्रा पहले एक लोकप्रिय विकल्प हुआ करता था, परंतु अब वह उत्तराखंड में बाढ़ के कारण क्षतिग्रस्त हो गया है। सिक्किम का रास्ता नाथू ला दर्रे पर भारत-चीन सीमा को पार करता है।' मार्ग पर चिह्नित बिंदुओं की ओर इशारा करते हुए नागेंद्र ने मार्ग समझाना शुरू किया, 'नाथू ला से कल हम कांगमा जाएँगे, जो 185 किलोमीटर दूर है। फिर हम लाजी तक 295 किलोमीटर की और फिर झोंगबा तक 477 किलोमीटर की यात्रा पूरी करेंगे। झोंगबा से आगे अतिरिक्त 477 किलोमीटर हमें दारचेन और उसके पश्चात् कुगु तक ले जाएगा।'

परिमल ने तर्क दिया, 'नाथू ला दर्रे से इस मार्ग में लगभग पाँच दिन का समय लगेगा और यह कैलाश पहुँचने के लिए सबसे छोटा मार्ग भी है। हमने नौ में से एक दिन पहले ही नाथू ला तक पहुँचने में लगा दिया है, जो हमें पूर्ण अर्धचंद्र की रात में कैलाश पहुँचने के लिए आठ दिनों का समय देता है। इसका अर्थ है कि हमारे पास तीन दिन का समय है।'

'नहीं, हमने पहले ही दो दिन की देरी कर दी है और हमें उनकी भरपाई करनी होगी।' नागेंद्र ने उसकी बात को सही करते हुए कहा।

'किंतु आपने पाँच दिन कहा था!' एल.एस.डी. ने टोकते हुए कहा।

'पहियों पर पाँच दिन। हम पैदल जा रहे हैं। कैलाश की यात्रा आदर्श रूप से वैशाख (अप्रैल-मई) और कार्तिक (अक्तूबर-नवंबर) के महीनों के बीच की जाती है। पर्वतारोहियों को आगाह किया जाता है कि वे मार्गशीर्ष (नवंबर-दिसंबर) से चैत्र (मार्च-अप्रैल) के बीच के पाँच महीनों में कोई अभियान न करें, क्योंकि उस समय वहाँ साँस लेना और जीवित रहना कठिन हो जाता है। हम माघ (जनवरी-फरवरी) में यात्रा करने वाले हैं, जो उस क्षेत्र में वर्ष का सबसे ठंडा और सबसे कठिन समय है। सड़कें अवरुद्ध हैं और हमारे गंतव्य के लिए कोई आवागमन नहीं है। इसलिए हमें दस दिन या उससे भी अधिक की आवश्यकता है। वैसे भी, बहुत रात हो गई है। जाओ, थोड़ा विश्राम कर लो, क्योंकि आज रात के पश्चात् तुम अधिक देर तक विश्राम नहीं कर पाओगे। हम कल सूर्योदय से पहले निकलेंगे।'

नागेंद्र ने अपनी आँखें बंद कर लीं और ध्यान करने बैठ गया, यह दर्शाते हुए कि उसने दिन के अंतिम प्रश्नों का उत्तर दे दिया था। सुबह 4 बजे वे लोग कैलाश के रास्ते में पड़ने वाले अगले दो पड़ाव कांगमा और लाजी के लिए रवाना हो गए। नागेंद्र से लगभग 100 मीटर पीछे एल.एस.डी. के साथ परिमल चल रहा था। जब उसने आकाश की ओर देखा, तब उसे वहाँ ढलता हुआ चंद्रमा दिखाई दिया, जो यह दर्शा रहा था कि अर्धचंद्र की रात को लगभग आठ दिन बचे हैं।

परिमल ने एल.एस.डी. से पूछा, 'अर्धचंद्र की रात में ऐसी क्या बात है?'

'सही समय आने पर तुम्हें पता चल जाएगा।' एल.एस.डी. ने सटीक उत्तर दिया।

'और तुम कौन हो? यह पता करने का सही समय कब है?' परिमल ने भौहें जोड़कर पूछा।

एल.एस.डी. ने आगे बढ़ते नागेंद्र की ओर इशारा करते हुए कहा, 'तुम ये सारे प्रश्न उनसे क्यों नहीं पूछते?' उसने यह मानते हुए चुनौती दी कि इससे वह चुप हो जाएगा।

जैसा कि परिमल का स्वभाव था, वह विचार करने लगा कि नागेंद्र और मिलारेपा के बीच क्या संबंध हो सकता था? इस बात का कोई ऐतिहासिक लेखा-जोखा भी नहीं था। उसे इस बात का भी ज्ञान था कि वह सीधे मिलारेपा के बारे में नागेंद्र से कुछ नहीं पूछ सकता था। इसलिए उसने इस प्रश्न को अर्धचंद्र से संबंधित एक प्रश्न के रूप में छिपाकर पूछने का निर्णय किया। अर्धचंद्र की रात निकट आ रही थी, इसलिए कम-से-कम इससे संबंधित प्रश्न पूछने का समय वास्तव में उचित था; हो सकता था कि इससे उसे मिलारेपा के विषय में भी कुछ उत्तर खोजने का मार्ग मिल जाए!

भ्रमित एल.एस.डी. ने परिमल को नागेंद्र की ओर तेजी से चलते देखा। उसने फुसफुसाते हुए पूछा, 'तुम क्या कर रहे हो?'

'सही समय आने पर सब पता चल जाएगा।' परिमल ने ऐंठकर कहा और नागेंद्र की ओर बढ़ने लगा। नागेंद्र के ठीक पीछे पहुँचते ही उसने कहा, 'आपको हम पर विश्वास नहीं है, है न?'

बिना रुके नागेंद्र ने उत्तर दिया, 'ऐसा नहीं है।'

परिमल सकारात्मक था कि उसने वार्त्तालाप का आरंभ कर दिया था और अब उसे कुछ उत्तर मिल सकते थे। बात को आगे बढ़ाते हुए उसने कहा, 'एल.एस.डी. कहती है कि आप हमें कुछ नहीं बताते, क्योंकि आपको हम पर विश्वास नहीं है।'

नागेंद्र के मुख पर कोई भाव नहीं था, जब उसने कहा, 'और ऐसा क्या है, जो तुम जानना चाहते हो?' परिमल ने एल.एस.डी. की ओर देखा, जो अभी भी नियमों का पालन करते हुए बिना कुछ पूछे दूरी बनाकर चल रही थी।

'मैं जानना चाहता हूँ कि कैलाश पर्वत का अर्धचंद्र की रात से क्या संबंध

है? वह आपसे और कैलाश पर्वत पर चढ़ने वाले उस व्यक्ति के बीच के संबंध के बारे में पूछने से भयभीत है।'

नागेंद्र एकाएक रुक गया और बोला, 'तुम्हारे दो प्रश्न हैं। मैं उनमें से केवल एक का ही उत्तर दूँगा। निर्णय कर लो कि तुम्हारे लिए कौन सा प्रश्न अधिक महत्त्वपूर्ण है और मैं उसी का उत्तर दूँगा।'

नागेंद्र को ठहरने के लिए कहते हुए परिमल भी कुछ दूरी पर अपने स्थान पर रुक गया। उसने क्षण भर विचार किया और निर्णय लिया कि जब वे अपने गंतव्य पर पहुँचेंगे तो अर्धचंद्र का रहस्य सुलझ ही जाएगा। परंतु रहस्यमय कैलाश पर्वत पर चढ़ने वाले व्यक्ति के बारे में पूछने के लिए फिर से कोई अवसर मिलना कठिन था। इसलिए उसने घोषणा की, 'मुझे उसके प्रश्न का उत्तर चाहिए।'

'अति उत्तम।' नागेंद्र ने परिमल को अपने निकट बुलाया और अपने शत्रु के स्मरण में उसके मुख पर घृणा झलकने लगी। 'मैं मिलारेपा से सबसे पुराने दशानन मंदिरों में से एक का निर्माण करते समय बिसरख में मिला था। उसने निस्स्वार्थ भाव से मंदिर के निर्माण में मेरी सहायता करके मुझे प्रसन्न कर दिया था और स्थापना के पश्चात् वह बिना कुछ लिये वहाँ से चला गया था, बल्कि हमने उसे जाने नहीं दिया। उसे इस बात का आभास नहीं था कि उसका ही नहीं, परंतु बिसरख में हमारा भी कार्य संपन्न हो गया था। उसे ज्ञात नहीं था कि जहाँ वह एक मार्गदर्शक और एक गुरु की खोज में आया था, वहीं हम भी एक प्रतिभाशाली साथी की प्रतीक्षा कर रहे थे। मिलारेपा को यह नहीं पता था कि उसने हमें नहीं, हमने उसे ढूँढ़ा था। फिर मार्गदर्शक ने पथिक का अनुगमन किया। हाँ, बिसरख से लेकर इस देश की उत्तरी सीमाओं तक मिलारेपा का पीछा हमने तब तक किया, जब तक हमें विश्वास नहीं हो गया कि वह हमारे विश्वास का पात्र बन सकता था। अंत में, जब वह पूर्णत: पराजित होकर सीमा पार करने ही वाला था, तब हमने फिर से उसका मार्ग पार किया और उसे अपने साथ जोड़ लिया। वह पहले एक आदर्श छात्र था, फिर वह हमारे दो सबसे प्रतिभाशाली व्यक्तियों में से एक और दूसरा सबसे अच्छा विश्वासपात्र बन गया। अवश्य ऐसा सिर्फ तब तक था, जब तक उसने हमें विश्वासघात का गहरा घाव नहीं दिया था।'

'हम? हमें? दो अद्भुत गुणों में से एक? दूसरा सबसे पक्का विश्वासपात्र? आप किस विषय में बात कर रहे हैं? पहला विश्वासपात्र कौन था? मुझे कुछ समझ नहीं आ रहा।' परिमल संकोच में पड़ गया।

नागेंद्र ने उसकी सभी शंकाओं को शांति से सुना और कहा, 'मैंने तुमसे कहा था कि मैं केवल एक ही प्रश्न का उत्तर दूँगा।'

परिमल के पास अपने प्रश्नों को दबाने और नागेंद्र को अपनी बात पूरी करने देने के अतिरिक्त और कोई विकल्प नहीं था।

'उसका एक सर्वश्रेष्ठ गुण यह था कि वह हमारे द्वारा लिये निर्णय पर कभी संदेह नहीं करता था और इसलिए उसने कभी भी प्रश्न नहीं उठाया और न ही किसी भी विषय में कोई तर्क किया, जैसे तुम कर रहे हो। उसने हमारा विश्वास प्राप्त किया और हमने उसे वह सबकुछ सिखाया, जो हम जानते थे और फिर, वह मेरे समान जोशीला हो गया। एकजुट होकर हमने ओम् को खोजना प्रारंभ किया था और सावधानीपूर्वक उन जगहों का पता लगाया, जहाँ हमें उसका या उसकी उपस्थिति का कोई संकेत मिले। यद्यपि वह अपना नाम, पहचान और स्थान बदलता रहा, इसलिए मैंने भी वैसा ही किया; परंतु मिलारेपा ऐसा नहीं कर सका, क्योंकि उसके सिद्धांतों के अनुसार असत्य बोलना पाप था। इसलिए उसने इस विषय में मौन धारण करने का निश्चय किया। वह हमारी योजना के प्रति इतना शांत और विनम्र था कि न उसने उस पुरुष का नाम पूछा, न ही पूछा कि हम क्यों उसका पीछा कर रहे थे? मिलारेपा था एक आदर्श साथी।' नागेंद्र पुराने समय के स्मरण में बह गया।

'उसका मौन इतना स्थिर था कि लोग मान लेते थे कि वह मूक था। परंतु उसके मौन को हमने अपने उद्देश्य के प्रति निष्ठा समझने की भूल कर दी। ओम् को पकड़ने में अनगिनत बार असफल होने के पश्चात् एक दिन मिलारेपा ने कई वर्षों के बाद कुछ कहा।

' 'हो सकता है, मैं आपकी अच्छी तरह से सेवा कर पाऊँ, यदि मुझे ज्ञात हो कि वह पुरुष कौन है और उसके पास क्या है, जो हम प्राप्त करना चाहते हैं?' उसकी बात में सत्य भाँपकर हमने मिलारेपा को अपना सबसे बड़ा रहस्य बताने का निर्णय लिया। हम उसे धारागिरि ले गए।'

जहाँ नागेंद्र मिलारेपा के बारे में परिमल को बता रहा था, वहीं कैलाश

पर्वत की ओर बढ़ते हुए पर्वत पर थे मिलारेपा, जो ओम् को नागेंद्र के बारे में बता रहे थे।

'धारागिरि क्या है?' मिलारेपा ने उत्तर देने से पहले ओम् की ओर देखा। उन्होंने कथा के इस अध्याय का वर्णन करने से पूर्व साहस जुटाया और अश्वत्थामा की ओर देखा, जो स्वयं भी ओम् को देख रहा था। फिर उसने मिलारेपा को संकेत दिया कि उन्हें अपनी कथा आगे बढ़ानी चाहिए।

'धारागिरि झारखंड के घाटशिला जिले में उपस्थित एक झरना है। वह पूरा क्षेत्र वनों व पर्वतों से भरा हुआ था और मुझे ज्ञात नहीं था कि इतने मनमोहक स्थान पर ऐसी बर्बरता भी हो सकती थी! झरने के पीछे एक गुफा छिपी हुई थी, जहाँ पहली बार मैंने एक पुरुष को इतनी भयानक शारीरिक स्थिति में देखा। ऐसी स्थिति में, जिसकी कभी कल्पना भी नहीं की जा सकती थी। मैंने उसे चट्टानों के बीच एक दरार में से देखा था, जहाँ से वह मुझे नहीं देख सकता था। वह श्वास ले रहा था, परंतु न तो वह जीवित था और न ही मृत। वह इतना पतला और विकृत था कि मुझे उसे देखते रहने पर भी पीड़ा हो रही थी। मैंने ननशाद से पूछा, 'वह कौन है?'

' 'यह वही है, जिसने ओम् को भागने दिया। यह धन्वंतरि है।' ननशाद ने बताया। ओम् को इन उपहास्य बातों पर विश्वास नहीं हो रहा था। कोई उसे बता रहा था कि धन्वंतरि इतने दिनों तक जीवित था।

'उस समय मुझे तुम्हारे और तुम्हारे अनंत अस्तित्व के विषय में कोई जानकारी नहीं थी। ननशाद ने तुम्हारी रचना से लेकर तुम्हारे भागने तक, जब धन्वंतरि पर उसने आक्रमण किया, तब तक सबकुछ बताया और…'

'सुश्रुत…' ओम् ने कहा, परंतु उसकी भावनाओं ने उसकी आवाज को रुद्ध कर दिया था।

'उसने धन्वंतरि को तब से जीवित रखा था और उसे प्रताड़ित कर उसे आदेश दिया था कि वह पुनः ननशाद के लिए मृत संजीवनी की पुस्तक लिखे, क्योंकि मृत्यु से बचने के लिए उसके पास यही दो विकल्प थे।' धन्वंतरि की स्थिति के बारे में जानना न केवल कष्टदायक था, अपितु अत्यंत भयानक भी।

कैलाश की ओर बढ़ते हुए नागेंद्र ने कहा, 'मैं जीवित था, परंतु मेरी देह भीतर से गल रही थी। ओम् के समान मैं अपनी आयु को बढ़ने से नहीं

रोक सकता था। यद्यपि मैं इस प्रक्रिया को इतना धीमा करने में सफल था कि कई वर्षों के पश्चात् भी मैं उतना ही वृद्ध होता, जितना कि एक दिन में एक सामान्य मनुष्य होता है। परंतु तब मेरी देह के पास अधिक समय नहीं था। मैंने मिलारेपा को सबकुछ स्पष्ट रूप से बताया, जिससे वह समझ सके कि ओम् का मिलना और धन्वंतरि से जानकारी प्राप्त करना कितना महत्त्वपूर्ण था! मिलारेपा ने वचन दिया कि वह मेरे लिए पुस्तकें लाने हेतु कुछ करेगा। मिलकर हमने मिलारेपा को गुप्त रूप से धन्वंतरि के कक्ष में एक अन्य कैदी के रूप में भेजने की योजना बनाई।

'कक्ष के भीतर मिलारेपा ने दिखावा किया कि वह बोल नहीं सकता था। धन्वंतरि को प्रसन्न करने के लिए मिलारेपा ने उसकी देखभाल की। उसे साफ किया और उसे भोजन दिया। परंतु धन्वंतरि ने एक शब्द भी नहीं कहा। उनके बीच मौन का यह जटिल युद्ध बना रहा और कर्क मेरी आँखें व कान बनकर उनके कक्ष की दीवार पर बैठा रहा। दिन सप्ताह में और सप्ताह महीनों में परिवर्तित हो गए और शीघ्र ही कर्क का जीवन उस काल-कोठरी में संपूर्ण हो गया। जहाँ कर्क की मृत्यु हो गई थी, वहाँ उन दो बंदियों के अंतर्गत कोई परिवर्तन नहीं था; न तो मिलारेपा का समर्पण टूटा था और न ही धन्वंतरि का मौन। मैंने अंततः कर्क को 'कुरूप' के रूप में प्रतिस्थापित कर दिया।'

'कुरूप! वह कौन था?' परिमल ने पूछा।

'मेरा नया पालतू लकड़बग्घा!'

'धन्वंतरि और मिलारेपा में एक बात समान थी—हठ।' नागेंद्र का क्रोध मिलारेपा की स्मृति में उबल रहा था; किंतु उसने अपनी हताशा को नियंत्रित करते हुए कथा आगे बढ़ाई।

'धन्वंतरि एक भी शब्द नहीं बोलता था और मिलारेपा उसकी बात सुने बिना वहाँ से नहीं हिलने वाला था। दोनों में से कोई भी पराजय स्वीकार नहीं कर रहा था। अंततः अठारह महीनों के मौन के पश्चात् धन्वंतरि ने मिलारेपा से बात की। हम उन्हें बात करते हुए नहीं सुन सकते थे; परंतु इससे यह सिद्ध हो गया था कि संचार का पहला अवरोध नष्ट हो गया था। उसी समय, जैसा मिलारेपा ने ओम् के भ्रमण के स्वभाव को समझकर जो अनुमान लगाया था, उसके अनुसार, हमें पता चला कि ओम् को अंतिम बार अवंती में देखा गया

था, जिसे अब 'उज्जैन' के नाम से जाना जाता है, जो मध्य भारत का एक क्षेत्र है।

'इस प्रकार, हम अवंती की ओर चल पड़े और धन्वंतरि एवं मिलारेपा की रक्षा के लिए कुरूप को वहाँ छोड़ दिया।'

'तो इस कारण नागेंद्र ने मुझे अवंती में पाया!' ओम् को ज्ञात हुआ।

मिलारेपा ने उत्तर दिया, 'हाँ! जब ननशाद ने मुझे उन नगरों के बारे में बताया, जहाँ तुम वापस जा रहे थे, तब मुझे लगा कि तुम्हारा प्रवास मनमाना नहीं था और तुम जिस स्वभाव से यात्रा कर रहे थे, उस पर मैंने ध्यान दिया। जिस स्थान से तुम निकासी ले चुके थे, वहीं तुम कुछ वर्षों पश्चात् पुनः जा रहे थे। एक नई सरूपता धारण कर तुम उन्हीं लोगों से भेंट कर रहे थे, जिन्हें तुम पहले भी मिल चुके थे और उन्हें बता रहे थे कि तुम ओम् के पुत्र हो। यदि मेरा अनुमान सही था तो तुम अवंती की ओर ही प्रस्थान कर रहे थे।'

'सौभाग्यवश, मैं बाल-बाल बचा था। फिर जब वह वापस आया, तब क्या हुआ?' ओम् ने मिलारेपा से पूछा।

वहीं नागेंद्र परिमल के उसी प्रश्न का उत्तर दे रहा था। 'जब हम वापस आए तो मिलारेपा जा चुका था। धन्वंतरि से सारी जानकारी एकत्र कर वह भाग गया था। प्रवेश द्वार पर मुझे कुरूप का शव मिला। कुरूप की हत्या कर दी गई थी। उसने हमारे साथ विश्वासघात किया था और हमने उसे समझने में भूल कर दी थी। वह एक विद्रोही था, जो एक सहयोगी के वेश में हमारे समक्ष आया। वह तो चला ही गया था, परंतु उसके साथ ही मृत संजीवनी को प्राप्त करने के दो अवसरों में से एक अवसर भी चला गया।' नागेंद्र की बातें रुक गईं, परंतु उसके पैर अभी भी अपने गंतव्य की ओर बढ़ रहे थे।

'तो क्या उसने धन्वंतरि को बचाने हेतु कुरूप की हत्या कर दी?' परिमल ने स्पष्टता से समझने हेतु उत्सुक स्वर में पूछा। नागेंद्र ने परिमल की ओर देखा और पाया कि वह उत्तर सुनने के लिए उसके निकट आ रहा था। यह स्मरण होते ही कि मिलारेपा के विश्वासघात के कारण उसकी पराजय हुई थी, नागेंद्र ने क्रोधित होकर अकस्मात् ही परिमल को गले से पकड़ लिया। परिमल भयभीत हो गया और श्वास लेने के लिए संघर्ष करने लगा। नागेंद्र ने झटके से उसे अपने निकट खींच लिया और दाँत भींचकर कहा, 'तुम्हें पता है, लकड़बग्घा

हर तरह के जानवरों को खाने में सक्षम होता है, चाहे वह उनका अपना शिकार हो या सड़ता हुआ शव—जंगली पशु-पक्षियों से लेकर छिपकलियों और सर्पों तक, सबकुछ! उनके जबड़े हड्डियों को कुचलने के लिए अत्यंत मजबूत होते हैं। परंतु कुरूप ने कर्क को नहीं खाया, उसे मैंने खाया।'

परिमल का गला घुटने लगा। नागेंद्र की इतनी मजबूत पकड़ के उपरांत उसने कुछ बोलने का प्रयत्न किया, 'मैं···मु···मुझे···साँस नहीं आ रही!'

एल.एस.डी. मात्र दर्शक बनकर चुपचाप खड़ी थी।

नागेंद्र ने अपने दूसरे हाथ से परिमल की जीभ को अपने अँगूठे व तर्जनी के बीच कसकर पकड़ा और कहा, 'यदि तुम बोल नहीं सकते तो तुम एक उत्तम नौकर हो सकते थे, कुरूप की तरह। परंतु आवाज की अनुपस्थिति तुम्हें इतना सक्षम नहीं बनाती कि तुम मुझे बता सको कि तुम्हें साँस नहीं आ रही। तुम अपनी रक्षा नहीं कर पाते, यदि यह आवाज न होती। समझ रहे हो, परिमल? सबकुछ दुधारा होता है—एक अच्छे और बुरे पक्ष के साथ, और वैसी ही है तुम्हारी यह जीभ। आज इसने तुम्हारी रक्षा की है, परंतु कल यही तुम्हें तुम्हारी मृत्यु के मुख में धकेल सकती है।' नागेंद्र ने परिमल की गरदन व जीभ को छोड़ा और परिमल तुरंत अपने घुटनों पर गिर गया, जोर-जोर से साँस के लिए हाँफते हुए। नागेंद्र उसके पास झुका और कहने लगा, 'एल. एस.डी. ने उनमें से कोई भी प्रश्न नहीं पूछा—सब तुमने पूछे! अगली बार जब तुम असत्य बोलोगे तो स्वयं को मृत पाओगे।' और वह उसे वहीं छोड़कर आगे बढ़ गया।

परिमल को अपने को नियंत्रित करने में कुछ क्षण लगे। एल.एस.डी. ने आकर उसे अपना हाथ दिया। उसका धुँधला दिखाई देता हाथ पकड़कर परिमल ने अपने आप को ऊपर खींचा और नागेंद्र को आगे बढ़ते हुए देखा। नागेंद्र की उँगलियों ने परिमल के गले पर गहरे निशान छोड़ दिए थे। अपने स्तर का ज्ञान हो जाने के कारण अब वह चुपचाप एल.एस.डी. के साथ चलने लगा, मन में निलंबित प्रश्न लिये कि धन्वंतरि को क्या हुआ?

'तो धन्वंतरि ने तुमसे क्या कहा?' ओम् ने पूछा।

'धन्वंतरि रोया और उसने मुझसे कहा कि तुम इस विश्व में अकेले हो और तुम्हारे अस्तित्व तथा तुम्हारी क्षमताओं के विषय में परशुराम का

जानना अत्यावश्यक था। तब मुझे ज्ञात हुआ कि यही मेरे जीवन का उद्‌देश्य था, जिसे मैं प्रारंभ से खोज रहा था। ननशाद मेरी नियति नहीं था, वह तो केवल यात्रा का एक पड़ाव था। मेरे जीवन में जो कुछ भी हुआ, वह मुझे धन्वंतरि तक ले गया था, ताकि मैं अपने जन्म का अंतिम कारण जान सकूँ। धन्वंतरि ही था, जिसने मुझे ज्ञानगंज नगर के बारे में बताया और परशुराम तक पहुँचाया। उसने मुझे महान् कैलाश की चोटी पर चढ़ने और मोक्ष प्राप्त करने के लिए प्रेरित किया। इसलिए इतिहास की ये पुस्तकें मिलारेपा को ही कैलाश पर्वत पर चढ़ने वाले एकमात्र व्यक्ति के रूप में मान्यता देती हैं। ओम्, अब तुम्हें पता होना चाहिए कि मैंने यह तुम्हारे लिए किया है। मैं तुम्हारे लिए परशुराम के पास पहुँचा।'

'परंतु धन्वंतरि का क्या हुआ? क्या तुमने उसे स्वतंत्रता दे दी?' ओम् ने पूछा।

'अवश्य, मैं धन्वंतरि को उस नरक जैसी अवस्था में कैसे छोड़ सकता था? मैंने उसे मारकर उसे स्वतंत्र कर दिया।' मिलारेपा ने ग्लानि भाव से उत्तर दिया।

ओम् को लगा, जैसे किसी ने उसके पेट में अग्नि जला दी हो! इससे पहले कि वह जानकारी को चेतनपूर्वक समझ पाता, वह मिलारेपा पर प्रचंड क्रोध से प्रहार करने लगा। अश्वत्थामा ने ओम् को रोकने का प्रयास किया, परंतु ओम् का वार मिलारेपा को भूमि पर गिराने के लिए पर्याप्त था। यह समझकर कि ओम् का क्रोध उचित है, मिलारेपा शांति से उठ खड़े हुए। अश्वत्थामा ने ओम् को सांत्वना देने हेतु उसके कंधों पर अपना हाथ रखा और स्वयं को नियंत्रित करने लगा। ओम् ने अश्रु भरी आँखों से पलटकर कहा, 'पुस्तकें भी जा चुकी हैं। धन्वंतरि के प्राणों का त्याग व्यर्थ गया। इस युद्ध में विरोध करने से पूर्व ही हमारी पराजय हो गई है। अब हमारे पास लड़ने के लिए कुछ नहीं है।'

अश्वत्थामा ने धीरे से कहा, 'हमारे पास तुम हो। अब तक जो कुछ भी हुआ है, वह तो केवल प्रारंभ है। जब तुम रॉस द्वीप के किनारे चट्टानों पर अचेत अवस्था में थे, तब परशुराम ने मुझसे कहा था कि अगली बार जब हम नागेंद्र का सामना करेंगे, तब तुम ही हमारी रक्षा करोगे। केवल तुम ही स्मरण

कर सकते हो कि अमर बनने से पूर्व तुम कौन थे? हो सकता है कि विरोध करने के लिए अब भी बहुत कुछ बचा है। युद्ध तब तक समाप्त नहीं होता, जब तक विश्व का अस्तित्व बना रहता है। यदि अभी भी लड़ने योग्य कुछ हो तो क्या तुम लड़ोगे?'

'और वह क्या हो सकता है?' ओम् ने निराशा से उपहास किया।

'प्रश्न यह नहीं है कि वह क्या है; प्रश्न यह है कि क्या तुम लड़ सकते हो?' ओम् निरुत्तर खड़ा रहा।

अश्वत्थामा ने आगे कहा, 'युद्ध का एक ही उद्देश्य होता है, और वह है— विजय। तुम्हारी जय का उत्तरदायित्व मेरे हाथों में है। तुम्हें युद्ध के लिए प्रशिक्षित होने की आवश्यकता है और मैं सुनिश्चित करूँगा कि तुम तैयार रहो। तुम्हारा प्रशिक्षण कल से प्रारंभ होगा।'

□

4

एक शब्द और दो झीलें

‘ओम् के रक्त के नमूने की उच्च स्तरीय जाँच करने और उसकी अविनाशी प्रकृति का संपूर्ण प्रमाण प्राप्त करने के पश्चात् तेज रोग-जनकों के विरुद्ध इसके प्रतिरोध का विश्लेषण करना चाहते थे। अपनी प्रयोगशाला में उन्होंने ‘पूह’ नामक एक स्वस्थ गिनी पिग पर प्रयोग करने हेतु उसे मारबर्ग वायरस से इंजेक्ट किया। फिर उसे वहीं छोड़कर तेज वहाँ से चले गए और द्वार भी बंद कर दिया, ताकि पूह बाहर न निकल जाए।’ मिसेज बत्रा ने बताया। ऊपर का कक्ष आधुनिक चिकित्सा उपकरणों और विभिन्न औषधियों से भरा हुआ था, परंतु फिर भी किसी कारण रिक्त लग रहा था। वातावरण में केवल मॉनिटर की हलकी गुनगुनाहट सुनाई दे रही थी।

‘यह उन दिनों में ली गई थी।’ मिसेज बत्रा ने पृथ्वी को एक तस्वीर देते हुए कहा। उसमें पृथ्वी ने बिस्तर पर दुर्बल अवस्था में लेटी हुई मिसेज बत्रा को देखा, जो औषधियों एवं मॉनिटरों से घिरी हुई थीं। ऐसा लग रहा था, जैसे उनकी देह में प्राण शून्य मात्र रह गए थे।

‘जब तेज ने कक्ष में प्रवेश किया, तब उनकी मंद मुसकान को देख मुझे क्षण भर के लिए शांति का आभास हुआ। मैं उनसे बहुत प्रेम करती थी। परंतु अगले ही क्षण मेरा कष्ट वापस आ गया। वह पीड़ा इतनी गहन थी कि मेरा सिर घूमने लगा, मेरी दृष्टि धुँधली हो गई और मेरी पीठ की मांसपेशियों में तीव्र जकड़न होने लगी। किसी भी देखने वाले को ऐसा लगता, जैसे मुझे दौरा पड़ रहा है; परंतु मेरी स्थिति भिन्न थी। मल्टीपल स्क्लेरोसिस पर की गई अनगिनत व्यापक शोधों के उपरांत मेरा बच पाना असंभव था।

'तेज हड़बड़ाकर उस बड़े से डिब्बे की ओर गए, जहाँ मेरी सारी औषधियाँ कतार में रखी हुई थीं और वहाँ से एक इंजेक्शन निकाला। उन्होंने मेरे हाथ को कसकर पकड़ रखा था। जैसे ही वह औषधि उन्होंने मेरी नसों में भरी, मैं फिर से स्थिर हो गई। तेज को आश्वासन देने के लिए मैंने एक मुसकान जुटाई; परंतु मेरी आँखें असत्य नहीं कह सकीं। वे देख सकते थे कि वे मुझे खो रहे थे। मेरी स्मृति क्षीण होती जा रही थी। वे मेरे साथ बिस्तर पर लेट गए और मुझे ऐसे पकड़ लिया, जैसे कोई शिशु हो! मैं स्तब्ध होकर वहीं लेटी रही—मुझे दिए जा रहे उपचार से पूर्णतः अज्ञात। किंतु तेज को इस बात का ज्ञान था कि उपचार मुझे नहीं बचा सकता था।

'कुछ घंटे तेज मेरे पास रहे। मेरे दुःख को देखकर उनके हृदय को पीड़ा होती थी और इस विचार में वे और चूर-चूर हो जाते थे कि मेरे अंत के साथ सबकुछ का अंत होने वाला था। जब भी मेरा कष्ट असहनीय हो जाता, तब वे मेरे हाथों को कसकर पकड़ लेते थे। मैं उनके साथ जीवन का एक और दिन जीने के लिए श्वास लेती रही और लड़ती रही। उन्होंने बाद में मुझे इस घटना के बारे में बताया। तब उन्होंने मुझसे साझा किया कि मुझसे दूर जाने का उन्हें कितना दुःख था। मैं और पूह जीवन के एक ही पड़ाव पर थे। हम दोनों के लिए श्वास लेना और हिल पाना कठिन था। हमारी अवस्था तेजी से बिगड़ रही थी। तेज बेसमेंट में स्थित अपनी प्रयोगशाला में चले गए। उन्होंने पूह को मेज पर रखा, क्योंकि अब समय था चमत्कार के परीक्षण करने का! उन्होंने एक सिरिंज में ओम् के रक्त की एक बूँद ली और उसे पूह की अधमरी स्थिति में इंजेक्ट कर दिया। तेज अपनी अंतिम आशा को रक्त की उन अपराजित काली कोशिकाओं पर लगाए बैठे थे।

'जब तेज ने पूह की फिर से जाँच की, तब उन्होंने पाया कि पूह ने संघर्ष करना बंद कर दिया था और उसके पीड़ा के लक्षण गंभीरता से कम होते दिख रहे थे। अपनी प्रगति से प्रसन्न होकर उन्होंने सुकून भरी साँस ली। अंततः, वे अपने जीवन साथी को जीवित रख सकते थे।' मिसेज बत्रा ने एक आह भरी और पृथ्वी से कहा, 'तुम बताओ, ओम् और नागेंद्र के साथ आगे क्या हुआ?'

पृथ्वी भाँप गया था कि वे आगे कुछ भी कहने में संकोच कर रही थीं और उन्हें पृथ्वी पर पूर्ण रूप से विश्वास बनाने के लिए और समय चाहिए था। इसलिए पृथ्वी ने अपनी कथा को आगे बढ़ाया।

□

कई दिनों तक निरंतर लंबी पदयात्रा करने के पश्चात् नागेंद्र और उसके दल ने भोर के समय कांगमा व लाजी को पार कर दिया। अगला पड़ाव था झोंगबा व दारचेन, जो उन्हें कैलाश पर्वत के और निकट ले आया।

इस बीच कैलाश पर प्रात:काल का वातावरण सदैव की भाँति शीतल था और वहाँ बना एक रिक्त क्षेत्र ओम् के प्रशिक्षण के पहले दिन के लिए तैयार था। सूर्योदय की लालिमा रात्रि की विदाई लेती कालिमा से मिश्रित हो रही थी। अश्वत्थामा ओम् को एक अस्थायी चट्टान पर ले आया, जहाँ प्राचीन धातु से बने अस्त्रों के एक समूह को खड़ा कर रखा था। ओम् अचंभे से उन्हें अंधकार में चमकता हुआ देखता रहा। जैसा उसने विचार किया था, उससे यह दृश्य पूर्णत: विपरीत था। उसे लगा था कि ये प्राचीन अस्त्र उन योद्धाओं के साथ सदैव के लिए अदृश्य हो गए होंगे, जो इनका युद्धभूमि में प्रयोग किया करते थे या फिर यदि ये संरक्षित थे भी तो जंग लगने के कारण नष्ट हो गए होंगे। परंतु उस समय वे सब ओम् के समक्ष उपस्थित थे और उनके साथ उपस्थित था एक लुप्त योद्धा, जो कभी इन्हीं अस्त्रों से युद्ध किया करता था।

ओम् सावधानी से उनके निकट गया और बारीकी से हर अस्त्र को देखा। अंत में, उसकी दृष्टि बाणों से भरे एक तरकश पर जा टिकी।

उसने आश्चर्यचकित स्वर में कहा, 'वे आधुनिक अस्त्र कहाँ हैं, जिनकी सहायता से तुम द्वीप पर मेरी रक्षा करने आए थे? वे पिस्तौलें व राइफलें इन साधारण तीरों से अधिक उन्नत और परिष्कृत थीं। क्या तुम मुझे उनमें प्रशिक्षित नहीं करने वाले? तुम ये सब क्यों लाए हो?' ऐसा कहते हुए जैसे ही ओम् ने एक तीर की नोक को स्पर्श किया, अकस्मात् ही उसे झटका लगा और वह लगभग 40 फीट ऊपर हवा में उड़ गया। एक ही क्षण में 7,00,000 से अधिक वोल्ट का ऐसा झटका लगा, जो उसकी पूरी देह में दौड़ गया, जैसा किसी हाई-टेंशन ट्रांसमिशन तार में पाया जाता है। उस संगीन झटके ने उसे किसी अवांछित पदार्थ की तरह भूमि पर गिरा दिया। एक साधारण पुरुष को

मृत बनाने के लिए ऐसा एक ही झटका पर्याप्त था और ओम् अमर होते हुए भी मानो बाल-बाल बचा था। उसकी देह का दायाँ भाग पूर्ण रूप से जल गया था, जिससे उसकी त्वचा उसके उभरते कंकाल पर चिपक रही थी। उसकी नसें स्याही की तरह काली पड़ गई थीं। वह इतनी बुरी तरह से जल गया था कि वह अपने पैरों पर फिर से खड़ा ही नहीं हो पा रहा था। वह भूमि पर लेटा रहा और यह समझने का प्रयास करता रहा कि अकस्मात् ही उसके साथ यह क्या हो गया था?

जैसे ही ओम् के घाव धीरे-धीरे अपने आप ठीक हो गए, अश्वत्थामा ने उसी तीर को अपने हाथ में पकड़ लिया और ओम् की ओर चलते हुए उसे समझाने लगा, 'क्योंकि वर्तमान न तो भूत पर विजय प्राप्त कर सकता है और न ही भविष्य पर। सभी विज्ञानों की नींव प्राचीन विज्ञान है, जो अब अधिकतर विश्व भर में फैली हुई पुस्तकों में छिपी हुई है; और कई तो नष्ट भी हो गई हैं। आधे से अधिक प्राचीन विज्ञान की खोज और व्याख्या अभी भी शेष है। जिस वस्तु का आविष्कार होने की घोषणा की जाती है, वह वास्तव में उन्हीं सिद्धांतों और आविष्कारों की खोज है, जिन पर सहस्राब्दियों पहले ही प्राचीन वैज्ञानिकों, गणितज्ञों, चिकित्सकों व अभियंताओं ने प्रयोग किए थे और उनके बारे में लिखा था। सुश्रुत ने शल्य चिकित्सा प्रशिक्षण, उपकरणों और प्रक्रियाओं का विशिष्ट रूप से वर्णन करते हुए 'सुश्रुत संहिता' लिखी, जिसका आज भी शल्य चिकित्सा के समकालीन विज्ञान द्वारा पालन किया जाता है। आधुनिक आविष्कार केवल प्राचीनकाल के विज्ञान की खोजें हैं, जिन्हें आज विश्व में पौराणिक कथाओं के नाम से जाना जाता है। सन् 1903 में राइट बंधुओं के विमान उड़ाने के दावे से सैकड़ों वर्ष पूर्व ही विश्व के इस भाग में विमानों ने उड़ान भर ली थी। पृथ्वी और सूर्य के मध्य का अंतर, जो कि 14,95,97,870 किलोमीटर है, की गणना सन् 1653 में होने से पूर्व, मेरे जन्म से भी पूर्व, 'हनुमान चालीसा' में ही कई वर्ष पहले हो गई थी। हम तो नवग्रहों को रामायण काल से भी पहले से पूजते आए हैं, सन् 1608 में टेलीस्कोप के आविष्कार के बाद से नहीं। क्या तुम्हें वास्तव में लगता है कि जिन मनुष्यों ने 'विमान पुराण' जैसी जटिल पुस्तकें, जिनमें आज वैज्ञानिकों को संबंध दिखाई देता है, लिखकर उनका परिपालन किया कि उन्होंने कभी गुरुत्वाकर्षण की

उपस्थिति पर विचार नहीं किया था? क्या तुम्हें लगता है कि गुरुत्वाकर्षण बल की सटीक समझ के बिना उड़ान पर एक व्यापक पुराण लिखना संभव होता?

'ब्रह्मगुप्त की पुस्तक 'ब्रह्मस्फुटसिद्धांत' का एक संस्कृत श्लोक कहता है—'शरीर पृथ्वी की ओर गिरता है, क्योंकि शरीर को आकर्षित करना पृथ्वी की प्रकृति है, जैसे पानी की प्रकृति है प्रवाहित होना।' यह कथन ब्रह्मगुप्त की गुरुत्वाकर्षण की अवधारणा की समझ को इंगित करता है, जिसका वर्णन बाद में एक अन्य भारतीय खगोलशास्त्री भास्कर द्वितीय ने सन् 1150 में अपनी पुस्तक 'सूर्य सिद्धांत' में विस्तार से किया था। यह सबकुछ न्यूटन के अस्तित्व से बहुत पूर्व घटित हुआ था। ब्रह्मगुप्त की मृत्यु 668 ई. में हुई और भास्कर द्वितीय ने 1150 में अपनी पुस्तक लिखी। न्यूटन का 'प्रिंसिपिया', जो गुरुत्वाकर्षण का वर्णन करता है, 500 से अधिक वर्षों के पश्चात् सन् 1687 में प्रकाशित हुआ था।

'आधुनिक विज्ञान और अस्त्रों की तुलना इन प्राचीन विज्ञान और अस्त्रों की शक्ति तथा विनाशकारी योग्यता से नहीं की जा सकती। मैंने रॉस द्वीप पर आधुनिक अस्त्रों का प्रयोग किया था, क्योंकि मुझे जिन अस्त्रों में महारत प्राप्त है, उनमें से वे सबसे अशक्त थे। वे मनुष्यों से रक्षा प्रदान करने में सक्षम थे, परंतु जो आगे होने वाला है, उसका सामना हम ऐसे खिलौनों से नहीं कर सकते।'

अब तक ओम् का जला हुआ भाग अधिकांशतः स्वस्थ हो गया था। परंतु अभी भी वह अपने पैरों पर खड़ा होने के लिए संघर्ष कर रहा था। अश्वत्थामा ने झुककर उसकी बाईं भुजा पर रुद्राक्ष बाँध दिया। 'इसके साथ ही हम गुरु-शिष्य परंपरा का आरंभ करते हैं। मैं तुम्हें उन सभी अस्त्रों से शिक्षित करूँगा, जो मेरे पास हैं।' अश्वत्थामा ने कहा।

'प्रथम नियम—किसी ऐसे अस्त्र को स्पर्श मत करो, जिसका तुमने आवाहन नहीं किया हो। तुम उसे तब तक नहीं स्पर्श कर सकते, जब तक वह तुम्हें ऐसा करने की अनुमति नहीं देता। कल्पना करो एक क्रूर सेबरटूथ की, जिसकी ग्रीवा में बँधी रस्सी का दूसरा छोर उसके स्वामी वृषकपि के हाथ में है। क्या होगा यदि तुम उस रस्सी को पकड़ने जाओगे? सेबरटूथ तुम्हें चीर डालेगा। वह अपने स्वामी के विपरीत, किसी को भी अपने निकट नहीं

आने देगा। तुम उससे मित्रता करने के पश्चात् ही उससे किसी भी प्रकार का वार्त्तालाप कर सकते हो। उस पर आधिपत्य प्राप्त करने के पश्चात् ही तुम उसे कोई आदेश दे सकते हो। ये अस्त्र तुम्हारे अधीन होते हैं; परंतु उससे पूर्व तुम्हें इन्हें समझना होगा, इनसे परिचित होना होगा और इन पर विजय प्राप्त करनी होगी। ये दिव्य अस्त्र हैं और इन्हें धारण करने वाले को अस्त्रधारी कहा जाता है, जो स्पष्ट रूप से तुम अभी नहीं हो।' अब तक सूरज आकाश में और ऊँचा उठ गया था, जिससे चमकदार तीरों की आभा मिटने लगी और अपना साधारण जीर्ण-शीर्ण रूप धारण कर वे वैसे ही दिखने लगे, जैसे ओम् ने कल्पना की थी।

ओम् ने अचंभित होकर कहा, 'तुमने मुझे अस्त्रों के विषय में जो भी बताया, वह सब मुझे ज्ञात था; परंतु मैं इस बात से अज्ञात था कि उनका अस्तित्व आज भी है।' उसके शेष घाव भी ठीक होते रहे और अश्वत्थामा ने उसे अपना हाथ दिया, ताकि वह पुनः अपने पैरों पर खड़ा हो सके।

'किसी भी अस्त्र का आवाहन करने हेतु एक विशिष्ट मंत्र के उच्चारण की आवश्यकता होती है। प्रत्येक अस्त्र का एक मंत्र होता है, जो उसे आदेश देता है और नियंत्रित करता है। मंत्र का पाठ होने के पश्चात् संबंधित देवता दैवीय शक्ति से अस्त्र प्रदान करते हैं, जिससे नियमित साधनों से उसका विरोध करना असंभव हो जाता है। अस्त्रों के प्रयोग के लिए विशिष्ट प्रतिबंध होते हैं, जिनका उल्लंघन घातक हो सकता है। इनमें बसी महान् शक्तियों के कारण अस्त्र का ज्ञान गुरु-शिष्य परंपरा में एक गुरु से एक शिष्य को केवल मौखिक निर्देश द्वारा और शिष्य की क्षमताओं का न्याय करने के पश्चात् ही पारित किया जाता है। कुछ अस्त्र इतने शक्तिशाली थे कि मंत्र का ज्ञान अपर्याप्त था। इसलिए उन्हें सीधे उससे संबंधित देवता द्वारा सौंप दिया जाता था।

'अस्त्रों का व्यापक प्रयोग 'रामायण' और 'महाभारत' के समय प्रारंभ हुआ था। फिर भी, प्रत्येक योद्धा के पास अस्त्र नहीं थे। तुम उनमें से कुछ अस्त्रधारी योद्धाओं से मिल चुके हो।'

अश्वत्थामा उचित कह रहा था। ओम् वास्तव में उनमें से कुछ अस्त्रधारियों से मिला था, जिनमें सम्मिलित थे—भगवान राम और भगवान

लक्ष्मण, गंगा-पुत्र भीष्म, अश्वत्थामा के पिता द्रोणाचार्य, सूर्य के आध्यात्मिक पुत्र कर्ण तथा इंद्र के आध्यात्मिक पुत्र अर्जुन।

'तीन पुरुष आज भी अस्त्रधारी हैं और वे हैं परशुराम, कृपाचार्य तथा मैं।' हिंदू पौराणिक कथाओं के तृतीय चिरंजीवी का नाम कानों में पड़ते ही ओम् की आँखें चमक उठीं।

'कृपाचार्य! वे कहाँ हैं?'

'यह तो पता नहीं। वे तभी आते हैं, जब उनकी आवश्यकता होती है और केवल मैं ही उनका आवाहन कर सकता हूँ।' अश्वत्थामा ने गर्व से उत्तर दिया।

'दिव्य अस्त्रों का साधारण रूप से तीरों का प्रयोग करके आवाहन किया जाता है; यद्यपि वे संभावित रूप से किसी भी अस्त्र या किसी अन्य वस्तु में धारण किए जा सकते हैं। मैंने अपने अस्त्र के रूप में दूर्वा की एक पट्टी का प्रयोग करके 'ब्रह्मशिरस' अस्त्र का आवाहन किया था। इंद्र-पुत्र अर्जुन इतने प्रबल थे कि वे केवल अपने मन की शक्ति से दिव्य अस्त्रों से वार कर सकते थे। अस्त्र को प्रकट करने हेतु उन्हें किसी भौतिक पात्र की आवश्यकता नहीं थी।'

अश्वत्थामा फिर ओम् को उन अस्त्रों के पास ले आया, जो सूर्य के प्रकाश में अहानिकरक प्राचीन आयुध के समान दिख रहे थे। वे केवल माध्यम थे, जिनमें दिव्य अस्त्रों की शक्ति को प्रसारित किया जा सकता था।

'ये कुछ अस्त्र हैं, जो मेरे पास हैं।' अश्वत्थामा ने एक अस्त्र को हाथ में लेते हुए कहा, 'यह वायव्यास्त्र है। यह एक ऐसा तूफान लाता है, जो पूरी सेना को भूमि से उठाने में सक्षम है। कुरुक्षेत्र में युद्ध के चौदहवें दिन, जब सूर्यास्त के पश्चात् भी युद्ध जारी रहा, तब मैंने इस अस्त्र का प्रयोग उस मायाजाल को तोड़ने हेतु किया था, जो भीम के पौत्र और घटोत्कच के पुत्र अंजनापर्वण ने बिछाया था। अर्जुन ने भी अंतिम युद्ध में कर्ण के विरुद्ध वायव्यास्त्र का प्रयोग किया था।' इतना कहकर अश्वत्थामा ने तीर वापस तरकश में डाल दिया।

'अब बैठो और वायु देवता का आवाहन करने हेतु ध्यान करो। इसमें पूरे पाँच दिन लगेंगे, इसलिए तैयार हो जाओ। मेरे पीछे कहो।' अश्वत्थामा बैठ गया और मंत्र-जाप करने लगा, जिसे ओम् भी दोहराने लगा। उनके स्पंदन

से संपूर्ण क्षेत्र गूँजने लगा। भूमि, कुश, पवन, आकाश—सबकुछ समान लग रहा था।

दिन बीतते गए और कैलाश पर निरंतर मंत्रोच्चारण गूँजता रहा। इस बीच नागेंद्र और उसका दल अपने भारी-भरकम सामान के साथ झोंगबा और दारचेन को पार करते हुए अपने अंतिम गंतव्य के निकट पहुँच गए। -14 डिग्री सेल्सियस के ठंडे तापमान में एल.एस.डी. निरंतर काँपते हुए परिमल के साथ नागेंद्र के पीछे चलते हुए क्षेत्र की अंतिम ऊँचाई और चढ़ाव से गुजर रही थी।

परिमल ने देखा कि नागेंद्र रुककर अपने सामने के दृश्य को देख रहा था। परिमल और एल.एस.डी. उसके साथ खड़े हो गए। कैलाश पर्वत का प्रतिबिंब एक राजसी झील की सतह पर स्पष्ट दिखाई दे रहा था। वे कुछ देर वहीं खड़े रहे, उस दृश्य को सराहते रहे और वहाँ की शांति को अनुभव करते रहे। ढलता हुआ सूरज क्षितिज में मिलकर झील की सतह पर एक आकर्षक व झिलमिलाता रंग छोड़ रहा था और ऐसा प्रतीत हो रहा था, जैसे समस्त ब्रह्मांड इसमें पिघल रहा हो! वहाँ के वातावरण की शीतलता उनके संघर्ष और शांति को दूर कर रही थी। समुद्र-तल से 22,028 फीट की ऊँचाई पर प्रकृति की गोद में बसे उस पवित्र धाम को देखकर एल.एस.डी. और परिमल अचंभित रह गए। रहस्यमय झील के गोलाकार में भरे स्वच्छ नीले जल और पन्ना-हरे रंग के केंद्र को देखना उन्हें अद्भुत आनंद प्रदान कर रहा था।

अपनी चिंता से बाहर निकलते हुए एल.एस.डी. ने श्वास भरते हुए कहा, 'तो हम कैलाश पर्वत की ओर नहीं जा रहे थे? हम कहाँ हैं?'

मंत्रमुग्ध परिमल उसके प्रश्न का उत्तर देने लगा।

'यह मानसरोवर झील है। संस्कृत में मानस का अर्थ है 'मन' और सरोवर का 'झील', जिनका मिश्रित अर्थ है 'मन की झील'। हिंदू शास्त्रों का कहना है कि ब्रह्मा ने अपने मन में इस झील की कल्पना की थी और उसके पश्चात् इसे दृश्य अभिव्यक्ति प्राप्त हुई, जिस कारण इस झील को यह नाम मिला। मानसरोवर झील पवित्रता की अवतार है और जो इसके जल का सेवन करता है, वह मृत्यु के पश्चात् सीधे शिव के निवासस्थान पर जाता है। ऐसी मान्यता है कि उसे सौ जन्मों तक किए गए सभी पापों से भी मुक्ति मिल जाती

है। समुद्र-तल से इतनी ऊँचाई पर मंत्रमुग्ध कर देने वाले शुद्ध जल की झील का अस्तित्व वास्तव में उल्लेखनीय है।'

एल.एस.डी. और परिमल नागेंद्र की ओर मुड़े, परंतु दोनों में से किसी ने भी उससे उनके गतिरोध के विषय में कोई प्रश्न पूछने का साहस नहीं किया। नागेंद्र ने उनकी ओर देखकर उनकी जिज्ञासा को पढ़ लिया।

उसने कहा, 'हम यहाँ एक शब्द की खोज में आए हैं···रहस्यवादी मंत्रमुग्धता का प्रथम शब्द, जो शेष शब्दों को मुक्त करेगा। चट्टानों के बीच एक शरण ढूँढ़ो, जो रात्रि में हमारी रोशनी को छुपा सके; दो तंबू लगाओ और उचित समय की प्रतीक्षा करो।' एल.एस.डी. और परिमल चुपचाप काम पर लग गए, बिना यह पूछे कि वह किस रहस्यवादी मंत्र के प्रथम शब्द और किसको मुक्त करने की बात कर रहा था?

अर्धचंद्र की पूर्व संध्या पर सूर्यास्त से ठीक पहले ओम् ने पाँच दिनों के पश्चात् अपनी आँखें खोलीं और अश्वत्थामा को देखा, जिसने उसे खड़े होकर वायुअस्त्र उठाने का निर्देश दिया। ओम् थोड़ा झिझक रहा था। अश्वत्थामा ने मुसकराते हुए उसे आश्वासन दिया कि उसे फिर से चोट नहीं लगेगी। ओम् ने वायुअस्त्र को उठाया और उसकी शक्ति को अपने रक्त के माध्यम से अनुभव किया। उसने कर दिखाया! अश्वत्थामा ने गर्व से अपने शिष्य की ओर देख उसे स्नेह भरा आलिंगन दिया।

'अति उत्तम, ओम्! अब सो जाओ। तुम पाँच रातों से नहीं सोए हो, तुम्हें विश्राम की आवश्यकता है। मैं तुम्हें कल भोर में मिलूँगा।' अश्वत्थामा ने ओम् को उनके लंबे ध्यान से राहत देते हुए कहा। ओम् ने आदेश का पालन ठीक उसी प्रकार किया, जैसे एल.एस.डी. और परिमल ने अपने वरिष्ठ अधिकारी का किया था।

सूर्यास्त के साथ अंधकार हो गया। मानसरोवर का तापमान और भी गिर गया। एल.एस.डी. और परिमल ने चट्टानों के बीच एक उपयुक्त स्थान पर तंबू लगा दिया था। कार्य समाप्त करते हुए जैसे ही वे विचार करने लगे कि उन्हें तीन के विपरीत दो ही तंबू लगाने का आदेश क्यों दिया, वैसे ही नागेंद्र वहाँ आया और उन दोनों को उसके साथ मानसरोवर के पश्चिमी ओर चलने का आदेश दिया। उन्होंने एक-दूसरे को देखा और अँधेरी रात में नागेंद्र के

साथ चलने लगे। आकाश तारों से भरा हुआ था, परंतु चंद्रमा अभी भी दिखाई नहीं दे रहा था। वे नागेंद्र के साथ-साथ घोर अँधेरे में चले जा रहे थे। एल.एस.डी. ने एक टॉर्च निकाली; किंतु इससे पहले कि वह उसे जला पाती, नागेंद्र ने उसे रोक दिया—'अँधेरे के भय के कारण ही उजाले से आनंद की प्राप्ति होती है। बुराई के बिना अच्छाई का कोई मूल्य नहीं है।'

मानसरोवर सभी झीलों में सबसे शांत झील मानी जाती थी, क्योंकि अत्यंत दुर्लभ जलवायु परिस्थिति में भी वहाँ के वातावरण में नीरवता छाई हुई थी और लहरों की आवाज उस शांति में भी सुनाई दे रही थी। वे कुछ और कदम आगे बढ़े। लहरों की ध्वनि के निकट जाते हुए नागेंद्र ने कहा, 'हम यहाँ मानसरोवर या कैलाश पर्वत के लिए नहीं आए हैं।'

जैसे ही वे मानसरोवर के पश्चिमी तट पर चलने लगे, परिमल और एल.एस.डी. ने विचार किया कि ध्वनि कहाँ से आ रही थी! लहरों के एक-दूसरे से टकराने की आवाज हर कदम के साथ बढ़ती जा रही थी। कुछ क्षण पश्चात् उन्हें लगा, जैसे वे किसी विशाल किनारे पर पहुँच गए हों। नागेंद्र ने रुककर आकाश की ओर देखा। एल.एस.डी. और परिमल को आश्चर्य हुआ कि नागेंद्र क्या खोज रहा था? वे लगभग एक घंटे धैर्यपूर्वक प्रतीक्षा करते रहे और अंततः आकाश में धीरे-धीरे चाँदनी उभरने लगी। फिर चाँद अपने पूर्ण अर्धचंद्र में उभरा और भूमि को एक चाँदी की धुंध में उज्ज्वलित कर दिया।

एल.एस.डी. और परिमल की दृष्टि टकराती लहरों की आवाज के स्रोत पर पड़ी और नागेंद्र ने उन्हें संबोधित किया, 'हम यहाँ प्रथम शब्द के लिए आए हैं।' यह एक और झील थी, जिसके समीप वे अब खड़े थे। इसका किनारा सुंदर, परंतु विषैले यूफोर्बिया फूलों से घिरा हुआ था, जो बालू व कंकड़ के बीच उग रहे थे।

नागेंद्र ने आगे बताया, 'यह राक्षस ताल है, जिसे 'रावण सरोवर' या 'राक्षसों का सरोवर' भी कहा जाता है। कैलाश निवासी भगवान शिव के प्रति भक्ति और ध्यान के माध्यम से महाशक्तियों को प्राप्त करने के व्यक्त उद्देश्य के लिए रावण ने इसका निर्माण किया था। वह शिव को प्रसन्न करने हेतु अपने दस मस्तकों में से एक मस्तक की बलि दैनिक भेंट करता था। अंत में, दसवीं रात को, जब तक रावण ने अपना अंतिम मस्तक चढ़ाने का निर्णय

किया, तब तक शिव रावण को महाशक्तियों का दोहन करने की इच्छा को पूरा करने हेतु प्रेरित हो गए थे। अर्धचंद्रमा की रात को ही उसकी मनोकामना पूरी हुई और इस तरह झील ने अर्धचंद्र का आकार ले लिया। आज रात सभी ग्रह और चंद्रमा ठीक उसी स्थिति में हैं, जिस स्थिति में वे उस रात थे। सहस्रों वर्ष पूर्व—उसी महीने में, उसी रात, वही चंद्रमा अपने अर्धचंद्र आकार में था, जब रावण शिव से मिला था। कहा जाता है कि राक्षस ताल का चंद्रमा के साथ घनिष्ठ संबंध है। झील की वीरानी की तुलना बहुधा चंद्रमा की शून्यता से की जाती है। मानसरोवर सदैव शांत व अविचलित रहता है; परंतु यह छोटा सा अर्धचंद्राकार राक्षस ताल सदैव अशांत रहता है, भले ही ऋतु कोई भी हो। जहाँ मानसरोवर एक आकर्षक आभा प्रज्वलित करता है और अपना जल स्नान एवं सेवन के लिए प्रदान करता है, वहीं कोई भी राक्षस ताल के निकट जाने का भी साहस नहीं करता। वे इसके प्रचंड रूप को देखकर भयभीत हो जाते हैं। राक्षस ताल के जल को छूना भी वर्जित है।'

नागेंद्र ने अपने सारे वस्त्र उतार दिए और नग्न होकर अकेले ही ठंडे जल में चलने लगा। अपनी आधी देह को राक्षस ताल में डुबोकर वह मुड़ा और परिमल को तैयार रहने का आदेश दिया। परिमल ने अपने पास रखा बैग खोला और गोताखोर के वस्त्र निकाले। जब परिमल वस्त्र पहनने लगा, तब नागेंद्र प्रार्थना करने लगा। निषिद्ध जल में प्रवेश करने से पूर्व एल.एस.डी. ने उसका बैग खोला और उसे पानी के नीचे लगने वाले दो बम दिए। नागेंद्र ने उन्हें आगे निर्देश दिया।

'मानसरोवर और राक्षस ताल यहाँ उपस्थित पहाड़ों की इस पतली गरदन से विभाजित हैं। यह गरदन सदियों से इन जलों के नाम और प्रकृति को भिन्नता प्रदान करती आ रही है; परंतु अब और नहीं। जाओ और पानी के नीचे की सबसे अशक्त कड़ी को खोजो तथा उसे तोड़ दो। तुम्हारे पास अधिक-से-अधिक तीन घंटे हैं। तुम्हारा कार्य समाप्त होने के पश्चात् ही प्रथम शब्द की खोज प्रारंभ हो सकती है। चंद्रमा के अस्त होने से पूर्व हमें आज रात शब्द प्राप्त करना है। हमारे पास दूसरा अवसर नहीं है और इसलिए, किसी भी प्रकार की त्रुटि के लिए कोई स्थान नहीं है। तुम्हारे पास तीन घंटे हैं! मिलते हैं उस पार।'

परिमल ने आदेश का पालन किया और अपने ऑक्सीजन मास्क को बाँध लिया। झील में उतरने से पूर्व उसने एल.एस.डी. को मुड़कर देखा और फिर बिना किसी भाव के गोता लगाया। नागेंद्र झील से बाहर निकला और अपने वस्त्र लेकर एल.एस.डी. के पास चला गया। वह तैयार हो गया और एल.एस.डी. को अपने पीछे लिये वापस आ गया, जो अपने हाथ में पकड़े एक मॉनिटर से परिमल पर दृष्टि रख रही थी। एक चमकदार बिंदु परिमल की गतिविधियों और झील के भीतर उसकी स्थिति को दर्शा रही थी।

गहरे पानी में परिमल को सबसे अशक्त स्थान मिल गया और एक उन्नत व शक्तिशाली बरमा से उसने सुरंग खोदना आरंभ किया। लगभग दो घंटे में उसने 20 फीट की खुदाई कर ली और जल क्षेत्र में एक प्राकृतिक गुहा पाई, जहाँ वह एक बम लगा सकता था, जिसके विस्फोट से भारी प्रभाव पैदा होने वाला था। उसने बम को लगाया और सुरक्षित दूरी बनाने हेतु अपने हाथ में डेटोनेटर लेकर पीछे की ओर तैरने लगा।

जब नागेंद्र मानसरोवर के शांत तट पर परिमल की प्रतीक्षा कर रहा था, तब एल.एस.डी. का हृदय हर बीतते क्षण के साथ तेजी से धड़क रहा था और उसकी दृष्टि मॉनिटर पर टिकी हुई थी। यह मानसरोवर एवं राक्षस ताल के बीच की विशाल दीवार और उसके समीप परिमल की स्थिति को दर्शा रहा था। नागेंद्र आँखें बंद करके ध्यान में लीन था। यकायक उन्हें लगा, जैसे उनके नीचे की धरती काँप रही हो। एल.एस.डी. तनाव में पड़ गई; परंतु नागेंद्र ने अपनी आँखें खोलीं और मानसरोवर की ओर मुसकराते हुए खड़ा हो गया। किसी भी क्षण परिमल उसे दिख सकता था। परंतु एल.एस.डी. के मॉनिटर ने कुछ और ही दिखाया।

परिमल वापस पानी में विस्फोट स्थल की ओर चला गया था, यह देखने के लिए कि कार्य पूरा हुआ या नहीं? परंतु झीलों के बीच की दीवार अब भी दृढ़ थी। उसने अपनी घड़ी देखी और पाया कि समय समाप्त हो रहा था। उसने दीवार को स्पर्श किया और अपने लहर के पैमाने से उसकी मोटाई को नापा। जो शेष मोटाई थी, वह नष्ट की गई दीवार से भी अधिक थी! उसने तुरंत दूसरा बम निकाला और नए छिद्र के सबसे गहरे स्थान पर लगाया तथा विस्फोट कर दिया।

एल.एस.डी. एवं नागेंद्र ने एक और भूकंप अनुभव किया। यह कंपन पिछले वाले से थोड़ा ही तीव्र था। एल.एस.डी. के मुख पर झलकती चिंता अब नागेंद्र के माथे पर भी झलकने लगी थी।

तीन घंटे समाप्त होने ही वाले थे। नागेंद्र की दृष्टि चंद्रमा और मानसरोवर, जो अभी भी अविचलित थे, के बीच इधर-उधर घूम रही थी और परिमल के पुनरुत्थान का कोई संकेत नहीं था। वह अभी भी राक्षस ताल में था, क्योंकि दूसरा बम भी दीवार को पूरी तरह से नष्ट करने में विफल रहा था। अब झील की गहराई में थे केवल परिमल और उसके औजार। बिना समय गँवाए परिमल ने अंतिम परत को तोड़ने के लिए खुदाई आरंभ कर दी, जो एक दुष्कर कार्य जैसा प्रतीत हो रहा था। उसकी ऑक्सीजन की आपूर्ति शीघ्रता से समाप्त हो रही थी और वह भी क्लांत हो रहा था।

नागेंद्र ने एल.एस.डी. को संकेत दिया। उसने एक और डेटोनेटर तथा अपना डाइविंग सूट निकाला; परंतु वह पहले ही भाँप गई थी कि परिमल के पास अधिक समय नहीं था। वह बिना डाइविंग सूट पहने बम व डेटोनेटर लिये मानसरोवर में कूद पड़ी। मॉनिटर पर झलकते बिंदु की ओर तैरते हुए एल.एस.डी. परिमल के ठीक सामने दीवार की विपरीत दिशा में थी। उसकी साँस फूलने लगी और उसका दम घुटने लगा था; परंतु उसने फिर भी बम लगाना जारी रखा और अंत में डेटोनेटर दबा दिया। परंतु हड़बड़ी में वह दीवार तथा अपने बीच अंतर नहीं बना पाई और विस्फोटक फट गया। उसके तीव्र प्रभाव ने एल.एस.डी. को झील की गहराई में फेंक दिया। परिमल, जो दीवार में बने छिद्र के मुख पर था, वह राक्षस ताल की पहली प्रचंड लहर के संग मानसरोवर में बहता हुआ आया और एल.एस.डी. को अचेत अवस्था में डूबता हुआ पाया। वह तेजी से तैरते हुए उसके निकट पहुँचा और उसकी डूबती देह को पकड़ लिया। अंतत: दीवार ढह गई और प्रचंड राक्षस ताल की लहरें निर्मल मानसरोवर की नीरवता को सदा के लिए नष्ट कर गईं। वह झील, जो कभी चंद्रमा के समान शांत हुआ करती थी, अब कोलाहल से भरी एक गहन झील में परिवर्तित हो गई थी। नागेंद्र मानसरोवर के पूजनीय अस्तित्व को राक्षस ताल की प्रबल लहरों में अदृश्य होता देखने वाला पहला व्यक्ति बन गया। जो मान्यता थी कि मानसरोवर

अच्छाई और राक्षस ताल बुराई का प्रतीक था, उस रात बुराई ने अच्छाई को निर्दयता से परास्त कर दिया था।

कुछ ही क्षणों में परिमल झील की सतह पर आया और एल.एस.डी. को अपने बाएँ हाथ से खींचकर किनारे पर ले आया, जिसकी देह मृत शव के समान शिथिल पड़ गई थी। परिमल ने उसे भूमि पर लिटा दिया और तुरंत उसके मुँह में श्वास भरते हुए उसे पुनर्जीवन दिया। नागेंद्र दौड़ता हुआ आया और देखा कि परिमल एल.एस.डी. को सी.पी.आर. दे रहा है। जोर से हाँफते और खाँसते हुए एल.एस.डी. जाग उठी। नागेंद्र ने परिमल को उससे दूर खींचकर उसे ऑक्सीजन सिलेंडर का एक और सेट थमा दिया और शीघ्रता से ढलते अर्धचंद्र की ओर संकेत दिया तथा उसे त्वरित अपने साथ पानी में वापस जाने का आदेश दिया। ढलते चंद्रमा को देख परिमल को ज्ञात हो गया था कि उसे नागेंद्र की आज्ञा का पालन करना था, इसलिए एल.एस.डी. को किनारे की चट्टानों पर छोड़कर वह नागेंद्र के पीछे चला गया।

जब एल.एस.डी. ने अपनी आँखें खोलीं तो उसने परिमल एवं नागेंद्र को मानसरोवर की विशाल लहरों में प्रवेश करते और उनमें अदृश्य होते देखा। उसे ऐसा प्रतीत हुआ, जैसे मानसरोवर अपनी नीरवता की अंतिम साँस के साथ अपने अस्तित्व के लिए ऐसा युद्ध लड़ रहा था, जिसमें वह पहले ही परास्त हो गया था।

आकाश में चमकता अर्धचंद्र ऐसे उज्ज्वलित हो गया था, जैसे किसी असाधारण घटना की सूचना दे रहा हो। वे पानी की गहराई में तैर गए, जहाँ नागेंद्र ने परिमल को चाँदनी की ओर अपनी हथेली मोड़ने का संकेत दिया और उसे चेतावनी दी कि उसका हाथ स्थिर रहना चाहिए।

परिमल ने निर्देशों का पालन किया और जैसे ही किरणों ने उसकी हथेली को छुआ, उसे एक असहनीय पीड़ा अनुभव होने लगी। उसकी हथेली ऐसे लाल हो गई, जैसे लोहा तपते समय लाल हो जाता है। वह अपार पीड़ा से पीड़ित होकर कराह उठा और बड़ी कठिनाई से अपनी चीख को नियंत्रित कर पाया; परंतु उसने अपने हाथ को तब तक स्थिर रखा, जब तक कि उसकी हथेली का एक हिस्सा वास्तव में पिघल नहीं गया। चंद्रमा का प्रकाश उसकी हथेली में एक छिद्र बनाकर आर-पार हो गया और उसकी हथेली पर बिखरी

हुई चाँदनी एक तीव्र किरण में परिवर्तित हो गई। यही किरण अपवर्तित होकर उनके दाईं ओर के एक दूर स्थान पर गिरी।

नागेंद्र उस किरण का पीछा करते हुए झील के तल तक पहुँचा और वहाँ अंततः उसे वह प्राप्त हो गया, जिसकी खोज में वह वहाँ तक आया था। उज्ज्वलित नीली लपटें समुद्र-तल के ऊपर नृत्य कर रही थीं। नागेंद्र उस लौ के निकट तैरकर गया और उस शब्द के चमकते अक्षरों को देखा, जिसे वह इतने समय से खोज रहा था। वह शब्द था—अविनाशी!

जैसे ही नागेंद्र ने उज्ज्वलित शब्द को स्पर्श किया, उसके सारे अक्षर बिखर गए और जुगनुओं में परिवर्तित हो गए। वे ऐसे प्रतीत हो रहे थे, जैसे किसी काले आकाश में बहती लौ की चिनगारियाँ हों! नागेंद्र उस मनमोहक दृश्य को एकटक देखता रहा। और फिर, वे चमचमाते जुगनू नागेंद्र की देह में मिश्रित हो गए और वह मूर्च्छित हो गया। परिमल ने उसे उठाया और किनारे की ओर तैर गया, जहाँ एल.एस.डी. उनकी प्रतीक्षा कर रही थी। दोनों ने अपने प्राण बचाने के लिए एक-दूसरे का आभार व्यक्त किया। जैसे ही एल.एस.डी. ने परिमल की हथेली के घाव को देखा, परिमल ने देखा कि जिस हाथ से नागेंद्र ने शब्द को स्पर्श किया था, वह चाँदनी में बर्फ के समान चमक रहा था; जैसे झील की शांत गहराई में जितने भी जुगनू उसने देखे थे, वे सारे उसकी हथेली में ही मिश्रित हो गए हों! यह एक संकेत था कि नागेंद्र ने 'अविनाशी' शब्द को प्राप्त कर लिया था।

नागेंद्र ने अपने नेत्र खोले और देखा कि चंद्रमा अस्त हो गया था। आकाश में अब केवल सितारों की चादर फैली हुई थी। वह अपने प्रथम शब्द के शिकार में सफल हो गया था। एल.एस.डी. एवं परिमल उसके समीप खड़े थे और राक्षस ताल मृत मानसरोवर के तट पर दुर्घटनाग्रस्त लहरों की आवाज से ऐसे गर्जना कर रहा था, मानो नागेंद्र की प्रशंसा कर रहा हो! वह धीरे से उठा और परिमल की जली हुई हथेली को देखा।

परिमल की हथेली पर अपना चमकता हुआ हाथ रखते हुए नागेंद्र ने कहा, 'तितलियाँ उन पराबैंगनी रंगों को देख सकती हैं, जो मनुष्य के नेत्रों के लिए अदृश्य होते हैं।' जैसे ही उसने ऐसा किया, हथेली का छिद्र भरने लगा और आंशिक रूप से ठीक हो गया। 'एल.एस.डी., इस घाव को साफ करके

इस पर पट्टी बाँध दो। कुछ दिनों में यह ठीक हो जाएगा।' नागेंद्र ने निर्देश दिया।

फिर वह रात के लिए लगाए गए दो तंबुओं में से एक की ओर गया। एल.एस.डी. और परिमल वहीं खड़े होकर अपने अगले आदेश की प्रतीक्षा कर रहे थे।

अपने तंबू में प्रवेश करने से पहले नागेंद्र ने कहा, 'एल.एस.डी., जैसा कि तुम आज रात ओवुलेट कर रही हो, तुम्हारे गर्भवती होने का आज उचित समय है। कार्तिक मास में मैं तुमसे परिमल की संतान की अपेक्षा करता हूँ; तुम्हारे पास नौ महीने हैं। कल हम सूर्योदय से पहले प्रस्थान करेंगे। एल.एस. डी. की संतान के जन्म से पहले हमारे पास खोजने के लिए और भी शब्द हैं।' नागेंद्र ने अपनी गोल धातु की बोतल से पानी का एक घूँट लिया और एल.एस. डी. एवं परिमल को वहीं स्तब्ध छोड़कर भीतर चला गया। अब उन्हें उत्तर मिल गया था कि नागेंद्र ने केवल दो तंबू लगाने का आदेश क्यों दिया था!

एल.एस.डी. ने चुप्पी तोड़ी और कहा, 'नमस्ते! हमारा ठीक से परिचय नहीं हुआ है। मैं अभी तुम्हें मेरा नाम नहीं बता सकती, परंतु तुम इतना जानने योग्य तो हो गए हो कि मेरा वास्तविक नाम एल.एस.डी. नहीं है। तो तुम्हारी क्या कहानी है?'

परिमल ने कंधे उचकाते हुए कहा, 'मैं तुम्हें उस रूप में नहीं पसंद करता...'

'मैं भी नहीं करती! उन्होंने हमें संतान पैदा करने के लिए कहा है, और गर्भवती होने की प्राकृतिक प्रक्रिया में प्रेम होना आवश्यक नहीं है।'

गरजती हवा एवं चिल्लाती लहरें रात की शांति को भंग करती रहीं और परिमल तथा एल.एस.डी. तंबू में प्रवेश कर गए।

□

5

सर्पों का वंशज

प्रातः लगभग 5 बजे ओम् अपनी कुटिया के बाहर होती उत्तेजित आवाजों को सुनकर अकस्मात् उठ गया। बाहर उसने सभी ऋषियों को एक ओर भागते हुए देखा और भीड़ में वृषकपि एवं मिलारेपा को देखा। उसने तत्क्षण अपना ऊनी वस्त्र पहना और उनके साथ चलने लगा।

'सब कहाँ भाग रहे हैं?' उसने मिलारेपा से पूछा।

'मुझे नहीं पता; परंतु कुछ भयानक हुआ है।' ओम् ने देखा कि इतने शीतल वातावरण में भी मिलारेपा को पसीना आ रहा था।

उसने तभी अनुभव किया कि वे पहाड़ के दक्षिणी किनारे की ओर जा रहे थे, जहाँ वे अश्वत्थामा और परशुराम को दूर से देख सकते थे। जैसे-जैसे वे आगे बढ़ रहे थे, वैसे-वैसे लहरों की आवाजें तेज होती जा रही थीं।

'क्या हुआ? यह ध्वनि कहाँ से आ रही है?' ओम् ने पहुँचते ही पूछा।

परशुराम मौन खड़े रहे। उनके नेत्र स्पष्ट बता रहे थे कि भले ही वे स्थिर खड़े थे, उनके विचारों की अवस्था उनके समक्ष टकराती लहरों के समान विचलित थी।

अश्वत्थामा ने उत्तर दिया, 'किसी ने मानसरोवर को नष्ट कर दिया है।'

मिलारेपा चकित रह गए। 'नष्ट कर दिया है! अर्थात्? मानसरोवर कोई…जल का पात्र नहीं है! यह एक जल निकाय है! इसका क्षेत्रफल 400 वर्ग किलोमीटर जितना विशाल है!'

किसी ने कोई उत्तर नहीं दिया। तब तक चट्टान पर एक भीड़ एकत्र हो गई थी और सभी संत गंभीर व व्यथित लग रहे थे। हर कोई निश्चल खड़ा था, मानो किसी प्रियजन की मृत्यु पर मौन धारण किया हो!

जैसे-जैसे सूर्योदय निकट आ रहा था और हर बीतते क्षण के साथ आकाश उज्ज्वलित हो रहा था, वैसे-वैसे अंततः सभी ने कैलाश पर आई उस प्रचंड आपदा को देखा। जहाँ कभी मानसरोवर हुआ करता था, वहाँ अब और भी बड़ा सरोवर दिखाई देने लगा। ब्रह्मा की संकल्पना से उत्पन्न हुई झील अब रावण की झील में समा गई थी।

परशुराम ने कहा, 'पात्र कितना विशाल है, उसका महत्त्व नहीं होता; महत्त्व होता है—पात्र के भीतर क्या संरक्षित है? झील के प्राणों का अपहरण कर लिया गया है। प्राण बिना देह का क्या महत्त्व है? यह अब कोई जल निकाय नहीं, केवल एक मृत शव है।' उन्होंने गंभीर रूप से घोषणा की और यकायक वहाँ से चले गए।

ओम् ने परशुराम को एक अनभिज्ञ मार्ग पर जाते देखा। 'यह किसने किया? क्या हो रहा है? और ऐसे समय में परशुराम कहाँ जा रहे हैं?' ओम् इस विनाशकारी घटनाक्रम से पूर्णतः स्तब्ध रह गया था।

अश्वत्थामा की दृष्टि भी प्रस्थान करते परशुराम पर टिकी थी। 'वह उस व्यक्ति को खोजने जा रहे हैं, जिसके पास हमारे प्रश्नों के उत्तर हो सकते हैं। धन्वंतरि के बाद केवल एक ही व्यक्ति हैं, जिनके पास सारे उत्तर हैं। वे पिछले 5,400 वर्षों से अमरनाथ में एक लुप्त गुफा में तपस्या में लीन हैं और परशुराम अब उन्हें जगाने जा रहे हैं।'

'वे कौन हैं?' ओम् ने आश्चर्य से पूछा।

'अभी जो महत्त्वपूर्ण है, वह है तुम्हारा प्रशिक्षण।' अश्वत्थामा ने उत्तर दिया, 'हमें उसे शीघ्र पूर्ण करना है।'

ओम् के मन में अनेक प्रश्न मँडरा रहे थे; परंतु इससे पहले कि वह उस जाल में फँसता, वृषकपि ने उस पर आक्रमण कर दिया। अचंभित होकर ओम् ने अपनी रक्षा करने का प्रयत्न किया; परंतु वह इतना सतर्क नहीं था कि वृषकपि के हमलों का सामना कर सके, इसलिए वह उसके आक्रमण के प्रभाव से भूमि पर गिर गया। वह आश्चर्यचकित रह गया, यह देखकर कि अश्वत्थामा उसकी कोई सहायता नहीं कर रहा था। अपने पैरों पर वापस खड़े होकर उसने पाया कि अश्वत्थामा अब भी मौन खड़ा था अगली चाल की प्रतीक्षा में, क्योंकि वृषकपि ने फिर से ओम् पर धावा बोल दिया था। सूर्योदय

हो गया था और ओम् को ज्ञात हुआ कि उस दिन का उसका प्रशिक्षण बिना किसी चेतावनी के आरंभ हो गया था और वह हनुमान के कबीले के शेष व्यक्तियों में से एक के साथ शक्ति-प्रदर्शन कर रहा था, जो किसी सेबर-टूथ से भी अधिक शक्तिशाली था।

परशुराम मानसरोवर के तट पर खड़े थे। उन्हें वहाँ खाली ऑक्सीजन सिलेंडर, खाने के पैकेट, तंबू की कीलें और माचिस जैसी अन्य वस्तुएँ मिलीं; परंतु उन पर अधिकार रखने वाला वहाँ कोई नहीं था। जब परशुराम वहाँ इस विचार में खड़े थे कि यहाँ कौन आया था, परिमल मानसरोवर के पश्चिम की ओर जा रहा था—हाथ में उसी नक्शे का एक और टुकड़ा लिये, जो नागेंद्र ने उसे दिया था और जिसमें उनके अगले गंतव्य का मार्ग था। नागेंद्र उसके पीछे और एल.एस.डी. उन दोनों के पीछे चल रही थी।

□

जहाँ ये दोनों पक्ष अपनी-अपनी भूमिका निभा रहे थे, वहाँ कोई नहीं जानता था कि डॉ. बत्रा किस कार्य में व्यस्त थे? यह डॉ. बत्रा की प्रगति और असफलता की कथा सुनाने के लिए पृथ्वी की ओर से मिसेज बत्रा के लिए एक संकेत था।

दो दिनों पश्चात् डॉ. बत्रा फिर से गिनी पिग की जाँच करने गए। 'एक सप्ताह हो गया था और उन्हें अपेक्षा थी कि पूह पूरी तरह से स्वस्थ हो गया था। परंतु प्रयोगशाला में प्रवेश करते ही उन्होंने पाया कि पूह मेज के नीचे अचेत अवस्था में पड़ा था। जब उन्होंने इसे जाँचने हेतु ऊपर उठाया, तब यह स्पष्ट हो गया था कि उसकी यह अवस्था ठीक होने की नहीं, बल्कि मृत्यु का संकेत थी। फिर वहीं तेज के हाथों में पूह का निधन हो गया।' मिसेज बत्रा ने कहा, 'यह नहीं हो सकता! तेज ने विचार किया और उसका दिमाग दौड़ने लगा। वह तो सुधर रहा था। उसके लक्षण घट गए थे। वह तो पीड़ित अवस्था में संघर्ष भी नहीं कर रहा था। उनका प्रयोग उनकी पत्नी को बचाने हेतु उसके उपचार के इतने निकट आ गया था, परंतु यकायक सब व्यर्थ लगने लगा था। यह नहीं हो सकता!'

'उन्होंने पूह के शव को अपने हाथों में पकड़ रखा था। वे इतने दुःखी थे कि पूरी तरह से टूट गए थे। तेज एक वैज्ञानिक थे, जिन्होंने अपना संपूर्ण

जीवन चिकित्सा के क्षेत्र को समर्पित कर दिया था। उन्हें ओम् की 'कहानियों' पर विश्वास नहीं था, परंतु फिर भी उन्होंने विश्वास करने का प्रयत्न किया। उन्होंने उसकी कही हर बात मान ली, परंतु फिर भी अंत में वे परास्त हो गए। वे स्वयं से एवं परिस्थितियों से क्रोधित थे और इस बात का उन्हें अधिक दुःख था कि वे मेरी रक्षा नहीं कर पाएँगे। क्रोध और निराशा से वे रो पड़े। वे पूरी तरह से आशाहीन हो गए थे।

'जब वे ऊपर आए, तब उन्होंने मुझे पीड़ा से छटपटाता देखा। सारे इंजेक्शन और दर्द-निवारक औषधियों के उपरांत मेरे लिए वह पीड़ा असहनीय थी। परंतु तेज का कष्ट मुझसे कहीं अधिक था, क्योंकि वे निराशा की पीड़ा का अनुभव कर रहे थे। और यह मैं उनके मुख पर देख सकती थी। 'तेज, मुझसे अब और सहन नहीं किया जाता। आपको मुझे जाने देना चाहिए!' मैंने धीमे स्वर में कहा, जब उन्होंने मेरा हाथ कसकर पकड़ लिया था। तेज अपना दुःख नहीं छिपा सकते थे। आँसू भरे नेत्र लिये वे कक्ष से बाहर चले गए।

'कुछ क्षण वे तहखाने में चुपचाप बैठे रहे, स्वयं को नियंत्रित किया और फिर दृढ़ता से उठे। उन्होंने फ्रीजर खोला, जहाँ ओम् के रक्त का नमूना रखा हुआ था। उन्होंने शेष सारा रक्त एक सिरिंज में लिया और सीधे मेरे कक्ष में आए। मुझे प्रेम से सहलाते हुए उनके होंठ एक उदास मुसकान देने लगे।

' 'मेरी बात मान लो, तेज, मुझे इस कष्ट से मुक्त कर दो। मुझे मृत्यु को सौंप दो।'

'उन्होंने नींद की दो गोलियाँ निकालीं और एक गिलास पानी ले आए। उन्होंने मुझे सावधानी से बिस्तर पर बिठाया और गोलियों को मेरे हाथ पर रख दिया। जैसे ही मैंने उन्हें निगला, तेज आँखों में आँसू लिये मेरी ओर मुसकराते रहे और मेरे हाथ को पकड़कर रखा। मैं फिर से लेट गई और धीरे-धीरे उनकी आकृति को अदृश्य होते देखा। अंत में, मैंने उन्हें एक हलकी सी मुसकान दी और फिर मुझे कुछ स्मरण नहीं रहा। मुझे ज्ञात था कि तेज भी मुझे और अधिक कष्ट में नहीं देख सकते थे और वे वास्तव में मुझे मुक्त कर रहे थे। जब मैं सो गई, तब उन्होंने मुझे ओम् के रक्त का इंजेक्शन लगा दिया, जो और कुछ नहीं तो उतनी मात्रा में मुझे पूह के समान एक कष्टहीन मृत्यु प्रदान करने के लिए पर्याप्त था। जैसे ही मैं दूसरी दुनिया में पहुँची, वे मेरे समीप बैठ गए।

हार्ट मॉनिटर से ध्वनि निकलना बंद हो गई और मेरे हृदय की धड़कन दर्शाने वाली रेखा भी सीधी हो गई। इतने दिनों से मेरे निकट जागे रहकर तेज के नेत्र भी क्लांत होकर निद्रा में बंद हो गए।'

पृथ्वी की कथा में परशुराम अमरनाथ के हिंदू मंदिर की यात्रा में पहलगाम नगर की ओर बढ़ रहे थे, जो मानसरोवर के उत्तर-पश्चिमी ओर वहाँ से 683 किलोमीटर दूर था। इस बीच, नागेंद्र मानसरोवर की दक्षिण-पश्चिम दिशा में छिपा हुआ था, जो उसके अगले गंतव्य से 173 किलोमीटर दूर था।

'अब, जब हमने पहला शब्द सफलतापूर्वक प्राप्त कर लिया है और मानसरोवर सदैव के लिए नष्ट हो गया है, तो यहाँ से अगले शब्द के निष्कर्षण की यात्रा जोखिम भरी होगी, क्योंकि वे अब सतर्क होंगे। हमें अब से और अधिक सतर्क रहना चाहिए, क्योंकि उन्होंने पहले से ही हमारी खोज प्रारंभ कर दी होगी; यदि नहीं, तो वह शीघ्र ही होने वाली है। हमारा अगला गंतव्य निकट है।' नागेंद्र ने कहा और एल.एस.डी. को एक परची दी। 'श!' नागेंद्र का यह संकेत परिमल और एल.एस.डी. को यह समझाने के लिए पर्याप्त था कि उन्हें कोई भी जानकारी मुख से नहीं बोलनी है। परची में एक रहस्यमयी झील की आकृति दिखाई दे रही थी।

'अभी समय उचित नहीं है। हमें अगले अर्धचंद्रमा की रात को इस स्थान पर पहुँचना है। तब तक छिपे रहना ही उचित है।' नागेंद्र ने कहा।

उत्तर में परशुराम अमरनाथ पहुँच गए थे। भक्तों को अमरनाथ की यात्रा की अनुमति केवल मई और अगस्त के महीनों में दी जाती है, क्योंकि उसी समय गुफा में बर्फ से बना शिवलिंग प्रकट होता है। उस समय फरवरी का महीना होने के कारण आसपास कोई उपस्थित नहीं था और वह स्थान पूर्ण रूप से शांत था। परशुराम प्रवेश करने के पश्चात् आगे बढ़ते रहे और मंदिर के मुख्य क्षेत्र से भी तब तक आगे चलते गए, जब तक वे गुफा के भीतर के अंतिम कोने तक नहीं पहुँच गए। उस कोने की दीवारें ऊबड़-खाबड़ थीं और चट्टानों में एक अप्रत्यक्ष उभार था। परशुराम अपनी हथेलियों से उस सतह को स्पर्श करने लगे और एक विशेष स्थान प्राप्त होते ही रुक गए। फिर उन्होंने अपने परशु का आवाहन किया और जब वह दिव्य परशु प्रकट हुआ, तब उन्होंने उसके पिछले सिरे से चट्टान पर धीरे से आघात किया। उस

प्रभाव से कुछ टुकड़े बाहर गिरे और एक बंद नेत्र प्रकट हुआ। अपने हाथों से परशुराम ने उस नेत्र के चारों ओर खुदाई करना आरंभ किया और चट्टान के टुकड़ों को तब तक हटाते रहे, जब तक कि ध्यान में लीन एक साधु की आकृति प्रकट नहीं हो गई।

नेत्र बंद किए तथा शांति से बैठे हुए यह वही पुरुष थे, जिनकी खोज परशुराम को यहाँ तक ले आई थी। सहस्राब्दियों से वे वहीं बैठे थे, जिस कारण वे गुफा का ही एक भाग बन गए थे—प्रकृति से पूर्णत: एकीकृत! उनकी अधिकतम देह कंकाल समान लगने लगी थी और उनकी क्षीण त्वचा पर कीड़े-मकोड़े मँडरा रहे थे। उनके मुख व केशों पर धूल-मिट्टी जमी हुई थी।

परशुराम ने उन्हें गहरी समाधि से जगाया और उन महात्मा ने अपने नेत्र खोले। उन्होंने परशुराम को देखा और जान गए कि किसी आवश्यक कारणवश ही परशुराम स्वयं उनके समक्ष उपस्थित हैं। वे चुपचाप उनका कारण सुनने की प्रतीक्षा करने लगे।

'राक्षस ताल ने मानसरोवर को परास्त कर दिया है। मानसरोवर के प्राण अदृश्य हो गए हैं। हम मृत संजीवनी की पुस्तकें भी खो चुके हैं।' परशुराम ने कहा।

जहाँ परशुराम कैलाश की स्थिति के बारे में वृद्ध पुरुष को जानकारी दे रहे थे, नागेंद्र और उसका दल एक परोक्ष स्थान में स्थित होटल में पहुँचे, जहाँ उन्होंने विश्राम करने हेतु एक कक्ष लिया। प्रवेश करते ही जहाँ सब व्यवस्थित हो रहे थे, एल.एस.डी. उस रहस्यमयी झील पर शोध करने लगी। उसे पता चला कि रूपकुंड एक अत्यंत ऊँचाई पर स्थित झील थी, जो ग्लेशियरों और बर्फीले पर्वतों से घिरी हुई थी। व्यापक रूप से यह झील अपने किनारों पर पाए जाने वाले सैकड़ों प्राचीन मानव कंकालों के लिए जानी जाती थी, जिस कारण इसे वर्तमान में 'स्केलेटन लेक' के नाम से भी जाना जाता है। इस उथली झील के स्वच्छ जल में आज भी वे कंकाल दिखाई देते हैं; किंतु केवल एक महीने के लिए ही, जब बर्फ पिघलती है। कंकालों की खोज के साथ-साथ वहाँ लकड़ी की कलाकृतियाँ, लोहे के भाले, चमड़े की चप्पलें और अँगूठियाँ भी मिली थीं। उन पर रेडियोकार्बन डेटिंग नामक जाँच करने के पश्चात् यह निर्धारित किया था कि वे अवशेष दक्षिण के किसी दूर स्थान

के थे और दक्षिण एशियाई वंश के इन सारे अवशेषों का अस्तित्व सतयुग के समय हुआ करता था। कंकालों पर जाँच करने के पश्चात् यह पता चला कि उनकी मृत्यु का कारण सामान्य था—सिर के पिछले भाग पर किसी कुंठित वस्तु से बलपूर्वक आघात। अगस्त 2019 में प्रकाशित एक अध्ययन में 38 कंकालों की डी.एन.ए. जाँच से पता चला था कि युगों पहले वहाँ के वासियों पर प्राणघातक हमले हुए थे।

तभी नागेंद्र ने अपनी पुरानी धातु की बोतल निकाली और उसमें से जल पिया। उस बोतल के फीके रंग के कारण वह पुरानी लग रही थी, परंतु उसके घुमावदार किनारों के चारों ओर चमकते प्रकाश ने उसे जैसे नवीन बना दिया था। 'इसे तो वे अन्य कैंपिंग उपकरणों के साथ मानसरोवर में भी लिये घूम रहे थे'—एल.एस.डी. ने स्मरण किया।

'मुझे पनडुब्बी में अपने कक्ष में वापस जाना है और मानसरोवर से लिया निष्कर्षण सुरक्षित रखना है। मैं कुछ दिनों में वापस आ जाऊँगा। तब तक तुम दोनों यहाँ रहो और सतर्क रहो।' नागेंद्र ने अपनी बोतल वापस अपने बैग में रख ली और पनडुब्बी के लिए निकल गया।

वृषकपि अब भी ओम् पर प्रहार कर रहा था और अश्वत्थामा ओम् को स्वयं की रक्षा कैसे करनी चाहिए, इस विषय पर दूर से निर्देश दे रहा था। परंतु ओम् के लिए अश्वत्थामा की शिक्षा का प्रयोग कर पाना असंभव था और वह वृषकपि के क्रूर प्रहारों को सहता रहा। निराश होकर अश्वत्थामा रुक गया तथा वृषकपि और ओम् की ओर चलने लगा।

'तुम मेरे निर्देशों का पालन क्यों नहीं कर रहे हो? तुम्हारा ध्यान कहाँ है? हमारे पास समय नहीं है, ओम्।'

'और मुझे लगा कि हम ही कुछ व्यक्ति हैं, जिनके पास अनंत समय होता है।' ओम् क्लांत होकर हाँफते हुए कराह उठा।

ओम् की ऐसी विचारहीन प्रतिक्रिया से अश्वत्थामा अप्रसन्न हो गया। 'तुम समझ नहीं रहे हो। मुझे तुम्हें…'

'उचित कहा! मैं नहीं समझ रहा हूँ तो मुझे समझाओ, मुझे उत्तर दो। स्पष्ट रूप से बताओ कि हो क्या रहा है? मेरे ध्यान में बाधा डालने वाले सौ प्रश्न हैं, जो इस अर्थहीन प्रशिक्षण से अधिक महत्त्वपूर्ण हैं।'

अश्वत्थामा ने वृषकपि को वहाँ से जाने का संकेत दिया। वृषकपि ने अपना सिर झुकाया, ओम् को एक स्नेह भरी मुसकान दी और वहाँ से चला गया।

ओम् की मानसिक स्थिति पर विचार करते हुए अश्वत्थामा ने स्वयं को शांत किया और विनम्रता से कहा, 'ठीक है। आओ, बैठो। मुझे बताओ, तुम्हें क्या चिंतित कर रहा है?'

ओम् ने एक गहरी साँस ली, अश्वत्थामा से अपने व्यवहार के लिए क्षमा माँगी और उसके पास बैठ गया।

ओम् ने कहा, 'यहाँ क्या हो रहा है?'

उत्तर देने से पूर्व अश्वत्थामा ने स्वयं को नियंत्रित किया और कहा, 'परशुराम के पास जितनी जानकारी है, मेरे पास उतनी नहीं है; परंतु मुझे इतना ज्ञान है कि मृत संजीवनी तुमसे चुराई गई थी, और ऐसा अमरत्व की प्रक्रिया को प्राप्त करने के लिए नहीं किया गया था।'

'अर्थात्?'

'तुम्हारे सारे नहीं तो कई प्रश्नों के उत्तर उन महापुरुष के पास हैं, जो परशुराम के संग यहाँ आते ही होंगे। मैं वचन देता हूँ कि मैं सुनिश्चित करूँगा कि तुम्हें तुम्हारे सारे प्रश्नों के उत्तर मिलें; परंतु तब तक, मेरे मित्र, कृपया मेरा सहयोग करो और अपने प्रशिक्षण पर ध्यान दो। हमारे पास पहले से ही समय कम है और व्यर्थ होता हर क्षण अनगिनत लोगों के लिए घातक तथा हमारी पराजय का कारण भी हो सकता है।' अश्वत्थामा ने कहा और फिर ओम् के मुख पर आशा भरी दृष्टि से देखते हुए पूछा, 'क्या अब हम फिर से आरंभ कर सकते हैं?'

ओम् ने चुपचाप सिर हिलाया।

'आओ मेरे साथ।' कहकर अश्वत्थामा उठकर चलने लगा।

समय बीतता गया और एल.एस.डी. एवं परिमल मानसरोवर व रूपकुंड के बीच के एक स्थान पर अपने छोटे से होटल के कक्ष में रुके रहे। एक दिन परिमल ने अपनी मुट्ठी बंद की और पाया कि अब उसकी हथेली में पीड़ा नहीं हो रही थी, इसलिए उसने वहाँ बँधी पट्टी को खोलने का निर्णय लिया। एल.एस.डी. उसके समीप गई और ठीक हुए घाव के निशान को देखा। वह

निशान एक असामान्य नेत्र जैसा दिखता था, जिसके अंदर एक सीधी व लंबी पुतली थी।

उसके हाथ को पकड़कर वह उसे और ध्यान से देखने लगी तथा फिर कहा, 'तुम्हें पता है, तुम्हारे हाथ पर यह निशान 'कोलोबोमा' नामक नेत्र-विकार जैसा दिखता है। यह नाम एक ग्रीक शब्द से लिया गया है, जिसका अर्थ होता है 'दोष'। चिकित्सा साहित्य इसे कीहोल के आकार के दोष के रूप में वर्णित करता है। यह एक दुर्लभ प्रकार का दोष है, जो 10,000 जन्मों में से केवल एक व्यक्ति में पाया जाता है। मनुष्यों के विपरीत, यह असामान्यता बिल्लियों में भी पाई जाती है; परंतु कुछ सर्पों में यह सामान्य है। एक विशिष्ट प्रजाति है, जिसे 'वाइन स्नेक' कहा जाता है। उनकी पुतलियाँ 'कीहोल' के आकार की होती हैं, जो उन्हें ध्यान केंद्रित करने में सहायता करती हैं। अन्य सर्पों की प्रजातियों की तुलना में उनकी यह विशेषता उन्हें अधिक श्रेष्ठ दूरबीन दृष्टि प्रदान करती है। उनके मुँह के पिछले भाग में बड़े-बड़े दाँत होते हैं। किंतु वे कोबरा के समान विषैले नहीं होते, फिर भी अपने शिकार को वश में करने के लिए उनमें पर्याप्त विष होता है।'

'तुम्हें यह सब कैसे पता?' एल.एस.डी. के पास इतनी जानकारी थी, यह देखकर परिमल विस्मित हो गया।

एल.एस.डी. उसका यह प्रश्न सुनकर विचलित-सी हो गई। उसने इधर-उधर देखते हुए कहा, 'मुझे एक बार…बचपन में सर्पों पर एक प्रोजेक्ट रिपोर्ट बनानी थी, यद्यपि मुझे सर्प अच्छे नहीं लगते। संयोग से, यह निशान 'वाइन सर्प' के नेत्रों जैसा दिखता है…तो मुझे स्मरण आया।'

परिमल समझ गया था कि वह उससे कुछ छुपा रही है। 'तुम मुझे बता सकती हो कि तुम्हारे यहाँ रहने का क्या कारण है? तुम नागेंद्र के लिए काम क्यों कर रही हो?'

'और मैं तुम्हें यह क्यों बताऊँ?'

'देखो, हम नागेंद्र के लक्ष्य की ओर एक साथ काम कर रहे हैं। हम एक-दूसरे के साथ संभोग कर चुके हैं…भले ही वह प्रक्रिया आरंभ में थोड़ी विचित्र थी। इस बात की अच्छी संभावना है कि तुम हमारी संतान को जन्म दोगी। ऐसा प्रतीत होता है कि हमारी संगति पहले से ही एक आजीवन संबंध

में परिवर्तित हो गई है। हमारे पास इसे और गहरा बनाने का समय है। हमें एक-दूसरे पर विश्वास करना सीखना होगा और इसके लिए हमें एक-दूसरे को अच्छी तरह से जानना होगा।' परिमल ने तर्क दिया।

एल.एस.डी. मौन रह गई। परिमल ने आह भरी और सोचा, इसके मन की बात जानने के लिए मुझे इसे अपनी कथा सुनानी होगी। इसलिए वह कहने लगा, 'तुम इस चिह्न के बारे में ठीक समझ रही हो। यह कोई संयोग नहीं है। भारतीय उपमहाद्वीप में पाए जाने वाले 'वाइन स्नेक' में कीहोल के आकार की पुतलियाँ होती हैं; परंतु इस चिह्न के पीछे एक कारण है। जब मैं पैदा हुआ था, तब मेरी हथेली में एक नेत्र था, जिसमें कीहोल के आकार की पुतली थी।'

'यह कितना विचित्र है! जब तुम गर्भ से बाहर निकले, तब तुम्हारी मुट्ठियाँ बंद थीं और फिर जब तुमने उन्हें खोला तो लोगों ने तुम्हें कोई नेत्र पकड़े हुए देखा!' एल.एस.डी. के मुख पर आश्चर्य और भ्रम झलक रहा था।

'प्रथमतः जैसी तुम कल्पना कर रही हो, मैं कोई वैद्य या दाइयों के बीच में नहीं पैदा हुआ था। मेरे जन्म के समय केवल मेरे पिताजी कक्ष में उपस्थित थे और नागेंद्र कक्ष के बाहर यह पुष्टि करने के लिए प्रतीक्षा कर रहा था कि वास्तव में मेरी हथेली पर वही नेत्र है या नहीं? हमारे कुटुंब में हर बालक खुली मुट्ठी के साथ जन्म लेता है और उसकी हथेली के भीतर कीहोल के आकार की पुतली वैसे ही जड़ी हुई होती है, जैसे किसी मस्तिष्क में नेत्र होते हैं। यद्यपि वह नेत्र हमारी नसों से जुड़ा होता है और हमारे रक्त को तब तक खींचता है, जब तक वह हमारे हाथ से बाहर नहीं निकल जाता। परंतु वह ऊतकों और कोशिकाओं से नहीं बना होता, इसलिए ऐसा मत समझो कि वह हथेली के भीतर घूम सकता है या आसपास देख सकता है। कुछ ही दिनों में वह नेत्र परिपक्व हो जाता है और गिर जाता है, जिसके पश्चात् हथेली पर उसका निशान छूट जाता है, जो समय के साथ ठीक हो जाता है। अंत में, कई वर्षों में जब नई त्वचा इस पर चढ़ जाती है, तब यह अदृश्य हो जाता है।' परिमल ने समझाया।

'तो तुम्हारी त्वचा भी झड़ती है! और उस नेत्र का क्या होता है?' एल.एस.डी. ने संदिग्ध रूप से पूछा।

मुसकराते हुए परिमल ने उत्तर दिया, 'हाँ, मैं भी खाल उतारता हूँ, परंतु

सर्पों के समान नहीं। हथेली से बाहर निकलने के ठीक नौ दिनों के बाद नेत्र स्वाभाविक रूप से रेत के कणों में बिखर जाता है।'

'फिर यह तुम्हारी हथेली में होता ही क्यों है? इसका क्या उद्‌देश्य है?' एल.एस.डी. ने प्रश्न किया।

'मुझे नहीं पता।' परिमल ने ऐसे उत्तर दिया, जैसे वह विषय समाप्त करने का प्रयत्न कर रहा हो।

'क्या? तो ऐसा अनेक पीढ़ियों से हो रहा है और किसी को भी इसका उद्‌देश्य नहीं पता?' एल.एस.डी. ने निराशा में अपनी भौंहें चढ़ा लीं, जबकि परिमल मुसकराने लगा। परिमल की ऐसी अभिव्यक्ति देख एल.एस.डी. को लगा कि वह असत्य कह रहा है।

'तुम मुझे मूर्ख बना रहे हो, है न? यह केवल एक मनगढ़ंत कथा है, जिसे तुमने अभी-अभी बनाया, जब मैंने कहा था कि हथेली में निशान एक नेत्र के समान दिखता है।' उसने उसे घूरकर देखा।

'नहीं, मैंने कोई कथा नहीं बनाई है।' परिमल की बातें सत्य थीं; परंतु एल.एस.डी. पहले से ही मन बना चुकी थी कि परिमल असत्य कह रहा है।

'यह अत्यंत अविश्वसनीय है। मुझे तुम पर विश्वास नहीं है।'

परिमल वहीं खड़ा रहा, इस विचार में कि कहाँ से आरंभ किया जाए? एल.एस.डी. उसे तिरछी दृष्टि से देखती रही।

'हो सकता है, इससे तुम्हें विश्वास होगा। देखो, तुमने अब तक एक बात पर ध्यान नहीं दिया है, एल.एस.डी.…मेरी हथेलियों पर कोई हस्तरेखा नहीं है।'

स्तब्ध होकर एल.एस.डी. ने उसकी दोनों हथेलियों की छानबीन की और देखा कि वास्तव में उसकी हथेलियों पर कोई रेखा नहीं थी, यहाँ तक कि उस हथेली पर भी नहीं, जहाँ नेत्र का निशान नहीं था।

'मेरी कोई हस्तरेखा नहीं है, क्योंकि मेरी कोई नियति नहीं है। मैं तुम्हें कोई मनगढ़ंत कथा नहीं सुना रहा। मैं वास्तव में नहीं जानता कि इस नेत्र का क्या उद्‌देश्य है और यह नौ दिनों पश्चात् स्वयं ही क्यों नष्ट हो जाता है? परंतु मैं चाहता हूँ कि तुम जानो कि मैं सत्य कह रहा हूँ, और तुम मुझ पर विश्वास कर सकती हो।'

एल.एस.डी. को अभी भी उस पर विश्वास नहीं था और वह उसकी ओर भी नहीं देख रही थी।

'तो तुम यहाँ क्यों हो?' एल.एस.डी. ने पूछा।

'क्योंकि मुझे आदेश दिया गया है।' परिमल ने उत्तर दिया, कहीं-न-कहीं समझते हुए कि वह उसके बारे में क्या जानना चाहती है!

अपने प्रश्न को बदलते हुए एल.एस.डी. ने कहा, 'यह सब करने के लिए उसने तुम्हारे लिए क्या करने का वचन दिया है?'

'कुछ नहीं!' परिमल ने एल.एस.डी. के चेहरे पर से अपनी दृष्टि हटा ली।

एल.एस.डी. को उसके उत्तर पर विश्वास हुआ और एक धीमे स्वर में उसने उससे पूछा, 'तो फिर तुम उसकी सेवा क्यों कर रहे हो, परिमल?'

'मैं एक वरदान और अभिशाप के मिश्रण का परिणाम हूँ। मैं जो कहना चाहता हूँ, उसे कुछ स्पष्टीकरण की आवश्यकता होगी। क्या तुमने कभी कद्रू के बारे में सुना है?'

एल.एस.डी. के मुख पर कोई भाव नहीं था।

'ऋषि कश्यप? अघासुर? अष्टावक्र?' परिमल ने अपनी कथा के कुछ अन्य नामों का वर्णन किया, यह देखने हेतु कि क्या उनमें से किसी से एल.एस.डी. परिचित है!

'अगर मैं तुम्हारा चेहरा ठीक से पढ़ पा रहा हूँ तो यह निश्चित है कि तुम्हारा उत्तर 'ना' है।' वह समझ गया कि नागेंद्र के साथ अपने संबंध को समझाने के लिए उसे एल.एस.डी. को अपनी कथा प्रारंभ से सुनानी होगी।

'मेरा पूरा नाम परिमल नायर है और मैं नागवंशी हूँ। जैसे चंद्रवंशी चंद्रमा के वंशज होते हैं, सूर्यवंशी सूर्य के और अग्निवंशी अग्नि के, वैसे ही नागवंशी योद्धा-शासक वर्ग के प्रमुख कुलों में से एक हैं, जो सर्पों के वंशज हैं। मुझे खेद है कि तुम सर्पों में रुचि नहीं रखतीं; परंतु मैं मूल रूप से इस मानव देह के भीतर एक सर्प हूँ, एल.एस.डी.। नागवंशियों को प्राचीन भारत की नाग-पूजक जाति के रूप में जाना जाता है। नायरों की कुलदेवी देवी भगवती हैं, जो युद्ध और उर्वरता की संरक्षक देवी हैं। नायर परिवारों द्वारा नाग की पूजा कबीले के संरक्षक के रूप में की जाती है, क्योंकि हमें कद्रू

के वंश–वृक्ष का भाग माना जाता है और विश्व के सभी सर्पों को उसकी संतान माना जाता है।

'यह सब सतयुग में आरंभ हुआ था, जब कश्यप नाम के एक ऋषि ने भगवान ब्रह्मा की पौत्रियों में से एक कद्रू से विवाह किया था। कई वर्षों तक कद्रू ने ऋषि की अर्धांगिनी के रूप में उनकी सभी सुख–सुविधाओं का ध्यान रखा। अपने कर्तव्यों के प्रति उसके समर्पण से प्रसन्न होकर एक दिन कश्यप ने उसे उसकी रुचि का वरदान दिया। कद्रू ने एक सहस्र सर्प–पुत्र माँगे, जो साहसी हों। कश्यप ने उसकी इच्छा पूर्ण कर दी और कद्रू गर्भवती हो गई। बहुत समय पश्चात् कद्रू ने एक सहस्र अंडे दिए। उन अंडों को सावधानी से गरम पानी से भरी बर्नी में रखा गया, जिससे वे गरम रहें। पाँच सौ वर्षों के पश्चात् कद्रू के अंडों में से संतानों ने जन्म लिया और उसके पुत्र जीवित हुए। उन पुत्रों के वंशज 'नागवंशी' कहलाते हैं। अब तुम विचार कर रही होगी कि नागेंद्र की इस कथा में क्या भूमिका है?' परिमल एल.एस.डी. की प्रतिक्रिया की प्रतीक्षा करने लगा। उसने केवल धीमे से अपना सिर 'हाँ' में हिलाया।

'नागेंद्र मेरे कुटुंब के वंश का अधिपति है। मेरा पूरा वंश नागेंद्र के प्रति अपनी निष्ठा का ऋणी है। हम उसके प्रति निष्ठावान् हैं, इसलिए वह हमें दृष्टि प्रदान करता है और हमारी सेवा के एवज में वह हमें एक मानव देह प्रदान करता है, जिससे हम मनुष्यों की भाँति भूमि पर जीवन व्यतीत कर सकें।' परिमल ने एल.एस.डी. को देखा, जो अभी भी भ्रमित लग रही थी। इसलिए वह अधिक विस्तार से उसे समझाने लगा।

'द्वापर युग में घटित भगवान श्रीकृष्ण के बालपन की एक प्राचीन और प्रसिद्ध कथा का मैं प्रमाण हूँ। मैं अघासुर का वंशज हूँ। सतयुग में अघासुर नामक एक राक्षस ने अष्टावक्र नामक एक ऋषि को देखा, जिनकी देह आठ स्थानों से विकृत थी, जिसके कारण वह अति कुरूप दिखाई देते थे और टेढ़े–मेढ़े चलते थे। अघासुर ने विकलांग ऋषि पर हँसने की भूल कर दी और उनके रूप तथा उनकी चाल का उपहास किया। अपमानित अष्टावक्र ने अघासुर को शाप के रूप में सबसे कुरूप नागों में से एक में परिवर्तित कर दिया, क्योंकि सर्प भी टेढ़े–मेढ़े रेंगते हैं। शाप से भयभीत अघासुर ऋषि के चरणों में गिर गया और क्षमा माँगने लगा। अष्टावक्र का क्रोध शांत हो गया, परंतु वे अपने शाप

को वापस नहीं ले सकते थे, इसलिए उन्होंने अघासुर से कहा कि द्वापर युग के अंत में भगवान विष्णु के अवतार उनकी सर्प देह का वध कर, उनके सभी पापों से मुक्ति दिलाकर उन्हें इस अभिशाप से मुक्त करेंगे।

'अघासुर ने विष्णु के पुनर्जन्म के लिए एक नाग के रूप में सहस्र वर्षों तक प्रतीक्षा की और इस समय में राजा कंस के विश्वसनीय सेनापतियों में से एक बन गया। कंस, जो कृष्ण की हत्या कर देना चाहता था, कृष्ण की माता देवकी का भाई था। कृष्ण का जन्म होते ही कंस ने उनका वध करने हेतु अनेक प्रयास किए, परंतु हर प्रयास विफल रहा। उन प्रयासों में अघासुर की बहन पूतना और भाई बकासुर की मृत्यु का कारण बाल कृष्ण बन गए। कंस ने तब अघासुर को अपने भानजे की हत्या करने का आदेश दिया, इस तथ्य से अनभिज्ञ कि जिस बालक को वध मारने हेतु उसे भेजा गया था, वह विष्णु का ही अवतार था! उसने एक 8 मील लंबे नाग का रूप धारण कर लिया और अपना मुख खोलकर एक पर्वत की गुफा के मुख का वेश बना लिया। फिर वह प्रतीक्षा करने लगा कि जब कृष्ण गुफा में प्रवेश करेंगे, तब वह उन्हें निगल जाएगा। परंतु वहाँ कृष्ण नहीं, उनके सभी चरवाहे मित्र अघासुर के मुख को पर्वत की गुफा समझकर भीतर प्रवेश कर गए। उनकी रक्षा हेतु कृष्ण ने भी सर्प के मुख में प्रवेश किया और फिर अपनी देह का आकार अत्यंत विशाल कर लिया। ऐसी प्रतिक्रिया देख अघासुर ने भी अपना आकार तब तक बढ़ाया, जब तक वह और श्वास नहीं ले सका। कृष्ण की शक्ति के समक्ष उस असुर के प्राण निकलने का और कोई मार्ग नहीं था, इसलिए अंततः अघासुर के नेत्र अपने कोटरों में से निकलने लगे। उसके कीहोल के आकार के नेत्र इधर-उधर घूमने लगे और बाहर गिर गए। सर्प ने अपने प्राण त्याग दिए। इस प्रकार, राक्षस सर्प का अंत कृष्ण के माध्यम से हुआ और ऋषि अष्टावक्र का शाप हट गया।

'परंतु जब वह कृष्ण की हत्या करने हेतु गया था, तब उसने अपनी गर्भवती नागिन पत्नी सरपुती को पाताल लोक में छोड़ दिया था। अघासुर की मृत्यु के पश्चात् उसकी पत्नी ने लोपाक्ष नाम के पुत्र को जन्म दिया, जो अर्ध-सर्प एवं अर्ध-मानव था। चूँकि अघासुर के नेत्र उसके पुत्र के जन्म से पूर्व बाहर निकल गए थे, इसलिए लोपाक्ष दृष्टिहीन जनमा था और उसके

नेत्रों के स्थान पर केवल त्वचा थी। लोपाक्ष ऐसा शिशु था, जो न तो सर्प और न ही मनुष्य था, इसलिए उसे पाताल लोक से निकाल दिया गया। सरपुती ने अपने शिशु के साथ पाताल लोक छोड़ दिया और ऐसे व्यक्ति की खोज करने लगी, जो उसके दृष्टिहीन पुत्र का उपचार करने की क्षमता रखता हो। समय व्यतीत होता गया। लोपाक्ष बड़ा होता गया और सरपुती वृद्ध होती गई। अपने दृष्टिहीन अर्ध-मानव एवं अर्ध-सर्प पुत्र को लिये गोपन अवस्था में एक उपाय की शोध में भटकती रही। अंततः वह अपार अलौकिक शक्तियों वाले एक व्यक्ति से मिली, जो कोई भी वरदान दे सकता था और जप मात्र से किसी भी रोग का उपचार कर सकता था। वह पुरुष एक झील के समीप एक काले सिंह के पास बैठा था, जो अपने चमकदार व घने काले अयाल को गर्वित रूप से दिखा रहा था। वह सिंह ऐसे राजसी ढंग से बैठा था, जिसे देख कोई भी पशु भयभीत हो जाए। परंतु जब उस पुरुष ने सिंह की पीठ को सहलाया, तब वह प्रेम में ऐसे घुरघुराने लगा, जैसे मात्र एक बिल्ली हो! वह पुरुष उसे 'कालो बंथन' बुलाता था, क्योंकि यह वास्तव में उसका पालतू पशु था!'

एल.एस.डी. को कुछ अनुभव हुआ और उसने परिमल को टोकते हुए कहा, 'तो तुम लोपाक्ष के उत्तराधिकारी हो! मुझे ज्ञात है। सरपुती जिस व्यक्ति से मिली, वह स्वयं नागेंद्र था, जो देवता धन्वंतरि द्वारा बनाई गई मृत संजीवनी की शोध में था, जो चोरी हो गई थी। जब तक सरपुती उससे मिली, उसकी निराशा इतनी तीव्र थी कि वह कोई भी मूल्य चुकाने के लिए तैयार थी। नागेंद्र ने कहा था कि वह उसके पुत्र को दृष्टि और पूर्ण मानवीय देह प्रदान कर सकता है, जिसके पश्चात् उसे कभी भी अपना सर्प रूप पुनः धारण नहीं करना होगा और वह अपना संपूर्ण जीवन भूमि पर ही व्यतीत कर सकेगा। परंतु इस उपचार के एवज में सरपुती को उसे एक वचन देना होगा, जो उसके सर्व उत्तराधिकारियों द्वारा सम्मानित किया जाएगा। यदि कभी भी किसी ने भी इस वचन को तोड़ने का प्रयत्न किया तो उसका संपूर्ण वंश नष्ट हो जाएगा।

'अपने पुत्र के उपकार हेतु निराश नागिन माँ ने, बिना प्रश्न किए कि वह क्या वचन था, नागेंद्र को सहमति दे दी। नागेंद्र ने अपनी शक्तियों का प्रयोग किया और नेत्रहीन लोपाक्ष ने बत्तीस वर्ष की परिपक्व आयु में प्रथम बार अपनी माँ को देखा। लोपाक्ष ने नागेंद्र का ऋणी होकर उसके पैर छुए

और उपकार के लिए धन्यवाद दिया।' यकायक एल.एस.डी. को अपनी हड़बड़ाहट का ज्ञान हुआ और वह मौन हो गई।

'तुम्हें यह सब कैसे पता?' परिमल को हँसी आ गई।

'वह...वास्तव में, नागेंद्र मुझे ये कथाएँ सोने से पूर्व सुनाया करते थे।' एल.एस.डी. ने उत्तर दिया और पुनः मौन हो गई।

परिमल ने कहा, 'यह कोई कृपा नहीं, अपितु केवल एक विनिमय था। नागेंद्र ने सरपुती को उसके वचन का स्मरण दिलाया और लोपाक्ष से कहा कि अब उसकी माँ एक शपथ लेगी, जिसका पालन उसके सहित उसके सभी उत्तराधिकारी करेंगे।'

'वह शपथ क्या थी?' एल.एस.डी. ने उत्सुकता से पूछा।

परिमल ने निराश होकर उत्तर दिया, 'शपथ वही है, जो मुझे आज नागेंद्र से जोड़ती है। सरपुती आगे आई और बोली—महाराज, मैं शपथ लेने और उसका पालन करने हेतु तैयार हूँ और मेरे पश्चात् मेरा पुत्र लोपाक्ष एवं उसके उत्तराधिकारी भी इसका पालन करेंगे। बताइए, आपके इस उपकार का क्या मूल्य है?... लोपाक्ष अपनी माँ के समीप खड़ा होकर चुपचाप देखता रहा।

'नागेंद्र ने कहा, 'सर्वप्रथम सरपुती, तुम इस उपकार का मूल्य कभी नहीं चुका पाओगी, क्योंकि मैं तुम्हें कभी ऐसा नहीं करने दूँगा। तुम युद्ध और उर्वरता की संरक्षक देवी भगवती की पूजा करती हो। अब से तुम केवल युद्ध के लिए उसकी पूजा करोगी, क्योंकि लोपाक्ष और उसके पश्चात् प्रत्येक वयस्क को एक ही संतान होगी, जिसके पश्चात् वे सदैव के लिए अपनी प्रजनन क्षमता खो देंगे। हर संतान जीवन भर निस्स्वार्थ भाव से, बिना किसी विकल्प के मेरी सेवा करेगी और केवल मैं ही उन्हें इस शपथ से मुक्त करने का अधिकार रखूँगा। यदि तुम्हारे उत्तराधिकारियों में से कोई भी इस शपथ को भंग करने का विचार करेगा तो वे अपने स्वप्न में देखेंगे कि उनके पूर्ववर्तियों को स्वर्ग से बाहर निकाल दिया गया है और वे जीवित ही अपने अर्ध–सर्पों के मूल रूप में पुनः दृष्टिहीन हो जाएँगे। एक चेतावनी के रूप में उनके स्वप्न में उन्हें पुनः पाताल लोक भेज दिया जाएगा या बिना उत्तराधिकारी के उन्हें अपने प्राण त्यागने होंगे। इस प्रकार, संपूर्ण वंश को नष्ट कर दिया जाएगा और उनके पितरों द्वारा किए गए सर्व त्याग व्यर्थ हो जाएँगे।'... यह सब उनके

साथ वास्तव में घटित होगा, यदि स्वप्नों द्वारा आगाह किया गया व्यक्ति इसके पश्चात् भी मेरे साथ विश्वासघात करने की इच्छा रखेगा। तुम्हारी दृष्टि और तुम्हारी मानवीय देह मेरी सेवा करने हेतु तुम्हें दिया गया पुरस्कार है, जिससे तुम उसी क्षण वंचित हो जाओगे, जिस क्षण तुम मेरी सेवा करना बंद कर दोगे।' इस प्रकार, जब कोई उत्तराधिकारी शपथ लेगा, तब यह पूर्वजों को सदैव के लिए मुक्त कर देगा और वे अपना शेष जीवन एक वृद्ध एवं दृष्टिहीन सर्प बनकर व्यतीत करेंगे।'

'तुम कैसे निश्चित कर सकते हो कि यह शपथ बाध्यकारी है और केवल एक कथा नहीं, जो पीढ़ियों से चली आ रही है?'

'क्योंकि मैंने एक पुरुष को उनके दाह-संस्कार से पूर्व दृष्टिहीन होकर एक सर्प में परिवर्तित होते देखा है। वे मेरे पिता थे।' परिमल ने दुःख व निराशा भरे स्वरों में बताया, 'जब वह हमें मुक्त करता है तो हम सर्प रूप में परिवर्तित हो जाते हैं और वही शपथ हमारे वंश के अग्रिम व्यक्ति को लेनी होती है। मैंने शपथ लेते समय अपने पिता को दृष्टिहीन सर्प में परिवर्तित होते देखा है। मेरे सभी पूर्वजों का यही भाग्य था और यही मेरा भी भाग्य होगा तथा हमारे पुत्र का भी। हम खुली मुट्ठियों के साथ जन्म लेते हैं—बिना हस्त रेखाओं के, बिना नियति के और विश्व से मुक्ति बिना हाथों के लेते हैं, उसी रूप में, जिसका हम जीवन भर पालन करते हैं। अब तुम जानती हो कि हमारी हथेलियों पर रेखाएँ क्यों नहीं होतीं? क्योंकि हम देवताओं द्वारा नहीं बनाए गए हैं और हम कभी भी हाथों के योग्य नहीं हैं।'

'और स्वप्न... स्वप्न का क्या? क्या तुमने भी ऐसा कोई स्वप्न देखा है?' एल.एस.डी. की जिज्ञासा तीव्र हो गई।

'नहीं! मैं इतना कुछ देख चुका हूँ कि अपने स्वामी के साथ विश्वासघात करने का विचार मेरे मन में कभी नहीं आ सकता।' परिमल ने क्रोधित होकर अपना सिर हिला दिया। 'अब तुम्हारी कहानी क्या है?' उसने एल.एस.डी. से पूछा।

इससे पूर्व कि वह उससे और प्रश्न कर पाता, एल.एस.डी. ने एक उँगली उठाई और उसे मौन रहने का संकेत दिया, क्योंकि उसने उनके कक्ष की ओर आती पग-ध्वनि सुन ली थी।

वे चकित होकर सीधे बैठ गए और अपनी 92 एफ.एस. बेरेटा हैंडगन को अपनी कमर से निकाल लिया। नागेंद्र पुनः आ गया था। भीतर प्रवेश करते ही उसने उन्हें वार के लिए तैयार पाया और आदेश दिया, 'अपना सामान बाँध लो। हम अब आगे बढ़ने वाले हैं।'

उनके अनुमान से पूर्व ही वह आ गया था और एल.एस.डी. के लिए परिमल का प्रश्न अनुत्तरित रह गया। उन्होंने यह भी विचार किया कि वे इतना शीघ्र क्यों जा रहे हैं, क्योंकि अगला अर्धचंद्र अभी कुछ दिन दूर था? परंतु किसी ने भी प्रश्न उठाने का दु:साहस नहीं किया। उन्हें ज्ञात था कि उचित समय आने पर उन्हें उनका उत्तर मिल जाएगा। शीघ्र ही उन्होंने सामान बाँध लिया और एल.एस.डी. उसे अपनी पीठ पर उठाने ही वाली थी कि नागेंद्र परिमल को गर्भावस्था परीक्षण किट सौंपते हुए उसके पास आया। यह स्पष्ट था कि नागेंद्र क्या जानना चाहता था? इसलिए एल.एस.डी. उसे लेकर स्नानगृह में चली गई। परिमल मौन रहकर आदेशों का पालन होते देखता रहा। नागेंद्र ने परिमल को एल.एस.डी. का भी बैग लेकर उसके साथ चलने का संकेत दिया। कुछ ही क्षणों में एल.एस.डी. उनके साथ चलने लगी और परिमल से अपना बैग वापस ले लिया। उसने नागेंद्र को देखा और अनायास ही बोली, 'मैं गर्भवती हूँ।'

कुछ ही समय में वे दूसरे शब्द के शोध में अपने अगले गंतव्य की ओर बढ़ने लगे।

□

6

नौ

एक चट्टान पर विभिन्न प्रकार के बाण रखे हुए थे। सबसे बाईं ओर के बाण का सिर वक्र आकृति का था; उसके समीप का बाण किसी पिघली धातु के समान दिख रहा था; तीसरी पंक्ति के बाण का एक छोटी बूँद के आकार का पारदर्शी सिर था और चौथे बाण का सिर किसी पक्षी की चोंच की भाँति था। एक और सुंदर बाण था, जिस पर अनेक अस्त्र-शस्त्रों के चित्र उकेरे हुए थे।

ओम् बाणों के समक्ष खड़ा रहा और अश्वत्थामा ने दिव्य बाणों की शक्तियों का वर्णन किया। जो बाण पिघले हुए धातु के समान था, उसे उठाते हुए अश्वत्थामा ने कहा, 'उस दिन मैंने तुम्हें वायव्यास्त्र का ज्ञान दिया था, जो ऐसा प्रचंड प्रवात बनाता है, जिसमें संपूर्ण सेना को नष्ट कर देने की क्षमता होती है। अब जिसे मैंने धारण कर रखा है, वह है आग्नेयास्त्र। जब लक्ष्य पर इसका प्रहार किया जाता है, तब इससे अग्नि की लपटें निकलती हैं, जिनका सामान्य रीति से निर्माण नहीं किया जा सकता। आग्नेयास्त्र अग्नि का दिव्यास्त्र है। यह कुछ भी पिघला सकता है। यह इतना दुर्जेय है कि इसके संधान के पश्चात् शत्रु का कोई कण शेष नहीं रहता। यह न केवल समस्त सेना को जला डालने में सक्षम है, अपितु उचित रूप से यदि लक्ष्य साधा जाए तो यह बंदूकों, टैंकों, मिसाइलों और विमानों को भी पिघला सकता है। अग्नि की मात्रा, उसकी तीव्र उष्णता और लपटों की शक्ति अस्त्र धारण करने वाले की शक्ति, उसकी एकाग्रता तथा जप-कौशल पर निर्भर करती है।'

अश्वत्थामा ने फिर एक और बाण उठाया, जो आकार में वक्र था और जिसकी नोक पर सर्प का मस्तक था। 'यह है नागपाश। जैसा कि इसके

स्वरूप और नाम से प्रतीत होता है, यह अस्त्र तुम्हें तुम्हारे शत्रुओं पर वार करने हेतु सर्पों का आवाहन करने की शक्ति देता है। प्रभाव पड़ने पर यह अस्त्र लक्ष्य को विषैले सर्पों की कुंडलियों में बाँध देता है, जो शत्रु को तब तक जकड़े रखते हैं, जब तक उनकी हड्डियाँ कुचल न जाएँ और उनके प्राण न निकल जाएँ। रामायण काल में राक्षसराज रावण के पुत्र इंद्रजित ने इसका प्रयोग राम व लक्ष्मण पर किया था।'

अगला बाण वह था, जिस पर अनेक अस्त्र-शस्त्र उकेरे हुए थे।

'यह है नारायणास्त्र। कुरुक्षेत्र के युद्ध के सोलहवें दिन मैंने ही पांडवों को नष्ट करने हेतु इसका प्रयोग किया था; परंतु भगवान कृष्ण के निर्देश ने उनकी निश्चित मृत्यु से उनकी रक्षा कर ली। यह अस्त्र भगवान नारायण (विष्णु) का है। यह एक अद्वितीय दिव्यास्त्र है, क्योंकि जब इसका संधान किया जाता है तो यह एक साथ चक्र, गदा एवं अति-तीक्ष्ण बाणों जैसे लाखों घातक अस्त्रों का एक प्रचंड प्रहार करता है, जो शत्रुओं का विनाश कर देता है। जो कोई भी इसका विरोध करने का प्रयत्न करता है, वह अनिवार्य रूप से नष्ट हो जाता है; क्योंकि जितनी तीव्रता से इसका प्रतिरोध किया जाता है, इसका प्रकोप भी उतना ही घोर होता है। यह किसी को भी या कुछ भी नष्ट करने हेतु अत्यंत विनाशकारी है। कोई भी वस्तु इसके प्रहार में बाधा डालने में सक्षम नहीं है। इसलिए, इसका विरोध किसी अन्य अस्त्र से नहीं किया जा सकता। जब मैंने पांडवों पर यह अस्त्र चलाया तो वे नहीं जानते थे कि इसके प्रकोप से सुरक्षित होने का एकमात्र उपाय पूर्ण समर्पण है; परंतु भगवान कृष्ण को इसका ज्ञान होने के कारण उनके निर्देशानुसार पांडवों ने अपने अस्त्र-शस्त्र छोड़ दिए और पूर्ण रूप से नारायणास्त्र के समक्ष समर्पित हो गए।'

फिर अश्वत्थामा ने जल की पारदर्शी बूँद वाले बाण को उठाया। 'यह है वरुणास्त्र। सामान्यत: इसका प्रयोग आग्नेयास्त्र के विरुद्ध किया जाता है। इस अस्त्र का प्रयोग करने से पानी की मूसलाधार वर्षा होती है।' फिर अश्वत्थामा उस बाण के समीप आया, जिसके सिरे पर चोंच का आकार था।

'और यह है गरुड़ास्त्र—एक ऐसा अस्त्र, जो नागपाश और नागास्त्र से रक्षा करता है। गरुड़ पक्षी सर्प का परभक्षी है। सदैव सतर्क और फुरतीला

गरुड़ भगवान विष्णु का वाहन है। जब गरुड़ास्त्र को धनुष से मुक्त किया जाता है तो यह नागपाश और नागास्त्र के विषैले सर्पों पर वार करने हेतु अरुद पक्षियों के एक विशाल झुंड का आवाहन करता है।'

इससे पूर्व कि अश्वत्थामा दूसरा अस्त्र उठाता, ओम् ने परशुराम को उनकी ओर आते देखा। उनके साथ कोई ऋषि भी थे, जिन्हें जगाने हेतु वे अमरनाथ गए थे। अश्वत्थामा यह देखने के लिए मुड़ा कि ओम् का ध्यान किस ओर था? तभी उसने परशुराम और ऋषि को देखकर उन्हें प्रणाम किया।

ऋषि ने कहा, 'आयुष्मान भवः, अश्वत्थामा जैसा आशीर्वाद देना तो सूर्य पर अग्नि जलाने से उच्च नहीं होगा।' और फिर कहा, 'विजयी भवः!'

अश्वत्थामा के पश्चात् ओम् ने भी ऋषि को प्रणाम किया, जिनका परिचय देने की आवश्यकता नहीं थी, क्योंकि दोनों का संबंध युगों पहले का था। ओम् के समक्ष खड़ा व्यक्ति कोई और नहीं, स्वयं वेदव्यास थे। महाभारत के समय उनके अनुरोध पर ओम् ने उनके पुत्र विदुर के स्थान पर युद्ध में उपस्थित होने का कार्य किया था। वेदव्यास कम-से-कम अपने एक पुत्र को सुरक्षित और युद्ध से दूर रखना चाहते थे, जिस कारण उनके स्थान पर ओम् को युद्ध-रेखा की प्रथम सीमा पर उपस्थित किया गया था। कोई नहीं जानता था कि वास्तव में विदुर कैसे दिखते थे, क्योंकि वे अपने भाइयों के साथ राज्य में नहीं पले थे और इसलिए उनके स्थान पर किसी और को रखना सरल था। जैसे ही महर्षि वेदव्यास ने ओम् से आँखें मिलाईं, उनके बीच अकथित संवाद हुआ। व्यास ने ओम् को छोटा सा संकेत दिया, जैसे विदुर की भूमिका निभाने हेतु उसे धन्यवाद दे रहे हों, क्योंकि ओम् युद्ध के पश्चात् अदृश्य हो गया था और वेदव्यास ने विदुर का अंत कभी नहीं लिखा, जिससे उनका अंत एक रहस्य बन गया।

'तुम्हें यहाँ देखकर प्रसन्नता हुई, ओम्।' ओम् नहीं जानता था कि युगों पश्चात् सात में से तीसरे चिरंजीवी से मिलकर कैसी भावना व्यक्त करनी चाहिए?

इससे पहले कि वह कुछ कहता, परशुराम बोले, 'ऋषिवर, जैसा आप चाहते थे, हम तीनों यहाँ उपस्थित हैं। कृपया समझाएँ—मानसरोवर को क्यों नष्ट किया गया?'

ऋषि व्यास ने अपने समक्ष खड़े तीनों पुरुषों के साथ एक गोपन रहस्य साझा किया, 'प्रिय परशुराम, मानसरोवर का विनाश केवल प्रथम अनहोनी है। यह केवल एक जटिल योजना का प्रारंभ है, जिसका प्रतिकार वास्तव में लगभग असंभव है।'

'योजना! कौन सी योजना? किसकी योजना?' अश्वत्थामा व्याकुल होकर पूछ बैठा।

'योजना क्या है, मैं केवल इसका उत्तर दे सकता हूँ; परंतु किसकी है, इससे मैं अज्ञात हूँ।' व्यास ने उत्तर दिया।

'संभव है कि आपका उत्तर हमें उस तक ले जाए, जिसकी यह योजना है।' ओम् ने अनिश्चित होकर कहा, क्योंकि उसे पता नहीं था कि उसके विचार का कोई महत्त्व है!

'संभव है।' व्यास ने कहा।

'क्या वह असंभव योजना है?' परशुराम ने पूछा।

'सबसे प्राचीन भविष्यवाणियों में से एक का वर्णन एक छंद में किया गया था, जिसे मतिपूर्व गुप्त रखा गया था और समय के साथ यह इतना प्राचीन हो गया कि हमने विचार किया कि यह पहले से ही सभी हिंदू शास्त्रों से सदैव के लिए नष्ट हो गया होता; परंतु धन्वंतरि ने इसकी रक्षा की। एक छंद, जिसमें लिखा था—माघ के महीने से प्रारंभ होने वाले लगातार नौ प्राचीन चंद्रमाओं में नौ रहस्यमय स्थानों से नौ गुप्त शब्दों को निकालने में वह सफल होगा और यह एक रहस्यमय द्वार की कुंजी के रूप में कार्य करेगा।...'

'हे द्रष्टा! कृपया हमें इसका संपूर्ण ज्ञान दें।' अश्वत्थामा ने हाथ जोड़कर कहा।

'हम उसकी तुलना में निर्बल होंगे, क्योंकि संख्या में हम नौ नहीं, केवल आठ हैं। हमारे संसार में नौ अंक अत्यंत महत्त्वपूर्ण है। जन्म से पहले माँ के गर्भ में एक भ्रूण के जीवन से लेकर मनुष्य की मृत्यु तक, जिसके पश्चात् कुटुंब को नवग्रहों को शांत करने की प्रक्रिया तक—सबकुछ नौ अंक से संबंधित है।

'किसी अज्ञात कारण से, प्रत्येक युग के अंकों का योग भी नौ होता है। जब मानव वर्षों में गणना की जाती है तो सतयुग की अवधि 17,28,000

वर्षों की होती है; त्रेता युग 12,96,000 वर्ष; द्वापर युग 8,64,000 वर्ष और कलियुग की अवधि 4,32,000 मानव वर्ष की होती है। प्रत्येक वर्ष में सभी अंकों का व्यक्तिगत योग नौ होता है।

'हिंदू धर्म में 18 पुराण हैं, 108 महापुराण (उपनिषद्), महाभारत में 18 पर्व हैं, युद्ध 18 दिनों तक चला, गीता में 18 अध्याय हैं और भागवतपुराण में 18,000 श्लोक हैं। इन सभी अंकों का योग फिर से नौ होता है। हिंदू धर्म की वैशेषिक शाखा में नौ सार्वभौमिक पदार्थ या तत्त्व हैं—पृथ्वी, जल, वायु, अग्नि, आकाश, समय, स्थान, आत्मा और मन।

'हम नवग्रह, अर्थात् नौ ग्रहों की पूजा करते हैं। हम नवरात्र मनाते हैं, जो दुर्गा के नौ रूपों—नवदुर्गा को समर्पित नौ दिनों का उत्सव है। प्रत्येक दिन इनमें से किसी एक अवतार के उत्सव के साथ जुड़ा हुआ है।

'हिंदू ज्योतिष विद्या नौ रत्नों को पहचानती है, जिन्हें 'नवरत्न' कहा जाता है, और हर ग्रह को प्रभावित करने वाला एक रत्न होता है—सूर्य के लिए माणिक, चंद्रमा के लिए मोती, मंगल के लिए लाल मूँगा, बुध के लिए पन्ना, बृहस्पति के लिए पीला नीलम, शुक्र के लिए हीरा, शनि के लिए नीलम, आरोही चंद्र आसंधि के लिए हेसोनाइट और अवरोही चंद्र आसंधि के लिए कैट्स आई।

'हिंदू सौंदर्यशास्त्र में नौ प्रकार के रस हैं। रस एक अवधारणा है, जो भावनाओं की अमूर्तता का वर्णन करने में सहायक नौ विभिन्न अभिव्यक्तियाँ प्रदान करती है, जो किसी भी दृश्य, साहित्यिक या संगीत कार्य के माध्यम से पाठक या दर्शकों के भीतर विकसित हो सकती हैं।

'पृथ्वी के लिए देवताओं और असुरों के मध्य हुआ युद्ध पृथ्वी जितना ही प्राचीन है और असुरों की विजय को अस्वीकार करने हेतु भगवान विष्णु ने आज तक नौ अवतार लिये हैं।

'भागवतपुराण सतयुग से कलियुग तक—चार महान् युगों के अनंत चक्र का वर्णन करता है, जिसके अंतर्गत धर्म एवं सदाचार के सिद्धांत धीरे-धीरे नष्ट होते जाते हैं।

'सतयुग में धर्म और सदाचार जन्मजात हैं। त्रेता में इन्हें खोजा और प्राप्त किया जाता है। द्वापर में ये अत्यधिक उत्तेजित होते हैं और कलियुग में

इनका नाश हो जाता है। कलियुग के अंत में धर्म के सिद्धांत या मानवता के व्यावसायिक कर्तव्य पूर्णतः समाप्त हो जाएँगे। कलियुग का आरंभ 5,121 वर्ष पूर्व हुआ था, जिसका योग पुनः नौ होता है। यह वर्ष 4,28,899 ईस्वी में समाप्त होने वाला है, जिसका अर्थ है—वर्ष 2020 तक इसमें 4,26,879 वर्ष शेष हैं, जिसका योग भी नौ है। परंतु चौथे युग में वर्ष 2020 को जो विशेष रूप से संकटजनक बनाता है, वह संख्या 9 नहीं, अपितु 4 है, जो कि वर्ष 2020 के अंकों का योग है और वर्ष 4,28,899 ईस्वी का भी, जो कि अंतिम युग का कथित अंत है। कोई इस प्रत्याशित निष्कर्ष को वर्ष 2020 तक आगे बढ़ाने का प्रयत्न कर रहा है, जिससे चौथे युग को 4,26,879 वर्ष पूर्व ही समाप्त किया जा सके। इस वर्ष सबकुछ समाप्त हो जाएगा, यदि वह माघ (जनवरी-फरवरी) के महीने से प्रारंभ होने वाले नौ पुराने चंद्रमाओं में नौ रहस्यमय स्थानों में छिपी हुई नौ आत्माओं को निकालने में सफल होता है, जो एक बार मुक्त होने के पश्चात् हम शेष आठ चिरंजीवियों के विपरीत, नौवें चिरंजीवी का पालन करेंगे। मेरा मानना है कि 'लुप्त हुआ पाठ' मृत संजीवनी की छिपी हुई पुस्तकें थीं और किसी ने यह पता लगा लिया है कि पुस्तक के हर नौवें पृष्ठ पर शब्दों के रूप में छिपी हुई आत्माओं तक पहुँचने तथा उन्हें जगाने का मार्ग एवं प्रक्रिया क्या है! सभी शब्दों के संकलन से पद्य का निर्माण होगा। मेरा मानना है कि कोई इस भविष्यवाणी को सत्य में परिवर्तित करने का प्रयत्न कर रहा है और समस्त भारत में स्थित रहस्यमय स्थानों में संरक्षित शब्दों के एकीकरण के माध्यम से राक्षसों को मुक्त करने की इच्छा रखता है।

'तो वास्तव में वह द्वार कहाँ है?' परशुराम ने पूछा।

'यह कोई नहीं जानता। परंतु परशुराम, मैं पूरे विश्वास के साथ कह सकता हूँ कि आने वाले आठ माह अत्यंत महत्त्वपूर्ण हैं।

'हिंदू चंद्र पंचांग में बारह महीने होते हैं। नौ पुराने चंद्रमा नौ महीने तक फैले हुए हैं, जिसमें हर महीने एक पुराना चंद्रमा होता है। ग्रेगोरियन पंचांग के अनुसार, जनवरी के दूसरे पखवाड़े में आरंभ होने वाले माघ से गणना करने पर हम पहले ही एक को खो चुके हैं। मानसरोवर के पवित्र सरोवर का विनाश एक संकेत है। अब हमारे पास अगले महीने फाल्गुन (फरवरी-

मार्च) के अर्धचंद्र से लगभग बारह दिन शेष हैं, जो फरवरी के दूसरे पखवाड़े में आरंभ होता है। इस पश्चात् 252 दिनों को चैत्र (मार्च-अप्रैल), वैशाख (अप्रैल-मई), ज्येष्ठ (मई-जून), आषाढ़ (जून-जुलाई), श्रावण (जुलाई-अगस्त), भाद्रपद (अगस्त-सितंबर) आश्विन (सितंबर-अक्तूबर) और कार्तिक (अक्तूबर-नवंबर) के आठ और महीनों में विभाजित किया जाएगा।'

'अश्वत्थामा, वृषकपि और मिलारेपा को बुलाओ।' परशुराम ने आदेश दिया। अश्वत्थामा आज्ञा का पालन करते हुए तुरंत ओम् को लेकर चला गया। उनके जाते ही परशुराम ऋषि व्यास की ओर मुड़े, 'ये रहस्यमयी स्थान कहाँ हैं, जो श्लोक के शब्दों की रक्षा कर रहे हैं?'

वेदव्यास ने उत्तर दिया, 'अभी मैं आपको केवल तीन स्थानों के बारे में बता सकता हूँ।' उन्होंने यह भी प्रत्यक्ष किया कि जब धन्वंतरि सुश्रुत से मृत संजीवनी की पुस्तकें लिखवा रहे थे, तब वेदव्यास ने उन्हें सुन लिया था। 'शेष स्थानों को पुस्तक में लिखी जानकारी से समझना होगा। इसके उपरांत पुस्तक में लिखे अनुक्रम से मैं अज्ञात हूँ।' ऋषि ने कहा, 'हम उसके लिए भी कुछ करेंगे। सर्वप्रथम, हमें स्थानों को जानने की आवश्यकता है।' परशुराम ने विचार व्यक्त किया।

दूसरी ओर, अश्वत्थामा और ओम् पुनः वृषकपि के निवास की ओर जा रहे थे। प्रकाशित गुफा को पार करते हुए अश्वत्थामा ने अपने विचार व्यक्त किए, 'नौ! नौ के बारे में मैंने कभी ऐसे विचार नहीं किया था, जिस प्रकार वेदव्यास ने समझाया।'

चूँकि ओम् उसी जानकारी पर विचार कर रहा था, उसने कहा, 'हाँ! संभव है कि नौ अंक गणितज्ञों के लिए भी एक रहस्यमय संख्या है। वे इसके पेचीदा और मायावी गुणों के कारण नौ अंक से ग्रस्त हैं। मुझे आश्चर्य है कि क्या यह सब वेदव्यास की कही बातों से संबंधित है?'

'गणितज्ञ ग्रस्त हैं! वह कैसे?' अश्वत्थामा ने पूछा।

'कई कारण हैं। सर्वप्रथम, नौ पहली संयुक्त भाग्यशाली संख्या है, पहली समग्र विषम संख्या और एकमात्र एकल-अंक समग्र विषम संख्या है। मिहैलेस्कु के प्रमेय के अनुसार, यह एकमात्र सकारात्मक पूर्ण शक्ति है, जो एक और सकारात्मक पूर्ण शक्ति से अधिक है।

'इसके उपरांत, यदि तुम शून्य को छोड़कर किसी भी पूर्ण संख्या से 9 गुणा करते हो और बार-बार उत्तर के अंकों को जोड़ते हो, जब तक कि यह केवल एक अंक न बन जाए, तो तुम्हारे निष्कर्ष 9 पर समाप्त हो जाएँगे। उदाहरण के लिए, 2 को 9 से गुणा करने पर 18 आता है। 1 को 8 से जोड़ने पर 9 आता है। एक बड़ी संख्या लो, जैसे 5,78,329। 9 से गुणा करने पर उत्तर 52, 04, 961 आता है। और 5 + 2 + 0 + 4 + 9 + 6 + 1 = 27 होता है और 2 + 7 का कुल भी 9 है।

'यदि किसी संख्या को उसके अंकों की संख्या के अनुरूप 9 की संख्या से विभाजित किया जाता है तो संख्या दोहराए जाने वाले दशमलव में बदल जाती है। उदाहरण के लिए, 274 को 999 से विभाजित करना 0.274274274274 का परिणाम देता है।

'इसके उपरांत, एक बहुभुज के आंतरिक कोणों का योग निर्धारित करने का सूत्र n-2(180) है, जहाँ n भुजाओं की संख्या है। किसी भी बहुभुज के सभी कोणों का योग सदैव 9 होगा। एक नौ भुजाओं वाला बहुभुज 9-2(180) या 7(180) या 1,260 है। 1+2+6+0 = 9। यह कितनी भी भुजाओं वाले बहुभुज के लिए सत्य है। यही बात वृत्तों, त्रिभुजों, आयतों, पंचकोणों, षट्कोणों और सप्तभुजों पर भी लागू होती है।

'एक पूर्ण वृत्त 360 डिग्री होता है— 3+6+0 = 9

'एक अर्धवृत्त 90 डिग्री होता है— 1+8+0 = 9

'एक 90-डिग्री वृत्त— 9+0 = 9

'एक 45-डिग्री वृत्त— 4+5 = 9

'एक 22.5-डिग्री वृत्त— 2+2+5 = 9

'किसी वृत्त में किसी भी कोण के लिए—परिणामी कोण सदैव घटकर 9 हो जाता है।

'180 डिग्री के त्रिकोण के लिए— 1+8+0 = 9

'360 डिग्री आयत के लिए— 3+6+0 = 9

'एक पंचकोण के लिए— 5+4+0 = 9

'एक षट्भुज के लिए— 7+2+0 =9

‘एक सप्तभुज के लिए— 9+0+0 = 9। इसी प्रकार चंद्रमा का व्यास 2,160 मील है, जो फिर से 9 हो जाता है।

‘पृथ्वी का व्यास 7920 मील है, जो योग करने पर 9, यानी 7+9+2+0 = 18, 1+8 = 9 होता है।

‘सूर्य का व्यास 8,64,000 मील, 8+6+4 = 18, 1+8 = 9 है। इतना ही नहीं, प्रकाश की गति 1,86,282 मील प्रति सेकंड है, जिसका अर्थ है 1+8+6+2+8+2 = 27, 2+7 = 9।

‘ऐसा माना जाता है कि अंक 9 स्थान और समय को भी नियंत्रित करता है। यह पृथ्वी की धुरी में एक महत्त्वपूर्ण भूमिका निभाता है। उदाहरण के लिए, यदि मिनटों की गणना विभिन्न स्तरों पर की जाती है तो अंत सदैव 9 होता है।

एक साल में 5,25,600 मिनट : 5+2+5+6+0 = 18, 1+8 = 9

एक महीने में 4,32,000 मिनट : 4+3+2+0+0+0 = 9

एक सप्ताह में 1,00,800 मिनट : 1+0+0+8+0+0 = 9

एक दिन में 1,440 मिनट : 1+4+4+0 = 9

‘9 के गुणकों से जुड़े अन्य रोचक उदाहरण हैं; जैसे—

12345679 × 9 = 111111111

12345679 × 18 = 222222222

12345679 × 81 = 999999999

‘यह 9 के सभी गुणकों पर लागू है। N = 3 केवल अन्य n > 1 है, जैसे कि एक संख्या n से विभाज्य है, यदि इसके अंकों का योग n से विभाज्य है। आधार–N में, N – 1 के विभाजकों में यह गुण होता है। 9 के 10 – 1 होने का एक और परिणाम यह है कि यह भी एक कापरेकर संख्या है।’

जैसे ही ओम् ने समझाना समाप्त किया, अश्वत्थामा ने हँसते हुए कहा, ‘इसमें से कुछ तो सीधे मेरे सिर के ऊपर से चले गए; परंतु यह जानना चित्ताकर्षक है कि 9 अंक का गणित में भी इतना महत्त्व है।’

□

7

शाप और मुक्ति

जैसे ही पृथ्वी ने विराम लिया, मिसेज बत्रा ने कहा, 'मैंने अपनी मृत्यु-शय्या पर टेलीविजन पर यह समाचार सुना था और यह वही महीना था—फरवरी का। मुझे याद है, जब तेज छह घंटे की गहरी नींद से अचानक उठे, तब वे चकित रह गए थे। थके होने के कारण वे मेरे बिस्तर के समीप अपनी कुर्सी पर ही सो गए थे। मॉनिटर के फ्लैटलाइनिंग की ध्वनि ने उन्हें जगा दिया था। वे मुझ पर दृष्टि रखने हेतु सीधे बैठ गए और अकस्मात् ही सबकुछ उन पर एक अनवरत प्रलय के समान टूट पड़ा। मेरी मृत्यु हो गई थी। उनका प्रयोग विफल हो गया था। एक विशेषज्ञ होने के उपरांत वे उसी की रक्षा करने में असमर्थ थे, जो उनके जीवन में सबसे महत्त्वपूर्ण थी। थोड़ी सी हलचल से भी उनका सिर चकरा रहा था। उन्होंने सहारे के लिए अपनी कुर्सी पकड़ ली और झट से उठ गए। उन्होंने चादर खींची और मेरे मुख को ढँक दिया। उनकी आँखें शोकाकुल आँसुओं से चमक उठीं।

'वे व्याकुल थे और नहीं जानते थे कि अब उन्हें क्या करना चाहिए? क्या उन्हें मेरे दाह-संस्कार और अंतिम संस्कार की व्यवस्था करनी चाहिए? क्या उन्हें कुटुंब जनों को मेरी मृत्यु का समाचार देना चाहिए? परंतु सर्वप्रथम उन्हें अपने तीव्र सिरदर्द के लिए इबुप्रोफेन की आवश्यकता थी। वे नीचे प्रयोगशाला में गए और एक अलमारी में औषधि की एक पत्ती रखी हुई पाई। जैसे ही वे पुनः ऊपर जाने के लिए मुड़े, उन्होंने कुछ गड़गड़ाहट सुनी। फिर जो उन्होंने देखा, उसकी उन्हें कतई आशा नहीं थी और वे चकित होकर मानो उछल पड़े।

'ध्वनि रेफ्रिजरेटर के पीछे से आ रही थी। वे धीरे से उसकी ओर गए और जब नीचे देखने को झुके तो उनकी आँखें अविश्वास से बड़ी हो गईं। वह पूह था! वह कुछ चबा रहा था। पूह ने उन्हें देखा और भागने का प्रयत्न किया, परंतु तेज ने उसे पकड़कर बाहर खींच लिया। उन्होंने आश्चर्य से उसकी ओर देखा और फिर ऊपर छत की ओर देखा, जहाँ मेरी देह थी। जो आशा उनके मन से लुप्त हो गई थी, वह उन्हें फिर से प्राप्त हो गई। वे पूह को अपने हाथों में लिये मुझे देखने हेतु पुनः ऊपर आए। सीढ़ियाँ चढ़ते समय उन्हें हार्ट मॉनिटर की ध्वनि सुनाई देने लगी। उनके पगों के साथ उनके हृदय के स्पंदन ने भी गति पकड़ ली। फिर उन्होंने कक्ष में प्रवेश किया, जहाँ मॉनिटर मेरे स्वास्थ्य की महत्त्वपूर्ण जानकारी प्रदर्शित कर रहा था; रेखाएँ अब सीधी नहीं थीं। मैं श्वास ले रही थी। उनका हृदय इतनी जोर से धड़क रहा था कि पूरे कक्ष में उसकी ध्वनि गूँज रही थी। मैं ठीक हो रही थी! तेज मेरे पास आकर बैठ गए। जैसे ही मैंने अपने नेत्र खोले, उन्होंने मेरे हाथों को अपने हाथों में पकड़ लिया और अपने काँपते होंठों को मेरे पोर पर रख दिया। मुझे तब ज्ञात नहीं था कि मैं मृत स्थिति से पुनः जीवित हुई थी! नींद की गोलियों का उनींदापन अभी भी इतना तीव्र था कि मैं पूर्ण रूप से समझ नहीं पा रही थी कि क्या हो रहा था?'

□

'ये स्थान पूरे देश में बिखरे हुए हैं। इनमें से मानसरोवर एक था, जो नष्ट हो गया है। अब आठ गुप्त स्थल शेष रहते हैं, जिनमें से अब तक मैंने अग्रवन के तेजो महालय, कंकाल झील और भीमकुंड में उपस्थित गड्ढे की व्याख्या कर ली है।' वेदव्यास ने अश्वत्थामा और ओम् से कहा, जो वृषकपि के साथ वापस आ गए थे।

'वे कौन सी जगहें हैं और कहाँ स्थित हैं?' वृषकपि की आँखें चौड़ी हो गईं, क्योंकि वह कभी कैलाश पर्वत से बाहर नहीं गया था।

इस प्रश्न का उत्तर ओम् ने वहाँ उपस्थित सभी लोगों की ओर से दिया, 'अग्रवन उत्तर प्रदेश के आगरा का पूरा नाम है तथा तेजो महालय वह है, जिसे आज हम 'ताजमहल' के नाम से जानते हैं। कंकाल झील उत्तराखंड के रूपकुंड में स्थित एक विचित्र झील है। भीमकुंड मध्य प्रदेश में स्थित एक

रहस्यमयी जलाशय है। एक प्राकृतिक जल का कुंड, जो निश्चित रूप से उन व्यक्तियों को तृप्त करेगा, जिनके पास रहस्यमय स्थानों में गहरी खुदाई करने की तीव्र इच्छा हो।'

'आपको इस सब का ज्ञान कैसे है?' मिलारेपा ने यकायक वेदव्यास से पूछा।

'ध्वनि ऐसी ऊर्जा है, जो ब्रह्मांड में तैरती रहती है। मैं अब तक की हर ध्वनि तथा हर शब्द को कभी भी सुन सकता हूँ और जिन स्थानों का शोध करने का हम प्रयत्न कर रहे हैं, उनके संबंध में ये तीन स्थान समझने में मैं सफल रहा हूँ।' ऋषि ने शांति से उत्तर दिया।

'दो वर्धमान चंद्रों की अवधि इनमें से किसी भी गंतव्य तक पहुँचने के लिए पर्याप्त समय प्रदान करती है। हम कैसे जान सकते हैं कि उसका अग्रिम आक्रमण कहाँ होने वाला है?' मिलारेपा ने प्रश्न किया।

वेदव्यास उनके सामने आने वाली चुनौती के बारे में समान रूप से चिंतित दिख रहे थे। 'मुझे किसी यात्रा-क्रम का ज्ञान नहीं है, फिर भी, संभव है कि ऐसा कुछ हो!'

परशुराम ने कहा, 'हे बुद्धिमान ऋषि! यदि आप यात्रा-क्रम से अज्ञात हैं तो ऐसा कुछ होने की संभावना न्यून है।'

'वृषकपि, मेरी इच्छा है कि तुम रूपकुंड पर दृष्टि रखो। सभी संभावित स्थानों में से केवल वही मनुष्यों से रहित है। यद्यपि तुम्हें सावधान रहना होगा, क्योंकि तुम्हारी हठीली काया का छिपा रहना कठिन है और हम में से शेष व्यक्तियों को जितना संभव हो, उतना गुप्त रहना होगा।'

वृषकपि इस उत्तरदायित्व से प्रसन्न हो गया था, क्योंकि उसे ज्ञानगंज से बाहर निकलने और उपन्यास परिदृश्य देखने का अवसर मिल गया था।

'मिलारेपा, आप ताजमहल जाएँ। ऐसी पोशाक पहनें, जो आपको ढँके और अपनी शक्तियों का प्रयोग अपनी हरी त्वचा को अगोचर बनाने के लिए करें। यह अधिक जनसंख्या वाला क्षेत्र है। आपको भीड़ में सरलता से मिश्रित होना होगा। और मैं भीमकुंड जाऊँगा। यह मध्य भारत में है; वे वहाँ से उस सीमा को पार नहीं कर पाएँगे।'

परशुराम ने गंभीर स्वर में कहा, 'अग्रिम अर्धचंद्र में तीन रात्रि का समय

है। हमें उस रात्रि या उससे पूर्व अपने-अपने निर्धारित स्थानों पर उपस्थित होना चाहिए। वृषकपि और मिलारेपा! स्मरण रखें, एक बार जब हम कैलाश से बाहर आ जाते हैं, मनुष्यों के मध्य हमें तब तक किसी भी शक्ति का प्रयोग नहीं करना है, जब तक कि वही एक अंतिम उपाय न हो। अर्थात् वृषकपि, न तुम उड़ोगे और न दहाड़ोगे। मिलारेपा, किसी मायावी शक्ति का प्रयोग न करें और मैं किसी भी प्राचीन अस्त्र का प्रयोग नहीं करूँगा। वेदव्यास, मैं आपसे अनुरोध करता हूँ कि आप अपने ध्यान के माध्यम से नागेंद्र की योजना के बारे में अधिक-से-अधिक जानकारी एकत्र करें।'

शीघ्र ही सब अपना कार्य करने लगे। ओम् परशुराम के पीछे चलने लगा और पूछा, 'मेरे लिए आपके क्या आदेश हैं?'

परशुराम की दृष्टि ओम् से हटकर अश्वत्थामा पर गई— 'तुम्हें क्या लगता है कि अश्वत्थामा को किसी भी स्थान की रक्षा के लिए क्यों नियुक्त नहीं किया गया? क्योंकि तुम्हारी सुरक्षा भी आवश्यक है। नागेंद्र और उसकी अमरता के मध्य एकमात्र बाधा तुम्हारा रक्त है और तुम अभी स्वयं इसकी रक्षा करने हेतु तैयार नहीं हो। अपना प्रशिक्षण शीघ्र पूर्ण करने का प्रयास करो।'

परशुराम के जाते ही अश्वत्थामा और ओम् ने एक दृष्टि साझा की।

उस समय नागेंद्र और उसके साथियों ने घने अछूते वनों, कल-कल करते झरनों, घास के मैदानों को पार किया और अपने पथ में पुनः हिमालय पर्वत की आश्चर्यजनक व प्रबल सफेद चोटियों को देखा। उन्होंने वक्र-पथों का सामना किया और राजसी रात्रि के आकाश में बिखरे हुए अरबों सितारों के नीचे ठंडी हवाओं का सामना किया। उन्हें हिमालयी ओक और रोडोडेंड्रॉन के वन भी दिखाई दिए, जहाँ रोडोडेंड्रॉन खिले हुए थे। वे 16,499 फीट की ऊँचाई पर स्थित बर्फ से ढँके त्रिशूल पर्वत की गोद में बसे जल निकाय की ओर बढ़ रहे थे। रूपकुंड हिमनदी झील इतनी समीप थी कि उन्हें अब वह दूर से दिखने लगी थी। अर्धचंद्र से तीन दिन पूर्व वे अपने गंतव्य पर पहुँचने ही वाले थे। नागेंद्र एल.एस.डी. एवं परिमल की ओर मुड़ा, जो उसके ठीक पीछे चल रहे थे और रूपकुंड की जमी हुई झील की ओर संकेत किया।

'तुम जिसे देख रहे हो, उसे 'मिस्ट्री लेक' कहते हैं, जो झील के तल पर पड़े मानव कंकालों के लिए जानी जाती है, जो बर्फ के पिघलने पर स्पष्ट रूप से दिखाई देते हैं।'

नागेंद्र ने अपने थैले से प्राचीन धातु की वही गोल बोतल निकाली। रूपकुंड की रहस्यमय झील को घूरते हुए उसने एक हाथ में बोतल पकड़ी और एल.एस.डी. के पेट को सहलाते हुए मुख पर एक बड़ी सी मुसकराहट लाकर कहा, 'उसी स्थान पर एक नए जीवन का विचार करना, जहाँ मैंने कुछ तथाकथित अच्छे लोगों को मृत कर दिया था, विचित्र रूप से आनंददायक है।'

एल.एस.डी. जिस स्थान पर खड़ी थी, वहाँ से वह बिखरी हुई हड्डियों को देख सकती थी और स्वयं को यह पूछने से नहीं रोक पाई, 'तो आप इस नर-संहार की वास्तविक कथा जानते हैं?'

नागेंद्र ने अपने नेत्र बंद कर लिये और अपनी दुष्टता के स्मरण में एक कटु मुसकान उसके मुख पर झलकने लगी। 'अब, जब तुम्हारे पास वह है, जिसकी मुझे तुमसे इच्छा थी, तो तुम इस प्रश्न का उत्तर जानने के योग्य हो। इन कंकालों के बारे में जितनी भी मान्यताएँ हैं, उनमें से एक सत्य है कि मैंने इन सभी का वध किया था। मेरी स्मृति में इस स्थान की सबसे उत्तम स्मृति उस पुरुष के शव को घसीटने की है, जिसे मैंने इस बोतल से मारने के पश्चात् सबसे अधिक घृणा की थी।'

'वह कौन था?'

'एल.एस.डी., मुझे पूर्ण रूप से जानने के लिए तुम्हें कुछ और जन्मों की आवश्यकता होगी। उनके लिए प्रतीक्षा करो।' नागेंद्र मुसकराया।

'कुछ जीवन! जैसे कि वह अपने अगले जन्म में यह सब याद रखेगी और वह इसका उत्तर देगा!' परिमल ने विचार किया, जो वहीं खड़ा था। परिमल मौन रहकर उनकी ओर देखता रहा।

एक अर्ध-मुसकान के पीछे अपनी उदासीनता को छुपाने के असफल प्रयत्न के साथ एल.एस.डी. ने विषय परिवर्तित करने हेतु एक और प्रश्न पूछा, 'हमारे लिए क्या आदेश हैं?'

परिमल के पास भी प्रश्न थे, परंतु इस बार वे नागेंद्र के लिए नहीं थे और एल.एस.डी. यह भाँप सकती थी।

'इन कंकालों के यहाँ रहने के पीछे एक कारण है। ये सब एक शपथ के अधीन थे और जब मैंने इनका वध किया था, तब मैं उस शपथ से अनभिज्ञ था। यहाँ बिखरे उनके अवशेष आज भी उस शपथ से बँधे हुए हैं, इसलिए वे उसका पालन करते हैं। उन्होंने उसी शब्द की रक्षा करने की शपथ ली थी, जिसे हम यहाँ लेने आए हैं। आश्विन (सितंबर के अंत) के माह से फाल्गुन (फरवरी के अंत) तक झील जमी हुई रहती है, जिससे इसमें गोता लगाना और शब्द की खोज करना असंभव होता है। उसी समय कंकाल जमी हुई झील के नीचे निद्रा स्थिति में होते हैं, क्योंकि शब्द बर्फ से सुरक्षित होता है। शेष महीनों में जब यह पिघल जाती है, तो शब्द की रक्षा के लिए कंकाल जाग जाते हैं। हम फाल्गुन के महीने में यहाँ आए हैं, जिस समय बर्फ की परतें भंगुर हैं और पिघल रही हैं। इसलिए कंकाल अर्ध-चेतन हैं और रक्षा करने हेतु पूर्णत: तैयार नहीं हैं। उनकी ऐसी अवस्था हमारे लिए थोड़ी लाभदायक है।

'शब्द कहाँ स्थित है और उसकी रक्षा करने हेतु ये हम पर कैसे आक्रमण करेंगे, इससे मैं अज्ञात हूँ। परंतु पुस्तक के पृष्ठों ने मुझे सिखाया हैं कि उसे कैसे खोजना है! जब बर्फ पिघलती है तो कंकाल जाग जाते हैं और शब्द की रक्षा करते हुए बाहर निकल आते हैं। यह शब्द एक व्यक्ति के माध्यम से धन्वंतरि तक यात्रा कर रहा था; किंतु मैंने उसे कभी उसके गंतव्य तक पहुँचने नहीं दिया। यह शब्द आज तक उस व्यक्ति के मस्तिष्क में है। यद्यपि मुझे वह शब्द ज्ञात है, प्रक्रिया के अनुसार मुझे उसे सक्रिय करने हेतु इसे पीना होगा। झील के सबसे गहरे स्थान पर उसका मस्तिष्क डूबा हुआ है, जो छह महीने तक बर्फ से ढँका रहता है और शेष वर्ष के लिए कंकालों द्वारा सुरक्षित रहता है। हम उस संक्रमण काल में हैं, जब दोनों—बर्फ व कंकाल, निर्बल हैं। एक पिघलकर निर्बल हो रहा है और दूसरा युद्ध के लिए तैयार नहीं है। हमारे पास उस मस्तिष्क को खोजने और अग्रिम शब्द निकालने हेतु 72 घंटे हैं, जिस समय में जमी हुई बर्फ धीरे-धीरे पानी में पिघल जाएगी और कंकाल रक्षा करने हेतु तैयार हो जाएँगे।'

एल.एस.डी. और परिमल आवश्यक कार्य करने हेतु सभी यंत्र निकालने लगे, जिसमें एक जी.पी.आर. (ग्राउंड पेनेट्रेटिंग रडार), एक सीओ2 लेजर

और उनके शस्त्र उपस्थित थे। एल.एस.डी. ने एक ब्लूटूथ हेडसेट पहना और तत्काल संचार में सहायता के लिए दो अन्य परिमल एवं नागेंद्र को सौंप दिए।

जब वे रूपकुंड में अपने संचार संपर्क स्थापित कर रहे थे, ओम् बाहरी विश्व के साथ सभी संपर्क और संचार खोकर कैलाश पर्वत के किनारे पर एकांत में खड़ा था। नष्ट हो चुके मानसरोवर को एकटक घूरते हुए वह धन्वंतरि की भयानक मृत्यु का शोक मना रहा था और उसे मृत संजीवनी की पुस्तकों को नागेंद्र के हाथों खो देने का खेद व्यक्त कर रहा था। उसके समीप आते पगों की ध्वनि ने उसे अपनी इस उदासीन स्थिति से बाहर खींच लिया। वह मुड़ा और उसने मिलारेपा को अपनी ओर आते देखा। धन्वंतरि के हत्यारे को देखकर ओम् की उदास अभिव्यक्ति एक पीड़ित में परिवर्तित हो गई।

'आप ताजमहल के लिए नहीं निकले?'

'हाँ, मैं बस, जा ही रहा था और जाने से पूर्व मुझे तुमसे भेंट करनी थी।'

ओम् ने मौन रहने का निर्णय लिया, उसकी दृष्टि मिलारेपा से मिलने हेतु तैयार नहीं थी। वह दु:खी व क्रोधित अनुभव कर रहा था और चाहता था कि यह मिलारेपा को ज्ञात हो।

'ओम्, मुझे ज्ञात है कि तुम धन्वंतरि के बारे में सुनकर कैसा अनुभव कर रहे हो! मुझे ज्ञात है कि तुम मुझे दोष दे रहे हो और उसकी मृत्यु के लिए मुझसे घृणा करते हो; और यह स्वाभाविक है। परंतु तुम्हारा यह जानना आवश्यक है कि मैंने धन्वंतरि के साथ जो किया, वह केवल उसकी आज्ञा का पालन था। वह बंदी अवस्था में बहुत पीड़ित था। जब तुमने उसे अंतिम बार देखा था, तब से उसकी आयु बढ़ गई थी और वह अत्यधिक कष्ट से पीड़ित था। मुझे विश्वास है कि तुम जानते होगे कि जो देह धूप से वंचित रहती है, उसकी क्या दशा होती है! उसे ऐसे अंधकार में बंदी बनाकर रखा गया था, जहाँ बरसों से सूरज की एक भी किरण उस तक नहीं पहुँची थी। उसे समय का भी ज्ञान नहीं था। वह जीवित नहीं था; वह केवल श्वास ले रहा था। मैंने उसके प्राण नहीं लिये, ओम्। मैंने उसे उसकी पीड़ा से मुक्त किया, क्योंकि उसने मुझसे इसका आग्रह किया था। उसने मुझसे कहा कि पहले मैं उन्हें मुक्ति दूँ और फिर कैलाश जाऊँ, परशुराम को खोजूँ और उन्हें तुम्हारे बारे में बताऊँ।'

ओम् का मुख निष्क्रिय बना रहा। वह जो कुछ भी सुन रहा था, उससे वह अविचलित था।

मिलारेपा ने एक असहाय-सी निःश्वास भरी—'मुझे क्षमा करो, ओम्। धन्वंतरि और तुम्हारे लिए मैं जो उचित कर सकता था, वह यही था।' मिलारेपा फिर परशुराम और वृषकपि के पीछे चले गए, जो पहले से ही अपने-अपने गंतव्य के लिए जा रहे थे।

परशुराम के निर्णय से ओम् निराश था। उसे यहीं रहना था और कुछ नहीं करना था। यद्यपि यह स्थिति लगभग सार्वभौमिक थी, क्योंकि उस समय संपूर्ण विश्व की गतिविधि कोविड-19 की महामारी के कारण रुकी हुई थी। यह मार्च 2020 का समय था—जब विश्व की रक्षा हेतु सबसे उचित कार्य था, घर के भीतर रहना। अश्वत्थामा ओम् की हताशा देख सकता था और उसने उसका ध्यान हटाने का प्रयत्न किया।

'मैं तुम्हारी मनोस्थिति समझ सकता हूँ, ओम्। युगों से मैंने विवशता की इस भावना को सहन किया है। मैं अपने माथे से निकलते मवाद को लिये वनों में भटक रहा था और श्रीकृष्ण के शाप के कारण कभी न भरने वाला कोढ़ मेरी देह को खा रहा था।'

ओम् भी अपना ध्यान उसे उपभोग करने वाले विचारों से हटाना चाहता था, इसलिए वह अश्वत्थामा से और प्रश्न पूछने लगा।

'ऐसे समाचार आए हैं कि लोगों ने तुम्हें नर्मदा के तट पर देखा है और तुम्हारी पूरी देह घाव से भरी हुई थी? ऐसा कहा जाता है कि तुम्हें विष्णु के दसवें अवतार कल्कि के हाथों मोक्ष की प्राप्ति होगी। इसमें कितना सत्य है? एक और प्रश्न, जो प्राय: मेरे मन में रहता है—तुमने उस शाप से स्वयं को कैसे मुक्त किया?'

'मैंने नहीं किया; परशुराम ने मुझे इससे मुक्त किया। इसलिए मेरा सुझाव है कि तुम परशुराम पर विश्वास करो, उनकी आज्ञा का पालन करो। और हाँ, यह सत्य है कि कल्कि अवतार मुझे मोक्ष प्रदान करेगा।' अश्वत्थामा ने उत्तर दिया। यह उत्तर सुनकर ओम् के मन में एक और प्रश्न उठा।

'परशुराम ने भगवान श्रीकृष्ण का शाप भग्न किया! फिर क्या हुआ?' एक अन्य प्रश्न उसे एक और उत्तर तक ले गया और इस प्रकार, अश्वत्थामा

ओम् को अपने अतीत के बारे में बताने लगा।

'कई वर्ष व्यतीत हो गए। कृष्ण और उनके भाई बलराम ने मृत्युलोक से प्रस्थान कर लिया। महाभारत काल के सभी कौरवों और शेष योद्धाओं की मृत्यु हो गई। धृतराष्ट्र, गांधारी और कुंती ने वनवास ग्रहण कर लिया और दावाग्नि (वन की अग्नि) में जलकर उनकी भी मृत्यु हो गई। तुम विदुर के रूप में अदृश्य हो गए। कृष्ण के जाने के पश्चात् पांडवों को एक गहरी शून्यता का अनुभव होने लगा, इसलिए उन्होंने अर्जुन के पौत्र परीक्षित को राज्य सौंप दिया। द्रौपदी के साथ पांडवों ने सदैव के लिए वनवास स्वीकार लिया।

'इस पूरे समय में मैं तब तक भटकता रहा, जब तक मुझे प्राग तीर्थ में परशुराम के आश्रम के बारे में नहीं बताया गया, जिसे आज 'प्रयागराज' के नाम से जाना जाता है। परशुराम महाभारत के तीन सबसे शक्तिशाली योद्धाओं—भीष्म पितामह, सूर्यपुत्र कर्ण और मेरे पिता द्रोणाचार्य के गुरु रहे हैं। मुझे यह सुझाव दिया गया था कि गुरु परशुराम मेरे साथ सहानुभूति रख सकते हैं और मुझे मोक्ष के मार्ग पर ले जा सकते हैं, क्योंकि मैं उनके सबसे प्रसिद्ध शिष्यों में से एक का पुत्र हूँ। अपनी शापित देह से मुक्ति पाने की आशा लिये मैं महीनों तक परशुराम के आश्रम की खोज में घूमता रहा।

'किसी प्रकार उनके आश्रम में पहुँचने तथा कुछ और महीनों तक प्रतीक्षा करने के पश्चात् अंततः परशुराम से मेरी भेंट हुई। तब तक वे मेरे तथा मेरे कर्मों से परिचित हो गए थे और उन्हें मेरी सहायता करना अस्वीकार्य था। उन्होंने मुझे चले जाने का आदेश दिया। उन्होंने अपना निर्णय पारित कर दिया था। परंतु मैंने द्रोणाचार्य के लिए मुझे बचाने के लिए उनसे विनती की, जिन्होंने अपनी अंतिम साँस तक उनकी पूजा की थी। मैंने उनसे कहा कि जिस क्रोध ने मुझे प्रतिशोध में अंधा कर दिया था, वह पांडवों द्वारा उनके शिष्य और मेरे पिता द्रोणाचार्य की अनैतिक हत्या का परिणाम था। मैंने उनसे यह विश्वास करने का आग्रह किया कि जितना वे मेरे पिता से प्रेम करते थे, उतना ही मैं उनके शिष्य से करता था; परशुराम उनके लिए पिता समान थे। अंततः परशुराम ने मेरे पिता के प्रति मेरे प्रेम व भक्ति को अनुभव किया और मेरे प्रतिशोध का कारण समझ गए। इस प्रकार, उन्होंने मेरी सहायता करने का वचन किया।'

'परंतु तुम्हें स्वयं भगवान कृष्ण ने शाप दिया था। ऐसे शाप से कोई कैसे मुक्ति प्राप्त कर सकता है?'

अश्वत्थामा ने अपने नेत्र बंद कर लिये और अत्यंत श्रद्धा एवं स्तुति-भाव के साथ पाठ किया—

'मुनिभिः पन्नगैर्वापि सुरैर्वा शापितो यदि।
कालमृत्युभयाद्वापि गुरुरक्षति पार्वति
अशक्ता हि सुराद्याश्चाशक्ता मुनयस्तथा।
गुरुशापेन तेशीघ्रंक्षयंयान्ति न संशयः।'

अश्वत्थामा ने संस्कृत श्लोक का अर्थ समझाते हुए कहा, 'यह वेदव्यास द्वारा रचित 'गुरु गीता' का श्लोक है। 'गुरु गीता' भगवान शिव और देवी पार्वती के एक वार्त्तालाप का वर्णन करती है, जब पार्वती शिव को उन्हें गुरु एवं मुक्ति के बारे में बताने के लिए कहती हैं। पार्वती के प्रश्न के उत्तर के रूप में शिव इस श्लोक का पाठ करते हैं, जिसका अर्थ है कि यदि शिष्य को देवताओं द्वारा शाप दिया जाता है तो गुरु शिष्य की रक्षा कर सकता है और उसे मुक्त कर सकता है। गुरु शिष्य की काल और मृत्यु के भय से भी रक्षा कर सकता है। परंतु यदि स्वयं गुरु ही शिष्य को शाप दे दें तो शिष्य धीरे-धीरे दुर्बल हो जाता है और अंत में विनाश को प्राप्त होता है। ऐसे शिष्य की देवता भी ऐसे शाप से रक्षा नहीं कर सकते। द्रोणाचार्य मेरे पिता ही नहीं, मेरे गुरु भी थे और परशुराम मेरे गुरु के गुरु हैं। मैंने अपने पिता से जो कुछ भी सीखा, वह परशुराम द्वारा उन्हें दिया गया था और अंततः मुझे दिया गया था। इस प्रकार, परशुराम मेरे गुरु भी थे।

'परशुराम ने तब मुझसे कहा कि वे मुझे मोक्ष नहीं दे सकते और मुझे भगवान कृष्ण के शाप से पूर्णतः मुक्त नहीं कर सकते। परंतु जब तक कल्कि मुझे मोक्ष देने नहीं आते, तब तक वे मुझे मेरे घावों, पीड़ा और कुष्ठ रोग से मुक्त कर सकते हैं। अग्रिम वर्षों में परशुराम ने धीरे-धीरे मुझे कुष्ठ और अन्य सभी रोगों से मुक्त कर दिया। अंततः परशुराम की कुटिया में वह दिन आ ही गया, जब मैं शाप और उससे संबंधित कष्टों से अर्ध-मुक्त हो गया था। उस दिन मैंने कुछ ऐसा देखा, जो इतना अविश्वसनीय था कि मैं अपने जीवन में फिर कभी इसका सामना नहीं करना चाहूँगा।' जैसे ही अश्वत्थामा चुप हुआ,

उसकी आँखें भयानक रूप से चमक उठीं और वह इतना भयभीत लग रहा था कि ओम् को उसका ध्यान पुनः अपनी ओर खींचने हेतु अश्वत्थामा से पूछना पड़ा कि उसने क्या देखा? अश्वत्थामा जैसा वीर अमर योद्धा एक स्मरण मात्र से इतना भयभीत हो गया था। ओम् ने देखा कि अश्वत्थामा ने आगे बढ़ने से पूर्व स्वयं को तैयार किया।

'मैंने देखा कि अश्वत्थामा ठीक मेरे सामने खड़ा था।'

'अर्थात्?' ओम् ने अपनी भौंहें सिकोड़ लीं।

'मैंने एक पुरुष को देखा, जो ठीक मेरे समान दिखता था—मवाद और कोढ़, पीड़ा और घृणा, शक्ति और उद्देश्य, क्रोध और प्रतिशोध की भावना से परिपूर्ण। वह एक दानव था, जो मेरी देह, हृदय और आत्मा में बाधा बना हुआ था। वह ठीक मेरे समक्ष खड़ा था और मेरे भीतर पुनः प्रवेश करने का प्रयत्न कर रहा था। मैं निर्बल व भयभीत था, जैसे किसी क्षुधित मगरमच्छ के समक्ष छोड़ दिया गया शिशु हो। मैंने अपने जीवन में कभी भी इस प्रकार के आतंक का अनुभव नहीं किया था। वह अपने क्रोध और प्रभुत्व से मुझ पर हावी होने का प्रयास कर रहा था। परंतु परशुराम ने ऐसा नहीं होने दिया। उन्होंने मुझे कुटिया से बाहर जाने का आदेश दिया।'

'वह कौन था?' ओम् पूर्णतः असमंजस में पड़ गया।

'परशुराम ने मुझे दो भागों में विभाजित कर दिया था, जिस कारण मेरा अनुरूप बन गया था। मेरे पिता की मृत्यु से पूर्व मुझमें सज्जनता का वास था और उनकी मृत्यु के पश्चात् मेरे भीतर क्रोध एवं प्रतिशोध की दुष्टता वास करने लगी। जब मैं अपने नकारात्मक अहंकार से भिन्न हुआ तो मैं निर्बल हो गया था और मेरा अनुरूप, जो मेरे समक्ष खड़ा था, वह दोगुना शक्तिशाली हो गया। मैं रोग से उबरने वाला मात्र देह था और ऐसी स्थिति में उससे युद्ध करना असंभव था। हर व्यक्ति में अच्छाई व बुराई दोनों का वास होता है; क्योंकि हम पहले ऐसे समय के मध्य में हैं, जहाँ सतयुग सबसे पवित्र चरण था और कलियुग का अंत सबसे बुरा चरण, जहाँ आशा लुप्त होगी। यही कारण है कि कुछ व्यक्ति अच्छाई द्वारा और अन्य बुराई द्वारा निर्देशित होते हैं। एक व्यक्ति के भीतर जो भाग प्रमुख होता है, वह उनके चरित्र को निर्देशित करता है। परंतु सहस्राब्दी के पश्चात् मैंने इतने वर्षों में

परशुराम के साथ उनके शिष्य के रूप में रहते हुए वह शक्ति पुनः प्राप्त कर ली है।' अश्वत्थामा मुसकराया।

'और तुम्हारे नकारात्मक अनुरूप का क्या हुआ? वह कहाँ है?'

'मैं नहीं जानता। मैंने कई बार अप्रत्यक्ष रूप से उसके बारे में पूछने का प्रयत्न किया; परंतु एक दिन परशुराम ने मुझसे सख्ती से कहा कि मुझे उसके बारे में जानने की आवश्यकता नहीं है। मैंने फिर कभी उसके बारे में पूछताछ नहीं की।' अश्वत्थामा ने निष्कर्ष निकाला।

'आज मैंने पहली बार तुम्हारे नेत्रों में भय देखा है, अश्वत्थामा!' ओम् ने कहा।

'हाँ, क्योंकि उसकी छवि आज भी मेरे लिए कष्टदायी है। वह मेरे ही समान चलता व बोलता था और उस समय मेरे पास जितनी शक्ति तथा जितना ज्ञान था, उतना ही उसके पास भी था। हम दोनों में केवल इतना ही अंतर था कि उसके लाल नेत्र द्वेष और प्रतिशोध से भरे हुए थे।'

जहाँ अश्वत्थामा और ओम् आपस में एक बंधन बाँध रहे थे, परिमल बर्फ को तोड़ने के लिए जितना संभव था, उतनी गहराई तक जाने में व्यस्त था। एल.एस.डी. जी.पी.आर. के माध्यम से, जो रहस्यमय झील के कोने-कोने को स्कैन कर रहा था, जल के नीचे हर वस्तु की जाँच कर रही थी। परंतु वह इस बात से अनभिज्ञ थी कि प्रत्येक चरण के साथ वृषकपि मिलारेपा और परशुराम के साथ-साथ रूपकुंड के समीप आ रहा था।

'क्या मैं आपसे कुछ पूछ सकता हूँ, मिलारेपा?' वृषकपि ने कहा।

'हाँ।' मिलारेपा ने विनम्रतापूर्वक उत्तर दिया।

'मैं यहाँ थोड़ा भ्रमित हूँ। क्या आप कृपया मुझे बताएँगे, यदि मैंने कुछ अनुचित समझा हो तो?' वृषकपि ने कहा।

'किस विषय में?' मिलारेपा ने भ्रमित होकर पूछा।

'धन्वंतरि ने 'मृत संजीवनी' नामक एक ग्रंथ लिखा था, जिसे ओम् के पास सुरक्षित रखा गया था; परंतु अब उसे नागेंद्र नामक किसी वृद्ध व्यक्ति ने चुरा लिया है। नागेंद्र वही पुरुष है, जिसके लिए आपने एक बार कार्य किया था और फिर परशुराम तक पहुँचने हेतु धन्वंतरि के प्राण लेकर नागेंद्र से छल किया था। और आपने धन्वंतरि की पुस्तक के रक्षक की उस व्यक्ति से रक्षा करने

हेतु ऐसा किया, जिसने कभी विचार किया था कि उसका रहस्य आपके पास सुरक्षित है। मुझे विश्वास नहीं है कि मैंने क्या कहा, परंतु क्या मैंने उचित कहा ?'

'हाँ, तुमने उचित कहा।' मिलारेपा ने कुछ लज्जित होते हुए उत्तर दिया।

'परंतु आप किसके सहयोगी हैं ? मैं भ्रमित हूँ।' भोले वृषकपि ने फिर पूछा।

'मैं तुम्हारे पक्ष में हूँ।' मिलारेपा ने वृषकपि के कंधे पर मित्रवत् हाथ रखते हुए उत्तर दिया।

'परंतु आपने उस वृद्ध चोर के लिए कार्य किया था। तो वह कौन है ?' वृषकपि जानने हेतु उत्सुक था।

'मैं नहीं जानता।' अपने अतीत की स्मृतियों में खोए हुए मिलारेपा ने अपना हाथ हटा लिया। परंतु प्रश्नों का बहाव अभी समाप्त नहीं हुआ था।

'ठीक है! परंतु आपने ओम् के लिए परशुराम तक पहुँचने के लिए अपने जीवन को संकट में डाल दिया! ओम् कौन है ?' वृषकपि ने पूछा।

'मैं नहीं जानता।' मिलारेपा ने कहा, जो अभी भी विस्मृति में थे, जिससे वृषकपि चिढ़ गया, जो केवल सीधे व सरल उत्तर की अपेक्षा कर रहा था।

'न तो आप यह जानते हैं कि आपने किसके लिए कार्य किया था और न यह जानते हैं कि आपने किसकी रक्षा की ? तो यह कौन जानता है ?'

मिलारेपा ने विनम्रतापूर्वक वृषकपि के बालोचित क्रोध को अनुभव करते हुए और उसे शांत करते हुए उत्तर दिया, 'जिसके लिए मैंने कार्य किया था, वह था नागेंद्र और जिसकी मैंने रक्षा की, वह था ओम्।'

तभी परशुराम ने उन दोनों को समीप बुलाया और माइक्रोचिप्स को उनकी ग्रीवा के पीछे चिपकाते हुए घोषणा की, 'यह हर समय तुम पर रहेगा। यह एक ट्रैकर है। इससे मुझे अपने डिवाइस पर आप दोनों के स्थानों का पता लगाने में सहायता होगी।' फिर उन्होंने उनके संबंधित मानचित्रों के साथ कपड़ों की एक जोड़ी उन्हें दी और अपने हाथों में कुछ पैसे लेकर मिलारेपा की ओर मुड़े।

'यह वर्तमान में भारत में स्वीकृत मुद्रा है। इससे आपको सहायता मिलेगी। आपको आगे अनेक नगरों से लंबी यात्रा करनी है।' परशुराम ने भारतीय मुद्रा का एक गट्ठा सौंपते हुए कहा।

मिलारेपा ने एक झलक देखी और नम्रता से मुसकराए, 'धन्यवाद, महोदय; परंतु मुझे किसी भी वस्तु की आवश्यकता नहीं होगी।'

परशुराम ने उन्हें बताया कि जिस विश्व से वे परिचित थे, उसमें बहुत परिवर्तन आ चुका था, जिस कारण उन्हें इसकी आवश्यकता हो सकती थी। इसे रखना और इसका प्रयोग न करना इसकी आवश्यकता होने और इसके उनके पास न होने से उचित था। मिलारेपा ने परशुराम से केवल उनके कथन का सम्मान करने के लिए धन लिया; क्योंकि उन्हें अभी भी विश्वास था कि उनके लिए यह आवश्यक नहीं था।

धन को देखकर वृषकपि ने भोलेपन से पूछा, 'यह क्या है? क्या मैं भी यह ले सकता हूँ?'

'यह अच्छी वस्तु नहीं है और तुम्हें इसकी आवश्यकता नहीं होगी, क्योंकि तुम किसी व्यक्ति से भेंट नहीं करने वाले हो।' परशुराम ने धीरे से अपना सिर हिलाया, जैसे किसी बालक को समझा रहे हों!

वृषकपि की भौंहें तनी हुई थीं। परशुराम ने मंद मुसकान के साथ उसे एक नोट थमा दिया—'लो, तुम इसे रख सकते हो।'

वृषकपि का मुख तुरंत खिल उठा। 'धन्यवाद!'

'अब वे वस्त्र पहनो, जो मैंने तुम्हें दिए हैं।' परशुराम ने कहा और वृषकपि की संक्रामक मुसकान उनके मुख पर भी झलकने लगी।

वृषकपि ने आज्ञा का पालन किया और उन्हें पहनने का प्रयत्न करते हुए कपड़ों के साथ संघर्ष करने लगा।

'क्या यह पहली बार ज्ञानगंज से बाहर आया है?' मिलारेपा ने पूछा।

'हाँ, उसे धन नहीं चाहिए; वह सिर्फ इसलिए रखना चाहता है, क्योंकि तुम्हारे पास है और बस, यह जानने के लिए उत्सुक है कि कागज का रंगीन टुकड़ा कैसे कार्य करता है?'

'परंतु क्या उसे अकेले बाहर भेजना संकटकारी नहीं है?' चिंतित मिलारेपा ने कहा। परशुराम की दृष्टि में मिलारेपा सही थे, इसलिए उन्होंने अपने निर्णय को उचित ठहराया।

'नागेंद्र का सामना करना किसी के लिए भी संकटकारक है। वास्तव में, उसे ज्ञानगंज से दूर कहीं भी भेजना संदेहपूर्ण है, क्योंकि वह पहले कभी

बाहर नहीं गया। इसलिए, मैं उसे रूपकुंड जैसे सुनसान क्षेत्र में भेज रहा हूँ, जो कैलाश के समीप है और इस ऋतु में मनुष्यों के लिए वहाँ आना वर्जित होता है। वृषकपि आज्ञाकारी है। वह विश्व का सामना करने के लिए अत्यंत भोला हो सकता है; परंतु वह नागेंद्र से द्वंद्व करने के लिए शक्तिशाली है। अब इसे पहनो और आगे बढ़ो। भगवान तुम्हारे सहायक रहें।'

तब तक वृषकपि शर्ट, पैंट और मंकी कैप पहनने में सफल हो गया था। परंतु उसकी अधीरता स्पष्ट थी, क्योंकि वह अपनी पूँछ को समायोजित करने के लिए संघर्ष कर रहा था, जो पतलून के एक पैर में उसने दबा ली। परशुराम ने उसकी ओर देखा और गंभीरता से बोले, 'चाहे कुछ भी हो, इन वस्त्रों को मत उतारना, वृषकपि। कैलाश से रूपकुंड तक के अपने मार्ग का स्मरण रखना और कैलाश आने के लिए उसी मार्ग का अनुसरण करना।'

अपना सिर हिलाते हुए और अपनी पैंट को ठीक करते हुए वृषकपि ने दोनों निर्देशों को स्वीकार किया।

जहाँ वृषकपि रूपकुंड के लिए पूर्णतः तैयार था, वहीं रहस्यमय झील पर एल.एस.डी. स्क्रीन पर जो कुछ भी देख सकती थी, वह संपूर्ण रूप से जमा हुआ था, जिसमें किसी प्रकार के जीवन का कोई संकेत नहीं था। पहला दिन व्यतीत हो गया और झील का छठा हिस्सा स्कैन किया गया, परंतु कुछ भी महत्त्वपूर्ण नहीं निकला। इसलिए उन्होंने रात्रि में भी शोध जारी रखने का निर्णय लिया। जब वे चारों ओर की शांति को भंग करने का प्रयत्न कर रहे थे, तब उनके ऊपर तारों भरा आकाश मँडरा रहा था और पर्वत की घाटियों से गूँजती प्रकृति की चीखों से वे अनभिज्ञ थे। वृषकपि अभी भी इस शांति की रक्षा करने से दो दिन दूर था।

उन्होंने रात भर काम किया, फिर भी मॉनिटर ने केवल कंकाल ही दिखाए। जब परशुराम, मिलारेपा और वृषकपि उत्तराखंड-नेपाल सीमा से अपने भिन्न स्थानों के लिए प्रस्थान कर रहे थे, तब संध्या हो गई थी। उस स्थान से सबसे निकट वृषकपि के लिए रूपकुंड था और सबसे दूर परशुराम के लिए भीमकुंड। वृषकपि और परशुराम के गंतव्यों के मध्य में, अपनी पूर्ण महिमा में, उत्तर प्रदेश में स्थित आगरा का ताजमहल मिलारेपा का गंतव्य था। दिन समाप्त हो गया और सूरज पश्चिम में अस्त होने लगा;

परंतु दोनों ओर कोई परिवर्तन नहीं आया, क्योंकि नागेंद्र और उसकी टीम ने अपनी खोज जारी रखी तथा परशुराम और उनकी टीम ने अपनी चढ़ाई जारी रखी। दूसरी रात्रि के अंत में झील के अर्ध भाग को स्कैन किया गया था, जिसने तीनों को निराश कर दिया था। नागेंद्र का धैर्य क्षीण होता जा रहा था, इसलिए उसने उन्हें खोज में शीघ्रता लाने का आदेश दिया। वर्धमान चंद्र केवल एक रात्रि दूर था। जंगल में छिपकर और मानव बस्तियों को चकमा देते हुए वृषकपि ने रूपकुंड की ओर अपनी यात्रा जारी रखी। उस संध्या एल.एस.डी. ने एक स्थान पर भूमि के नीचे कुछ गरमी के संकेतों का पता लगाया और परिमल यह देखने के लिए दौड़ पड़ा कि वह क्या है? जबकि नागेंद्र किसी-न-किसी रूप में संकट की आशंका से आसपास दृष्टि रखे हुए था।

परिमल ने स्कैनर की रीडिंग का अनुसरण किया और अपना हाथ पानी में डुबो दिया। एल.एस.डी. परिमल के हाथ की गरमी और पिछले गरमी के संकेत में समानता देख सकती थी; परंतु परिमल न कुछ ठोस स्पर्श कर पा रहा था, न ही उसे किसी जीवित प्राणी का अनुभव हुआ। एल.एस.डी. ने उसे थोड़ा और गहरा खोदने के लिए कहा, यह संदेह करते हुए कि वह वस्तु के ठीक ऊपर की सतह पर स्पर्श कर रहा होगा। जैसे ही उसने अपना हाथ भीतर डाला, उसकी उँगलियाँ बर्फ की परत के नीचे किसी ठोस वस्तु से चिपक गईं। छूने पर सतह खुरदुरी प्रतीत हुई। उसके आकार का अनुमान लगाने का प्रयत्न करते हुए उसने उसे निकालने के लिए दृढ़ता से पकड़ लिया। उसने उसे बाहर निकालने का प्रयत्न किया, परंतु वह टस से मस नहीं हुई। जैसे ही परिमल ने उसे पानी के भीतर सुरक्षित रूप से जकड़ा, एल.एस.डी. को अपनी दाईं ओर किसी प्रकार की हलचल का अनुभव हुआ और उसने स्कैनिंग मॉनिटर से अपनी दृष्टि हटा ली। उसने एक मानवीय हड्डी को स्वयं हिलते हुए देखा। उसने घूमकर परिसर की जाँच की और पाया कि सभी कटी हुई हड्डियाँ हिल रही थीं। उसने परिमल को देखा, जो अभी भी संघर्ष कर रहा था।

एल.एस.डी. जो कुछ देख रही थी, उस पर ध्यान आकर्षित करने हेतु उसने नागेंद्र को बुलाया, 'हड्डियाँ हिल रही हैं। आपके आदेश क्या हैं?'

नागेंद्र अभी भी संभावित संकट के लिए परिधि को दूर-दूर तक देखने में व्यस्त था। एल.एस.डी. का प्रश्न सुनकर उसने यह देखने के लिए अपना सिर ऊपर कर लिया कि संध्या में अर्धचंद्र निकल रहा था।

वह चिल्लाया, 'समय हो गया है! समय हो गया है! चाँद निकल रहा है। कंकाल जाग रहे हैं। उस मस्तिष्क को खोजने के लिए हमारे पास कुछ ही घंटे शेष हैं। परिमल से कहो।' नागेंद्र ने अपना शेष वाक्य तब निगल लिया, जब उसने झील के पास एक राक्षस को देखा।

'श्‍श्श···' नागेंद्र फुसफुसाया, 'कोई आ रहा है; परिमल को बचाओ और छिप जाओ।' समक्ष आती विपत्ति का सामना करने का साहस करने के बजाय नागेंद्र चुपचाप सीधे भूमि पर लेट गया। झील के किनारे एल.एस.डी. भी लेटकर परिमल पर दृष्टि रख रही थी, जो स्पर्श की गई वस्तु को उखाड़ने में अपनी पूरी शक्ति का प्रयोग कर रहा था।

वृषकपि रूपकुंड के पास एक पर्वत की चोटी पर पहुँच गया। अपने पैरों के ठीक समीप भूमि पर लेटे हुए नागेंद्र से अज्ञात उसने चारों ओर देखा और संपूर्ण क्षेत्र का अवलोकन किया। झील के चारों ओर बिखरे तंबू, मशालें, मॉनिटर, रस्सियाँ और अन्य संदिग्ध सामग्रियों को देखकर यह स्पष्ट था कि वहाँ मनुष्यों की उपस्थिति है। तभी उसने देखा कि एक पुरुष ठंडे पानी के मध्य बैठा था और कुछ पकड़ने का यत्न कर रहा था। परिमल ने भी वृषकपि को देखा। वे दोनों जानते थे कि अब क्या करना है और एल.एस.डी. भी! अभी भी नागेंद्र के इतने समीप होने से अज्ञात वह परिमल को पकड़ने के लिए ढलान पर दौड़ पड़ा। तब तक परिमल उस वस्तु को भूमि से थोड़ा ढीला करने में सफल हो गया था; परंतु उसे ज्ञात था कि यदि उसने इसे छोड़ दिया तो वह इसे खो देगा। दूसरी ओर, वृषकपि की गति एवं आकार किसी को भी भयभीत करने के लिए पर्याप्त थे और परिमल उसे अपनी पूरी ताकत के साथ आगे बढ़ते हुए देख सकता था। परिमल के बड़े व भयभीत नेत्र एल.एस.डी. को देखने लगे, जो बड़ी तेजी से अपनी ओरिजिन-12 बंदूक लोड कर रही थी, क्योंकि वह भी प्रबल वृषकपि को देख सकती थी। अब अर्धचंद्र स्पष्ट दिखने लगा था।

वृषकपि के प्रचंड पगों से धरती काँप उठी, जिससे कंकालों की सेना जाग गई। वे चारों ओर से उसके पास आने लगे। सतर्क कंकाल रक्षकों

को देखते हुए परिमल ने अपनी सारी गतिविधि बंद कर दी, जिससे कंकाल केवल वृषकपि पर आक्रमण करें। अब यह एल.एस.डी. पर निर्भर था कि वह परिमल के पकड़े जाने से पूर्व सही निशाना साधे और विशाल वानर को रोक दे। जैसे ही कंकालों का झुंड उसकी ओर दौड़ने लगा, वृषकपि परिमल की ओर बढ़ा। एल.एस.डी. ने उसे गोली मार दी। उसने आठ सेकंड से भी कम समय में तीस राउंड फायर किए, जो सारे वृषकपि को बाईं ओर लगे। परंतु गोलियाँ उसे घायल करने में सक्षम नहीं थीं। यद्यपि वे गतिरोधक बनकर उसका संतुलन बिगाड़ने में सफल हुईं, जिससे वृषकपि भूमि पर गिर गया। सहसा फायरिंग ने वृषकपि को अचंभित कर दिया था। कंकाल सेना तुरंत उस पर झपट पड़ी और अपनी हड्डियों तथा चट्टानों का शस्त्र के रूप में प्रयोग करते हुए उस पर वार करने लगी। अपने हाथ के एक तेज झपट्टे के साथ वृषकपि ने सहजता से शवों के ढेर को स्वयं पर से उतार दिया। एल.एस.डी. समझ गई थी कि उसे बंदूकों से पराजित नहीं किया जा सकता। उसे पकड़ना आवश्यक था। उसने अपनी किट से एक नेट गन निकाली और शूट करने से पूर्व निशाना साधा। शूट करते ही बंदूक से निकले जाल ने वृषकपि को चारों ओर कसकर लपेट लिया और बिजली का झटका दिया, जिससे वह उसमें उलझकर स्थिर हो गया।

वृषकपि के संघर्ष ने परिमल को कुछ समय दिया; परंतु वह अभी भी भूमि में दबी खोपड़ी से जूझ रहा था, क्योंकि वह झील में बुरी तरह से फँसी हुई थी। उसने अपनी उँगलियाँ खोपड़ी के खोखले नेत्रों में फँसा लीं और अपनी पूरी शक्ति से उसे निकालने का प्रयत्न किया, परंतु वह फिर भी नहीं हिली। दाँत भींचकर श्रम करते हुए परिमल ने वृषकपि को जाल से मुक्त होकर पुनः अपनी ओर बढ़ते हुए देखा। उसके पास अधिक समय नहीं था। एल.एस.डी. ने अपनी बंदूक से और भी गोलियाँ दागीं, परंतु उससे वृषकपि की सरपट चाल पर कोई प्रभाव नहीं पड़ा।

इससे पूर्व कि वे कुछ और कर पाते, वृषकपि ने उन्हें पकड़ लिया और अपने हाथ के एक झटके से परिमल को जोर से पटक दिया। उस वार से परिमल को लाभ हुआ, क्योंकि उसका हाथ, जो भूमि में फँसी हुई खोपड़ी को निकालने में लगा था, ऐसे शक्तिशाली झटके से वह उसे अंततः झील से

निकालने में सफल हुआ, जिसके नीचे उसकी रीढ़ की हड्डी लटक रही थी। नागेंद्र ने यह सब देखा और समझ गया था कि यह वही है। जैसे ही परिमल बर्फ पर गिरा, वृषकपि ने उस पर तेजी से आक्रमण कर दिया। परिमल द्वारा पकड़ी खोपड़ी ने कंकाल सेना का भी ध्यान अपनी ओर आकर्षित कर लिया था। देखते-ही-देखते रूपकुंड के चारों ओर की हर चट्टान से कंकालों का समूह बाहर आने लगा। इससे पूर्व कि वे कुछ कर पाते, वृषकपि ने परिमल के हाथ से खोपड़ी को छीन लिया। इस प्रक्रिया में खोपड़ी टूटकर खुल गई और चाँद की रोशनी अंदरूनी भाग पर गिर गई। जैसे ही चाँदनी ने भीतर के भाग को स्पर्श किया, कंकाल की खोपड़ी चाँदी के समान चमक उठी और उसमें उकेरे हुए दो शब्द स्पष्ट दिखने लगे—'अनादि, अनंत'। एल.एस.डी. ने गोलियाँ चलाना जारी रखा। कंकाल सेना गोलियाँ लगने पर बिखरती, परंतु पुनः एकत्र होकर आक्रमण करने हेतु तैयार हो जाती। वृषकपि पर भी बंदूक की गोलियों का कोई प्रभाव नहीं पड़ रहा था।

नागेंद्र अभी तक वृषकपि से छिपकर भूमि पर लेटा हुआ था; परंतु अब अंततः हस्तक्षेप करने का समय था, क्योंकि जिस खोपड़ी की उसे आवश्यकता थी, वह वृषकपि के हाथों में थी। एक हाथ में खोपड़ी लेकर वृषकपि ने परिमल को अपने दूसरे हाथ से उठाकर दूर फेंक दिया। अन्य संभावित वारों से अनभिज्ञ वृषकपि अपने चारों ओर घिरी हुई कंकाल सेना को दूर भगाता रहा। नागेंद्र ने इयरपीस के माध्यम से एल.एस.डी. को वृषकपि पर गोलियाँ न चलाने का आदेश दिया, क्योंकि उसके हाथ में खोपड़ी थी और वह उस पर किसी भी प्रकार की हानि का जोखिम नहीं उठा सकता था। एल.एस.डी. ने पीछे हटते हुए वृषकपि के नेत्रों को देखा, जो एक उग्र पशु की भाँति लग रहे थे। तभी वृषकपि की ओर नागेंद्र दौड़ा और उस पर वैसे ही आक्रमण किया, जैसे एक शिकारी अपने शिकार पर करता है और उसकी पीठ पर जा गिरा। नागेंद्र की गति व रणनीति ने एल.एस.डी. और परिमल को चकित कर दिया। इससे पूर्व कि वृषकपि कोई प्रतिक्रिया कर पाता, नागेंद्र ने अपने दाँत उसकी ग्रीवा में क्रूरतापूर्वक गड़ा दिए। रूपकुंड में वृषकपि पर हुए सभी वारों में यह सबसे घातक था। नागेंद्र ने उसे इतनी तीव्रता से भक्ष लिया था कि वृषकपि की पीठ से मांस का एक

बड़ा सा टुकड़ा चीर लिया गया था। हृदय से देह के बाकी हिस्सों में रक्त की आपूर्ति करने वाली एक प्रमुख धमनी के फट जाने के कारण वृषकपि की देह से अत्यधिक रक्त बहने लगा।

कुछ ही क्षणों में नागेंद्र वृषकपि की पीठ से उतर गया और पुनः अपने पैरों पर खड़ा हो गया। बिना समय व्यर्थ किए उसने वृषकपि के हाथ से खोपड़ी को छीन लिया, अपनी प्राचीन धातु की बोतल खोली और मस्तिष्क के ऊपरी भाग के टूटे हुए टुकड़े का प्याले के समान प्रयोग करते हुए उसमें थोड़ा-सा पानी डाला। कुछ कंकालों का समूह मूर्च्छित वृषकपि पर आक्रमण करने लगा। परिमल और एल.एस.डी. ने सभी कंकालों को दूर रखा, जिससे वे नागेंद्र को बाधित न कर सकें। वे जागते हुए कंकालों की बढ़ती सेना को अनुभव कर सकते थे और समझ गए थे कि वे शीघ्र ही प्रबल होने वाले हैं। परिमल को ज्ञात था कि स्वयं की रक्षा करने हेतु उसे अपने हथगोले का प्रयोग करना होगा, क्योंकि उनके पास कंकालों की इतनी बड़ी सेना से युद्ध करने का और कोई उपाय नहीं था। उन्होंने प्रक्रिया पूर्ण होने तक नागेंद्र की प्रतीक्षा की, क्योंकि वही उनके भागने का संकेत होगा।

जैसे ही पानी ने चाँदी के चमकदार मस्तिष्क की भीतरी सतह को स्पर्श किया, शिलालेख पानी में घुल गया और उसे एक उदात्त फिरोजी रंग में परिवर्तित कर दिया। कंकालों से अभिभूत वृषकपि असहाय होकर अपने समक्ष अपने कार्य को विफल होते देखता रहा। नागेंद्र वृषकपि के ताजा मांस के टुकड़े को दुष्टता से चबा रहा था और उस पर मस्तिष्क में डाला हुआ आकाशीय पानी पी रहा था। जब उसने वह फिरोती पेय पिया, तब एल.एस. डी. और परिमल उस जल को नागेंद्र के कंठ से नीचे उतरता देख सकते थे, क्योंकि बाहर तक उस जल का रंग दिखाई दे रहा था। वृषकपि जानता था कि उसे रणक्षेत्र छोड़ना ही होगा, अन्यथा वह या तो बुद्धिहीन कंकालों द्वारा या अपभ्रष्ट नागेंद्र एवं उसके सैनिकों द्वारा मारा जाएगा। इन सबसे सुरक्षित रहने का एक ही उपाय था कि परशुराम ने जिस अंतिम युक्ति का प्रदर्शन करने से उन्हें वर्जित किया था, उसकी सहायता ली जाए। वृषकपि ने अपने नेत्र बंद कर लिये और क्षण भर के लिए निर्णय लिया, जबकि कंकालों का समूह उस पर वार किए जा रहा था। तभी परिमल को नागेंद्र से संकेत मिला। शब्द ग्रहण

कर लिया गया था। उसने हैंड ग्रेनेड की पिन खींची और उसे बर्फीली झील पर फेंक दिया।

ग्रेनेड गिरने से कुछ ही क्षण पहले वृषकपि ने अपनी पूरी शक्ति एकत्र की और भूमि से दूर ऊपर उड़ गया। कंकालों का एक समूह अभी भी उसे नोंच रहा था। उसके ऊपर झूलते कंकाल एक-एक करके गिर पड़े, जिससे उसकी देह पर कई घाव और हो गए, जिनसे रक्त रिसने लगा। नागेंद्र ने उसे भागते हुए देखा और अभी भी वह उसके मांस के अंतिम टुकड़े को चबा रहा था। यह विस्फोट पूरे सन्नाटे में हिंसक रूप से गूँजता रहा और झील के चारों ओर बर्फ से ढँके पहाड़ों में एक हिमस्खलन पैदा हुआ, जिससे एल.एस.डी., परिमल और नागेंद्र को स्वयं की रक्षा करने के लिए बहुत कम समय मिला। परिमल ने कंकालों को एल.एस.डी. को उसके पैरों से घसीटते हुए चट्टानी गुच्छे में ले जाते देखा। क्षण भर में विशाल शिलाखंडों एवं बर्फ ने झील के चारों ओर से नीचे लुढ़कते हुए संपूर्ण क्षेत्र को घेर लिया। जब तक भू-स्खलन रुका, तब तक सबकुछ बर्फ की मोटी परतों से ढँक चुका था। नागेंद्र और उसके दल का कोई संकेत नहीं था और रहस्यमयी झील अपने सभी कंकालों के साथ उस रात्रि को सदैव के लिए अपना अस्तित्व खो बैठी।

ग्रीवा पर बर्बरता से काटा हुआ घाव लिये वृषकपि ने बिना विचार किए कि उस पर मनुष्यों का ध्यान आकर्षित होगा, कैलाश पर्वत के मार्ग पर उड़ना जारी रखा। इस कारण अनेक व्यक्तियों को उसे छवियों एवं वीडियो के रूप में अपने मोबाइल फोन पर रिकॉर्ड करने का अवसर मिला। रक्त की गंभीर अल्पता और क्लांत होने के कारण वृषकपि की दृष्टि धीरे-धीरे मंद होती जा रही थी। बहुत आगे देखने में असमर्थ और इस बात से अनभिज्ञ कि मनुष्य अब 'विमान पुराण' के रहस्य को जान गए थे और वे भी अब उड़ सकते थे, वह हिमालय श्रृंखला के ऊपर एक छोटे, कम-उड़ान वाले विमान से टकराकर एक पर्वत पर गिर गया और अपनी देह के भार तथा गिरने के प्रभाव से घनी बर्फ में लुप्त हो गया, अचेत व असहाय! विशाल, राजसी हिमालय में वृषकपि को देखा जाना या ढूँढ़ा जाना असंभव था।

□

8

लुप्ति व प्राप्ति

वर्धमान की रात को हुए रूपकुंड के विनाश से अनभिज्ञ मिलारेपा एवं परशुराम किसी भी प्रकार के आक्रमण के लिए आगरा और भीमकुंड के अपने-अपने गंतव्य पर तैयार थे। ताजमहल की सुरक्षा सुनिश्चित करने हेतु पूर्ण रात्रि ताजमहल के आसपास रहने और नागेंद्र का कोई संकेत नहीं मिलने के पश्चात् मिलारेपा ने पुनः कैलाश जाने का निर्णय लिया। सड़क पर चलते समय उन्होंने किसी को पिछली रात आकाश में देखी गई किसी विचित्र वस्तु का वर्णन करते हुए सुना। मिलारेपा ध्वनि के स्रोत का पता लगाने हेतु मुड़े और पाया कि टेलीविजन पर एक पत्रकार समाचार दे रहा था कि नेपाल व उत्तराखंड की सीमा पर स्थानीय लोगों ने एक विशालकाय उड़ते हुए वानर को देखा था। यह समाचार एक धुँधले फोन पर लिये गए वीडियो द्वारा समर्थित था, जिसमें एक उड़ता हुआ वृषकपि दिख रहा था। कुछ लोग कहने लगे कि वह हनुमानजी थे और दूसरों ने कहा कि यह पैंट व शर्ट पहना कोई पुरुष था। कुछ अन्य लोगों का मानना था कि उड़ने वाला प्राणी किसी अन्य विश्व का वासी था और कुछ ने पूरी कथा को इस आधार पर अस्वीकार कर दिया कि यह प्रचार के लिए रचा गया एक मीडिया स्टंट था।

'आज मंगलवार है, जो हनुमानजी का वार है। यह सब असत्य है। न्यूज चैनल केवल हनुमान-भक्तों की कृपा पाने के लिए ऐसा कर रहे हैं।' मिलारेपा ने अपने बगल वाले व्यक्ति को सिर हिलाकर कहते हुए सुना। परंतु मिलारेपा को सत्य ज्ञात हो गया था। रूपकुंड में वृषकपि के अपनी उड़ने की क्षमता का प्रयोग करने के पीछे कोई बहुत बड़ा कारण था। उन्हें विश्वास था कि आगरा

अगले वर्धमान तक सुरक्षित रहेगा, इसलिए उन्होंने तुरंत जाकर वृषकपि को देखने का निर्णय लिया।

बाहरी विश्व में होती त्रासदियों से अज्ञात, 'ओम् एक रिक्त' परंतु तना हुआ धनुष लेकर बैठा था और अभ्यास कर रहा था। कुछ क्षणों के तीव्र जप के पश्चात् वह एक अस्त्र का आवाहन करने में सक्षम हुआ।

'अति उत्तम, ओम्! यह तो तुमने शीघ्र ही कर लिया।' अश्वत्थामा ने मुसकराते हुए कहा। उसका शिष्य अस्त्रों को धारण करने, उन्हें आदेश देने और नियंत्रित करने में निरंतर प्रगति प्रदर्शित कर रहा था। ओम् ने आँखें खोलीं।

'इस समय जो कुछ हो रहा है, उसका कारण मृत संजीवनी को खो देने की मेरी विफलता में है। विडंबना यह है कि केवल मैं ही हूँ, जो सहायता करने में असमर्थ हूँ। वास्तव में, तुम्हें यहाँ मेरे साथ रखने से योजना निर्बल हो गई है। मुझे जितना शीघ्र हो सके, उतना शीघ्र तैयार होना है।' ओम् ने दृढ़ संकल्प के साथ कहा।

'क्या तुम अगला अस्त्र सीखने हेतु तैयार हो?' अश्वत्थामा ने पूछा।

'हाँ, कृपया मुझे वह सबकुछ सिखाओ, जो आप जानते हो और मैं अपनी संपूर्ण क्षमता का प्रयोग आप सबकी सहायता में करूँगा।'

अश्वत्थामा ने अपने नेत्र बंद कर लिये और अपनी हथेलियों को खोलकर जप किया, जैसे कि वायु से कुछ प्रकट होने की प्रतीक्षा कर रहा हो! कुछ ही समय में उसके हाथ में एक बाण प्रकट हुआ, जिसकी नोक पर एक रुद्राक्ष था। उसने धीरे-धीरे जप बंद कर दिया और तीर को अपने माथे से लगाने हेतु उठाया। ओम् मौन होकर यह दृश्य देखता रहा।

'मेरे हाथ में जो अस्त्र है, उसमें रुद्र की शक्ति है। इसे 'रुद्रास्त्र' कहते हैं। जब इसका प्रयोग किया जाता है तो यह एकादश, अर्थात् ग्यारह रुद्रों में से एक रुद्र की शक्ति का आवाहन करता है और सहस्र शत्रुओं का नाश करता है। मैंने कुरुक्षेत्र युद्ध के अंत में रात्रि-वध के दौरान इसका प्रयोग किया था।' अश्वत्थामा ने इस घटना की स्मृति में अपना मस्तक लज्जित होकर नीचे कर लिया।

भीमकुंड के सुरक्षित होने का आश्वासन सुख से अधिक व्याकुल करने वाला था, क्योंकि इसका अर्थ था कि भीमकुंड पर नागेंद्र की अनुपस्थिति

मिलारेपा या वृषकपि के साथ उनकी मुठभेड़ के कारण थी और यदि ऐसा नहीं था तो शेष आठ में से किसी अन्य स्थान का अस्तित्व देवताओं की भूमि से मिटा दिया गया था। परशुराम ने अपने ट्रैकर को पुनः बाहर निकाला और वृषकपि एवं मिलारेपा का पता लगाने हेतु चालू किया। किंतु वे दोनों में से केवल एक को ही ट्रैक कर पा रहे थे। उन्होंने आगरा में एक लाल बिंदु को ताजमहल से दूर जाते हुए देखा, परंतु वृषकपि का कोई संकेत नहीं था और अंतिम बार उसे रूपकुंड तक पहुँचते ही दिखाया गया था। उसके पश्चात् ट्रैकर में वृषकपि कहीं नहीं दिखा। परशुराम ने दूसरों का पता लगाने हेतु पुनः कैलाश जाने का निर्णय लिया।

□

'जब परशुराम स्थूल लोक पर दृष्टि रख रहे थे और उसके कल्याण हेतु निर्णय ले रहे थे, तब देश के दूसरे भाग में कोई और पूर्णतः एक सूक्ष्म लोक पर केंद्रित था, जो केवल मेरे चारों ओर घूम रहा था। तेज मुझसे बहुत प्रेम करते थे।' मिसेज बत्रा ने आह भरी और उनके नेत्रों में अश्रु झलकने लगे। 'मेरे स्वास्थ्य लाभ हेतु मुझे विश्राम करना पड़ा। तेज उस समय मेरी परछाईं के समान मेरे पास रहते थे। उन्होंने मेरी ऐसी सेवा की, जैसे कि मैं उनकी पत्नी नहीं, कोई नवजात शिशु थी, उनके वे नेत्र, जो कभी उदासी लिये रहते थे, अब आनंद से ऐसे चमक उठे थे, जैसे मेरे साथ उन्होंने भी मृत्यु को चकमा दे दिया हो और पुनः जीवित हो गए हों।'

पृथ्वी ने समझते हुए सिर हिलाया और अपनी कथा को पुनः आरंभ किया।

'जब आप उस कक्ष में पुनः जीवन व्यतीत करने की आशा प्राप्त कर रही थीं, तब प्रचंड आकाश के नीचे बर्फ की परतों में दबा वृषकपि उस आशा को हर व्यतीत होते क्षण के साथ खो रहा था। उसका रक्त उस गगनभेदी शांति में उसके घावों से चारों ओर बर्फ में रिस रहा था। इस बीच अचेत अवस्था से जागने के पश्चात् नागेंद्र को ज्ञात हुआ कि परिमल व एल.एस.डी. बर्फ की उस मोटी सफेद चादर के नीचे दबे हुए थे, जिसने रूपकुंड को सदैव के लिए भक्ष लिया था। नागेंद्र समय से अज्ञात था; वह नहीं जानता था कि वह कितने समय से अचेत अवस्था में था? किसी मानसिक रूप से अस्वस्थ व्यक्ति के समान

काँपते और चकराते हुए वह तुरंत एल.एस.डी. को ऐसे खोजने लगा, जैसे एक पिता अपनी खो गई पुत्री को ढूँढ़ रहा हो! कुछ घंटों तक दिशा या विधि की समझ के बिना इधर-उधर देखने के पश्चात् उसे अंतत: परिमल मिला।

उसने उसे बाहर खींचा और उनके द्वारा वहाँ लाई हुई जो भी वस्तु उसे मिली—स्लीपिंग बैग, टेंट कैनवस, रस्सियाँ, उनका प्रयोग नागेंद्र ने उसे गरम रखने के लिए किया। परिमल इतना काँप रहा था कि उसके लिए श्वास लेना भी कठिन हो रहा था। नागेंद्र द्वारा प्रदान की गई गरमी का कोई प्रभाव नहीं दिख रहा था। वह कठिनाई से अपने नेत्र खोल पाया। परंतु अचेत होने से ठीक पूर्व उसने दो विशाल काली चट्टानों की युक्तियों की ओर संकेत दिया और अपने काँपते दाँतों से बुदबुदाया, 'हिमस्खलन से पहले...मैंने देखा था कि... कंकालों का झुंड एल.एस.डी. को उसके पैरों से पकड़कर...वहाँ घसीटते हुए ले जा रहा था।'

नागेंद्र का मन फिर उन्माद में चला गया। उसने चट्टानों की नोक को बर्फ से ऊपर झाँकते देखा और उनकी ओर दौड़ पड़ा। बर्फ के तूफान ने चट्टानों के मध्य की खाई को बर्फ से भर दिया था। नागेंद्र ने उसे थोड़ा सा धक्का दिया और नई बनी दीवार तुरंत ढह गई।

उसने भीतर झाँका और एल.एस.डी. को देखा। वह सचेत थी, परंतु उसके हाव-भाव अत्यंत विचित्र थे। ऐसा प्रतीत हो रहा था, जैसे उस पर किसी अदृश्य शक्ति का साया हो। जब नागेंद्र ने उसे देखा, तब वह अपने वस्त्र उतार रही थी। इससे उसकी देह की गरमी बनाने की क्षमता कम हो रही थी। उसे रोकने हेतु उसकी हरकतों से उसका ध्यान हटाना आवश्यक था और इसलिए नागेंद्र ने उसका नाम पुकारा—'लतिका!'

एल.एस.डी. आवाज की ओर मुड़ी और नागेंद्र की चिंतित दृष्टि को देखने लगी। उसके नेत्र अस्त-व्यस्त थे और वह आक्रामक थी। वह अपने हाथ हिलाकर किसी दानव के समान ऐसे गुर्राने लगी, जैसे संकट न होने पर भी किसी को धकेलकर उसका वध कर देना चाहती हो! एक-दो बार उसने अपने चारों ओर हवा में अपने हाथों से आक्रमण किया, फिर गुर्राना बंद कर दिया और पूर्ण रूप से स्वयं को नग्न कर चट्टानों के दूसरी ओर, जहाँ से कोई रास्ता नहीं था, मुड़ गई।

नागेंद्र ने भीतर जाने हेतु पर्याप्त जगह बनाने के लिए बर्फ को तोड़ना आरंभ किया; परंतु नग्न एल.एस.डी. चट्टान में स्वाभाविक रूप से बने एक बिल में घुसने लगी, जो उससे भी छोटा था। उसका व्यवहार इतना विलक्षण था कि उसे देखकर कोई भी भयभीत हो जाता, परंतु नागेंद्र नहीं। उसे ज्ञात था कि एल.एस.डी. हाइड-एंड-डाई सिंड्रोम का अनुभव कर रही है, जो हाइपोथर्मिया के अंतिम चरण का लक्षण होता है। ऐसा अधिकतर तब होता है, जब व्यक्ति का तापमान धीरे-धीरे गिरता है। नागेंद्र यह जानता था, क्योंकि उसने अतीत में उसी स्थान पर ऐसा ही व्यवहार देखा था।

एल.एस.डी. की रक्षा करने और उसे सचेत करने हेतु नागेंद्र बर्फ की गुफा में घुस गया। वह जानता था कि यह प्रयास उन दोनों के लिए घातक हो सकता है; परंतु उसे वह सबकुछ करना था, जो वह कर सकता था। वह उस संकीर्ण गतिरोध की ओर चला, जहाँ एल.एस.डी. घुसने के लिए संघर्ष कर रही थी। उसने उसे बाहर निकालने हेतु उसका हाथ पकड़ लिया; परंतु एल.एस.डी. मतिभ्रम कर रही थी, जिस कारण उसे नागेंद्र नहीं, अपितु एक कंकाल दिख रहा था, जो उसकी कलाई खींच रहा था। इसलिए वह नागेंद्र पर प्रहार करने लगी। नागेंद्र के पास उसे बाहर निकालने के लिए जोर से मारने के अतिरिक्त कोई विकल्प नहीं था। उसने बिना किसी संकोच के एक छोटा सा पत्थर उठाया और एल.एस.डी. के सिर के दाईं ओर प्रहार किया। एल.एस.डी. के नेत्र उसके सिर में घूम गए और वह एकाएक भूमि पर अचेत होकर गिर पड़ी। नागेंद्र ने उसे उन दोनों के वस्त्रों में ढँक लिया और घसीटते हुए बाहर ले गया।

□

उस समय आगरा में मिलारेपा ताजगंज बसई पहुँचे, जहाँ निजी हेलिकॉप्टर यात्रा की सुविधा थी। एक घंटे के भीतर उन्होंने पायलट को पूर्णतः सम्मोहित कर लिया। यह एक आपातकालीन स्थिति थी; उनके पास अपनी शक्तियों का प्रयोग करने के अलावा अन्य कोई विकल्प नहीं था। पायलट हेलिकॉप्टर को वृषकपि की खोज में हिमालय की ओर उड़ाने लगा।

कैलाश पर ओम् मौन बैठा था—अश्वत्थामा द्वारा अस्त्रों का आवाहन व नियंत्रण करने हेतु दिए गए मंत्रों का जाप करते हुए। परंतु ऐसा

प्रतीत हो रहा था कि वह किसी कारण विचलित था। वह मुँह ऐंठ रहा था, अपना सिर हिला रहा था और पूरी प्रक्रिया को पुनः आरंभ कर रहा था। जब अश्वत्थामा ने देखा कि ओम् भीतर से शांत नहीं है, तब उसने उससे इसका कारण पूछा। ओम् ने पहले विरोध किया, परंतु अश्वत्थामा ने जोर दिया। एक गहरी आह के साथ ओम् ने बताया कि उसे क्या चिंतित कर रहा है!

'जब तुमने मुझे रुद्रास्त्र के बारे में बताया, तब तुम अपराध-बोध से ग्रस्त हुए, क्योंकि तुम्हें स्मरण था कि महाभारत युद्ध की समाप्ति के पश्चात् रात्रि को उन व्यक्तियों पर इसका प्रयोग करना तुम्हारा दोष था, क्योंकि वे तुम्हारे शत्रु नहीं थे। तुम जानते हो कि तुम पहले कौन थे और अब कौन हो! तुम जानते हो कि तुम्हारे पिता द्रोणाचार्य थे और तुम्हारी माता कृपी। तुम जानते हो, उनको क्या हुआ और कैसे उन्होंने अपने प्राण त्याग दिए! तुम अपनी जन्मभूमि, अपने अस्तित्व और अपने अंत को भी जानते हो। तुम स्वयं से परिचित हो। क्या तुम अपने बारे में, अपने मूल के बारे में, अपने मित्रों व शत्रुओं के बारे में, अपने अतीत एवं भविष्य के बारे में, अपने जीवन के उद्देश्य के बारे में किसी भी विषय से अज्ञात रहने की कल्पना कर सकते हो? ऐसा होना नेत्र होकर दृष्टि न होने के समान होता है। किसी दिन कुछ प्रकाश देखने की निर्बल आशा के साथ शाश्वत अंधकार में चलना भयानक है। मैं कौन हूँ? मेरा जन्म कहाँ हुआ था? मेरे माता-पिता! वे कैसे दिखते थे? उन्हें क्या हुआ? क्या मेरे कभी भाई या बहन थे? तुम नहीं समझ सकते कि मैं कैसा अनुभव कर रहा हूँ और मैं हर दिन क्या अनुभव करता हूँ, जब ये प्रश्न मेरे मन में आते हैं?'

अश्वत्थामा वास्तव में ओम् की पीड़ा के प्रति सहानुभूति रख सकता था; परंतु वह उसके समान ही असहाय था। 'तुम सत्य कहते हो! मैं इसे समझ नहीं सकता; परंतु मुझे विश्वास है कि जो उत्तर तुम बाहरी विश्व में खोज रहे हो, वह तुम्हें भीतर ही मिल सकता है, ओम्।'

अश्वत्थामा के परामर्श को बिना किसी विचार के ठुकराते हुए ओम् ने हताश होकर कहा, 'अश्वत्थामा, मैं अभी आध्यात्मिकता का पाठ पढ़ने की स्थिति में नहीं हूँ। चलो, हम जो कर रहे थे, उसे पुनः आरंभ करें। परशुराम

किसी भी दिन वापस आ जाएँगे और यदि मैं असफल हुआ तो वह तुम्हारा उत्तरदायित्व होगा।'

'आध्यात्मिकता! नहीं, ओम्, मैं मनोविज्ञान और तंत्रिका विज्ञान के बारे में बात कर रहा हूँ। स्मृतियाँ सामान्यत: वितरित मस्तिष्क जाल में संगृहीत होती हैं, जिसमें कॉर्टेक्स भी उपस्थित है और इस प्रकार किसी घटना का सचेत रूप से स्मरण करने हेतु वहाँ सरलता से पहुँचा जा सकता है। परंतु एक असामान्य अवस्था में, मस्तिष्क अपने उप-स्मृति क्षेत्रों को सक्रिय करता है। अवरुद्ध स्मृतियाँ मस्तिष्क सर्किट के भीतर स्मृतियों के प्रसंस्करण का पुन: आरंभ करती हैं, जिससे उनका सचेत रूप से स्मरण नहीं किया जा सकता।

'तुम्हारी आयु सहस्र वर्षों की हो सकती है और तुम्हारे जन्म से पूर्व घटी हर घटना ने तुम्हारी वर्तमान मन:स्थिति में अपना अस्तित्व खो दिया होगा; परंतु एक अँधेरी गुफा है, जहाँ तुम्हारी सारी स्मृतियाँ छिपी हैं—तुम्हारा मस्तिष्क! सिर्फ इसलिए कि तुम्हें स्मरण नहीं है, इसका अर्थ यह नहीं है कि वह सब तुम्हारे मस्तिष्क में संरक्षित नहीं है। इसका सरल अर्थ यह है कि तुम्हें उन स्मृतियों का स्मरण करने हेतु उचित संकेत नहीं मिले हैं। तुम्हारे पास ऐसे प्रश्न हैं, जिनका उत्तर कोई और नहीं, केवल तुम ही दे सकते हो और उसके लिए तुम्हें अपने मन व आत्मा को पूर्णत: शांत करना होगा तथा उन अस्त्रों के प्रति समर्पण करना होगा, जिन्हें तुम अपने पास रखने का प्रयत्न कर रहे हो। जो तुम्हारे पास नहीं है, उसे तुम कैसे दे सकते हो? तुम स्वयं से पूर्णत: अज्ञात हो। यह ज्ञात करने हेतु एक व्यक्ति को स्वयं के भीतर से पूर्ण रूप से परिचित होना आवश्यक होता है। तुम्हें स्वयं से परिचित होने की आवश्यकता है, तभी ये अस्त्र तुम्हें स्वीकार करेंगे। हम यहाँ जो कुछ भी करने का प्रयत्न कर रहे हैं, वह तब तक व्यर्थ होगा, जब तक तुम स्वयं को उत्तम रूप से समझ नहीं लेते। एक ऐसे घड़े की कल्पना करो, जिसमें छिद्र है! अगर तुमने उसे भरने का प्रयत्न किया तो क्या होगा? ज्ञान को अपने मस्तिष्क रूपी घड़े का पानी समझो, जिसमें कोई छिद्र नहीं होना चाहिए। इससे पूर्व कि हम अपने अगले अस्त्र पर जाएँ, हम अपने भीतर की खोज आरंभ करते हैं।'

अश्वत्थामा की व्याख्या आशाजनक थी, परंतु ओम् इतना आशावादी अनुभव नहीं कर रहा था।

'तुम्हें वास्तव में लगता है कि मैंने पहले कभी ऐसा करने का प्रयत्न नहीं किया?'

'मुझे विश्वास है कि तुमने ऐसा अवश्य किया होगा, परंतु मेरे साथ नहीं। मैं प्रयत्न किए बिना पराजय स्वीकार नहीं कर सकता। यदि हम केवल आपके मस्तिष्क की पहली बाधा को तोड़ सकते हैं तो अन्य शेष दीवारों को तोड़ने में सक्षम होंगे।' अश्वत्थामा ने कहा।

'अन्य?' ओम् समझ नहीं पाया कि अश्वत्थामा का कहने का क्या तात्पर्य था?

अश्वत्थामा ने सिर हिलाया और उत्तर दिया, 'अब अपने नेत्र बंद करो और मुझे भीतर आने दो। अपने भीतर की शांति के उच्चतम स्तर को प्राप्त करो और मुझे अपनी पहली स्मृति में ले जाओ।'

दूर, एक अज्ञात स्थान पर, हिमालय की शृंखला के ऊपर कहीं उड़ते हुए, मिलारेपा की दृष्टि वृषकपि को ढूँढ़ रही थी। परंतु वह एक अत्यंत विशाल क्षेत्र था, जिससे वहाँ वृषकपि को ढूँढ़ना घास के ढेर में सुई ढूँढ़ने के समान था। इतनी ऊँचाई से मिलारेपा को बर्फ से ढँके पर्वतों के समूह से अधिक कुछ दिखाई नहीं दे रहा था। कई घंटों तक चोटियों पर मँडराते रहने के पश्चात् भी उन्हें वृषकपि का कोई संकेत नहीं मिला। सूर्यास्त होने वाला था और मिलारेपा को ज्ञात था कि या तो वृषकपि की पहले ही मृत्यु हो गई है या बर्फ के भीतर उसके पास एक ही रात्रि का समय था।

असहाय मिलारेपा की आशा अस्त होते सूर्य के साथ-साथ क्षितिज से निकासी ले रही थी। वृषकपि को याद करते हुए उन्हें उस समय का स्मरण हुआ, जब मिलारेपा, परशुराम और वृषकपि अपने-अपने गंतव्य की ओर प्रस्थान करने वाले थे। उसके पूर्व घटित अंतिम कुछ क्षणों का स्मरण करते हुए मिलारेपा को कुछ अचंभित कर गया। उन्होंने पायलट को उस स्थान के ऊपर ले जाने का आदेश दिया, जहाँ से वे तीनों अपने-अपने मार्ग पर चले गए थे। कुछ ही क्षणों में मिलारेपा के निर्देशानुसार, हेलिकॉप्टर ठीक उस स्थान के ऊपर मँडराने लगा। मिलारेपा ने पायलट को धीमी गति से कैलाश पर्वत की ओर उड़ान भरने का आदेश दिया और कुछ असामान्य देखने के लिए धरती पर दृष्टि गड़ाए रखी।

उस समय रूपकुंड में शीत-दंश में लिपटे नागेंद्र पर अब ठंड का प्रभाव पड़ने लगा था। उसने अनुभव किया कि हाइपोथर्मिया ने उसे भी नहीं छोड़ा था। उसे ज्ञात था कि उनके पास अधिक समय नहीं है। वहाँ परिस्थिति और बिगड़ती गई तथा सबकुछ अदृश्य हो गया, जब पूरे क्षेत्र को एक निर्मम बर्फीले तूफान ने सफेद रंग में रँग दिया। नागेंद्र एल.एस.डी. को बाहर ले आया, जहाँ परिमल अचेत था। कड़कड़ाती ठंड में काँपते नागेंद्र ने दोनों को आमने-सामने बाँधकर कंबल और स्लीपिंग बैग में कसकर लपेट दिया। फिर उसने उनके दोनों पैरों को रस्सी के एक सिरे से बाँध दिया, दूसरे सिरे को अपने कंधे पर रख लिया और उन्हें बर्फ में ऐसे घसीटने लगा, जैसे दो शवों को घसीट रहा हो! जब वह चल रहा था तो उसने अपने समानांतर एक और युवक को देखा, जो सड़े-गले एक वास्तविक शव को खींच रहा था। उस व्यक्ति के कंठ में नागेंद्र की प्राचीन धातु की बोतल लटकी हुई थी। उस पुरुष ने नागेंद्र को देखा और एक कटु मुसकान दी। आयु में बड़े नागेंद्र ने भी उसी तरह की मुसकान के साथ प्रतिक्रिया की। हाइपोथर्मिया अब उसे मतिभ्रम में डालने लगी थी। विपरीत दिशा में थोड़ी दूर चलने के पश्चात् कैलाश पर्वत की ओर उत्तर दिशा में चलने वाला व्यक्ति तूफान में अदृश्य हो गया, जबकि नागेंद्र ठंड से दूर दक्षिण की ओर चला गया।

मिलारेपा को जिस बात ने अचंभित किया था, वह यह थी कि परशुराम के आदेशों के कारण वृषकपि ने कैलाश जाने हेतु पुनः उसी मार्ग का अनुसरण किया होगा। इस प्रकार, उसी मार्ग पर वृषकपि को ढूँढ़ते हुए मिलारेपा ने एक लाल धब्बा देखा, जो चमकदार सफेद बर्फ के मध्य स्पष्ट रूप से दिखाई दे रहा था। वह सफेद भेड़ियों के झुंड से घिरा हुआ था, जो उसके चारों ओर खुदाई करने का प्रयत्न कर रहे थे। जब तक वे यह समझ पाते कि वह क्या था, हेलिकॉप्टर पहले ही उसे पार कर चुका था। मिलारेपा ने पायलट को हेलिकॉप्टर को मोड़कर पुनः उसी स्थान पर ले चलने का आदेश दिया।

शीघ्र ही आकाश साँझ के गहरे रंग से सराबोर होने वाला था। मिलारेपा को ज्ञात था कि सूर्य के अस्त होते ही वह स्थान लुप्त हो जाएगा। जैसे ही उन्होंने फिर से उस स्थान को देखा, अँधेरा तेजी से बढ़ने लगा। यह विशाल चट्टानों से घिरा हुआ था, जिससे हेलिकॉप्टर का वहाँ उतरना असंभव था।

उन्होंने पायलट को निकटतम संभावित स्थान पर उतरने का आदेश दिया। पायलट को लगभग आधे मील दूर एक समतल सतह प्राप्त हुई। मिलारेपा उतरे और चंद्रमा के लिए आकाश की ओर देखने लगे; परंतु बादलों ने भूमि से सभी प्रकाश को अवरुद्ध कर दिया था। उन्हें शीघ्र कोई उपाय करना था। हेलिकॉप्टर में रखी किट में से एक टॉर्च लेकर उन्होंने अपनी जेब में रख ली। वे जानते थे कि उन्हें किस दिशा में जाना है, परंतु यह निश्चित नहीं था कि वे उस स्थान को खोज पाएँगे या नहीं? वे दौड़ने लगे।

लगभग आधे मील चलने के पश्चात् उन्होंने रुककर क्षेत्र का निरीक्षण किया, परंतु अँधेरे में घटनास्थल का कहीं पता नहीं चला। मिलारेपा ने घायल वृषकपि को ढूँढ़ना पुनः आरंभ किया, किंतु निराशा ही उनके हाथ लगी। घंटों की खोज के पश्चात् मिलारेपा ने हेलिकॉप्टर पर पुनः जाने का निर्णय लिया और अपने पग-चिह्नों का अनुसरण करते हुए उसी रास्ते से जाने के लिए मुड़े। जिस क्षण उन्होंने टॉर्च की रोशनी को भूमि पर डाला, उसी क्षण उन्हें बर्फ पर लाल पदचिह्न दिखाई दिए। तब उन्हें ज्ञात हुआ कि इतने समय से वे उसी स्थान पर खड़े थे, परंतु टॉर्च आगे की ओर होने के कारण उसका प्रकाश भूमि पर जो था, उसका संकेत नहीं दे पाया। अब उन्हें बड़े लाल धब्बे तक पहुँचने हेतु अपने पदचिह्नों पर निर्भर रहना था। मिलारेपा स्वयं के पदचिह्नों से बने नए पथ पर पुनः चलने लगे और शीघ्र ही वृषकपि तक पहुँच गए।

बर्फ पहले ही थोड़ी खोदी जा चुकी थी। ऐसा प्रतीत हो रहा था कि यह आंशिक कार्य सफेद भेड़ियों के उसी समूह ने किया था, जिन्हें मिलारेपा ने हेलिकॉप्टर से देखा था। शेष बर्फ को हटाना अगली बाधा थी। मिलारेपा इस आशा में थे कि बर्फ के नीचे दबी देह वृषकपि की हो, क्योंकि यह अंतिम डोर थी, जो उन्हें उस तक ले जा सकती थी। जैसे ही मिलारेपा ने उस अत्यंत शीतल परिदृश्य में अपने हाथों से बर्फ को उठाना आरंभ किया, उनके चारों ओर से गहरी गुर्राहट की एक लहर छूटी।

मिलारेपा ने आसपास देखने हेतु अपनी टॉर्च उठाई और देखा कि अँधेरे में कुछ नेत्र चमक रहे थे। टॉर्च का प्रकाश भेड़ियों के नेत्रों से परावर्तित हो रहा था, जिससे पता चलता था कि वे मिलारेपा के निकट ही थे। इससे पूर्व कि वे कोई और विचार कर पाते, झुंड में से एक भेड़िए ने उन पर आक्रमण

कर दिया। तुरंत मिलारेपा की देह अपने मूल हरे रंग में परिवर्तित हो गई और उनके नेत्रों की काली पुतलियाँ धूमिल सफेद हो गईं। जब उन्होंने उस भेड़िए के नेत्रों में देखा, तब वह पूर्ण रूप से मध्य वार में पत्थर की मूर्ति में परिवर्तित हो गया और चूर-चूर होकर भूमि पर गिर गया।

तुरंत ही दूसरे भेड़िए रुक गए और पीछे हटने लगे। मिलारेपा ने हर उस भेड़िए के नेत्रों से अपनी दृष्टि मिलाई, जो उन्हें अपने शिकार के रूप में देख रहा था। शीघ्र ही समस्त झुंड सम्मोहित हो गया और प्रशिक्षित कुत्तों की तरह पंक्तिबद्ध होकर उनके आदेशों की प्रतीक्षा करने लगा। मिलारेपा ने आंशिक रूप से खोदे हुए गड्ढे को पुनः खोदना आरंभ किया और तब तक ऐसा करते रहे, जब तक उन्हें वृषकपि का हाथ नहीं दिखाई दिया। उसकी नाड़ी जाँचने हेतु तुरंत उन्होंने उसकी कलाई पकड़ ली। ठंड और अत्यधिक रक्त के बहाव के कारण उसकी नाड़ी की गति बहुत कम थी; परंतु वह अभी भी जीवित था।

मिलारेपा ने वृषकपि को बाहर निकालने का प्रयत्न किया, परंतु वह इतना भारी था कि उसे उठाकर हेलिकॉप्टर तक नहीं ले जाया जा सकता था। वृषकपि की स्थिति गंभीर थी और उसे तत्काल चिकित्सा सहायता की आवश्यकता थी। मिलारेपा ने भेड़ियों की अपनी नई सेना को देखा और समझ गए कि क्या करना है! उन्होंने एक भी शब्द बोले बिना उन्हें आज्ञा दी और हेलिकॉप्टर की ओर चलने लगे। भेड़ियों ने उनका पीछा किया, जो वृषकपि को अपने मुख से पकड़कर खींच रहे थे।

दूसरी ओर, बर्फ के मध्य नागेंद्र ने एल.एस.डी. और परिमल को एक विशाल मृत वृक्ष के नीचे लाकर छोड़ दिया। नागेंद्र को किसी प्रकार की संरचना से एक धुँधला प्रकाश उनकी ओर आता दिखाई दे रहा था; परंतु वह निश्चित नहीं था कि यह वास्तविक था या नहीं? वह हाँफ रहा था और मतिभ्रम पैदा कर रहा था। वह जानता था कि केवल एक ही वस्तु उनके प्राणों की रक्षा कर सकती थी और वह थी गरमी। उसने एल.एस.डी. और परिमल के बैगों का निरीक्षण किया, यह देखने के लिए कि उनमें कुछ ज्वलनशील पदार्थ थे या नहीं? वहाँ उसे केवल बंदूकें व गोलियाँ प्राप्त हुईं। जितनी गोलियाँ थीं, उतनी उसने निकालीं और उनमें से बारूद निकालने हेतु उन्हें ऐसे छीलने लगा, जैसे एक क्षुधित प्राणी अपने शिकार को चीरता हो। बारूद

उसके होंठों और ठुड्डी पर लगा हुआ था, परंतु उससे वह अप्रभावित था। एल.एस.डी. एवं परिमल अभी भी अचेत थे और ऐसे बँधे हुए थे, जैसे युद्ध में मृतकों को बॉडी बैग में लपेटा जाता है। नागेंद्र की सुन्न उँगलियों ने बारूद को पेड़ की छाल पर रगड़ा और उसकी खोखली दरारों में भी भर दिया। फिर उसने पेड़ को ज्वलित करने से पूर्व परिमल एवं एल.एस.डी. को थोड़ा और दूर खींच लिया। वृक्ष की सूखी छाल ने सरलता से अग्नि पकड़ ली और शीघ्र ही संपूर्ण वृक्ष जलने लगा। जलते वृक्ष के समीप नागेंद्र परिमल और एल.एस. डी. के निकट बैठते ही अचेत हो गया। वे तीनों ऐसे प्रतीत हो रहे थे, जैसे शव अपनी चिता के समीप अपने दाह-संस्कार की प्रतीक्षा कर रहे हों!

□

कैलाश में ओम् अपनी पहली स्मृतियाँ सुना रहा था।

'मैंने अपने नेत्र खोले। मेरी दृष्टि धुँधली थी, परंतु मुझे तीन आकृतियाँ दूर खड़ी दिखाई दे रही थीं। उनमें से एक ने धन्वंतरि को बुलाने हेतु दूसरे को संकेत दिया, क्योंकि मैं सचेत हो रहा था। धन्वंतरि ने भीतर आकर मुझे अपना प्रतिबिंब दिखाया। जब मैंने स्वयं को प्रथम बार देखा, तब मैं सदमाग्रस्त रह गया। एक खोखला नेत्र, एक लुप्त कान और मेरे मुख की झीनी त्वचा की छवि मुझे आज भी विचलित करती है।' ओम् ने अपने नेत्र बंद कर लिये। 'यह मेरी प्रथम स्मृति है।' उसने अपने नेत्र खोले और पाया कि अश्वत्थामा उसकी ओर देख रहा था।

'यह स्मृति वह धागा है, जो तुम्हें तुम्हारी स्मृतियों के बंद द्वारों के पीछे ले जाएगा, जहाँ तुम्हारी लुप्त हुई कथा है। तुम 40 वर्ष के थे, जब तुम्हें धन्वंतरि ने पुनर्जीवित किया और दूसरा जन्म दिया। उन 40 वर्षों की स्मृतियाँ अभी भी तुम्हारी चेतना में बंद हैं। एक व्यक्ति अपने जीवन में जो कुछ भी देखता है, उन सबका लेखा-जोखा हमारे मस्तिष्क में होता है। सारी जानकारी महत्त्वपूर्ण नहीं होती है और व्यक्ति समय के साथ इसे भूल सकता है; परंतु फिर भी, कुछ भी पूर्ण रूप से लुप्त नहीं होता। और पीछे जाओ, ओम्। उन तीन अस्पष्ट आकृतियों को देखने से पूर्व तुमने अंत में क्या देखा? उस धागे को पकड़ो और अपने अतीत की धुंध में चलते रहो। मुझे दिखाओ कि यह धागा तुम्हें कहाँ ले जाता है?' ओम् अपने मन को घंटों तक अज्ञात के अँधेरे

में उत्तर खोजने हेतु तब तक स्थिर करता रहा, जब तक कि सूर्य की पहली किरण कैलाश पर्वत को छू नहीं गई।

जल के बहने और चारों ओर पक्षियों के चहचहाने की ध्वनि सुन परिमल ने अपने नेत्र खोले और स्वयं को अचेत एल.एस.डी. के साथ लाल त्वचा और शीत-दंश में ढँका हुआ पाया। एल.एस.डी. उसके इतने निकट थी कि उसके श्वास की गरमाहट को वह अपने मुख पर अनुभव कर सकता था। परिमल ने बैग के भीतर की जिप पकड़ी और स्वयं को बाहर निकालने हेतु उसे नीचे खींच लिया। जब उसने अपना सिर उठाया तो देखा कि एक पूर्ण विकसित वृक्ष अपनी नोक तक जल रहा था। उसने इधर-उधर देखा तो जलते हुए वृक्ष के पास नागेंद्र का शव पड़ा हुआ देखा। परिमल ने देखा कि नागेंद्र के गरम कपड़ों में एल.एस.डी. लिपटी हुई थी। उसने एल.एस.डी. की रक्षा करने हेतु चट्टानों में प्रवेश करने वाले नागेंद्र की अपनी अंतिम स्मृति को याद किया। परिमल ने उठने का प्रयत्न किया, परंतु फिर देखा कि उसका पैर एल.एस.डी. से बँधा हुआ था और रस्सी की पूँछ आगे पड़ी थी। वह तुरंत बाकी बातें समझ गया। उसने अपने पैर खोल दिए और नागेंद्र की ओर दौड़ पड़ा।

□

9

चौथा चिरंजीवी

पृथ्वी मिसेज बत्रा की ओर मुड़ा और उन्हें अपने ही विचारों में खोया हुआ पाया। मिसेज बत्रा को ज्ञात हुआ कि पृथ्वी रुक गया था और उन्हें देख रहा था। मिसेज बत्रा ने अपने विचारों को साझा करते हुए उत्तर दिया, 'उन दिनों तेज ने ओम् के रक्त के साथ अपने प्रयोगों की वैधता को सत्यापित करने हेतु कई परीक्षण किए। एक बार जब उन्होंने अपने दावे का समर्थन करने हेतु पर्याप्त जानकारी और प्रमाण एकत्र कर लिये थे, तब उन्होंने भारत के कुछ सर्व-प्रसिद्ध संस्थानों के चिकित्सा विभागों के प्रमुखों को आमंत्रित करना आरंभ किया, यह कहते हुए कि वे हमारे घर आएँ और मेरी पिछली रिपोर्ट एवं वर्तमान स्थिति की जाँच करें। उन्हें आशा थी कि वे घोषणा करेंगे कि उन्होंने मुझे मृत्यु-शय्या से पुनः जीवित करके चिकित्सा की दुनिया में एक बड़ी सफलता प्राप्त की है।

'मुझे अपने मुख पर अग्नि का तेज अनुभव हो रहा है।' नेत्र बंद रखते हुए ओम् बुदबुदाया। उसके ठीक सामने बैठे अश्वत्थामा ने कैलाश के शून्य से भी कम तापमान में ओम् को पसीने से तर-बतर होते देखा।

'मुझे सैकड़ों पुरुष एक साथ जप करते हुए सुनाई दे रहे हैं। मुझे एक हाथी के पैर और एक बैल का कूबड़ दिखाई दे रहा है···और···' ओम् के नेत्र भयभीत होकर खुल गए और वह एकाएक पीछे हट गया, मानो किसी वस्तु से दूरी बनाने का प्रयत्न कर रहा हो!

'क्या तुम ठीक हो?' अश्वत्थामा ने उसे अपना मुख पोंछने के लिए एक वस्त्र का टुकड़ा दिया।

हाँफते हुए ओम् ने स्वयं को नियंत्रित करने हेतु क्षण भर का मौन धारण

रखा। 'क्षमा करना, मैं और अधिक ध्यान केंद्रित नहीं कर सका। मुझे लगा···' ओम् ने अपना वाक्य पूरा नहीं किया और कहा, 'हमें पुनः प्रयत्न करना चाहिए। करें?'

अश्वत्थामा ने ओम् के कंधे पर हाथ रखा—'ओम्, तुम्हारी सहायता करने हेतु मेरा यह जानना आवश्यक है कि तुमने क्या देखा? मुझे बताओ, तुम्हारा ध्यान किसने तोड़ा?'

'मुझे ऐसा प्रतीत हो रहा था कि मैं किसी की सवारी कर रहा था। वह प्राणी घोड़े से भी चौड़ा था और उसकी पीठ पर एक कूबड़ था, और फिर··· फिर मैं पीछे मुड़ा और मैंने देखा कि मेरे मुख पर एक सर्प था, जो मुझ पर फुफकार रहा था। संभव है कि यह केवल एक स्वप्न हो!' ओम् ने फिर से ध्यान लगाने हेतु बैठते हुए कहा।

'यह स्वप्न नहीं था, ओम्। तुम्हें यह स्वप्न जैसा प्रतीत हुआ होगा, परंतु यह स्वप्न नहीं था। यह एक स्मृति है—एक अस्पष्ट व अधूरी स्मृति। हमें इसे समझने की आवश्यकता है। हाँ, हम पुनः जाएँगे, हम पुनः आरंभ करेंगे।' अश्वत्थामा ने आश्वासन दिया।

'यदि यह एक स्मृति है तो मैंने इसे पहले कभी क्यों नहीं देखा? मैंने कई बार अपने अतीत को फिर से देखने का प्रयत्न किया है।' ओम् ने आश्चर्य से पूछा। अश्वत्थामा के पास उस प्रश्न का स्पष्ट उत्तर था।

'यदि हमारे हाथों की क्षमता एक द्वार को खोलने के लिए पर्याप्त नहीं होती है तो हम क्या करते हैं? उसे खोलने हेतु हम अधिक हाथों की क्षमता का प्रयोग करते हैं। तुम्हारे पुनर्जन्म से पूर्व की स्मृतियाँ तुम्हारे मस्तिष्क के भीतर एक ऐसे द्वार के पीछे फँसी हुई हैं, जिसे तुम अकेले धकेल नहीं सकते। इसलिए मैं तुम्हारी सहायता के लिए उपस्थित हूँ। जब तुम ध्यान करते हो और अँधेरे में अपनी स्मृति के धागे का अनुसरण करते हो तो मैं द्वार को बलपूर्वक धक्का देकर बाहरी रूप से तुम्हारा समर्थन करता हूँ।'

'एक अग्निकुंड, एक हाथी का पैर, एक असामान्य मंत्र, एक सर्प—यह सबकुछ क्या दर्शाता है?' ओम् ने आश्चर्य व्यक्त किया।

अश्वत्थामा ने अपने विचार साझा किए, 'मुझे लगता है कि यह तुम्हारे जीवन की कुछ प्रमुख घटनाओं की झलक हो सकती है या एक प्रमुख घटना

से जुड़े रूपक हो सकते हैं। हमें शीघ्र ही यह जानना चाहिए कि ये दर्शन तुम्हारे लिए कैसे प्रासंगिक हैं? तो क्या तुम वहाँ पुनः जाने हेतु तैयार हो?'

'हाँ!' ओम् ने कहा, मानसिक रूप से स्मृति को पुनः देखने के लिए स्वयं को तैयार करते हुए। उन दोनों ने पुनः अपने नेत्र बंद कर लिये। जैसे ही उन्होंने अपने सूक्ष्म रूपों में जाने हेतु ध्यान किया, उनकी देह निर्जीव हो गईं और भूमि पर गिर गईं।

रूपकुंड में जले हुए वृक्ष के नीचे, जो अभी भी ऊष्मा प्रदान कर रहा था, कोई और भी सचेत हो रहा था। जागते ही नागेंद्र ने अपने सामने परिमल की धुँधली आकृति देखी। पिछली रात जो कुछ भी हुआ था, वह सब उसकी स्मृति में आ गया, एल.एस.डी. को ढूँढ़ने हेतु उसके सूने नेत्र तुरंत चौड़े हो गए।

'वह जीवित है, निर्बल और अचेत है, परंतु जीवित है। मैंने उसकी जाँच की है। वह ठीक हो जाएगी।' परिमल ने नागेंद्र को आश्वासन देते हुए कहा। नागेंद्र ने स्वयं एल.एस.डी. की जाँच करने हेतु खड़े होने का प्रयत्न किया; परंतु परिमल ने उसे कंधों से पकड़ लिया और धीरे से नीचे बैठाया, क्योंकि उसे भी ठीक होने की आवश्यकता है।

'हम कहाँ हैं?' पिछली रात हिमस्खलन के पश्चात् नागेंद्र केवल उन्हें गरमी प्रदान करना चाहता था। इसलिए उसने ध्यान नहीं दिया कि वह परिमल और एल.एस.डी. को कहाँ घसीटकर ले आया था?

'हम वान गाँव में वन विश्राम गृह के पास हैं।' परिमल ने उसे स्थान की जानकारी दी।

'क्या जलते हुए वृक्ष ने किसी का ध्यान आकर्षित नहीं किया?' नागेंद्र ने पूछा।

परिमल ने दूर पड़े तीन शवों की ओर संकेत करते हुए कहा, 'विश्राम गृह का रसोइया और दो वृद्ध चौकीदार।'

'क्या शव अभी भी ताजा हैं?' नागेंद्र ने पूछा।

परिमल ने 'हाँ' में सिर हिलाया।

'यहाँ से निकालने की व्यवस्था करो।' नागेंद्र ने आदेश दिया। उसकी दृष्टि अभी भी अचेत एल.एस.डी. पर टिकी थी। परिमल ने उसकी आज्ञा को स्वीकार किया और नागेंद्र को कुछ गरम पानी तथा एक बंदूक दी। नागेंद्र ने

दोनों वस्तुएँ ले लीं और परिमल सवारी की व्यवस्था करने हेतु वहाँ से जाने लगा।

'अपनी छुरी मुझे दे दो।' नागेंद्र ने कहा। परिमल ने फिर शवों को देखा। वह फिर नागेंद्र के पास गया, उसे छुरी दी और वान गाँव के लिए निकल गया।

पुनः कैलाश जाते समय परशुराम का ट्रैकिंग डिवाइस यकायक बीप करने लगा। उन्होंने उसे निकाल लिया और यह देखकर चकित रह गए कि वृषकपि एवं मिलारेपा को दर्शाने वाले दोनों बिंदु अब एक साथ थे। परशुराम ने उनका पता लगाने हेतु स्क्रीन को जूम इन किया और चिह्नित स्थान पर पहुँचे, जो कहीं पर्वतों से ऊपर था और उनके बिंदु गति से कैलाश की ओर बढ़ रहे थे। मिलारेपा की गोद में जीवन और मृत्यु से युद्ध करते हुए ज्ञानगंज की ओर उड़ते हेलिकॉप्टर में वृषकपि अभी भी अचेत अवस्था में था। जैसे ही हेलिकॉप्टर कैलाश पर्वत के ऊपर मँडराने लगा, उसके सिस्टम एक-एक करके विफल होने लगे। मिलारेपा को ज्ञात हो गया था कि उस लुप्त नगर में प्रवेश करने हेतु उन्हें कैलाश पर उतरना होगा और शेष मार्ग में वृषकपि को खींचते हुए ले जाना होगा, क्योंकि हेलिकॉप्टर का ज्ञानगंज तक पहुँचना और वहाँ प्रवेश करना असंभव था। उन्होंने पायलट को हेलिकॉप्टर उतारने का आदेश दिया। हेलिकॉप्टर सुरक्षित स्थान पर उतर गया। मिलारेपा ने बहुत कठिनाई से विशाल वृषकपि को चॉपर से बाहर निकाला। फिर वे पायलट के पास गए और कहा, 'धन्यवाद, मेरे मित्र! आप जहाँ से आए हैं, वहाँ पुनः चले जाएँ। जैसे ही आप पुनः अपने अड्डे पर उतरेंगे, आप माया से मुक्त हो जाएँगे।'

पायलट ने अपना भावहीन मुख 'हाँ' में हिलाया और वहाँ से अपना हेलिकॉप्टर लेकर उड़ गया। इससे पूर्व कि वृषकपि की आत्मा उसकी देह त्यागती, मिलारेपा का उसे ज्ञानगंज पहुँचाना उनकी अगली चुनौती थी। मिलारेपा को वृषकपि की देह के साथ मीलों लंबी यात्रा करनी थी और वे नहीं जानते थे कि कैसे करेंगे?

यकायक मिलारेपा ने भारी पदों की आहट के साथ-साथ पास में एक सरसराहट सुनी। यह ध्वनि उनके पीछे से आ रही थी; परंतु जैसे ही वे मुड़े,

वह हलचल उनके दाईं ओर चली गई और फिर उनके बाईं ओर। मिलारेपा ने जितना उसका अनुसरण करने का प्रयत्न किया, उतनी ही तेजी से वह परिवर्तित होता गया। मिलारेपा ने अपने नेत्र बंद कर लिये और ध्वनि के स्रोत का पता लगाने हेतु अपना ध्यान केंद्रित किया। कुछ क्षणों के पश्चात् उन्होंने सुना कि सरसराहट अंततः रुक गई है। उन्होंने अपने नेत्र खोले तो पाया कि एक विशाल वानर जैसा प्राणी उनसे कुछ ही अंतर पर खड़ा था। वह एक भूरे भालू से लंबा था और उसकी त्वचा के केश धुमैले सफेद रंग के थे। मिलारेपा को ज्ञात हुआ कि वास्तव में वह एक हिम-मानव था, जिसे बिगफुट या 'येटी' के नाम से भी जाना जाता है। इसे कभी किसी ने देखा नहीं था, परंतु हिमालय के विभिन्न स्थानों पर पाए जाने वाले इसके पदचिह्नों ने अनेक लोकापवादों को जन्म दिया था। यद्यपि हिम-मानव अकेला नहीं था। एक वृद्ध पुरुष उसकी ओर आए और हिम-मानव उनके आगे झुक गया।

कैलाश पर कहीं और ध्यान में लीन ओम् तथा अश्वत्थामा अपने सूक्ष्म रूपों में उस द्वार के समक्ष खड़े थे, जिसके पीछे बाधित स्मृतियाँ थीं। उन्होंने बड़े प्रयास से भारी द्वार को खोल दिया और पुनः अपने समक्ष एक विचित्र दृश्य प्रकट होते देखा—केवल इस बार ओम् को हाथी के पैर नहीं, अपितु घोड़े के खुर; और सर्प नहीं, मोर का कंठ दिखाई दे रहा था। हर क्षण उनके लिए परिदृश्य पर ध्यान केंद्रित करना कठिन होता जा रहा था। द्वार इतना भारी था कि उसे खोलने हेतु उन दोनों की शक्ति पर्याप्त नहीं थी। उनके संघर्ष को उनके भाव चित्रित कर रहे थे, क्योंकि वे हवन कुंड में भय और अग्नि की गरमी अनुभव कर रहे थे। वे फिर भी प्रबल होकर खड़े रहे और देखते रहे, जब तक कि एक युवक एक राक्षस में परिवर्तित नहीं हो गया और उन पर आक्रमण करने हेतु उनके निकट नहीं आ गया। अश्वत्थामा ने अपनी देह में प्रवेश करने हेतु अपने नेत्र खोल लिये और ओम् वहीं रह गया, जो द्वार को खुला रखने हेतु अत्यंत निर्बल हो गया था। वह द्वार की चौखट से बाहर उड़ गया और राक्षस ओम् तक पहुँचता, उससे पूर्व द्वार उसके मुख पर बंद हो गया। ओम् ने नेत्र खोले और उठकर बैठ गया। उसने अश्वत्थामा को देखा और वे दोनों जानते थे कि उन्होंने जो कुछ देखा था, उसके लिए उनके पास कोई स्पष्टीकरण नहीं था।

'मैं नहीं जानता कि वह कौन था!' ओम् ने आक्रमण से विचलित होकर स्वीकार किया।

'हम शीघ्र ही जान लेंगे। महत्त्वपूर्ण यह है कि हम इसे खोलने में सक्षम थे। अब हमें केवल इसे अधिक समय तक खुला रखना है, जिसके लिए हमें अधिक शक्ति की आवश्यकता है।' अश्वत्थामा ने कहा, इस विचार में कि कौन उन्हें अधिक शक्ति प्रदान कर सकता है?

'अर्थात्?' ओम् ने पूछा।

अश्वत्थामा ने कहा, 'हमें तुम्हारे साथ भीतर प्रवेश करने हेतु मेरी तुलना में अधिक शक्तिशाली ध्यान शक्ति वाले योगी की आवश्यकता है।' उसके सिर में एक योजना आकार लेने लगी।

'और वह कौन होगा?' ओम् जानने के लिए उत्सुक था।

'कुछ ऐसे अस्त्र हैं, जिनका आवाहन मैं भी नहीं कर सकता। वे मेरे नियंत्रण और आदेश का पालन करने के लिए अत्यंत शक्तिशाली हैं। उसी प्रकार, मैं इस द्वार को खुला नहीं रख सकता। परंतु कुछ योद्धा मुझसे भी अधिक शक्तिशाली हैं। वे उन अस्त्रों का आवाहन कर सकते हैं, जिनका मैं नहीं कर सकता और वे द्वार खुला रखने में भी सक्षम होंगे।'

'तुम्हारा अर्थ परशुराम से है!' ओम् ने निष्कर्ष निकाला।

'हाँ, वे बलवान् भी हैं; परंतु उनके पास तुम्हारे पिछले जीवन को प्रकट करने हेतु तुम्हारे साथ ध्यान करने की तुलना में अन्य अत्यावश्यक कार्य हैं।'

□

'अश्वत्थामा योद्धा कृपाचार्य की बात कर रहा था।' पृथ्वी ने मिसेज बत्रा को बताया।

'कृपाचार्य?' मिसेज बत्रा को कुछ पता नहीं था।

'हनुमानजी, अश्वत्थामा और परशुराम सातों में से सर्वाधिक प्रमुख चिरंजीवी हैं; परंतु इसका अर्थ यह नहीं कि शेष चार किसी भी प्रकार से दुर्बल या कम शक्तिशाली हैं। वेदव्यास, राजा बलि, विभीषण और कृपाचार्य की अपनी-अपनी यात्राएँ, शक्तियाँ और कथाएँ भी हैं।

'अश्वत्थामा की माता कृपी के एक भाई थे, जिनका नाम कृप था। कृपी और कृप का जन्म सामान्य रूप से, अर्थात् मानव गर्भ से नहीं हुआ था, अपितु

सीधे उनके पिता शरद्वान के वीर्य से निकला था, जो भूमि पर गिर गया था। चूँकि कृप धनुर्वेद के आचार्य थे, इसलिए उन्हें 'कृपाचार्य' कहा जाने लगा। वह युवावस्था में कौरवों व पांडवों के आचार्य थे और उसके पश्चात् कौरवों की ओर से महाभारत के युद्ध में भी लड़े थे। कृपाचार्य नैतिकता, विधान एवं सत्य के प्रतीक थे। विपरीत परिस्थितियों में भी वे सदैव अपने सिद्धांतों पर कायम रहे। कृपाचार्य अर्जुन से भी पूर्व विश्व के सर्वश्रेष्ठ धनुर्धर थे। उन्होंने अंततः अपने मूल्यों के सख्त पालन से 'महाभारत' के महाकाव्य में एक अत्यंत महत्त्वपूर्ण स्थान प्राप्त किया। इसी कारण ने अश्वत्थामा के मामा कृपाचार्य को अश्वत्थामा के पिता द्रोणाचार्य से श्रेष्ठ बनाया और वे चिरंजीवी कहलाए। युद्ध में द्रोणाचार्य की मृत्यु हो गई; परंतु कृपाचार्य उन अठारह महान् योद्धाओं में से एक थे, जो युद्ध के पश्चात् जीवित रहे। कृपाचार्य सभी आचार्यों में अग्रणी माने जाते हैं।

'महाभारत में कृपाचार्य की शक्ति का वर्णन इस प्रकार किया गया है— कृपाचार्य युद्धभूमि पर अकेले ही 60,000 योद्धाओं का प्रबंधन करने में सक्षम थे। उन्होंने प्रज्वलित अग्नि के समक्ष शत्रु की समस्त सेना को भस्म कर दिया। वीरता से युद्ध करने में उनकी तुलना केवल भगवान शिव के पुत्र कार्तिकेय से की जा सकती है, जिन्होंने राक्षसों का वध किया था।...

'जब युद्ध समाप्त हो गया था और वे शोक के दिन व्यथित हो गए थे, तब पांडवों में सबसे ज्येष्ठ और हस्तिनापुर के नए राजा युधिष्ठिर ने कृपाचार्य के साथ अपनी शत्रुता को छोड़ दिया, क्योंकि वह जानते थे कि कृपाचार्य बुद्धिमान थे और केवल हस्तिनापुर के सिंहासन के प्रति अपनी निष्ठा के कारण उन्होंने दुर्योधन की ओर से युद्ध लड़ा था।'

ओम् चौथे चिरंजीवी से मिलने की आशा कर रहा था और यह जानने के लिए उत्सुक था कि वे कहाँ हैं? उसने अश्वत्थामा से पूछा, 'मैंने सुना है कि युद्ध के पश्चात् उन्हें अर्जुन के पुत्र राजा परीक्षित को निर्देश देने के लिए एक शिक्षक के रूप में नियुक्त किया गया था? फिर कुरु वंश के पतन के पश्चात् और कलियुग के आरंभ के समय वे इतिहास से अदृश्य हो गए थे? उसके पश्चात् घटित किसी भी कथा में उनका उल्लेख नहीं है, न ही उन्हें किसी ने देखा था?'

'हाँ, यह सत्य है। ऐसा इसलिए है, क्योंकि उन्हें लुप्त होना उचित प्रतीत हुआ। मान लो कि यह उनकी विशेषता है; वे सदैव ऐसे ही रहे हैं। परंतु कलियुग के आरंभ के पश्चात् से वे मेरे साथ हैं।' अश्वत्थामा ने गर्व से उत्तर दिया।

'अरे हाँ! तुमने पहले बताया था कि वे तभी आते हैं, जब आवश्यकता होती है और केवल तुम ही उन्हें बुला सकते हो। इसका क्या अर्थ है?' ओम् ने पूछा।

इसके उत्तर में अश्वत्थामा ने हाथ जोड़कर अपने नेत्र बंद कर लिये। अश्वत्थामा के सूक्ष्म रूप ने बारहमासी नदियों और गहरी गुफाओं के पास कृपाचार्य की खोज आरंभ कर दी। उसकी खोज अधिक समय तक नहीं चली और वह कैलाश में ही समाप्त हो गई, जब उसने मिलारेपा के साथ कृपाचार्य को देखा और फिर देखा एक हिम-मानव को, जो घायल वृषकपि को ज्ञानगंज ला रहा था। यह दृश्य देखकर अश्वत्थामा ने चिंतित होकर अपने नेत्र खोल लिये।

'क्या हुआ?' ओम् ने पूछा।

'वृषकपि को सहायता चाहिए!' अश्वत्थामा उठ खड़ा हुआ और शीघ्रता से चलने लगा। ओम् ने उसका पीछा किया।

जब तक परिमल औषधियाँ और एक वाहन लेकर आया, तब तक नागेंद्र तीन मृतकों में से एक के अर्ध भाग का सेवन कर चुका था। परिमल एल.एस.डी. की ओर बढ़ा और नागेंद्र ताजा मांस खाने में व्यस्त था। परिमल ने पहले एल.एस.डी. को एक गरम अंत:शिरा द्रव से इंजेक्ट किया, जिसके पश्चात् उसकी नाक में नम ऑक्सीजन डाला, जो उसके वायु मार्ग को गरम करने और उसके तापमान को बढ़ाने में सहायता करने वाले थे। फिर उसने एल.एस.डी. को वाहन में रखा, हीटर को उच्चतम डिग्री पर चालू किया और नागेंद्र के पास चला गया।

'अब क्या?' उसने पूछा।

'आगामी अर्धचंद्र से पूर्व एक लुप्त स्थान पर हम रुकेंगे।' नागेंद्र ने कहा। लाल धब्बे उसके मुख व हाथों पर लगे हुए थे और रक्त उसकी कुहनी से टपक रहा था। नागेंद्र का आदेश समाप्त होने के पश्चात् भी परिमल की

दृष्टि उस पर से नहीं हट रही थी। परिमल के घूरते नेत्रों को देखते हुए नागेंद्र ने मांस का एक टुकड़ा काटा और उसकी ओर बढ़ाया। परिमल ने विनम्रतापूर्वक अस्वीकार कर दिया।

'वहाँ मेरी प्रतीक्षा करो।' उसने कहा।

परिमल मुड़ा और पुनः एल.एस.डी. के पास चला गया।

ट्रैकिंग डिवाइस पर मिलारेपा एवं वृषकपि को एक साथ देखते हुए परशुराम ने उनका पीछा किया और ज्ञानगंज पहुँचे। महान् कृपाचार्य और हिम-मानव द्वारा मिलारेपा एवं वृषकपि की सहायता की जा रही थी। दूसरी ओर से ओम् और अश्वत्थामा भी साथ देने आ रहे थे।

'क्या हुआ?' परशुराम ने पूछा।

मिलारेपा ने यह दिखाने के लिए अपना सिर हिलाया कि वे नहीं जानते कि वृषकपि की यह अवस्था कैसे हुई?

'क्या वह जीवित है?' उन्होंने इस बार कृपाचार्य से पूछा।

'हाँ! परंतु अधिक समय तक जीवित नहीं रहेगा, यदि तुरंत उपचार नहीं किया गया तो।' कृपाचार्य ने चिंतित होकर उत्तर दिया।

अश्वत्थामा और ओम् ने हिम-मानव से वृषकपि को लेने के लिए संघर्ष किया। कृपाचार्य ने हिम-मानव से सभी का परिचय कराया, 'बल्हार से मिलो।' हिम-मानव ने अपना सिर झुका लिया। कृपाचार्य ने उन्हें धन्यवाद दिया और फिर वे बर्फ में अदृश्य हो गए। सभी ज्ञानगंज पहुँचे।

जैसे ही वे वृषकपि के साथ कुटिया पर पहुँचे, ऋषियों ने उसका उपचार आरंभ कर दिया। उसका सारा सूखा रक्त साफ करने के पश्चात् परशुराम एवं अन्य सभी ने वृषकपि के घावों की जाँच की। परशुराम ने उसकी गरदन पर सबसे घातक घाव देखा।

उन्होंने पुष्टि की, 'इस पर पीछे से वार किया गया था।'

'यह अत्यंत बलशाली है। कोई इसकी गरदन तक कैसे पहुँच गया?' मिलारेपा ने पूछा।

'क्योंकि इसे कभी छल करने की शिक्षा नहीं मिली! एक योद्धा की आचार-संहिता यह निर्धारित करती है कि शत्रु पर सदैव उसके समक्ष वार किया जाना चाहिए। वृषकपि मनुष्यों से अधिक बलशाली हो सकता है; परंतु

वह धूर्त नहीं है और निश्चित रूप से कायर नहीं है कि वह किसी पर पीछे से वार करे या उसकी अपेक्षा करे। वह पराजित नहीं हुआ है; उसके साथ कपट हुआ है।' परशुराम ने कहा।

'हे ऋषि-मुनि! क्या यह जीवित रहेगा?' अश्वत्थामा ने पूछा।

'हमें शंका है। घाव घातक हैं और उनका विष'''यह तेजी से फैल रहा है और इसके ऊतकों को नष्ट कर रहा है। इसने अत्यंत रक्त और समय खो दिया है।' ऋषि-मुनियों में से एक ने उत्तर दिया।

'कृपया जो कुछ भी आप कर सकते हैं, करें।' परशुराम ने हाथ जोड़कर विनय की और उनके कुटिया छोड़ने से पूर्व ऋषियों ने उनके अभिवादन का प्रत्युत्तर दिया। अन्य योद्धा परशुराम के पीछे-पीछे बाहर आ गए।

परशुराम ने पूछा, 'कृपाचार्य, आप यहाँ किस कारणवश आए हैं?'

'मैं अभी तक नहीं जानता। अश्वत्थामा ने मुझे बुलाया है।' कृपाचार्य ने अश्वत्थामा की ओर देखते हुए उत्तर दिया।

परशुराम ने अश्वत्थामा की ओर देखा, जिसने उन्हें आश्वस्त किया, 'ऐसी कोई समस्या नहीं है। हमें केवल सूक्ष्म मार्गदर्शन की आवश्यकता थी; सबकुछ नियंत्रण में है।'

'हाँ! अभी के लिए यही है। कृपाचार्य, कृपया इनका मार्गदर्शन करें। मिलारेपा, कृपया मेरे साथ चलें।' परशुराम ने कहा।

'मिलारेपा, ट्रैकिंग डिवाइस ने केवल आपके स्थान का संकेत दिया था। मैं वृषकपि को पुनः देखने की सारी आशा खो चुका था। आपने उसे विशाल हिमालय श्रृंखला में कैसे ढूँढ़ा?'

'आपके कारण, प्रिय परशुराम! अपने-अपने स्थान के लिए प्रस्थान करते समय आपने मेरे साथ एक जानकारी साझा की कि वृषकपि आज्ञाकारी है। और आपने उसे रूपकुंड से पुनः ज्ञानगंज जाने के लिए उसी मार्ग का अनुसरण करने का आदेश दिया था। मैं बस, उसे खोजने हेतु कैलाश की ओर जाने वाले उसी मार्ग पर ढूँढ़ने लगा।'

'आपने अति उत्तम कार्य किया, मिलारेपा। परंतु अभी और भी बहुत कुछ करना शेष है।'

मिलारेपा को ज्ञात था कि उनका क्या अर्थ था? समय तेजी से व्यतीत

हो रहा था। उन्हें अपने अगले पड़ाव के लिए रणनीति बनाने की आवश्यकता थी।

'हमने नौ में से एक योद्धा और दूसरा स्थान खो दिया है। वह अपने लक्ष्य के निकट एक और कदम आगे बढ़ गया है।' मिलारेपा ने अपनी चिंता व्यक्त की।

'हाँ, उनसे मिलने की हमारी संभावना भी इससे कम हो गई है, क्योंकि अब हमें यह अनुमान लगाना है कि शेष सात स्थानों में से वे किस स्थान को अपवित्र करना चुनेंगे?' परशुराम की दृष्टि दूर कहीं देखने लगी।

'तो अब हमें क्या करना चाहिए?' मिलारेपा ने पूछा।

'हमें अश्वत्थामा की आवश्यकता है। मुझे उससे ओम् के साथ उसकी प्रगति के बारे में चर्चा करने दें।' परशुराम ने कहा।

उस समय अश्वत्थामा ने ओम् और कृपाचार्य का एक-दूसरे से परिचय कराया। ओम् ने हाथ जोड़कर कृपाचार्य को प्रणाम किया। कृपाचार्य ने इस बात पर अधिक ध्यान नहीं दिया कि ओम् कौन था? वे ज्ञानगंज इसलिए आए थे, क्योंकि उनके भानजे ने उनका आवाहन किया था।

'अश्वत्थामा, तुमने मुझे यहाँ क्यों बुलाया है?'

अश्वत्थामा ने रॉस द्वीप से ज्ञानगंज तक और धन्वंतरि से परशुराम तक ओम् के बारे में सबकुछ विस्तार से बताया और फिर कृपाचार्य से उनकी सहायता के लिए अनुरोध किया। उन्होंने उल्लेख किया कि कैसे ओम् के मस्तिष्क के भीतर का द्वार इतना प्रबल था कि वे अधिक समय तक उसे खुला रखने में असमर्थ थे और इसी कार्य में उन्हें उनकी सहायता की आवश्यकता थी। उनकी रणनीति के अनुसार, सूक्ष्म रूप में अश्वत्थामा ओम् की रक्षा करने वाला था और कृपाचार्य द्वार को खुला रखकर उन्हें भीतर फँसने से सुरक्षित रखने वाला था। कृपाचार्य सहायता करने के लिए तैयार हो गए। ओम् के साथ सूक्ष्म रूप में जाने हेतु अब तीनों का एक साथ ध्यान करने का समय था। परंतु उनके बैठने से पूर्व परशुराम ने सभी को योजना साझा करने के लिए बुलाया।

परिमल वाहन चालक के स्थान पर बैठ गया और द्वार बंद कर दिया, जिसकी आवाज से एल.एस.डी. जाग गई। परिमल उसे आश्वासन देने हेतु उसकी ओर मुड़ा और कहा, 'सब ठीक है।'

'नागेंद्र कहाँ हैं?' उसने पूछा।

'वह बाहर खा रहे हैं। उन्होंने मुझे तुम्हारे साथ रहने के लिए कहा। वह कुछ देर में हमारे साथ आ जाएँगे।' परिमल ने उत्तर दिया।

'वहाँ क्या हुआ?' वह जानना चाहती थी।

'तुम्हें हाइपोथर्मिया हो गया और मैं भी अचेत हो गया। नागेंद्र हमें यहाँ खींच लाए। वही हुआ।' उसने सीमित शब्दों में उत्तर दिया।

'मुझे कुछ भी स्पष्ट रूप से स्मरण नहीं है।' उसने याद करने का प्रयत्न करते हुए कहा।

'मुझे भी नहीं; परंतु जो कुछ भी मुझे स्मरण है, उसे मैं कभी नहीं भूलूँगा।' किसी बात का विचार करते हुए परिमल के मुख पर एक चंचल-सी मुसकान आ गई।

'तुम्हें क्या स्मरण है और तुम क्यों मुसकरा रहे हो?' एल.एस.डी. ने प्रश्न किया।

'कल रात मैंने एक नए नागेंद्र को देखा, जो तूफान में तुम्हें खोज रहे थे, जैसे उन्होंने अपनी ही बेटी को खो दिया हो! तुम्हें सदैव के लिए खो देने के विचार से वह भयभीत थे। मेरा उनकी ओर दृष्टिकोण उचित नहीं था। वह तुमसे प्रेम करते हैं!' परिमल उसे यह कहते हुए मुसकराता रहा।

तभी नागेंद्र एल.एस.डी. के पास पिछली सीट पर आकर बैठ गया, जो अब भी निर्बल, परंतु सुरक्षित थी। नागेंद्र ने एल.एस.डी. को उसी कड़ी दृष्टि से देखा और परिमल को आदेश दिया, 'चलो, चलें!'

'कहाँ जाना है?' परिमल ने चुराए हुए वाहन का इंजन स्टार्ट करते हुए पूछा।

नागेंद्र ने उसे कागज का एक टुकड़ा दिया, जिस पर पता लिखा था। परिमल ने एक पल के लिए उसे पढ़ा और गाड़ी चलाने लगा।

रूपकुंड से लगभग 40 किलोमीटर की दूरी तय करने के पश्चात् कागज के टुकड़े पर लिखे गंतव्य के रास्ते में एक उपमार्ग पार करते हुए नागेंद्र ने परिमल को वाहन रोकने का आदेश दिया और वहाँ से निकलने से पूर्व कहा, 'पच्चीस दिनों के पश्चात् भरतपुर राष्ट्रीय उद्यान में मिलेंगे। सुरक्षित रहना।'

'मैं आपके साथ आना चाहती हूँ।' एल.एस.डी. ने कहा।

'एक मादा पेंग्विन कभी भी अपने शिशुओं को अपने आप नहीं पाल सकती। अंडे के कोमल खोल की रक्षा करने हेतु नर की आवश्यकता होती है और वे जीवन भर के लिए संभोग करते हैं, क्योंकि कोई अन्य विकल्प नहीं होता।' नागेंद्र ने मुड़कर कहा और अपने मार्ग पर चलने लगा।

वे नागेंद्र को सड़क पर छोड़कर चले गए। योजना से अनभिज्ञ एल.एस.डी. ने परिमल से पूछा, 'वह कहाँ जा रहे हैं?'

'मुझें नहीं पता। उन्होंने मुझे नहीं बताया।' परिमल ने हताश होकर उत्तर दिया।

'और हम कहाँ जा रहे हैं?' एल.एस.डी. ने अपना अगला प्रश्न तैयार रखा था।

'महाराष्ट्र के शेतपाल नामक एक गाँव में।' उसने गाड़ी चलाते हुए और बाहर सड़क की ओर देखते हुए उत्तर दिया।

'क्यों?' एल.एस.डी. के प्रश्न स्वाभाविक थे, इसलिए परिमल ने उत्तर देना जारी रखा।

'क्योंकि वहाँ मेरी पुश्तैनी संपत्ति है।'

एल.एस.डी. को नहीं पता था कि उसे और क्या पूछना चाहिए? उसने पीछे मुड़कर नागेंद्र को देखा, जो विपरीत दिशा में चला जा रहा था।

'एलेक्सा, काठगोदाम में पंतनगर हवाई अड्डे के लिए हमारा मार्गदर्शन करें।'

'पंतनगर हवाई अड्डा यहाँ से 243 किलोमीटर दूर है। 600 मीटर के लिए सीधे ड्राइव करें और दाएँ मुड़ें।' गाड़ी के स्पीकर से एलेक्सा की रोबोटिक आवाज निकली।

'हवाई अड्डे तक पहुँचने में हमें कुछ घंटे लगेंगे। तुम अस्वस्थ हो। तुम्हें विश्राम करने की आवश्यकता है। जब हम वहाँ होंगे, तब मैं तुम्हें जगा दूँगा।' परिमल ने सड़क से दृष्टि हटाए बिना अपना दायाँ हाथ पीछे की ओर बढ़ाते हुए उसे चिप्स का एक पैकेट और मिनरल वॉटर की एक बोतल दी।

कैलाश में परशुराम ने कृपाचार्य को उनकी स्थिति के बारे में जानकारी दी। 'मुझे आनंद है कि आप यहाँ हैं, कृपाचार्य। दुर्भाग्यवश, मानसरोवर और रूपकुंड पूर्णतः नष्ट हो चुके हैं। हमने दो शब्दों को खो दिया है, जिससे हमारे

पास सात स्थान शेष रहते हैं सुरक्षित करने के लिए। परंतु उनकी रक्षा के लिए केवल चार पुरुष हैं। अश्वत्थामा, हमें अब तुम्हारी आवश्यकता है। यदि ओम् अभी तैयार नहीं हुआ तो उसे यहीं रहना होगा। जब तक वह तैयार नहीं हो जाता, हम उसे जोखिम में नहीं डाल सकते।'

अश्वत्थामा ने अनुरोध किया, 'हमें उसके साथ और समय चाहिए।'

'तुम्हारे जाने से पूर्व तुम्हारे पास बीस दिन हैं। देखो कि इतने समय में क्या प्राप्त किया जा सकता है ? मुझे जाना है और वेदव्यास से परामर्श करना है।' परशुराम ने जाने से पहले कहा।

अश्वत्थामा की दृष्टि कृपाचार्य पर पड़ी, 'हमें अभी से प्रारंभ करना होगा।'

तीन योद्धाओं को वहाँ छोड़कर मिलारेपा वृषकपि की जाँच करने गए, जो अभी भी एक पराजित युद्ध लड़ रहा था।

□

10

परछाईं

'उठो!' परिमल ने एल.एस.डी. को चिल्लाकर उठाया, जो पिछली सीट पर गहरी निद्रा में सो रही थी। एल.एस.डी. ने अपनी आँखें मलीं और उठकर देखा कि कार एक अस्पताल के बाहर खड़ी है।

'हम अस्पताल के बाहर क्या कर रहे हैं?' उसने पूछा।

परिमल ने उत्तर दिया, 'हमें यह सुनिश्चित करने की आवश्यकता है कि शिशु ठीक है या नहीं।'

एल.एस.डी. ऐसे भावनात्मक प्रदर्शनों के लिए अभ्यस्त नहीं थी। 'तो अब क्या तुम एक सामान्य पति की तरह मेरी ओर से निर्णय लोगे?'

'मुझे तुमसे और तुम्हारी इस संतान से कोई प्रभाव नहीं पड़ता। क्या यह उत्तर तुम्हारे लिए पर्याप्त है? मैं केवल अपने आदेश का पालन कर रहा हूँ। अब या तो तुम बाहर निकलो या गाड़ी में बैठी रहो अथवा मैं हवाई अड्डे तक गाड़ी चलाऊँ और उनसे कहूँ कि तुमने मना कर दिया।'

परिमल की ऐसी वाणी से एल.एस.डी. चकित रह गई और उससे आहत हुई। वह गाड़ी से बाहर निकली और परिमल के आगे बढ़ने की प्रतीक्षा करने लगी। परिमल वही कर रहा था, जो उसे कहा गया था। उसने जान-बूझकर ऐसा अस्पताल चुना था, जहाँ अधिक भीड़ नहीं थी और जिससे जाँच भी शीघ्र पूर्ण हो जाएगी। उन्होंने अस्पताल में प्रवेश किया, अपना टोकन लिया और सीधे प्रसूति वार्ड की ओर चल पड़े, क्योंकि वे उस खंड के एकमात्र रोगी थे।

एक स्नेहशीला लेडी डॉक्टर ने उनका स्वागत किया और उन्हें बैठने के लिए कहा।

'हम यह जानना चाहते हैं कि भ्रूण ठीक है या नहीं?' परिमल सीधे विषय पर आया।

'भ्रूण? विचित्र! सामान्यतः लोग इसे शिशु कहते हैं।' डॉक्टर ने थोड़ा मुसकराते हुए कहा, 'क्या आप पति हैं?'

'इसका क्या अर्थ है? क्या इससे पता चलेगा कि शिशु ठीक है या नहीं?'

इस बार एल.एस.डी. ने उसे टोका।

परिमल उसकी व्याकुलता को भाँप गया था, इसलिए उसने यह कहकर उसे समझाने का प्रयत्न किया, 'हाँ, मैं पिता हूँ।'

इसने एल.एस.डी. को थोड़ा शांत किया। उन्होंने चुपचाप सोनोग्राफी करवाई और सबकुछ सामान्य निकला। वे तत्काल वहाँ से हवाई अड्डे के लिए रवाना हो गए।

लगभग उसी समय नागेंद्र पनडुब्बी के पास पहुँच गया। जैसे ही वह अपने प्रतिबंधित कक्ष में प्रवेश करने के लिए आगे बढ़ा, चालक दल के सदस्यों में से एक ने यह पूछने के लिए उसका पीछा किया कि क्या उसे किसी वस्तु की आवश्यकता थी? बिना किसी अनहोनी की आशंका के कि वह क्या करने जा रहा था; कुछ ऐसा, जो वह सहन नहीं कर पाएगा। जब तक नागेंद्र ने अपने कक्ष का द्वार बंद करने का प्रयत्न किया, तब तक उस पुरुष के अवशेष रक्त से लथपथ भूमि पर बिखर चुके थे। नागेंद्र ने गंदगी देखी—शव की आँतें, जो अभी तक वैसी ही थीं, एकत्र कीं और भीतर ले जाकर द्वार बंद कर लिया। जैसे ही वह भीतर गया, एक विशाल छाया उसकी देह पर चढ़ गई और लगभग आधा कक्ष अँधेरे में डूब गया। नागेंद्र ने अपने समक्ष खड़ी आकृति को आँतों का ढेर भेंट किया।

'हमने दूसरा शब्द प्राप्त कर लिया है।' नागेंद्र ने कहा। परछाईं और विशाल हो गई और नागेंद्र को वे शब्द देने का आदेश दिया। नागेंद्र ने अपनी दोनों हथेलियाँ खोलीं और परछाईं ने उसे अपने भीतर ले लिया।

'अगले शब्द लाना कठिन होगा। वे तुम्हारे विरुद्ध और अधिक योद्धा खड़े करेंगे। स्थानों की सुरक्षा की जाएगी। उनकी संख्या अधिक है।' नागेंद्र को चेतावनी देते हुए परछाईं का भारी स्वर कक्ष में गूँजता रहा।

कैलाश में अश्वत्थामा और कृपाचार्य ओम् के साथ उसके अतीत के रहस्यों और जीवन को जानने हेतु बैठे। वे ध्यान करने लगे। अपने सूक्ष्म रूपों से जुड़ते ही उनकी निर्जीव देह भूमि पर गिर गईं। वे शीघ्र ही ओम् की स्मृतियों के बंद द्वार के समक्ष खड़े थे।

'इसे खोलना कठिन नहीं है, इसे खुला रखना कठिन है। पिछली बार मेरी शक्तियाँ पर्याप्त नहीं थीं।' अश्वत्थामा ने कहा।

कृपाचार्य ने सिर हिलाया—'खोलो इसे!'

ओम् और अश्वत्थामा ने धक्का देकर द्वार खोला। वे अंदर चले गए। अश्वत्थामा ने थोड़ी देर के पश्चात् उसे खुला रखने हेतु अपनी शक्ति एकत्रित की और कृपाचार्य ने प्रार्थना करते हुए कुछ मंत्रों का जाप किया। उनके हाथ में एक विशाल सफेद गोला उभर आया। प्रवेश द्वार पर उस गोले को उन्होंने रख दिया, जो द्वार को बंद नहीं होने देगा।

उन्होंने अब पूर्ण रूप से गुप्त अँधेरे में प्रवेश कर लिया था। आगे बढ़ने पर ही आगे का मार्ग और उनका परिवेश उज्ज्वलित हो रहा था। चलते हुए उन्होंने जो कुछ भी देखा, वह सब इतना अस्पष्ट था कि उससे कोई ठोस प्रमाण नहीं बन सकता था।

कृपाचार्य ने देखा कि एक शिशु भूमि पर अकेला पड़ा था। बालक के बाएँ पैर के तलवे पर एक काला तिल था। उन्होंने बालक को अपनी गोद में बिठाया और उसे देखकर मुसकराए। फिर उन्होंने ओम् की ओर बालक को बढ़ाया और उससे पूछा कि क्या वह उससे परिचित है?

'नहीं, मैं नहीं जानता। क्या यह मेरा बालपन है?' ओम् ने अपने विचारों का वर्णन करते हुए कहा।

'अपना बायाँ पैर उठाओ।' कृपाचार्य ने ओम् से कहा और बालक को फिर अपनी गोद में ले लिया।

'क्यों?' ओम् ने पूछते हुए अपना पैर उठाकर कृपाचार्य को दिखाया।

'क्योंकि इस बालक की बाईं एड़ी पर एक काला तिल है; परंतु तुम्हारी एड़ी पर नहीं। अतः इसका अर्थ यही हो सकता है कि यह तुम नहीं हो।' कृपाचार्य ने समझाया।

'यदि यह ओम् नहीं है तो हम इसे उसके अतीत में क्यों देख रहे हैं?'

अश्वत्थामा ने वही प्रश्न पूछा, जो ओम् के मन में भी था।

'संभव है कि इस बालक का तुम्हारे अतीत में कुछ महत्त्व था।' कृपाचार्य ने निष्कर्ष निकाला।

'कैसे?' ओम् ने बालक को ऐसे देखा, जैसे उसके नेत्रों को पढ़ने का प्रयत्न कर रहा हो।

'यह पता लगाने का एक ही उपाय है; हमें आगे बढ़ना चाहिए।' जब कृपाचार्य ने बालक को नीचे रखने और चलने के लिए मुड़े, तभी सादी सफेद धोती पहने एक ग्रामीण उनके पास आया। उस व्यक्ति ने अपना परिचय विष्णुयश के रूप में दिया और कृपाचार्य की ओर देखकर मुसकराया तथा शिशु को अपने हाथों में लेने के लिए अपने हाथों को धीरे से बढ़ाया। कृपाचार्य ने प्रसन्नतापूर्वक बालक को उसे सौंप दिया।

इस बीच द्वार को बंद होने से रोकने वाला गोला दबाव में धीरे-धीरे टूटता रहा। उनके पास अधिक समय नहीं था। 'हमें आगे बढ़ना चाहिए।' कृपाचार्य ने कहा और आगे बढ़े। दोनों उनके पीछे चल पड़े। आगे उन्होंने देखा कि एक बालक भूमि पर बैठा अकेला खेल रहा था। उसके समीप ही एक स्त्री उसके पास जो कुछ भी था, उससे भोजन बना रही थी। जब वह बालक अपने हाथ-पैरों से रेंग रहा था, तब उन्होंने उसके बाएँ पैर के तलवे पर वही तिल देखा।

अश्वत्थामा ने विचार किया, 'लगता है कि हम तुम्हारी स्मृति में लगभग दो वर्ष चलकर आए हैं।'

अश्वत्थामा ने देखा कि एक चिड़िया बालक के पास आई, जिसे देख बालक उत्सुक हो गया कि यह उड़ता हुआ खिलौना क्या था? चिड़िया उछलकर उसके पास आ गई और वह स्त्री अभी भी भोजन बनाने में व्यस्त थी। बालक ने उसके साथ खेलने हेतु उसे प्रसन्नता से उठा लिया। जब चिड़िया उसके हाथों व गरदन पर फड़फड़ा रही थी तो वह खिलखिला उठा। उसके साथ खेलने के कुछ क्षणों के पश्चात् बालक का चंचल भाव यकायक कठोर हो गया और अत्यंत क्रोधित होकर उसने एक अप्रत्याशित वार किया। उसने चिड़िया को उसके दोनों पंखों से कसकर पकड़ लिया और उन्हें क्षण भर में चीर दिया। चिड़िया पीड़ा से कराह उठी और बालक ने उसकी ग्रीवा को भींचकर उसे मौन करने हेतु मरोड़ दिया। कृपाचार्य एवं अश्वत्थामा जैसे

चिरंजीवी, जिन्होंने वर्षों से अत्यंत क्रूरता देखी थी, वे भी बालक के नृशंस कार्यों से स्तब्ध थे। अश्वत्थामा ने उसकी ओर बढ़ने का प्रयत्न किया, परंतु कृपाचार्य ने उसे रोक दिया।

'ये पिछली घटनाएँ और स्मृतियाँ हैं, अश्वत्थामा। इस बालक के साथ अब जो कुछ होगा, वह हो चुका है। यहाँ कुछ भी परिवर्तित करने से उसके भविष्य में सबकुछ प्रभावित हो सकता है।' कृपाचार्य ने तर्क दिया कि वे केवल समझने आए थे, न कि परिवर्तित करने।

कृपाचार्य के कहने पर अश्वत्थामा रुक गया, परंतु बालक से अपनी दृष्टि नहीं हटा सका। चिड़िया के प्राण-पखेरू उड़ चुके थे। बालक ने फिर अश्वत्थामा के नेत्रों में देखा और ओम् ने कहा, 'उसे ऐसे देखना बंद करो। यह मुझे उचित नहीं लग रहा।'

कृपाचार्य जानते थे कि उन्हें अब शीघ्रता दिखानी होगी। द्वार पर रखा गोला अधिक समय तक उसे खुला रखने में सक्षम नहीं होगा और टूटने के कगार पर हो सकता था। इस स्थिति में उनके पास बाहर निकलने के लिए अधिक समय नहीं था।

जैसे ही वे वापस जाने वाले थे, उन्होंने रेत पर एक बाल हाथी के पदचिह्न देखे। वे निशान उसी बालक तक जा रहे थे, जो अब चार वर्ष का हो गया था और एक बाल हाथी के साथ खेल रहा था।

परंतु इससे पूर्व कि वे आगे के दृश्य को समझ पाते, गोला द्वार के दबाव में आ गया और ढहने लगा। द्वार बंद होने लगा और कृपाचार्य ने उन सभी को तुरंत वापस जाने का आदेश दिया।

वे तीनों द्वार की ओर दौड़ने लगे। वे आश्वस्त थे कि द्वार से बाहर वे समय से निकल जाएँगे; परंतु फिर उन्होंने देखा कि जिसे भी उन्होंने वहाँ देखा था, वे सब एक सेना बनकर उन्हें रोकने हेतु उनकी ओर दौड़ रहे थे। बाघ, घोड़ा, सर्प, हाथी, मोर, बैल··· प्राणियों का संपूर्ण समूह दहाड़ते हुए उन पर टूट पड़ा। विष्णुयश सहित सभी ग्रामीण हिंसक हो गए और चारों ओर से उन पर धावा बोल दिया।

कृपाचार्य, ओम् और अश्वत्थामा के लिए कुछ कदमों के छोटे से अंतर ने अकस्मात् ही एक असंभव छलाँग का रूप धारण कर लिया था, क्योंकि

उनके और द्वार के मध्य एक सेना खड़ी थी। चुनौती यह थी कि उनमें से किसी को हानि पहुँचाए बिना उन्हें ओम् तथा स्वयं की रक्षा करनी थी और इससे पूर्व कि वह पूर्णतः वहाँ फँस जाएँ, उन्हें बंद द्वार तक पहुँचना था। कृपाचार्य ने हाथी, बाघ, बैल और साँप का सामना किया; जबकि अश्वत्थामा ने ओम् और स्वयं को बालकों, महिलाओं एवं अन्य पुरुषों पर वार करने से बचाया। ओम् ने एक वृद्ध व्यक्ति को देखा, जिसके चमकते नेत्र ऊपर मँडरा रहे थे और वह उन सभी को देख रहा था, विशेष रूप से ओम् को। ओम् ने दूसरों को चेतावनी देने का प्रयत्न किया, परंतु वे बाहर निकलने के संघर्ष में और उसकी तथा स्वयं की रक्षा करने में व्यस्त थे। जैसे ही ओम् और वृद्ध पुरुष की दृष्टि मिली, कृपाचार्य ने प्रकाश का एक प्रचंड विस्फोट किया, जिसने सबको कुछ क्षणों के लिए अंधा कर दिया। गोला गिरने से पूर्व अश्वत्थामा एवं कृपाचार्य ने ओम् को खींचा और द्वार की ओर भागे। बाहर निकलने से ठीक पूर्व ओम् एक बार फिर वृद्ध पुरुष को देखने हेतु पीछे मुड़ा। वृद्ध पुरुष विचित्र रूप से प्रकाश के विस्फोट से अप्रभावित था और द्वार के बंद होने तक, अंतिम क्षण तक, बिना पलक झपकाए ओम् को घूरता रहा। अंत में, सूक्ष्म क्षेत्र से बाहर निकलने और अपने भौतिक रूपों में आने के पश्चात् उन्होंने अपने नेत्र खोले। कृपाचार्य अपने द्वारा देखी गई घटनाओं से क्रोधित व व्याकुल थे।

उन्होंने ओम् की दिशा में एक उँगली उठाई और कहा, 'मैं इसके बारे में सबकुछ जानना चाहता हूँ। धन्वंतरि के पहले घटित सारी स्मृतियाँ जान-बूझकर बंद रखी गई हैं। मुझे इसके पीछे की मंशा जानने की आवश्यकता है, यह ज्ञात करने की कि हम यहाँ किसके विरुद्ध लड़ रहे हैं? यह धन्वंतरि के परीक्षण का केवल एक विषय नहीं है, जो अमरता का एक सफल प्रयोग बन गया। किसी कारणवश धन्वंतरि ने मिलारेपा को तुम्हारे और परशुराम के पास भेजा; यह कारण हम अभी नहीं जानते, परंतु संभव है कि मिलारेपा को ज्ञात हो। उसे भी बुलाओ।'

अश्वत्थामा खड़ा हुआ और बाहर चला गया। कृपाचार्य भी उसके पीछे गए और ओम् को बैठे रहने का संकेत दिया। ओम् वहीं बैठा रहा और उस वृद्ध पुरुष के बारे में विचार करता रहा, जिसे उसने द्वार बंद होने से पूर्व देखा था।

कुटिया के बाहर कृपाचार्य ने अश्वत्थामा को रोक लिया, 'अश्वत्थामा, यह हम सभी की कल्पना से अधिक जटिल है। तुम मेरे बिना वहाँ पुनः जाने का प्रयत्न कभी मत करना। यह एक आदेश है।' कृपाचार्य पुनः उस कक्ष में चले गए, जहाँ उन्होंने ओम् को छोड़ा था।

□

दो घंटे की उड़ान में एक-दूसरे के निकट चुपचाप बैठने के पश्चात् परिमल और एल.एस.डी. पुणे हवाई अड्डे पर उतरे, जहाँ एक प्राचीन गाड़ी लिये एक वृद्ध चालक उनकी प्रतीक्षा कर रहा था। उनका गंतव्य पुणे से लगभग 200 किलोमीटर दूर था। जैसे ही वे अपने गंतव्य की ओर बढ़ने लगे, एल.एस.डी. ने तुरंत अपना लैपटॉप खोला और उस गाँव के बारे में पढ़ने लगी, जहाँ वे जा रहे थे। अस्पताल के बाहर एल.एस.डी. के साथ परिमल के व्यवहार के परिणामस्वरूप दोनों के मध्य अभी भी एक असहज चुप्पी बनी हुई थी। परिमल ने एल.एस.डी. के लैपटॉप स्क्रीन पर झाँका और अपना गला साफ करके वार्त्तालाप छेड़ने का प्रयत्न किया।

'क्या मैं तुमसे कुछ पूछ सकता हूँ?' उसने धीमे से पूछा।

'क्या?' एल.एस.डी. की दृष्टि लैपटॉप पर ही टिकी रही।

'जब मैंने तुम्हें अपने पूर्वज सरपुती एवं लोपाक्ष और नागेंद्र के साथ उनके कर्म-संबंध के बारे में बताया तो तुमने कहा कि तुम उस कथा को जानती हो। परंतु यह एक ऐसी कथा है, जिसे हमारे कुटुंब के बाहर कभी भी प्रलेखित या वर्णित नहीं किया गया है। यह सदैव एक पीढ़ी से दूसरी पीढ़ी को हस्तांतरित होती रही है; फिर, तुम्हें इसके बारे में कैसे पता चला?' परिमल ने पूछा।

एल.एस.डी. की इधर-उधर भटकती दृष्टि को देखकर वह उसकी व्याकुलता समझ सकता था। वह उत्तर देने से पूर्व कुछ विचार कर रही थी।

'मैंने इसे नागेंद्र से सुना हैं; परंतु मुझे सदैव ऐसा लगता था कि यह केवल एक कथा है, जो वह मुझे निद्रा से पूर्व सुनाया करते थे।'

'नागेंद्र की बेडटाइम स्टोरी! तुम उनके साथ कितने समय से हो?'

एल.एस.डी. अपने स्थान पर थोड़ा हिलने लगी, जिससे यह स्पष्ट हो गया था कि यह एक और व्याकुल करने वाला प्रश्न था।

'जहाँ तक मेरी स्मृति जाती है, मैं तब से उनके साथ हूँ। उन्होंने मुझे अपनी पुत्री के समान पाला है…'

'पुत्री ?'

नागेंद्र के साथ अपने संबंधों के बारे में किसी और चर्चा को स्थगित करने के प्रयत्न में एल.एस.डी. ने इंटरनेट पर शेतपाल के बारे में पढ़ने का नाटक किया।

'क्या यह सत्य है ?' इससे पहले कि परिमल आगे कुछ कह पाता, एल.एस.डी. ने दूसरा विषय उठा लिया।

'क्या ?' परिमल ने पूछा।

'इसमें लिखा है कि शेतपाल में सर्पों के वास में कोई रोक नहीं है और लगभग 2,600 से अधिक ग्रामीणों की आबादी में कोई भी उन्हें किसी भी प्रकार की हानि नहीं पहुँचाता। वास्तव में, हर घर में नागों का ऐसे स्वागत किया जाता है, जैसे वे भी परिवार के सदस्य हों। न तो नाग और न ही निवासी एक-दूसरे की उपस्थिति से भयभीत होते हैं।

'शेतपाल के लोग अपने घरों में देवस्थानम बनाकर अपने विषैले सह-निवासियों के आतिथ्य में एक कदम आगे बढ़ गए हैं। घर में एक कोना विशेष रूप से सर्पों के आने और किसी भी समय विश्राम करने के लिए अलग बनाया गया है। यदि गाँव में कोई नया घर बनाता है तो वह सर्पों के लिए देवस्थान के रूप में आवास के एक खोखले भाग को समर्पित करना सुनिश्चित करता है। कोई नहीं जानता कि इस गाँव में इस संस्कृति की उत्पत्ति कैसे हुई ?'

परिमल ने उसके विषय परिवर्तित करने के प्रयास पर अपना मुँह ऐंठते हुए कहा, 'तुम्हें यदि मेरे प्रश्न का उत्तर नहीं देना था तो वैसे ही कह देतीं।'

एल.एस.डी. लज्जित हो गई। अतः परिमल ने आह भरी और उसका उत्तर देने का निर्णय लिया। 'हाँ, अभी जो कुछ तुमने पढ़ा, वह सब सत्य है। इस गाँव की स्थापना मेरे पूर्वजों ने की थी। लगभग 250 परिवारों के आवास वाला पूरा क्षेत्र प्राचीन काल से हमारा है, जब जमींदारों के पास गाँव होते थे।'

जब वे शेतपाल पहुँचे तो प्राचीन गाड़ी एक भव्य प्राचीन हवेली के समक्ष रुकी और वहाँ के प्रबंधक, एक मिलनसार वृद्ध व्यक्ति, ने विनम्रतापूर्वक एल.एस.डी. के लिए द्वार खोला। राजसी पोशाक में हाउसकीपिंग स्टाफ का

एक समूह उन दोनों का कोमल मुसकान के साथ स्वागत करने हेतु द्वार पर खड़ा था। परिमल ने वृद्ध मैनेजर को एल.एस.डी. का परिचय दिया और कहा, 'शुबेंद्र से मिलो! यह इस हवेली के सबसे पुराने रक्षक और देखभाल करने वाले हैं। यह पिछली तीन पीढ़ियों से इस परिवार की सेवा कर रहे हैं।'

'ऐसा प्रतीत होता है, मानों मैं किसी रिसॉर्ट में छुट्टी मनाने आई हूँ।' एल.एस.डी. ने उत्सुकता से मुसकराते हुए कहा।

परिमल ने गर्व से उत्तर दिया, 'हाँ, पर यह कोई रिसॉर्ट नहीं, मेरा घर है।'

नौकर के रूप में नागेंद्र से आदेश लेने वाला वास्तव में स्वयं राजा से कम नहीं था, ऐसा एल.एस.डी. को अनुभव हुआ और परिमल यह देखकर मुसकराया। उनका स्वागत करने हेतु प्रवेश द्वार पर खड़े स्टाफ सदस्यों की ओर बढ़ते हुए वह फुसफुसाया, 'मुझे ज्ञात है कि तुम्हें इस समय कैसा लग रहा है! फिर भी, मैं एक नौकर से अधिक कुछ नहीं हूँ; क्योंकि यहाँ जो कुछ भी तुम देख रही हो, वह सब उसी के कारण है। वरदान के बोझ तले दबा हुआ और शाप से मुक्त भी मैं ही हूँ।'

सभी लोग दोनों का राजसी अभिवादन करने लगे। भव्य व अलंकृत इमारत का बाहरी भाग एक महल जैसा दिख रहा था। हरे-भरे आँगन के मध्य एक भव्य फव्वारा था, जिसमें स्वच्छ जल में अनेक रंगों के पुष्प तैर रहे थे। जैसे ही एल.एस.डी. मुख्य द्वार से भीतर गई, उसे एक राजकुमारी होने का अनुभव हुआ। हवेली की ऊँची छत के नीचे चलते हुए उसका ध्यान भारी लकड़ी के फर्नीचर पर नक्काशी, अद्‍भुत टैपिस्ट्री और विदेशी चाँदी के बरतनों पर गया। विशाल खिड़कियों से तेज धूप भीतर आ रही थी, जिसने सबको सुनहरे रंग में रँग दिया था। ऊपरी स्तरों की ओर जाती एक भव्य सीढ़ी थी। भूतल पर कई लंबे-चौड़े और हवादार दालान थे। भोजन-कक्ष के मार्ग में वे एक गलियारे में चल रहे थे, जहाँ एल.एस.डी. ने कई बड़े प्राचीन हस्तनिर्मित चित्रों को संरक्षित और नक्काशीदार, चौड़े, चाँदी के फ्रेम में लटका हुआ देखा। चित्रों से भरे गलियारे में वह क्षण भर के लिए रुकी, क्योंकि दीवार पर टँगे चित्रों में उसे कुछ समानता दिख रही थी।

एक-दूसरे के पास टँगे दो चित्रों की एल.एस.डी. तुलना करने लगी और उन्हें तब तक लगातार देखती रही, जब तक कि स्टाफ के सदस्यों में से एक

ने चित्र में प्रदर्शित विशिष्टता की व्याख्या करना आरंभ नहीं किया। यह वही वृद्ध मैनेजर था।

'एक राजा, एक पालतू प्राणी और पालतू प्राणियों की देखभाल करने वाला एक सेवक, जिसका मुख आंशिक रूप से ढँका हुआ है; यह इस घर का प्रतीक बन गया है, मैडम। इस घर में कई प्रकार के पालतू प्राणी रहे हैं, लगभग सभी प्रकार के प्राणी, जैसे यह।' उसने अपना हाथ सिंहासन पर बैठे राजा की कलाकृति की ओर करते हुए कहा, जिसके निकट एक पुरुष जंजीर से बँधे मगरमच्छ को लिये खड़ा था। 'आप जिसे बैठे देख रहे हैं, वे हमारे राजा कृतवीर्य थे, वर्ष 1687 में। और यहाँ!' उसने अपना हाथ बढ़ाया और दूसरे चित्र की ओर निर्देशित किया, जिसमें एक और राजा था तथा अर्ध-मुख ढँके हुए एक सेवक था, जिसने एक पैंगोलिन पकड़ रखा था, जिसे एक पालतू प्राणी के रूप में एक स्केली एंटईटर के रूप में भी जाना जाता था। 'राजा विश्वजीत से मिलिए।'

एल.एस.डी. की उँगलियों ने धीरे से उस पेंटिंग को स्पर्श किया, जहाँ पैंगोलिन रखा गया था, जब तक कि परिमल ने यह कहकर उसका ध्यान नहीं खींच लिया, 'भोजन लग गया है। कृपया चलो।'

एल.एस.डी. ने मैनेजर को एक विनम्र मुसकान दी और परिमल के पीछे चली गई। वे भोजन-कक्ष में पहुँचे, जहाँ दीवारों पर उसी पैटर्न में अधिक चित्र प्रदर्शित किए हुए थे—एक पुरुष एक पालतू प्राणी के साथ बैठा था और एक सेवक उनके पीछे आधा मुख ढँके हुए खड़ा है। उनमें और गलियारे के चित्रों में अंतर केवल इतना था कि इन्हें कलाकृत नहीं किया गया था, परंतु फोटो खिंचवाए गए थे और ये फ्रेम गलियारे में देखे गए फ्रेमों की तुलना में अत्यंत विशाल थे। उनमें से कुछ तो रंगीन चित्रों के आविष्कार से पूर्व के समय के थे। प्रवेश करते ही एल.एस.डी. को एक दासी द्वारा खींची गई कुर्सी पर बैठा दिया गया। उसकी दृष्टि अब भी चित्रों पर टिकी थी।

परिमल ने उसकी जिज्ञासा का शमन करते हुए कहा, 'जैसा कि तुम्हें ज्ञात हो गया है, ये मेरे पूर्वज हैं। गलियारे में तुमने जो चित्र देखे, वे सोलहवीं व सत्रहवीं शताब्दी के थे। यहाँ अठारहवीं व उन्नीसवीं शताब्दी के मध्य के चित्र हैं और जो तुम अपने पीछे देख रही हो, वह मेरे पिता हैं।'

एल.एस.डी. ने अनुभव किया कि जब से उसने प्रवेश किया था, वह अपने पीछे की दीवार से चूक गई थी। उसने मुड़कर देखा तो एक विशाल चौखट दीवार के अधिकांश भाग को ढँक रही थी। चित्र में चालीसवें वर्ष में दिखाई देने वाला व्यक्ति एक कुर्सी पर बैठा था, जिसकी कुर्सी के समीप एक छोटा तथा भव्य सोने का सफेद हिरण बैठा था और आंशिक रूप से ढँके हुए मुख के साथ देखभाल करने वाला उनके ठीक पीछे खड़ा था। परिमल ने देखा कि एल.एस.डी. एक गूढ़ अभिव्यक्ति के साथ चित्र को घूर रही थी।

'जो पालतू प्राणी तुम मेरे पिता के साथ देख सकती हो, हिरण, वह वर्णहीन नहीं है; इसमें ऐसे जीन होते हैं, जो इसे एक सफेद खाल प्रदान करते हैं। मुझे इसके बारे में बहुत समय के बाद पता चला। बालपन में मैं बस, इसके चमकीले सफेद रंग से मंत्रमुग्ध हो गया था, इसलिए इसका नाम 'बादल' रख दिया। वह मेरा एकमात्र मित्र था। मैं छह वर्ष का था, तब से हम पूरे दिन एक साथ खेलते थे, जब तक कि उसकी मृत्यु नहीं हो गई। मेरे पिता उसके पश्चात् कभी दूसरा पालतू प्राणी घर नहीं लाए और पालतू प्राणी को रखने की परंपरा को ऐसे ही खत्म कर दिया।'

एल.एस.डी. तब तक तस्वीर से मंत्रमुग्ध रही, जब तक उससे एक सेवक ने भोजन परोसने की अनुमति नहीं माँगी। उसने मुसकराती हुई लड़की को देखा और सिर हिलाया।

'हम यहाँ क्यों हैं?' एल.एस.डी. ने गंभीरता से पूछा।

परिमल ने उसका प्रश्न सुना और मैनेजर की ओर देखा। वह जानता था कि क्या करना है! उन्होंने मौन रखते हुए अन्य सभी स्टाफ सदस्यों को भोजन-कक्ष से विदा कर दिया। सब लोग मुड़े और एक कतार में द्वार से बाहर चले गए।

'क्या तुम्हें सरपुती और लोपाक्ष की कथा याद है?' परिमल ने उसे अपने वंशजों का स्मरण दिलाते हुए पूछा।

'हाँ!' एल.एस.डी. ने उत्तर दिया।

'वह सब यहीं से आरंभ हुआ, इसी गाँव में। सरपुती एक नागिन थी और उसके पुत्र लोपाक्ष के पास एक मानवीय देह थी, और वे एक साथ रहते थे।

इस प्रकार, इस स्थान को अपनी अनूठी प्रतिष्ठा मिली। लोग सर्पों के साथ यहाँ रहने लगे और उनके लिए एक देवस्थान समर्पित करने लगे। यहाँ सह-अस्तित्व में रहने वाले सर्प और मनुष्य दोनों जानते हैं कि वे एक साथ हैं। हमारी कुलदेवी देवी भगवती हैं, जो युद्ध और उर्वरता की संरक्षक देवी हैं। मेरे परिवार द्वारा कुल के संरक्षक के रूप में नाग की पूजा की जाती है, क्योंकि हमें कद्रू की संतान माना जाता है। अब से तीन दिन पश्चात् देवी भगवती की सबसे बड़ी वार्षिक प्रार्थना सभा है। हम मानते हैं कि यह दिन विवाह और गोद भराई के लिए सबसे शुभ दिन होता है, जब देवी स्वयं विवाह की स्वीकृति देती हैं तथा माता उसके गर्भ को आशीर्वाद देती हैं। इसीलिए नागेंद्र ने हमें यहाँ भेजा है।'

'क्या तुम यह कहने का प्रयत्न कर रहे हो कि हम तीन दिनों में विवाह करने वाले हैं?' एल.एस.डी. उत्तेजित लग रही थी।

'नहीं! मैं कह रहा हूँ कि हमारा विवाह कल है। यह केवल तभी होता है, जब एक लड़की का विवाह इस परिवार के वंश को चलाने वाले व्यक्ति से किया जाता है कि देवी भगवती उसके गर्भ को एक ऐसी संतान का आशीर्वाद देंगी, जो अपनी हथेली में कीहोल के आकार का नेत्र-गोलक रखता है। वर्ष में केवल एक बार आने वाली पूजा के इस शुभ दिन पर कन्या को या तो उसके विवाह के लिए या संतान के लिए आशीर्वाद दिया जा सकता है। मुझे नहीं पता कि मैं तुम्हें कैसे समझाऊँ? यह विवाह परिवार का हिस्सा बनने की अनुमति प्राप्त करने जैसा है, जहाँ आपको उन सभी रहस्यों को जानने का अधिकार है, जो परिवार के बाहर कोई और कभी नहीं सीख सकता है। देवी द्वारा स्वीकार किए जाने से पहले वह बच्चे की हथेली में कीहोल के आकार का नेत्र रखकर आपको अधिकार और शक्ति प्रदान करती हैं। कोई साधारण महिला इसे सहन नहीं कर सकती। बरगद का वृक्ष कभी भी गमले में नहीं लगाया जा सकता है। उसे भूमि की उर्वरा शक्ति की आवश्यकता होती है, क्योंकि एक गमला कभी भी उसकी जड़ों और विकास को सहन नहीं कर सकता।'

'तुमने मुझे यह सब पहले क्यों नहीं बताया?' एल.एस.डी. ने क्रोधित होकर पूछा।

'क्योंकि मुझे इसकी अनुमति नहीं थी!' परिमल ने एल.एस.डी. के आरोपों के विरुद्ध अपने कार्यों को संरक्षण दिया।

'अब तक मुझे और क्या नहीं बताया गया है?' वह अब तक उससे छिपी हर बात जानना चाहती थी।

परिमल ने रहस्यमय तरीके से उत्तर दिया, 'मैंने तुम्हें अब वह सबकुछ बता दिया है, जिसकी मुझे अनुमति थी।'

'अर्थात् और भी कुछ है!'

□

11

काले तिल वाला बालक

पनडुब्बी के निषिद्ध कक्ष में एक प्रचंड परछाईं और विशाल होती जा रही थी तथा उसकी गंभीर वाणी से संपूर्ण कक्ष गूँज रहा था। 'तो तुमने क्या निर्णय लिया है ?' नागेंद्र के समीप आकर उस भयानक परछाईं ने कहा।

'मैंने पहले भी उन्हें पकड़ने का प्रयत्न किया है; परंतु मैं सदैव असफल रहा हूँ।' नागेंद्र ने उत्तर दिया, 'वे एक साथ अधिक शक्तिशाली हैं और हर दिन वे हमें हमारे लक्ष्यों को प्राप्त करने से रोकने का षड्यंत्र रच रहे हैं।'

'हाँ, तुम उचित कह रहे हो। परंतु केवल भौतिक के अलग और भी रूप हैं, जिनमें उन्हें निर्बल किया जा सकता है। यदि तुम उन सभी को एक साथ पराजित नहीं कर सकते तो उन्हें विभाजित करना होगा।' नागेंद्र की व्याकुलता पर ध्यान न देते हुए परछाईं उग्रता से बोल उठी।

'क्या ऐसा संभव है ?' नागेंद्र ने पूछा।

'हाँ, अग्रवन पहुँचने से पूर्व तुम्हारे पास अभी भी कुछ दिन हैं। इस समय का सदुपयोग करो।' परछाईं ने आदेश दिया।

'कैसे ?' नागेंद्र ने मार्गदर्शन माँगते हुए पूछा।

'अपने नेत्र बंद करो। स्वयं को पूर्ण रूप से मुझे समर्पित कर दो। देवध्वज से भेंट करने का समय आ गया है।'

देवध्वज का नाम सुनकर नागेंद्र संकोच में पड़ गया।

'केवल वही तुम्हारी सहायता कर सकता है।' परछाईं फैल गई और पूर्ण कक्ष को अपने अँधेरे में डुबो दिया। नागेंद्र को ज्ञात हो गया कि शंभाला गाँव जाने के अतिरिक्त अब कोई विकल्प नहीं है।

रहस्यमय कक्ष से बाहर निकलकर नागेंद्र ने अपने चालक दल के

सदस्यों को पनडुब्बी को सतह पर लाने का आदेश दिया। नागेंद्र डेक पर अकेला चला गया और चेहरे पर मुसकान के साथ जोर से चिल्ला उठा, 'कुलधारा में एक और शब्द छिपा है!'

□

अगले दिन परिमल के गाँव में न केवल हवेली, अपितु समस्त शेतपाल को सांस्कृतिक रूप में पुष्प गाँव दीयों से तैयार किया गया था। गाँव के एकमात्र राजकुमार का विवाह ग्रामीणों के लिए किसी भव्य उत्सव से कम नहीं था। एल.एस.डी. को एक राजसी हिंदू राजकुमारी के समान पूर्ण वैभव से तैयार किया गया था, जिससे उसकी वास्तविक सुंदरता उभर आई थी। उसने सर्वश्रेष्ठ रेशम से बुना पारंपरिक लाल जोड़ा पहना हुआ था, जिसमें सुनहरे धागों से कढ़ाई की गई थी। हीरे तथा अन्य मूल्यवान् रत्नों से जड़े स्वर्ण के आभूषणों में वह सिर से पैर तक ढँकी हुई थी।

अपने जीवन में पहली बार एल.एस.डी. को अपने कर्तव्यों के बोझ का अनुभव हो रहा था। दूसरी ओर, परिमल का व्यक्तित्व राजवंशी प्रतीत हो रहा था। लाल व सुनहरे रेशम से बनी पतलून पर पारंपरिक लंबा कुरता पहने, सिर पर साफा बाँधे और कमर में तलवार लटकाए, उसमें और पुराने चित्रों में उपस्थित उसके पूर्वजों में एक आकर्षक समानता दिखाई दे रही थी। एल.एस.डी. गलियारों से होते हुए आगे बढ़ रही थी और प्रत्येक चित्र को देख रही थी। वह उनमें से एक के सामने रुक गई। उसकी दृष्टि थोड़ी देर उस पर टिकी रही, जैसे उनके मध्य कोई वार्त्तालाप हो रहा हो! फिर वह धीरे-धीरे चली और उसके चमकते नेत्र उन सभी को ध्यान से देखते रहे। वह उन्हें देखने में इतनी लीन हो गई थी कि उसे पता ही नहीं चला कि परिमल केवल एक कदम के अंतर पर था और उसे देख रहा था।

'क्या हुआ?' परिमल ने पूछा।

'कुछ नहीं!' वह चकित रह गई, जैसे किसी चोर की चोरी पकड़ ली गई हो।

'विवाह में उसकी उपस्थिति याद आ रही है?' परिमल ने नागेंद्र का उल्लेख करते हुए आत्मविश्वास से अनुमान लगाया।

'नहीं!' एल.एस.डी. ने ऊँचे स्वर में उत्तर दिया और समारोह स्थल की ओर जाने लगी।

कक्ष में प्रवेश करने से पूर्व वह परिमल को देखने के लिए पीछे मुड़ी, जो अभी भी गलियारे में खड़ा था, इस विचार में कि चित्र में एल.एस.डी. को क्या आकर्षित कर रहा था?

परिमल के विचारों की श्रृंखला को तोड़ते हुए एल.एस.डी. ने कहा, 'लीजा सैमुएल डी, कोस्टा वह लड़की थी, जिसकी मैंने रॉस द्वीप पर जाने से पूर्व हत्या कर दी थी, ताकि मैं उसकी पहचान ले सकूँ। मेरा नाम 'लतिका' है। मुझे लगा कि हमारे विवाह से पूर्व तुम्हें यह पता होना चाहिए, यदि इसका कोई महत्त्व हो तो!' फिर वह परिमल को उस नई जानकारी को स्वीकार करने के लिए छोड़कर चली गई।

हवेली का एक विशाल महाकक्ष विवाह स्थल था, जहाँ एक सुंदर गुंबद के नीचे एक छोटा सा मंच बनाया गया था। वहाँ केवल हिंदू पुजारी और गिने-चुने व्यक्ति उपस्थित थे, जिससे यह स्पष्ट था कि वे लोग ही विवाह के अतिथि एवं साक्षी होंगे। शेष ग्रामीण बाहर आँगन में महाभोज का आनंद ले रहे थे और विवाह के पश्चात् वर-वधू के बाहर आने की प्रतीक्षा कर रहे थे।

'आप में से मेरे पक्ष का अनुष्ठान कौन करेगा?' एल.एस.डी. ने पूछा।

'यह तुम्हें निश्चित करना है।' परिमल उसके पीछे से आया। उसने वहाँ उपस्थित सभी व्यक्तियों को देखा; परंतु उसकी दृष्टि उनमें से किसी पर भी नहीं रुकी, क्योंकि वह उन सब में किसी विशेष व्यक्ति को ढूँढ़ रही थी। परिमल ने विचार किया कि वह अभी भी भीड़ में नागेंद्र की आशा कर रही थी; परंतु उसने आगे जो कहा, उससे परिमल को ज्ञात हुआ कि उसके विचार गलत थे।

'शुभेंद्र को बुलाओ!' एल.एस.डी. ने तुरंत कहा।

शुभेंद्र उस समय विवाह संबंधी व्यवस्था में व्यस्त था, जब कोई दौड़ता हुआ आया और उसे पुकारने लगा। जब उसे बताया गया कि समारोह में उसकी आवश्यकता थी, तो वह दंपती के पास पहुँचा। एल.एस.डी. उसकी ओर देखकर मुसकराई और कहा, 'शुभेंद्र, मेरी इच्छा है कि समारोह में आप मेरे साथ हों; परंतु तभी, जब आप मुझे आशीर्वाद देने के इच्छुक हों।'

शुभेंद्र परिमल की ओर देखने लगा, जैसे उसकी अनुमति माँग रहा हो! परिमल ने सिर हिलाकर एक सहमतिपूर्ण मुसकान दी।

'यह तो मेरा सम्मान होगा, महोदया।' शुभेंद्र ने सिर झुकाते हुए कहा।

संपूर्ण समारोह में वास्तविक भावना से भरा वह एकमात्र क्षण था, क्योंकि उसके पश्चात् वर एवं वधू सभी संस्कारों को उदासीनता से पूरा कर रहे थे। शुभेंद्र ने एल.एस.डी. के कन्यादान की रस्म निभाई, जिसमें वधू के पिता या अभिभावक प्रतीकात्मक रूप से अपनी पुत्री से विवाह करने वाले, यानी वर को अपनी पुत्री का दान करते हैं। पंडित के निर्देशानुसार उन्होंने एल.एस.डी. का दायाँ हाथ लिया और परिमल के दाएँ हाथ में रख दिया, यह दर्शाते हुए कि उन्होंने संघ की स्वीकृति दे दी और उसे सदैव के लिए अपने जीवन साथी के रूप में स्वीकार करने का अनुरोध किया।

अगली रस्म थी सप्तपदी की—हिंदू विवाह समारोह का सबसे महत्त्वपूर्ण संस्कार। पंडित ने सात वचनों का वर्णन किया और दंपती ने स्वीकृति दर्शाने हेतु प्रत्येक वचन के लिए पवित्र अग्नि की परिक्रमा की। अग्नि उनके लिए एक-दूसरे के प्रति प्रेम, कर्तव्य, सम्मान, निष्ठा और एक प्रयोगी साहचर्य का वचन देने वाली साक्षी थी। पंडित ने फिर उन्हें उनके पवित्र मिलन पर आशीर्वाद दिया। जोड़े ने अपनी प्रार्थना समाप्त की और सदैव साथ रहने का वचन लिया। सबकुछ बिना किसी भाव के संपन्न हुआ। उनके लिए यह उत्सव मृत्यु के समान अंधकारमय था और उनकी भावनाएँ एक शव की भाँति शीतल थीं।

अगला दिन देवी भगवती की शुभ प्रार्थना का दिन था।

□

वहाँ कैलाश पर, मिलारेपा से ओम् के अतीत के बारे में सबकुछ जानने के पश्चात् कृपाचार्य ने स्थिति पर चर्चा करने हेतु सभी को एकत्र किया और कहा, 'पिछली बार जब हम ओम् की स्मृति में गए थे तो हम अत्यंत कठिनाई से उसके जीवन में केवल चार वर्ष तक देख पाए थे। यह कार्य सरल नहीं होगा, इस बात का हमें ज्ञान है। उसके सभी जाग्रत् वर्षों को देखने हेतु हमें उसके अचेतन मन को पार करना होगा, जिसमें कई दिन लगने वाले हैं; और हम इतने लंबे समय तक किसी भी प्रकार द्वार खुला नहीं रख सकते।'

'हाँ, परंतु हमें यह जानने के लिए एक योजना बनानी होगी कि ओम् वास्तव में कौन था, उसकी मृत्यु कैसे हुई और उसे पुनः क्यों जीवित किया

गया? ये सारे उत्तर बंद द्वार के पीछे उसके पिछले जीवन के अंत में हैं।' अश्वत्थामा ने कहा।

इसी विचार का अनुसरण करते हुए कृपाचार्य ने आगे कहा, 'इसलिए मेरा सुझाव है कि हम प्रवेश करते ही द्वार बंद होने की चिंता न करें। द्वार को यदि एक ओर से धकेला जा सकता है तो दूसरी ओर से भी खींचा जा सकता है। हम अभी भी उसे भीतर से खोलकर वापस आ सकते हैं।'

अश्वत्थामा इस बारे में निश्चित नहीं था।

'द्वार को खींचने के लिए दुगुनी शक्ति की आवश्यकता होगी, द्रष्टा। आप इस बात से अनभिज्ञ नहीं कि हमारी शक्तियों के उपरांत इसे बाहर से खोलने के लिए भी हमें क्या करना पड़ा! संभव है कि जब तक हम द्वार पर पुनः आएँगे, तब तक हम भीतर से अशक्त और क्लांत होंगे। तब हम इसे कैसे खोलेंगे? इस बात की प्रबल संभावना है कि हम सदैव के लिए वहाँ फँस जाएँगे।' उसने आशंका व्यक्त की।

कृपाचार्य ने पहले ही अपने मन में एक योजना बना ली थी। 'हम भीतर अशक्त और क्लांत हो सकते हैं, परंतु परशुराम और मिलारेपा नहीं। हम द्वार पर अपनी वापसी का दिन एवं समय निश्चित करेंगे और प्रवेश करने से पूर्व परशुराम को सूचित करेंगे, जिससे समय आने पर वे और मिलारेपा उसे हमारे लिए खोल सकें। महत्त्वपूर्ण यह है कि हम अपनी समय-सीमा का पालन करें, अन्यथा पुनः आना असंभव हो सकता है; क्योंकि एक बार जब हम बंद द्वार के पीछे होंगे, तब उनके साथ संवाद करने में असमर्थ होंगे।'

मिलारेपा ने सभी को गंभीरता से देखा। 'यदि हम समय पर नहीं आए तो क्या होगा?'

'तुम सदैव के लिए अतीत में ही सीमित रह जाओगे।' परशुराम ने समझाया, 'तुम्हारी पहचान और अस्तित्व विस्मृत हो जाएँगे। तुम श्वास ले सकोगे, परंतु तुम्हारी देह मृत समान होगी।'

'और कोई विकल्प नहीं है। यह ऐसा जोखिम है, जिसे उठाना अनिवार्य है। हम कल भोर में प्रवेश करेंगे।' एक विश्वासपूर्ण दृष्टि लिये कृपाचार्य ने अश्वत्थामा और ओम् को आदेश दिया।

□

प्रातः के बारे में विचार करते हुए मिसेज बत्रा ने हलकी मुसकान के साथ कहा, 'जब मेरा स्वास्थ्य सुधरने लगा था, उस समय की एक भोर मुझे स्मरण है। उस सुबह जब मैं उठी तो मैंने देखा कि तेज ने नाश्ता बना लिया था और मेज को तैयार कर दिया था। हम इतने समय के पश्चात् एक साथ नाश्ता करने वाले थे, इस विचार से मैं उत्साहित हो गई। ऐसा प्रतीत हो रहा था, जैसे मेरे नए जीवन का पहला दिन हो! तेज मेज पर रखे चाँदी के बरतनों और कोस्टरों को व्यवस्थित करने में व्यस्त थे। उन्होंने मुझे आते देखा और उनके व्याकुल मुख पर एक मुसकान आ गई। जैसे ही मैं बैठी, द्वार पर घंटी बजी। तेज का सिर तुरंत द्वार की दिशा में मुड़ा और वे इतनी शीघ्रता से उसे खोलने हेतु गए, जैसे उन्हें उसी की प्रतीक्षा थी। तभी मैंने देखा कि मेज पर दो नहीं, चार लोगों के लिए नाश्ता रखा हुआ था।

'इससे पूर्व कि मैं कुछ समझ पाती, दो अपरिचित व्यक्ति मुसकराते हुए मेरे समक्ष खड़े हो गए। तेज ने हम सभी का परिचय कराया। वे सी.डी.सी. (रोग नियंत्रण एवं रोकथाम केंद्र) के अधिकारी थे, जो विशेष रूप से हमसे मिलने आए थे। तेज ने उन्हें व्यक्तिगत स्तर पर प्रभावित करने के लिए आमंत्रित किया था; परंतु वास्तव में, उनका मुख्य उद्देश्य मेरी जाँच करना और यह सत्यापित करना था कि तेज के एक असाध्य रोग को ठीक करने के दावे सत्य थे या नहीं? उस क्षण तेज मेरे पति से अधिक मेरे डॉक्टर लग रहे थे और मुझे उनकी पत्नी नहीं, केवल उनकी रोगी होने का अनुभव हो रहा था। परंतु विशेषज्ञों से भरे उस कक्ष में इस बात पर कोई ध्यान नहीं देने वाला था। इन सभी भावनाओं से विपरीत, एकमात्र महत्त्वपूर्ण तथ्य यह था कि मैं जीवित व स्वस्थ थी और यह सब तेज के कारण था।

'डॉक्टरों ने मानक प्रक्रिया का पालन किया और मेरे चिकित्सा इतिहास, निदान, स्वास्थ्य बिगड़ने के चरणों और स्वास्थ्य-लाभ की अवधि की जाँच करना प्रारंभ किया। मैं केवल वहाँ बैठी रही—उनके बीच-बीच में उठते कुछ प्रश्नों का उत्तर देते हुए और चिंतित तेज को देखते हुए, जिनका घुटना लगातार ऊपर-नीचे कर रहा था। उस दिन मैंने पहली बार जीवन के इस चमत्कार पर प्रश्न उठाया, 'क्या मेरा पुनरुद्धार वास्तव में उत्सव के योग्य घटना थी?

आने वाले समय में इस अप्रत्याशित वैज्ञानिक विकास का क्या परिणाम हो सकता है?'

पृथ्वी ने कहा, 'वह समय केवल आपके लिए ही अविस्मरणीय नहीं था, इस गाथा में कई अन्य जीवनों में इसका अत्यंत महत्त्व है।'

□

भोर होते ही कृपाचार्य अश्वत्थामा और ओम् के साथ अपने सूक्ष्म रूपों में जाने तथा पुनः स्मृति द्वार खोलने हेतु बैठ गए। मिलारेपा एवं परशुराम उन्हें विदा करने हेतु उपस्थित थे और उनके कार्य में उनके लिए शक्ति व विजय की कामना कर रहे थे।

दोनों को देखकर कृपाचार्य ने कहा, 'भीतर हम केवल सात दिन व्यतीत कर सकते हैं, क्योंकि हमें अगले वर्धमान चंद्रमा पर वास्तविक युद्ध हेतु तैयार होने के लिए समय चाहिए, जो आज से नौवें दिन है। सातवें दिन ठीक शाम को द्वार खोलना; एक भी क्षण पूर्व नहीं। यदि हम न दिखाई दें, तो हमें खोजने हेतु प्रवेश न करें। केवल इसे बंद कर दें और एक दिन पश्चात् उसी समय पर फिर से खोलें।'

कृपाचार्य की दृष्टि तब ओम् और अश्वत्थामा पर जा टिकी। 'हमारे पास हमारी रक्षा करने हेतु केवल यही दो विकल्प होंगे। हमारे पहले और एकमात्र अनुभव के आधार पर मैं मानता हूँ कि जब हम अपनी वापसी आरंभ करेंगे तो आक्रमण द्वार के चारों ओर सबसे तीव्र होगा। इसलिए, हमें ज्ञात है कि अधिक लंबे समय तक इसके पास रहना हमारे लिए असंभव होगा। यदि हम इन दो प्रयासों को समाप्त कर देते हैं तो हमारे द्वार तक पहुँचने और दूसरी ओर से इसे खोलने की संभावनाएँ अत्यंत दुर्बल हो जाती हैं। हम सदैव के लिए भीतर लुप्त हो सकते हैं। इसलिए, हमारे लिए समय पर निकलना महत्त्वपूर्ण है।' कृपाचार्य ने अपने नेत्र बंद कर लिये। ओम् और अश्वत्थामा ने भी ऐसा ही किया। शीघ्र ही उन्होंने सूक्ष्म रूप में परिवर्तित हुए द्वार को धक्का देकर खोला और ओम् के अतीत में प्रवेश किया। मिलारेपा और परशुराम ने देखा कि तीनों चिरंजीवियों की देह ठीक उनके समक्ष निर्जीव की तरह गिर गईं।

□

लगभग उसी समय शेतपाल की यात्रा के उद्द्देश्य को प्राप्त करने हेतु परिमल और एल.एस.डी. देवी भगवती की भव्य पूजा करने के लिए

तैयार थे। एल.एस.डी. और परिमल ने हवेली के ईशान कोण की ओर प्रस्थान किया। वे एक सुंदर नक्काशीदार चाँदी के द्वार पर पहुँचे, जो इतनी विशाल दीवार की तुलना में अत्यंत छोटा था। द्वार को एक पुराने ताले से सुरक्षित किया गया था। परिमल ने चाबी निकाली और ताला खोला। फिर नीचे झुककर उसने भीतर प्रवेश किया और पीछे-पीछे एल.एस.डी. भी आई। छोटे कद के द्वार को देख एल.एस.डी. ने एक छोटे से पूजा कक्ष की कल्पना की थी, परंतु पूजा कक्ष वास्तव में उसकी कल्पना से कई गुना बड़ा था। कक्ष एक बगीचे के समान प्रतीत हो रहा था, जहाँ हरी घास और ईंट की दीवारें थीं। ऊपर कोई छत नहीं थी, जिस कारण गरम धूप सीधे उन पर पड़ रही थी। एल.एस.डी. को लग रहा था, जैसे उसने किसी अत्यंत पवित्र बगीचे में प्रवेश किया हो। परिमल एक कोने में चला गया और एल.एस.डी. उसके पीछे-पीछे गई। वह इतने विस्मय से उस स्थान को देख रही थी कि उसका ध्यान अपने मार्ग पर था ही नहीं। तभी परिमल ने अपना हाथ आगे कर उसकी राह रोकी, ताकि वह घास पर चिह्नित एक रेखा को पार न करे।

'अन्य लोग कब आएँगे?' एल.एस.डी. ने पूछा।

'अन्य लोग कौन?' परिमल ने प्रतिप्रश्न किया।

'पंडित! और अन्य लोग, जो प्रार्थना की तैयारियाँ करेंगे!' एल.एस.डी. ने ऐसे कहा, जैसे यही प्रथा थी।

'यहाँ केवल हम होंगे। किसी चौथे व्यक्ति की उपस्थिति में वह तुमसे भेंट करने नहीं आएँगी।' परिमल ने स्पष्टता से कहा।

'चौथा व्यक्ति!' एल.एस.डी. ने चारों ओर देखा, जैसे उन दोनों के अलावा किसी अन्य प्राणी को खोज रही हो!

'तुम्हारा शिशु!' परिमल ने उसे स्मरण दिलाया।

फिर वह कक्ष के एक कोने में गया और भूमि पर रखे एक ढक्कन को उठाया। वहाँ एक गड्ढा था, जो शेतपाल के हर घर में सर्पों के लिए बने गड्ढों के समान था। परिमल पुनः एल.एस.डी. के पास आया और प्रार्थना में घुटनों के बल बैठ गया। उसे देख एल.एस.डी. भी घुटने टेकने लगी; परंतु परिमल ने उसे रोक दिया।

'नहीं, तुम नहीं। खड़ी रहो। अब तुम एक माँ हो, जिसे सृजन की शक्ति प्रदान की गई है। तुम्हारा स्थान अब मुझसे बहुत ऊँचा है। तुम्हें किसी के आगे झुकने की आवश्यकता नहीं है।'

'ठीक है! किंतु तुम किसके समक्ष प्रार्थना कर रहे हो?' विस्मित हो एल.एस.डी. ने पूछा।

परिमल ने उस छोटे से गड्ढे को देखा, जिसे उसने खोला था और दबी हुई तथा शांत आवाज में कहा, 'जब वे प्रकट होंगी तो भयभीत मत होना।'

उस छोटे से छिद्र में से हरे-पन्नई रंग का जल रिसने लगा और उसकी चौड़ाई शीघ्रता से बढ़ती गई। कुछ ही क्षणों में घास पर चिह्नित रेखा तक सबकुछ हरे तरल पदार्थ में डूब गया था। एल.एस.डी. अपनी दृष्टि परिमल पर टिकाए तब तक स्थिर रही, जब तक कि पानी उसके पैरों तक नहीं आ गया। यकायक उसके पैरों के नीचे की धरती गड़गड़ा उठी और उसे ऐसा लगा, जैसे भूमि के नीचे उस गड्ढे की ओर कोई जीव रेंगते हुए जा रहा था। पलक झपकते ही गड्ढे को चीरते हुए एक प्रचंड नागिन प्रकट हुई। वहाँ खड़े-खड़े एल.एस.डी. केवल उस सर्प को घूर रही थी और उसकी शेष देह को अब भी भूमि के नीचे रेंगते हुए अनुभव कर सकती थी, जिसकी गड़गड़ाहट अब भी उसके पैरों तक पहुँच रही थी।

नागिन की संपूर्ण देह अब तक धरती पर प्रकट नहीं हुई थी, फिर भी वह एल.एस.डी. से तीन गुना बड़ी थी। एल.एस.डी. की दृष्टि यह सब देख ही रही थी कि नागिन ने अपनी विशाल भुजाओं को फड़फड़ाया, जो चमगादड़ के पंखों के समान प्रतीत हो रही थीं। उसके चारों ओर जैसे सब स्थिर हो गया था और उसके हृदय की धड़कनें रुक गईं, जब नागिन झुककर सीधे उसके नेत्रों में ऐसे देखने लगी, जैसे उसकी आत्मा को भेद रही हो! एल.एस.डी. भयभीत थी, परंतु उसने अपना मुख भावहीन रखा। जब नागिन की दृष्टि एल.एस.डी. पर टिकी हुई थी, तब उसने परिमल की ओर देखा। एल.एस.डी. के माथे से पसीना बह रहा था, क्योंकि वह स्वयं को निर्भय रखने का कठोर प्रयत्न कर रही थी। उसके पैर पवित्र भूमि पर टिके हुए थे। नागिन फिर परिमल की ओर मुड़ी और हस्तरेखाओं से वंचित उसकी हथेलियों को ऐसे देखा, जैसे उसकी पहचान की पुष्टि कर रही हो! एल.एस.डी. ने विशाल नागिन के मुख के

किनारों पर गलफड़ों को देखा, जो उस प्राणी की देह का एक और असामान्य भाग थे। इतनी विचित्र विशेषताओं के सम्मेलन को देख वह आश्चर्यचकित हो गई। रेंगने के लिए एक सरीसृप देह, उड़ने के लिए चमगादड़ जैसे पंख और पानी के भीतर श्वास लेने के लिए गलफड़े भी। तभी नागिन एल.एस.डी. की ओर मुड़ी और मंत्रमुग्ध कर देने वाले स्वर में उससे प्रश्न करने लगी—

'क्या तुमने इसे स्वेच्छा से चुना है?'

एल.एस.डी. को संपूर्ण दृश्य को आत्मसात् करने में कुछ क्षण लगे। यह देख, उस अविश्वसनीय प्राणी ने फिर से प्रश्न किया, 'क्या तुम असहाय होकर इसके साथ हो?'

एल.एस.डी. ने परिमल को देखा, जो अभी भी सिर झुकाए अपने घुटनों पर बैठा था।

'नहीं!' एल.एस.डी. ने उत्तर दिया।

'क्या तुम अपने गर्भ में पल रहे शिशु को इस संसार में लाने की इच्छा रखती हो?'

'हाँ!' एल.एस.डी. ने पुष्टि की।

'तथास्तु!' नागिन ने अपनी प्रचंड देह से एल.एस.डी. को पूरी तरह लपेट लिया। एल.एस.डी. को नागिन की जकड़न में साँस लेने में कठिनाई हो रही थी। नागिन की गरदन के गलफड़े उसी हरे तरल पदार्थ से भरे हुए थे और जैसे ही एल.एस.डी. साँस लेने का प्रयत्न करने लगी, वह तरल पदार्थ उसके मुँह एवं नथुनों में चला गया। गलफड़ों के रिक्त हो जाने के कारण अब नागिन साँस लेने के लिए संघर्ष करने लगी और उसने तुरंत एल.एस.डी. को छोड़ दिया।

एल.एस.डी. समझ गई थी कि उसे एक इच्छा दी गई है, जिसका पालन और सम्मान उसे अपनी मृत्यु-शय्या तक करना था। जब तक उसे छोड़ा गया, तब तक वह ऑक्सीजन की कमी के कारण अचेत हो गई थी। परिमल उसे जगाने के लिए उसके मुँह में स्वयं के मुँह से साँस भरने लगा। वह जागी और अर्धचेतन अवस्था में उसने अपने चारों ओर सबकुछ पहले जैसा होते देखा। जीव पानी में पुनः चला गया और बगीचा सूख गया। धीरे-धीरे वह विशाल गड्ढा भी एक छोटे से छिद्र के रूप में सिकुड़ गया, जिससे रहस्यवादी

घटनाओं का कोई प्रमाण नहीं रहा। ऐसा लग रहा था, जैसे वहाँ कुछ हुआ ही न हो! परिमल ने गड्ढे का ढक्कन बंद किया और एल.एस.डी. को कक्ष से बाहर ले गया। वह कुछ निर्बलता अनुभव कर रही थी और उसे विश्राम करने की आवश्यकता थी। इसलिए उसे बिस्तर पर ले जाया गया, जहाँ वह तुरंत सो गई। परिमल ने बिस्तर के समीप वाली मेज पर रखे कैलेंडर को देखा। उन्हें भरतपुर राष्ट्रीय उद्यान के लिए सात दिनों में रवाना होना था, जहाँ नागेंद्र उनकी प्रतीक्षा कर रहा होगा।

□

ओम् की स्मृति में अश्वत्थामा और कृपाचार्य के पास भी सीमित समय था, यह पता लगाने के लिए कि ओम् वास्तव में कौन था? जैसे ही उन्होंने द्वार में प्रवेश किया, स्वयं को घोर अंधकार व शांति में पाया। अपनी पूर्व यात्रा में उन्होंने जो कुछ भी अनुभव किया था और समझा था, वह सबकुछ अब अदृश्य हो गया था। वहाँ इतना अँधेरा था कि अश्वत्थामा अपने निकट खड़े कृपाचार्य को भी कठिनाई से देख पा रहा था।

'चिंतित न हो! यह अमावस्या की रात्रि प्रतीत होती है।' कृपाचार्य ने आश्वासन दिया।

'हमें क्या करना चाहिए?' अश्वत्थामा ने पूछा।

'हमें आगे बढ़ना चाहिए।' कृपाचार्य ने उत्तर दिया।

उन्होंने दूर किसी घर में प्रकाश देखा और उसकी ओर चलने का निर्णय लिया। जैसे ही वे घर के निकट आए, उन्हें भीतर किसी की चीखें सुनाई दीं। अपनी सुरक्षा सुनिश्चित करने और किसी को भयभीत न करने हेतु उन्होंने भीतर झाँककर देखा और पाया कि एक गर्भवती स्त्री पीड़ा से चिल्ला रही है, क्योंकि वह अपने शिशु को जन्म देने वाली थी।

'ऐसा कैसे संभव है कि ऐसी आपात स्थिति में उसके पास कोई नहीं है? यह एक जाल हो सकता है। हमें उसकी सहायता करने हेतु भीतर नहीं जाना चाहिए।' अश्वत्थामा ने दृढ़ता से कहा।

'यह सब पहले से ही अतीत में हो चुका है। हम जो देख रहे हैं, वह सहस्रों वर्ष पूर्व घटित हुआ था, अतः हम हस्तक्षेप नहीं करेंगे।' कृपाचार्य ने कहा।

'मैं आगे के पथ का निरीक्षण करने जा रहा हूँ। कृपया मेरे वापस आने तक यहीं प्रतीक्षा करें।' यह कहकर अश्वत्थामा आगे बढ़ा।

'उसे सहायता की आवश्यकता है। अवश्य किसी कारणवश हमें यह अभी दिख रहा है। मैं उसकी सहायता कर सकता हूँ।' ओम् कष्टदायी प्रसव-पीड़ा में अकेली स्त्री को देखकर व्याकुल हो रहा था।

कृपाचार्य ओम् के स्वर में उनके आदेश के प्रति उसके निरादर को भाँप गए थे। 'संभव है कि तुम जानते हो, हम यह सब क्यों देख रहे हैं? अंततः यह तुम्हारा अतीत है, जिसमें हम हैं।' कृपाचार्य ने उसे ताना देते हुए कहा।

'हमारी शक्तियाँ सीमित हैं। सूक्ष्म रूप में हमारी शक्ति अर्धरूप से भी कम प्रबल हो जाती है, जिस कारण हम अपने इच्छित अस्त्र यहाँ धारण नहीं कर सकते। इस सब के उपरांत हम यहाँ घटनाओं में भागीदार होने और उनके प्रवाह को भंग करने नहीं आए हैं, अपितु केवल निरीक्षण करने और यह जानने हेतु आए हैं कि तुम कौन हो?' कृपाचार्य ने दोहराया।

जब वे बात कर रहे थे, स्त्री के संकुचन लगातार बिगड़ते जा रहे थे। उसका रक्त बहने लगा और ओम् देख सकता था कि उसे साँस लेने में कठिनाई हो रही थी और उसकी अवस्था अचेत होने वाली थी। उसकी स्थिति देखकर ओम् अपने विवेक और तर्क की दुविधा में फँस गया। क्या उसे उस पीड़ित माता की सहायता करनी चाहिए या उसके भयानक दुःख से पूर्णतः अनभिज्ञ रहकर केवल आज्ञा-पालन करनी चाहिए? ओम् ने अपने पैरों को भूमि पर रखने और भीतर न जाने का प्रयत्न किया; परंतु जब स्त्री ने पराजय स्वीकार कर ली, जिसका परिणाम माता व शिशु दोनों की मृत्यु था, ओम् कृपाचार्य की अनुमति के बिना भीतर चल गया। वह मूर्च्छित हो रही थी और ओम् अब उस घटना का केवल साक्षी बनकर नहीं रह सकता था।

अपने समक्ष एक अपरिचित पुरुष को खड़ा देखकर स्त्री व्याकुल हो गई। अब वह प्रसव-पीड़ा से चीख रही है या भय से, यह जानना कठिन था। ओम् ने उसे शांत किया और समझाया कि वह वहाँ उसकी सहायता करने हेतु आया है, न कि उसे हानि पहुँचाने। उसकी उपस्थिति से स्त्री को शीघ्र ही सांत्वना मिली; परंतु वह अभी भी पीड़ा से कराह रही थी। ओम् ने त्वरित एक सुरक्षित प्रसव की व्यवस्था करना आरंभ किया, जबकि क्रुद्ध कृपाचार्य

कुटिया के बाहर से ओम् की सुरक्षा सुनिश्चित करते रहे। शिशु जन्म लेने लगा था और उसकी निचली देह का अर्ध भाग, अर्थात् उसके पैर अमावस्या की रात्रि के सबसे अंध काल के अंतिम समय में बाहर आए। गर्भ में शिशु उलटा होने के कारण जन्म के समय उसका सिर नहीं, अपितु पैर पहले बाहर आए थे। ओम् ने शिशु के पैरों की एक झलक देखी, जिसकी बाईं एड़ी पर वही काला तिल था। ओम् समझ गया था कि वह उसी बालक का जन्म देख रहा है, जिससे वे पिछली बार मिले थे। शिशु की शेष देह, अर्थात् उसकी छाती व सिर, भोर की पहली किरण से कुछ क्षण पूर्व बाहर आ गए। जब तक बालक गर्भ से पूर्ण रूप से बाहर आया और रोने लगा, तब तक प्रसूता माँ क्लांत हो चुकी थी, इसलिए वह गिर गई। तभी कृपाचार्य ने दूर से कुछ आकृतियों को अपने हाथों में मशालें लिये चलते देखा और उन्होंने ओम् को कुटिया से त्वरित बाहर निकलने का संकेत दिया। तब तक अश्वत्थामा भी उन्हें आगे ले जाने हेतु वापस आ गया था। ओम् के पास स्त्री व बालक को अकेला छोड़ने के अलावा कोई विकल्प नहीं था। ओम् बाहर दौड़ा और दोनों के साथ जुड़ गया। उन व्यक्तियों को निकट आते देख वे त्वरित वहाँ से चले गए। वे अश्वत्थामा के पीछे भागे और एक रिक्त कुटिया के भीतर चले गए।

कृपाचार्य ने कहा, 'हम यहाँ सूर्योदय तक प्रतीक्षा करेंगे।'

सुर्योदय होने के कुछ समय पश्चात् वे कुटिया से बाहर निकले गए और अपने गंतव्य की ओर चलने लगे। लगभग आधा मील चलते ही उन्हें एक कुटिया के बाहर दो पुरुष बैठे मिले, जिनमें से एक वैद्य प्रतीत हो रहा था, जो लगभग चार वर्ष के एक बालक की जाँच कर रहा था। वैद्य ने एक आयुर्वेदिक मिश्रण बनाया और उसे बालक को खिलाने लगा। बालक ने अरुचि से मुँह फेर लिया और पीछे हटने लगा, जिसे देखकर दूसरा पुरुष बोला, 'देवध्वज, वैद्यजी का अनादर मत करो। यहाँ बैठो और यह लो।'

'कोई बात नहीं, विष्णुयश, यह बालक इतना भोला है कि कोई अपमान नहीं कर सकता। यह संसार के व्यवहार को जानने के लिए अभी बहुत छोटा है।' वैद्य मुसकराया।

देवध्वज आदेश से प्रसन्न नहीं था, परंतु फिर भी उसने मुँह ऐंठते हुए उसका पालन किया। एक चम्मच जड़ी-बूटी निगलने के पश्चात् वह अपने

पालतू शशक के साथ खेलने चला गया। इससे पूर्व कि वैद्य कुछ कह पाता, विष्णुयश ने उसे रोका और कहा कि वह उसके पुत्र को खेलने दे। ओम्, अश्वत्थामा और कृपाचार्य की दृष्टि उस बालक पर ही थी। वह अपने शशक के साथ खेतों के चारों ओर घूम रहा था और एक चंचल मुसकान के साथ वहाँ स्थित ग्रामीणों का अभिवादन भी कर रहा था।

ललित बालक को देख सारे ग्रामीण भी मुसकराने लगे। कुछ समय इधर-उधर दौड़ने के पश्चात् देवध्वज विश्राम करने हेतु एक वृक्ष के नीचे जा बैठा। उसका शशक उसकी गोद में बैठने के लिए उसके पास कूदा। देवध्वज बड़े प्रेम से उसकी पीठ सहलाने लगा। यकायक उसने शशक का सिर पकड़ लिया और उसकी गरदन के दो टुकड़े कर दिए। बालक ने फिर एक पत्थर उठाया और उससे मृत शशक की देह को और कुचल दिया। शशक की हड्डियों के टूटने का दारुण स्वर और बालक की क्रोध से भरी घुरघुराहट वातावरण में गूँज उठी और उसके मुख पर रक्त के छींटे पड़ते रहे। उसके नेत्रों में एक उन्माद-सा छा गया। जब उसकी जीभ ने भूल से उसके मुख पर लगे रक्त का स्वाद लिया, तब एक हिंसक दृष्टि ने उसके ललित भावों को नष्ट कर दिया। वे तीनों उस वीभत्स दृश्य के साक्षी बनकर देखते रहे। कुछ क्षणों पश्चात् वह बालक फूट-फूटकर रोने लगा, जैसे किसी और ने उसके पालतू शशक की हत्या कर दी हो और उसने अभी-अभी देखा हो! उसने अपने शशक की इतनी क्रूर अवस्था देखकर अश्रु की नदियाँ बहा दीं। तभी साधारण साड़ी पहने, मुँह ढँके एक स्त्री आई और रोते हुए बालक को उठाकर चली गई। वहाँ पहले से ही अँधेरा हो गया था, इसलिए अश्वत्थामा ने उनके लिए रात्रि व्यतीत करने के लिए एक और स्थान ढूँढ़ लिया।

अगली बार जब वे उठे, तब उनके लिए दिन और रात्रि में अंतर समझना कठिन था, क्योंकि चारों ओर केवल अंधकार था। लंबे समय तक एक ही स्थान पर रहना असुरक्षित होगा, यह विचार कर तीनों ने आगे चलते रहने का निर्णय लिया। लगभग 4 मील चलने के पश्चात् उन्होंने एक खेत में प्रवेश किया। जैसे-जैसे वे आगे बढ़ते गए, उन्होंने अनुभव किया कि यह अनेक खेतों का एक क्षेत्र था, जहाँ हर खेत में विभिन्न प्रकार की फसलें उगाई जा रही थीं। वे ग्रामीणों को कड़ा परिश्रम करते देख सकते थे। वह फसल काटने

की ऋतु थी और ग्रामीणों ने अभी-अभी अपने धैर्यपूर्ण परिश्रम का फल प्राप्त करना आरंभ किया था।

एक कुटिया से एक किशोर लड़का कुछ औजार लेकर खेत में दौड़ता हुआ आया।

'सावधान, देवध्वज!' किसी ने आवाज लगाई।

आवाज पर ध्यान न देते हुए युवक उत्साहित होकर खेतों में काम करने लगा। ओम्, अश्वत्थामा और कृपाचार्य एक वृक्ष के पीछे खड़े होकर उसके कार्यों का निरीक्षण करते रहे। लगभग एक घंटे तक काम करने के पश्चात् युवक ने थोड़ा विश्राम करने का निर्णय लिया। वह कुटिया के भीतर गया और एक जलती हुई लकड़ी लेकर बाहर आया। ओम् चकित था; उसे सूर्य की तपिश में अग्नि की क्या आवश्यकता होगी? जैसे ओम् के ही प्रश्न का उत्तर दे रहा हो, युवक ज्वलित लकड़ी को भरी फसल पर फहराने लगा। देखते-ही-देखते खेत में आग लग गई और आग की लपटें आसपास के खेतों में भी फैलने लगीं। ओम् भयातुर होकर देखता रहा और ग्रामीण अपनी फसलों तथा स्वयं को बचाने हेतु भागते रहे; परंतु अग्नि का प्रकोप युवक की दृष्टि की तरह उग्र और लालसा से भरपूर था, जो अपने मार्ग में आने वाली हर वस्तु को भस्म कर रहा था। अग्नि को गाँव की लगभग आधी फसल निगलने में अधिक समय नहीं लगा और वह अब ग्रामीणों के घरों की ओर फैलने लगी। एक महिला देवध्वज को दौड़ने के लिए चिल्लाती रही। युवक जैसे मानो किसी स्वप्न से बाहर आया हो, उसने जलते हुए गाँव को ऐसे देखा, जैसे यह विनाश अभी-अभी आरंभ हुआ था! भय से काँपते हुए वह भाग गया। ओम्, अश्वत्थामा और कृपाचार्य आग बुझने तक वृक्ष की शरण में बैठे रहे। जब वे वहाँ से निकले, तब सबकुछ राख हो गया था। वे कुछ देर इधर-उधर टहलते रहे, परंतु उन्हें कोई दिखाई नहीं दे रहा था; पूरे गाँव में केवल सन्नाटा छाया हुआ था।

कृपाचार्य ने मन-ही-मन गणना करते हुए कहा, 'हमें यहाँ से वापस जाना चाहिए।'

'किंतु अभी तक हमारा उद्द्देश्य सफल नहीं हुआ है।' अश्वत्थामा ने आपत्ति जताई।

'मुझे ज्ञात है। यह किसी पहेली के समान है। हमें सारी स्मृतियाँ बिखरे हुए टुकड़ों में मिल रही हैं, जिन्हें जोड़कर इस संपूर्ण स्थिति को समझने हेतु हमें अधिक समय की आवश्यकता है; और इस समय वह हमारे पास नहीं है। हम तीन दिनों से यहाँ चल रहे हैं। मुझे विश्वास है कि यहाँ तक पहुँचने में जितना समय लगा है, उससे अधिक समय द्वार पर लौटने में लगेगा। हमें समय व्यर्थ किए बिना वापस जाने की आवश्यकता है।'

□

वहाँ शेतपाल में एल.एस.डी. एक गहरी निद्रा से कई दिनों के पश्चात् उठी। देवी भगवती के आशीर्वाद के नाम पर उसने अँधेरा या जो कुछ भी सहन किया था, अब वह उससे पूर्णत: उबर चुकी थी।

जब उसने अपने नेत्र खोले तो परिमल को बिस्तर के पास आश्वस्त मुसकान के साथ खड़ा पाया। जैसे ही वह बिस्तर पर बैठी, परिमल ने कक्ष के कोने में लटके वस्त्र की ओर संकेत किया। यह उनके सामान्य वस्त्रों में से एक का जोड़ा था, न कि कोई पारंपरिक पोशाक। एल.एस.डी. की दृष्टि वस्त्र से फिर परिमल पर गई।

'इसे पहन लो और अपना सामान बाँध लो।' इतना कहकर परिमल कक्ष से बाहर चला गया।

एल.एस.डी. उठी और अपना सामान एकत्र करने लगी।

जब वह लगभग सबकुछ समेट चुकी थी, तभी किसी ने द्वार खटखटाया। उसने मुड़कर वृद्ध प्रबंधक शुभेंद्र को प्रवेश द्वार पर खड़ा पाया। एल.एस.डी. ने उसे भीतर आने की अनुमति दी और वह चुपचाप उसके पास आकर खड़ा हो गया।

'कहिए।' एल.एस.डी. ने उसे बोलने के लिए प्रेरित किया।

शुभेंद्र ने विनम्रतापूर्वक कहा, 'आपने मुझे अपने पिता का उत्तरदायित्व देकर उनके द्वारा किए जाने वाले अनुष्ठान निभाने का सौभाग्य दिया, इसके लिए मैं आपका आभारी हूँ।' शुभेंद्र ने अपने अश्रु रोकते हुए स्नेहपूर्वक कहा।

एल.एस.डी. ने मुसकराते हुए उनका आलिंगन किया। 'आप किसी बात के लिए मेरे आभारी नहीं हैं।'

'अपने विवाह के इतने शुभ कार्य के लिए आपने मुझे क्यों चुना?' शुभेंद्र ने उत्सुकता से पूछा।

इससे पूर्व कि एल.एस.डी. उनके प्रश्न का उत्तर देती, परिमल ने द्वार से आवाज लगाई, 'जाने का समय हो गया है!'

परंतु जब एल.एस.डी. गाड़ी के पास खड़ी रही, यह विचार करते हुए कि न जाने कब उसे पुनः हवेली आने का अवसर मिलेगा, तब वह शुभेंद्र की ओर मुड़ी और धीरे से बोली, 'आपने निस्स्वार्थ भाव से बादल की देखभाल की थी; उसकी मृत्यु पर आपने अश्रु बहाए थे। उसे उचित अंतिम संस्कार प्रदान करने हेतु मैं आपकी आभारी और ऋणी हूँ।'

गाड़ी में सामान रखते हुए एक सेवक ने यह बात सुनी ली। एल.एस.डी. वहाँ से चली गई। शुभेंद्र वहीं खड़ा रहा और अपने विचारों में खोया रहा। वह सेवक शुभेंद्र के पास आया और पूछा, 'बादल कौन था?'

'वह एक सफेद हिरण था, जो इस हवेली का अंतिम पालतू जीव था।' शुभेंद्र दूर जाती गाड़ी को देखकर बुदबुदाया, इस रहस्य से अचंभित कि कैसे एल.एस.डी., जो पहली बार हवेली में आई थी, को बादल की मृत्यु और दाह-संस्कार के बारे में पता था, जिसके बारे में परिमल भी नहीं जानता था!

□

जब तीनों चिरंजीवी संध्या में कीचड़ भरे पथ पर चल रहे थे, अश्वत्थामा को झाड़ियों में सरसराहट जैसी सुनाई दी। यद्यपि वे तीनों सावधान थे, परंतु इस प्रकार के घात की उन्हें अपेक्षा नहीं थी। इससे पूर्व कि वे कोई अनुमान लगा पाते, एक हृष्ट-पुष्ट युवक यकायक अश्वत्थामा पर टूट पड़ा। जैसे ही वे इस अंधाधुंध आक्रमणकारी से लड़ने लगे, एक और हट्टा-कट्टा पुरुष एक ऊँचे वृक्ष की शाखा से कूद पड़ा और आक्रामक रूप से ओम् की ओर बढ़ा।

जैसे ही दोनों में से सबसे छोटे युवक ने उन पर झपट्टा मारा, अश्वत्थामा ने उसकी एड़ी पर वही काला तिल देखा। यह देवध्वज था—वही बालक, जिसे उन्होंने अभी-अभी देखा था। अब वह बड़ा हो गया था। इस बात से विचलित होकर वह बड़े युवक के पहले वार से स्वयं को नहीं बचा सका, जिसने उसे गिरा दिया। दूसरी ओर, कृपाचार्य देवध्वज के पहले वार से बच

गए और फिर दूसरे युवक के अगले घातक वार से अचेत अश्वत्थामा की रक्षा करने लगे। अश्वत्थामा और ओम् की रक्षा करने हेतु वे दोनों के साथ वीरता से युद्ध करने लगे। कृपाचार्य जानते थे कि यदि वे अश्वत्थामा को वापस ओम् के अतीत के प्रलय के अंदर खींच ले गए तो अश्वत्थामा सदैव के लिए लुप्त हो जाएगा।

'ओम्! उसे द्वार से बाहर ले जाओ। उसे बाहर निकालो, शीघ्र ही!' कृपाचार्य अकेले ही दोनों पुरुषों से द्वंद्व करते हुए चिल्लाए। ओम् ने आज्ञा का पालन किया और अश्वत्थामा को साथ लेकर द्वार की ओर दौड़ पड़ा। उसने अश्वत्थामा को भूमि पर लिटा दिया और द्वार खोलने के लिए अपनी पूरी शक्ति का प्रयोग किया; परंतु द्वार खोलने में असफल रहा, क्योंकि वह अकेला था और कुछ क्लांत भी। उसने देखा कि दोनों पुरुष अश्वत्थामा और उसके पास आने हेतु कृपाचार्य से आगे निकलने का प्रयत्न कर रहे थे, परंतु कृपाचार्य उन दोनों को पकड़ने में सक्षम थे; यद्यपि ओम् जानता था कि वह उनके साथ अधिक समय तक नहीं रह पाएगा। ओम् की स्मृति में आए हुए पूरे सात दिन बीत चुके थे और प्रकाश की अंतिम किरणें अंधकार में बिखरती हुई प्रतीत हो रही थीं।

तभी द्वार खुला और कृपाचार्य के निर्देशानुसार मिलारेपा वहीं दूसरी ओर उपस्थित हो गए। जब देवध्वज ने मिलारेपा और खुलते द्वार को देखा तो उसके नेत्र क्रोध से जल उठे। वह कृपाचार्य पर हिंसक होकर लगातार एक उन्मादी व्यक्ति के समान प्रहार करने लगा। उन्मत्त जोड़ी कृपाचार्य पर हावी हो रही थी, जिससे उनके वारों को रोकना कठिन हो रहा था। जब तक ओम् अश्वत्थामा को बाहर घसीटता, तब तक एक प्रहार कृपाचार्य को गंभीर रूप से घायल कर चुका था। ओम् ने यह देखा और उनकी सहायता हेतु वापस दौड़ा पड़ा। मिलारेपा ने ओम् को रोकने का प्रयत्न किया, परंतु उसने उन्हें दूर कर दिया। जैसे ही ओम् फिर से द्वार में प्रवेश करने हेतु आगे बढ़ा, दूसरी ओर से देवध्वज भी ओम् को अंदर खींचने के लिए उसकी ओर दौड़ा। उसी क्षण मिलारेपा के पास द्वार को बंद करने के अलावा और कोई विकल्प नहीं था; और इससे पूर्व कि दोनों युद्ध में टकरा पाते, द्वार उनके बीच दृढ़ता से बंद हो गया।

अश्वत्थामा और ओम् वहीं जागे, जहाँ वे एक सप्ताह पूर्व साधना में बैठे थे; परंतु कृपाचार्य की देह अब भी निर्जीव थी। ओम् मिलारेपा की ओर मुड़ा और द्वार बंद करने के लिए उन पर बरस पड़ा।

'क्या आपको केवल लोगों को पीछे छोड़ना और उनके साथ विश्वासघात करना ही आता है ?'

'हम तुम्हें खो नहीं सकते, ओम्। मिलारेपा ने जो किया, वह मेरा आदेश था।' परशुराम ने शांतिपूर्वक हस्तक्षेप किया।

'कृपाचार्य भीतर हैं! हमें पुनः द्वार खोलकर उनकी रक्षा करने की आवश्यकता है। इन्होंने हम में से एक को पीछे छोड़ दिया!' ओम् की निराशा दु:खद थी।

'द्वार खोलें! यदि कृपाचार्य और अश्वत्थामा पर वार करने वाले ज्ञानगंज के निषिद्ध नगर में प्रवेश कर लेंगे तो क्या होगा ? उन्होंने जो किया, उसके लिए मिलारेपा को दोष नहीं दिया जाना चाहिए। उन्होंने केवल वही किया, जो सबके हित में था। कृपाचार्य वहाँ हैं, क्योंकि तुम अपने मस्तिष्क पर पूर्ण नियंत्रण नहीं रख पा रहे हो। यदि तुम किसी को इस घटना का दायित्व देना चाहते हो तो स्वयं को दो।' परशुराम ओम् पर चिल्लाए।

ओम् मौन हो गया। परशुराम को ज्ञात हुआ कि उन्हें ऐसा नहीं कहना चाहिए था। उन्होंने गहरी साँस ली और सांत्वना देने हेतु ओम् के पास पहुँचे। 'उन्हें बंदी बनाया जा सकता है या भूख, प्यास और घावों से उन पर अत्याचार किया जा सकता है। परंतु वे अंततः अमर हैं। वे मृत नहीं हो सकते। हम उन्हें वापस लाएँगे। परंतु अभी हमें यहाँ एक और युद्ध के लिए तैयार होना है। महत्त्वपूर्ण समय व्यतीत हो रहा है और वर्धमान चंद्र केवल दो दिन दूर है। चलो, चलते हैं।'

परशुराम, अश्वत्थामा, मिलारेपा और ओम् एक अन्य कुटिया में पहुँचे, जो सभी प्रकार के वस्त्रों से भरी एक विशाल अलमारी के समान लग रही थी। ओम् ने उन तीनों को अपनी अगली योजना के लिए सामान बाँधते देखा। जब वे तैयारी कर रहे थे, ऋषि वेदव्यास कुटिया में आए।

'मुझे एक और स्थान का पता लगा है, जो है कुलधारा।'

कुलधारा का नाम सुन परशुराम के मुख पर चिंता उभर आई।

'मेरी योजना थी कि कृपाचार्य को मिलारेपा के साथ तेजो महालय भेजा जाए और अश्वत्थामा मेरे साथ भीमकुंड आए, ताकि हम ऐसी आकस्मिकताओं से सुरक्षित रह सकें, जैसी वृषकपि को सहन करनी पड़ी; परंतु अब हमारे पास तीन स्थानों की रखवाली के लिए तीन ही व्यक्ति हैं। कृपाचार्य को यहाँ होना चाहिए था।' परशुराम ने उदास होकर कहा।

'मैं साथ आ सकता हूँ।' ओम् ने सुझाव दिया।

परशुराम ने अर्ध मुसकान के साथ ओम् की ओर देखा। 'मैं समझता हूँ और सराहना करता हूँ कि तुम सहायता करना चाहते हो; परंतु नहीं, तुम नहीं कर सकते। यहीं रहो और वृषकपि को जीवित रखने का प्रयास करो। मिलारेपा, आप तेजो महालय को लौटें। अश्वत्थामा, मैं चाहता हूँ कि तुम महर्षि वेदव्यास से इस नए स्थान के बारे में सबकुछ सीखो और त्वरित वहाँ जाओ। मैं भीमकुंड वापस जाऊँगा, क्योंकि हमें और अधिक जन-शक्ति की आवश्यकता है। आशा है कि नागेंद्र किसी ऐसे स्थान पर न पहुँचे, जिसका ज्ञान वेदव्यास को अभी तक नहीं हुआ हो।'

□

पनडुब्बी के निषिद्ध कक्ष में नागेंद्र जाग उठा और एक निंदनीय उत्सव के लिए तालियाँ बजाने लगा। सूक्ष्म रूप में उसकी यात्रा और देवध्वज के साथ उसकी भेंट सफल हो गई थी। वह कृपाचार्य को ओम् की स्मृति में बंदी बनाने में सफल हो गया था, जो निश्चित रूप से उसकी योजनाओं के लिए सबसे शक्तिशाली और सबसे बड़ा संकट था। नागेंद्र ने जाने से पूर्व हाथ जोड़कर छाया को प्रणाम किया। वह वापस तट पर आया और भरतपुर राष्ट्रीय उद्यान में एल.एस.डी. एवं परिमल से मिलने हेतु उसने अपनी यात्रा आरंभ की दी।

□

12

एक आकस्मिक दाह-संस्कार

एल.एस.डी. और परिमल को शेतपाल से रवाना हुए कई घंटे हो चुके थे। वे दोनों पूरे समय शांत बैठे थे, परंतु एल.एस.डी. ने अंत में मौन तोड़ दिया।

'तुमने मुझे इतनी भयातुर स्थिति में डालने का साहस कैसे किया? उस कक्ष में वह कौन प्राणी था?'

'वह देवी भगवती की प्रतिनिधि थीं। मेरी माँ भी उस प्रक्रिया से गुजरी थीं, जब मैं उनके गर्भ में था और उनसे पूर्व मेरी दादी भी इस प्रक्रिया का हिस्सा रह चुकी हैं। ऐसा करके हमें यह सुनिश्चित करना था कि तुम जिस शिशु को जन्म दोगी, वह अंधा न हो। यह अपरिहार्य था। वह जीव एक सरीसृप था, जो जमीन पर रेंग सकता है, वृक्ष पर चढ़ सकता है और पृथ्वी के सबसे गहरे छिद्रों में छेद कर सकता है। उसके पास पंख हैं, जिनसे वह आकाश में उड़ सकता है और पानी में जीवित रहने के लिए गलफड़े। वह देवी भगवती का प्रतीक है, जो हर स्थान पर हमारे साथ हैं; क्योंकि वह प्राणी भूमि पर, आकाश में और पानी में उपस्थित रह सकता है।' परिमल ने समझाया।

'उस घटना के पश्चात् से मुझे ऐसा लग रहा है कि मेरे भीतर कोई परिवर्तन हुआ है।' गाड़ी की खिड़की से बाहर देखते हुए एल.एस.डी. बुदबुदाई।

'मुझे पता है। अब तुम्हें शिशु के स्वास्थ्य और सुरक्षा के लिए चिंतित होने की आवश्यकता नहीं है। वह अब धन्यता को प्राप्त एक बालक है और देवी भगवती उसकी रक्षक हैं।' परिमल ने मुसकराते हुए समझाया।

'तो क्या मैं अब केवल एक वाहक हूँ?' एल.एस.डी. ने क्रोधित होकर पूछा, जिससे परिमल लज्जित हो गया। एल.एस.डी. की बात कड़वी थी, परंतु सत्य थी। इसलिए परिमल ने स्पष्ट करने का प्रयास किया।

'मैंने ऐसा नहीं कहा। मैं...'

'हाँ, परंतु तुम्हारा यही अर्थ था।' एल.एस.डी. क्रोधित थी।

'मेरा तात्पर्य केवल इतना था कि तुम्हारे बालक का व्यवहार अन्य बालकों से भिन्न होगा। हमने अब तक जो कुछ किया है और नागेंद्र की सेवा करते हुए हमें और क्या करना होगा, इस बात का ध्यान रखते हुए तुम्हें अन्य गर्भवती महिलाओं के समान सतर्क रहने की और अपने शिशु की देखभाल करने की आवश्यकता नहीं है; क्योंकि अब वह पूर्ण रूप से सुरक्षित है। वह शिशु तुम्हारा है और तुम उसकी माँ हो, कोई भी इस सत्य को नहीं बदल सकता और कोई ऐसा करने का प्रयत्न भी नहीं कर रहा है। इसलिए शांत हो जाओ। हम पहुँचने वाले हैं।' परिमल ने चर्चा समाप्त करते हुए कहा।

गाड़ी रुक गई। वे नीचे उतरे और भरतपुर राष्ट्रीय उद्यान पहुँचे, जहाँ नागेंद्र उनकी प्रतीक्षा कर रहा था।

इस तथ्य से अनभिज्ञ कि नागेंद्र उनसे केवल डेढ़ घंटे की दूरी पर था, मिलारेपा आने वाली वर्धमान चंद्रमा की रात्रि पर नागेंद्र के अनिश्चित आगमन की प्रतीक्षा में ताजमहल (आगरा) के आसपास उपस्थित थे—भरतपुर राष्ट्रीय उद्यान से चौदह घंटे की दूरी पर। दूसरी ओर, अश्वत्थामा कुलधारा में था और परशुराम भीमकुंड के सरोवर पर पहुँच चुके थे।

परिमल और एल.एस.डी. राष्ट्रीय उद्यान में गए और वहाँ खड़े नागेंद्र को देखा। वे आगे बढ़कर उसके पास जाकर खड़े हो गए।

'कभी-कभी एक रोग आपको विशिष्ट बना सकता है।' नागेंद्र की दृष्टि दूर घने वन को देख रही थी। फिर वह उन दोनों की ओर मुड़ा। 'मोर अपने आकर्षक रंगों के लिए जाने जाते हैं; परंतु क्या तुम जानते हो कि सफेद मोर की भी कोई प्रजाति होती है? नहीं, वे पक्षी विवर्ण नहीं हैं; उनकी सफेदी ल्यूसिज्म का परिणाम है, जो एक उत्परिवर्तन है, जिससे उनके आंशिक रंग पर प्रभाव पड़ता है। जब ऐसा होने पर मोर को कोई नुकसान नहीं होता तो फिर मनुष्य इस स्थिति को एक रोग क्यों समझते हैं? मूर्ख!...किंतु छोड़ो,

तुम्हारी यात्रा कैसी रही, परिमल?' मनुष्यों पर टिप्पणी करने के पश्चात् नागेंद्र ने पूछा।

'काम हो गया, श्रीमान!' परिमल ने उत्तर दिया।

'उत्तम! परिमल के घर जाना तुम्हें कैसा लगा, एल.एस.डी.?'

एल.एस.डी. ने नागेंद्र को चढ़ी हुई भौंहों से देखा। पहले तो उसने कोई उत्तर नहीं दिया, परंतु वह जानती थी कि उसे उत्तर देना ही होगा, क्योंकि उससे एक प्रश्न पूछा गया था। उसने पहले परिमल की ओर देखा, फिर कहा, 'काम हो गया, श्रीमान।'

परिमल को लगा कि यह केवल नागेंद्र के प्रश्न का उत्तर ही नहीं, अपितु उसके लिए एक ताना भी था। नागेंद्र उनके बीच की आशाओं-निराशाओं, आक्रामकता और समर्पण को भाँप सकता था। वह एल.एस.डी. के पास गया और उसके सामने घुटने टेककर बैठ गया। उसने उसका वस्त्र उठाया और गौर से उसके पेट को देखा, जो मध्य में अब चमकीले हरे रंग का हो गया था।

नागेंद्र ने दोनों को पास बुलाया और फुसफुसाया, 'अच्छा किया। तो अब हम अपने अगले शब्द की खोज में चलते हैं। हम 19.19°N, 73.03°E पर जाएँगे।'

एल.एस.डी. ने त्वरित अपने टैबलेट पर वह स्थान ढूँढ़ा। 'अर्थात् ताजमहल! परंतु आगरा ही क्यों?'

उसके प्रश्न का उत्तर परिमल ने दिया, 'कई लोगों का मानना है कि ताजमहल को मूल रूप से 'तेजो महालय' कहा जाता था। ग्यारहवीं शताब्दी में आगरा क्षेत्र में जाट जाति के लोगों का वास था। वे शिव को 'तेजाजी' के रूप में संबोधित किया करते थे। जाटों ने कई तेज मंदिर बनवाए थे, क्योंकि 'तेज लिंग' हिंदू वास्तु ग्रंथों में वर्णित शिवलिंगों के कई नामों में से एक है। इसलिए 'तेजो महालय' का शाब्दिक अर्थ है—तेजाजी का महान् निवास।'

एल.एस.डी. ने फिर अपने टैबलेट में कुछ लिखा। 'यहाँ पर लिखा है कि तेजो महालय आधुनिक ताजमहल का पुराना नाम था।'

विश्व-निर्माण के पश्चात् जो भूमि पर शासन करता है, वही वहाँ के धर्मों पर शासन करता है, बीते हुए कल को फिर से लिखता है, वर्तमान को निर्देशित करता है और भविष्य को प्रभावित करता है। लोग इस बात को मानते

हैं और दावा करते हैं कि 1155 ईस्वी में हिंदू राजाओं द्वारा शासित अग्रवन नगर में तेजो महालय नामक एक महल खड़ा था, जिसका प्रमाण आज भी युगों पहले लिखे ग्रंथों में पाया जा सकता है। जैसे समाधि पर काम करने वालों के हाथ काट दिए गए थे, वैसे ही नगर का नाम 'अग्रवन' से 'आगरा' कर दिया गया था और स्मारक का नाम ताजमहल रखा गया था, जो संयोग से उसी महल के स्थान पर उपस्थित था।' परिमल ने समझाया।

'इन दोनों विरोधाभासी कथाओं में से कौन सी वास्तविक है, जो उचित साक्ष्य द्वारा समर्थित है?' एल.एस.डी. ने पूछा।

'जितने वृत्तांत हैं, उतने ही कवि! इंटरनेट पर कई वर्षों से सिद्धांतों पर व्यापक रूप से चर्चा की गई है और उनमें से कई तर्क ओक के सिद्धांत के इर्द-गिर्द घूमते हैं, जो दावा करते हैं कि ताजमहल एक हिंदू शासक राजा जय सिंह द्वारा बनवाया गया था, जो वास्तव में एक शिव मंदिर होने के साथ-साथ 'तेजो महालय' नामक एक राजपूती महल भी था। ऐसा माना जाता है कि शाहजहाँ ने तो इस पर बाद में अधिकार जमाया था, फिर इसे अपनी पत्नी की समाधि बनाया, जिसके पश्चात् इसका नाम 'ताजमहल' रख दिया गया।' परिमल ने निष्कर्ष निकाला।

'मुझे दावों तथा राजाओं के बारे में नहीं जानना और न ही मुझे यह जानना है कि यह किस हिंदू राजा या मुसलिम आक्रमणकारी द्वारा बनवाया गया था? हमें शब्द की खोज करनी है, सत्य की नहीं।' नागेंद्र ने फुसफुसाते हुए उनकी चर्चा रोकी और वहाँ से चला गया।

'आप फुसफुसा क्यों रहे हैं?' एल.एस.डी. ने पूछा।

'क्योंकि वह मुझे खोज रहा है और मेरी योजनाओं को सुनने का प्रयत्न कर रहा है।' नागेंद्र ने फिर से फुसफुसाते हुए उत्तर दिया।

एल.एस.डी. और परिमल को वह पूरी तरह से विक्षिप्त लग रहा था। यद्यपि नागेंद्र ने ताजमहल और तेजो महालय की पूरी चर्चा को बंद कर दिया था, जिज्ञासु एल.एस.डी. ताजमहल विवाद के बारे में अधिक जानना चाहती थी। वह चुपचाप तेजो महालय से जुड़ी हर जानकारी को गूगल पर पढ़ती रही और परिमल के पीछे चलती रही, जो राष्ट्रीय उद्यान से बाहर निकलने का रास्ता दिखा रहा था।

परिमल ने धीमे स्वर में कहा, 'यदि तुम अभी भी उत्सुक हो तो मेरे पास और जानकारी है। तेजो महालय का दावा एक संस्कृत शिलालेख द्वारा समर्थित है, जिसे 'बटेश्वर शिलालेख' के रूप में जाना जाता है, जो वर्तमान में लखनऊ संग्रहालय में संरक्षित है। यह एक क्रिस्टल सफेद शिव मंदिर की स्थापना को संदर्भित करता है, जो इतना आकर्षक है कि एक बार उसमें विराजमान होने के पश्चात् भगवान शिव ने कैलाश पर्वत, जो उनका सामान्य निवासस्थान है—पर कभी नहीं लौटने का निर्णय किया।...यह शिलालेख ताजमहल से लगभग 36 मील के दायरे में पाया गया था और 1155 ईस्वी पूर्व का है। इस साक्ष्य के कारण यह संभावना पैदा हुई कि ताजमहल का निर्माण शाहजहाँ के श्रेय लेने से कम-से-कम 500 वर्ष पूर्व हुआ होगा। और तो और, शाहजहाँ के अपने दरबारी इतिहास 'बादशाहनामा' में ऐसा लिखित है कि मुमताज का मकबरा बनाने हेतु अद्वितीय वैभव की एक भव्य हवेली, जो गुंबद से ढँकी हुई थी, जयपुर के राजा महाराज जय सिंह से ली गई थी।'

परंतु एल.एस.डी. परिमल से एक कदम आगे थी और इंटरनेट पर हाल ही में छपे एक लेख को पढ़ने लगी—'अगस्त 2017 में एक सिविल जज सीनियर डिवीजन की अदालत में दायर एक लिखित वृत्तांत द्वारा भारतीय पुरातत्त्व सर्वेक्षण ने इस तर्क को अस्वीकार कर दिया कि यह विश्व धरोहर स्थल हिंदू भगवान शिव को समर्पित एक मंदिर पर बनाया गया था। उन्होंने आगरा की एक अदालत को बताया कि ताजमहल वास्तव में एक मकबरा है, न कि एक मंदिर, जैसा कि याचिकाकर्ताओं के एक समूह ने दावा किया है।' एल.एस.डी. ने बहुत दृढ़ विश्वास के साथ जोर से पढ़ा। आगरा जाने के रास्ते में उसने अपना समय ओक के सिद्धांत के बारे में सबकुछ पढ़ने में बिताया और जब तक उसकी जाँच पूरी हुई, तब तक वे अर्धचंद्र की संध्या में ताजमहल के निकट थे।

दूसरी ओर, मिलारेपा अब नागेंद्र का सामना करने के लिए पूर्ण रूप से तैयार थे। जिस क्षण वे आगरा पहुँचे थे, उन्होंने पूरा नगर घूमा और निराश्रयों को भोजन प्रदान किया। भोजन देते समय उन्होंने गहराई से उनके नेत्रों में देखा और उन्हें अपना वास्तविक रूप दिखाया। एक-एक कर, जैसे किसी दैवीय समाधि अवस्था में हों, प्रत्येक व्यक्ति मिलारेपा द्वारा सम्मोहित हो गया। उन

सब को ताजमहल में आने वाले प्रत्येक आगंतुक पर दृष्टि रखने का कार्य करना था। नगर में घूमते हुए मिलारेपा ने विभिन्न पशु-पक्षियों को सम्मोहित कर लिया, जिस कारण उनके पास लगभग सौ जोड़ी सतर्क नेत्रों वाली सेना में अब आवारा कुत्ते, जंगली बिल्लियाँ, गाय, चूहे, गौरैया, चील, गिद्ध और मोर जैसे अन्य जीव तथा कुछ पुरुष व स्त्रियाँ उपस्थित थे, जो ताजमहल के आसपास किसी भी असामान्य हलचल पर दृष्टि रखने वाले थे।

एल.एस.डी. भीतर जाकर—विवाद के बारे में जो कुछ भी उसने पढ़ा था—उसे देखने के लिए उत्सुक थी; परंतु नागेंद्र ने उन्हें रुकी हुई गाड़ी से बाहर नहीं जाने दिया, क्योंकि योजना के अनुसार उन्हें समाधि में प्रवेश नहीं करना था। तभी उसने देखा कि आवारा कुत्तों का एक झुंड अपने निकट आते-जाते हर व्यक्ति को ऊपर से नीचे तक देख रहा था। नागेंद्र ने परिमल को ताजमहल के सबसे समीप के होटल की सबसे ऊपरी मंजिल में एक कक्ष लेने का आदेश दिया।

अंततः सूर्यास्त हो गया और आकाश में उस चंद्रमा के आने का समय हुआ, जो पिछले दो महीनों से विनाश एवं पराजय का प्रतीक बना हुआ था। जहाँ मिलारेपा चाँद को देख रहे थे और उनके सम्मोहित रक्षक ताजमहल के चारों ओर हर व्यक्ति पर दृष्टि रख रखे थे; वहीं नागेंद्र भूमि पर किसी भी असामान्य हलचल के लिए सतर्क था। अपने तीव्र नेत्रों से इधर-उधर देखते हुए उसने पाया कि कुत्तों के जिस झुंड को उसने घंटों पहले देखा था, वह अभी भी उसी स्थान पर उपस्थित था। सड़कों पर कई आवारा पशुओं के समान ये भी कुपोषित और निर्बल लग रहे थे। उनकी देहों पर कई स्थानों पर बाल नहीं थे, जिस कारण उन पर चिपके जीव दिखाई दे रहे थे। उनकी रीढ़ व पसलियाँ झीनी त्वचा के ऊपर स्पष्ट थीं, जहाँ अन्य पशुओं से उनकी लड़ाई में लगे पुराने और नए घाव भी दिखाई दे रहे थे। जब कुत्ता चुपचाप बैठा था, नागेंद्र ने देखा कि एक वृद्ध पुरुष उसकी ओर आया और उसके सामने मुट्ठी भर रोटियाँ रख दीं। पुरुष और नागेंद्र दोनों विस्मित हुए, जब उन्होंने देखा कि कुत्ता थोड़ा भी नहीं हिला। उसकी दृष्टि उस वृद्ध व्यक्ति पर टिकी रही, जो सड़क के दूसरी ओर चला गया और रास्ते में अन्य आवारा कुत्तों को रोटियाँ खिलाने का प्रयत्न करने लगा; परंतु वे भी रुके रहे। नागेंद्र तुरंत समझ गया

कि उसे क्या जाँचना था! ताजमहल के आसपास अन्य लोगों में भी वह यही गुण खोजने लगा। क्षेत्र के अन्य पशु–पक्षियों की विचित्र गतिहीनता को स्पष्ट रूप से देखा जा सकता था, क्योंकि ऐसा व्यवहार उनकी प्रजातियों के लिए असामान्य था।

'वे जानते हैं!' उसने एल.एस.डी. और परिमल का ध्यान आकर्षित करते हुए कहा, 'इन पशुओं को देखो और सड़क के किनारे उन भिखारियों को भी देखो, जो हिल नहीं रहे हैं। वे सूर्यास्त के पहले से अपने स्थान से टस से मस नहीं हुए हैं और जड़ वस्तुओं के समान एक ही स्थान पर बैठे हैं।'

'मुझे तो सामान्य लग रहे हैं। इनमें क्या भिन्न है?' एल.एस.डी. ने गतिहीन लोगों और पशुओं की मन–ही–मन गिनती करते हुए पूछा।

परिमल ने स्थिति का विश्लेषण करते हुए कहा, 'कोई भी सामान्य व्यक्ति उन्हें देखकर विचार करेगा कि वे बस, बैठे हैं और अपना काम कर रहे हैं; परंतु यदि तुम ध्यान से देखो तो तुम्हें पता चलेगा कि उन्हें सम्मोहित किया गया है और किसी भी असामान्य गतिविधि का संदेश देने हेतु हर कोने पर दृष्टि रखते हुए स्थिर किया गया है।'

'तो वे किसी लाइव कैमरों वाली कृत्रिम बुद्धिमत्ता का कार्य कर रहे हैं!' एल.एस.डी. ने निष्कर्ष निकाला।

'हम नहीं जानते कि वे कितने हैं? हम नहीं जानते कि कौन उन्हें नियंत्रित कर रहा है या वह व्यक्ति कहाँ स्थित है?' नागेंद्र ने अपनी चिंता व्यक्त की।

'परशुराम और अश्वत्थामा! और कौन? हम लोग दोनों का सामना करने के लिए तैयार हैं, श्रीमान। हमारे लिए क्या आदेश है?' परिमल ने आत्मविश्वास से कहा।

अब भी कक्ष की खिड़की से बाहर देख रहे नागेंद्र ने आदेश दिया, 'जाओ, सो जाओ।'

एल.एस.डी. और परिमल ने आदेश सुनकर आश्चर्य से एक–दूसरे की ओर देखा। 'किंतु यह अर्धचंद्र की रात्रि है!' परिमल ने कहा।

'हाँ, है। परंतु इस बार हमें जो चाहिए, वह चंद्रमा के माध्यम से आता सूर्य का अप्रत्यक्ष प्रकाश नहीं है। हमें जिस स्थान की आवश्यकता है, वह

कल सुबह सूर्य अपनी पहली किरण के साथ स्वयं दे देगा।' नागेंद्र ने मुसकराते हुए कहा।

जहाँ नागेंद्र अगले दिन की प्रतीक्षा कर रहा था, मिलारेपा, अश्वत्थामा और परशुराम अपने-अपने स्थानों पर उसकी प्रतीक्षा कर रहे थे। परंतु रात्रि बहते पानी के समान सरलता से व्यतीत हो गई। ओम् ने वृषकपि को जीवित रखने में अन्य ऋषियों की सहायता की। जब उन्होंने वृषकपि की घायल देह का निरीक्षण किया तो उन्हें उसकी गरदन पर भक्ष का घाव मिला, जिसके ठीक होने के कोई संकेत नहीं दिख रहे थे और वह तेजी से सड़ रहा था।

एक ऋषि ने ओम् की पैनी दृष्टि को वृषकपि की गरदन के किनारे पर गौर करते हुए देखा और कहा, 'यह भक्ष का निशान है! ऐसा लगता है कि यह किसी मांसाहारी पशु का कार्य है।'

ओम् ने संत की ओर देखा और उनसे पूछा, 'क्या वृषकपि जीवित रहेगा?' किंतु ऋषि का मौन देख उसकी चिंता और गहरी हो गई। रात्रि अनिश्चितता में व्यतीत हो गई।

अगले दिन भोर होते ही मिलारेपा एवं दो चिरंजीवियों को कृपाचार्य को बचाने और ओम् का अस्तित्व जानने हेतु पुन: कैलाश पर्वत जाना था। अश्वत्थामा और परशुराम ने तुरंत अपनी यात्रा आरंभ कर दी। परंतु मिलारेपा को एक-एक करके सभी लोगों और पशुओं को अपने सम्मोहन से मुक्त करने के लिए कुछ समय चाहिए था। उन्होंने विभिन्न कोनों में लोगों को मुक्त करना आरंभ किया, जो अभी भी अपने स्थान पर खड़े थे। जैसे ही उन्होंने उस आवारा कुत्ते को जागरूक किया, जिस पर नागेंद्र की दृष्टि थी, नागेंद्र ने कहा, 'जाने का समय हो गया है।'

जितना नागेंद्र ने अनुमान लगाया था, उससे कहीं अधिक प्राणियों व लोगों की दृष्टि उसे ढूँढ़ रही थी। वे होटल से ताजमहल की ओर बढ़ने लगे और एक भिखारी को पार कर गए, जिसे मिलारेपा ने अभी तक मुक्त नहीं किया था। जैसे ही भिखारी ने नागेंद्र को हाथ में एक बड़ा थैला लेकर जाते देखा, मिलारेपा ने भी उसे देख लिया। परंतु इससे पूर्व कि भिखारी की दृष्टि नागेंद्र पर पड़ती, वह भीड़ में ओझल हो गया। नागेंद्र का दिखना और फिर अदृश्य हो जाना—दोनों ही मिलारेपा के लिए प्रमुख चिंताएँ थीं। फिर भी, उसे

आगरा में देखकर उन्हें दो बातें समझ आईं—पहली, कि वह ताजमहल के पास उपस्थित था और दूसरी, कि वह किस दिशा में गया था ? शेष सम्मोहित प्राणियों व लोगों को मिलारेपा ने काम पर लगा दिया। वे सभी अलग-अलग दिशाओं से चलकर वहाँ पहुँचे, जहाँ नागेंद्र को अंतिम बार देखा गया था और वे ताजमहल के स्थायी रूप से बंद पूर्वी द्वार की ओर चलते रहे।

नागेंद्र एक स्थान पर रुका और सूर्य की ओर देखने लगा।

'एल.एस.डी., सूर्योदय पर इस संरचना की नोक की छाया किस स्थान पर गिरेगी, उसकी गणना करो और चिह्नित करो। परिमल, परिधि को सुरक्षित करो। पूर्वी क्षेत्र में बैरिकेड लगाओ।'

एल.एस.डी. और परिमल बिना कोई प्रश्न किए तुरंत आदेशों का पालन करने लगे। मिलारेपा के सिपाही अभी भी नागेंद्र को खोज रहे थे। मिलारेपा भी ताजमहल के पूर्वी कोने की ओर बढ़े।

एक सम्मोहित बिल्ली पूर्वी दिशा के चरम छोर तक चलती गई, जब तक उसे बैरिकेड के दूसरी ओर परिमल नहीं दिखाई दे गया। परिमल ने बिल्ली को दूर भगाने का प्रयत्न किया; परंतु शीघ्र ही उसने देखा कि प्राणियों की एक छोटी सी सेना धीरे-धीरे उसकी ओर आ रही थी। परिमल चकित हो गया था और चिंतित भी; परंतु आवारा प्राणियों का झुंड शांत प्रतीत हो रहा था। उसने नागेंद्र को इस विचित्र स्थिति के बारे में सूचित करने के लिए अपने वायरलेस का प्रयोग किया और उसे स्वयं आकर जाँच करने के लिए कहा। जब परिमल नागेंद्र से बात कर रहा था तो मिलारेपा ने प्राणियों के माध्यम से यह दृश्य देखा और समझ गए कि नागेंद्र अकेला नहीं है। वह क्षेत्र में एल.एस.डी. एवं परिमल को देखने में सफल रहे, परंतु फिर भी नागेंद्र को नहीं देख सके और जानते थे कि उन्हें और निकट जाने की आवश्यकता है। नागेंद्र ने वायरलेस पर आदेश दिया, 'जब तक हो सके, उन्हें वहीं पर रखो। गोली मत चलाना। ऐसा करने से उत्पात होगा और हम अपने विरुद्ध भीड़ नहीं एकत्र करना चाहते।'

'श्रीमान, और भी बहुत यहाँ आ रहे हैं! यह मुझे अनुकूल समाचार नहीं लगता।' परिमल ने गुर्राते जंगली कुत्तों व बिल्लियों की बढ़ती संख्या से चिंतित होकर कहा, जिनके साथ अब चूहे और सर्प भी धीरे-धीरे उसे घेर रहे थे।

'यही वह स्थान है, जहाँ 6 बजे छाया गिरेगी, श्रीमान।' एल.एस.डी. ने नागेंद्र को सूचित किया।

'परिमल, वे आपत्ति नहीं हैं और उन्हें मारना कोई समाधान नहीं है। तुम पीछे हटो और वृक्ष के ऊपर अपनी पोजीशन रखो। वे सभी सम्मोहित हैं। उनके सम्मोहक को ढूँढ़ो और जब वह मिल जाए तो मुझे सूचित करना।' नागेंद्र ने आदेश दिया।

नागेंद्र ने अपने साथ लाए बड़े बैग की ओर संकेत किया—'उस बैग को खोलो और अल्ट्रासॉनिक बंदूक निकालो।' उसने एल.एस.डी. को बताया।

एल.एस.डी. ने बैग खोला और बंदूक निकाली। उसके ऊपर दो ट्रिगर और एक स्कैनर लगा हुआ था। एल.एस.डी. अभी समझ ही रही थी कि उसने क्या पकड़ रखा था! जब नागेंद्र ने कहा, 'अब इसे पहले ट्रिगर से भूमि पर चलाओ। यह अल्ट्रासॉनिक किरणें छोड़ेगा। स्कैनर पर दृष्टि रखो। जिस क्षेत्र से किरणें परावर्तित नहीं होंगी, वही भूमिगत गुप्त मार्ग है। यही वह स्थान है, जहाँ तुम्हें दूसरे ट्रिगर से फिर से बंदूक चलानी होगी।'

मिलारेपा ने परिमल को वृक्ष पर चढ़ते हुए और सभी प्राणियों को उसके चारों ओर लिपटते हुए देखा। उनके आदेश पर कौए, चील एवं मोरों के झुंड ने वृक्ष को और निकट से घेर लिया। अब उनके पास पूरे क्षेत्र का विहंगम दृश्य था और उन्होंने अपनी प्रजा को परिमल एवं एल.एस.डी. पर आक्रमण करने का आदेश दिया, ताकि वे उन्हें जितना संभव हो, उतना निर्बल कर सकें।

'श्रीमान, परिधि भंग हो गई है! वे हर जगह हैं। मेरे लिए क्या आदेश हैं?' वायरलेस के माध्यम से परिमल ने पूछा।

'गोली मत चलाना। मैं उनके सम्मोहक तक पहुँचना चाहता हूँ।' नागेंद्र ने उत्तर दिया।

प्रहारों से घायल एल.एस.डी. संकट में होने पर भी अपने कार्य पर डटी रही। उसने संरचना की गहराई व चौड़ाई का अनुमान लगा लिया था और अब बारी थी उसे खोदने की। उसने दूसरा ट्रिगर दबाया, जिससे भूमि पर एक व्यक्ति के नीचे उतरने जितना चौड़ा गड्ढा बन गया। ठीक उसी क्षण उसे सम्मोहित सिपाहियों ने पकड़ लिया। परिमल वृक्ष से गिर गया। दोनों लड़ना

चाहते थे; किंतु उन्हें ऐसा करने का आदेश नहीं मिला था, इसलिए वे स्वयं को सुरक्षित रखने के लिए संघर्ष करते रहे।

नागेंद्र ने दूर से छिपकर सिपाहियों के समूह को उनकी दिशा में जाते देखा। उसे ज्ञात हुआ कि वे वही भिखारी थे, जिन्हें उसने कल देखा था और वह दौड़कर उनकी ओर गया तथा एक पतली-दुबली स्त्री के सामने कूद पड़ा। उसने उसके सिर को दृढ़ता से पकड़ लिया और सीधे उसके नेत्रों में देखने लगा। मिलारेपा, जो लगभग उसके पास पहुँच गए थे, यकायक नागेंद्र को देखकर रुक गए, जिसे वे अपने मुख के ठीक समक्ष अनुभव कर सकते थे, क्योंकि वे उसे स्त्री की दृष्टि से ही देख रहे थे। मिलारेपा ने स्त्री को उससे मुक्त करने का त्वरित प्रयत्न किया, परंतु नागेंद्र स्त्री के नेत्रों के माध्यम से मिलारेपा को सम्मोहित करने लगा। कुछ ही समय में सम्मोहक भी सम्मोहित हो गया था। मिलारेपा पूर्ण रूप से अब नागेंद्र के नियंत्रण में थे। परिमल और एल.एस.डी. पर वार करते सभी प्राणी यकायक स्थिर हो गए। नागेंद्र जानता था कि सब पर नियंत्रण रखने वाला अब उसके वश में है; परंतु वह व्यक्ति कौन था, इस तथ्य से नागेंद्र अभी भी अनभिज्ञ था।

'मेरे पास आओ!' नागेंद्र ने महिला के नेत्रों में देखते हुए आदेश दिया।

एल.एस.डी. और परिमल हाथों व गरदन पर खरोंचें लिये वापस अपने पैरों पर खड़े हो गए। वे नागेंद्र के पास पहुँचे, जो अभी भी स्त्री के समक्ष खड़ा था। नागेंद्र ने संक्षिप्त की जा सके, ऐसी सीढ़ी को एल.एस.डी. द्वारा खोदे गए गड्ढे में उतारने का आदेश परिमल को दिया। परिमल ने सीढ़ी लगा दी और नागेंद्र उसके सहारे भूमि के नीचे चला गया। एल.एस.डी. सम्मोहित स्त्री के पास अपनी बंदूक लिये खड़ी थी और अन्य सिपाही नागेंद्र के सम्मोहन के कारण मूर्तियों के समान खड़े थे। जब नागेंद्र नीचे उतरा तो उसने सामने एक विशाल द्वार पाया। उसने दो शब्दों का उच्चारण किया, जो उसने मानसरोवर और रूपकुंड में प्राप्त किए थे—'अविनाशी, अनादि'। एकाएक द्वार अदृश्य हो गया और जहाँ उसके किनारे थे, वहाँ अग्नि की लपटें जलने लगीं। लपटों के पार नागेंद्र अगला शब्द देख सकता था। वह था 'अनंत'।

तब तक मिलारेपा वहाँ पहुँच गए और सम्मोहित स्त्री के पास एल.एस.डी. की बंदूक की नोक पर खड़े थे। शब्द प्राप्त करने हेतु नागेंद्र को आग की

लपटों के बीच से जाना था। उसने ऐसा करने का प्रयत्न किया; परंतु जैसे ही वह भीतर जाता, आग उसे भस्म करने को भड़क उठती। नागेंद्र को ज्ञात हुआ कि लपटें शब्द को सुरक्षित रख रही थीं और जो कोई भी उसे प्राप्त करने का प्रयत्न करेगा, वह उसकी तीव्रता से जल जाएगा। शब्द को समर्पण से पहले एक प्राणी के बलिदान की आवश्यकता थी और नागेंद्र को बलिदान के लिए किसी समर्पित जीव की।

'श्रीमान, एक पुरुष भीतर आया है और उस स्त्री के पीछे खड़ा है, जिसके पास आप थे।' एल.एस.डी. ने वायरलेस पर नागेंद्र को सूचित किया।

एक क्षण रुककर नागेंद्र ने आदेश दिया, 'यहाँ आओ!'

मिलारेपा उस गड्ढे की ओर चलने लगे, जिसमें नागेंद्र था और वहाँ लटकती सीढ़ी को अनदेखा करते हुए सीधे गड्ढे में गिर गए। गिरने से उनका दायाँ पैर टूट गया। परंतु सम्मोहन ने उन्हें पीड़ा से इतना अनभिज्ञ बना दिया कि चोट लगने पर भी वे एक पैर पर खड़े हो गए और नागेंद्र की ओर लँगड़ाकर चलने लगे।

नागेंद्र ने अनासक्त रूप से निकट आती हुई आकृति के छायाचित्र को देखा। परंतु जैसे ही धधकती हुई अग्नि के बैंगनी रंग ने उनके मुख को प्रकाशित किया, हरी त्वचा वाले मिलारेपा को अपने समक्ष खड़ा देखकर नागेंद्र अवाक् रह गया। वह लगभग एक सहस्राब्दी के पश्चात् अपने पूर्व सहयोगी को देख रहा था। किंतु जैसे ही मिलारेपा आगे बढ़े और अग्नि के प्रकाश में उनका मुख और तेज चमक उठा, नागेंद्र की विस्मयकारी अभिव्यक्ति घृणा व प्रतिशोध की भावना में परिवर्तित हो गई। मिलारेपा अब ठीक नागेंद्र के समक्ष खड़े थे और उनके निर्जीव से नेत्र नागेंद्र के उग्र नेत्रों से मिले। नागेंद्र ने कसकर मिलारेपा का आलिंगन किया और उनके कानों में फुसफुसाया, 'मिलारेपा, तुम्हें पता नहीं है कि मैं तुम्हें देखकर कितना प्रसन्न हूँ! तुम जानते हो कि तुम अभी तक जीवित क्यों हो? क्योंकि मुझे सदैव इस बात का खेद था कि मैं तुम्हें मार न सका।' नागेंद्र दाँत भींचते हुए बोला। नागेंद्र और मिलारेपा के नेत्रों में अश्रु थे। एक के नेत्र शक्तिहीनता और पराजय में डूबे थे तो दूसरे के लंबे समय के प्रतिशोध और विजय के प्रतीक्षित क्रोध में।

नागेंद्र ने कहा, 'तुम उत्तर देना चाहते हो, परंतु नहीं दे सकते। तुम सहयोग नहीं करना चाहते, परंतु करोगे। तुम लड़ना चाहते हो, परंतु नहीं लड़ पाओगे। तुम मेरे लिए वह शब्द नहीं निकालना चाहते, परंतु तुम निकालोगे। तुम इसे सहेजना चाहते हो, परंतु ऐसा नहीं कर सकते। तुम इस अग्नि में नरक की अग्नि के समान जलना नहीं चाहते, परंतु तुम जलोगे। इसे अपने विश्वासघात का प्रतिफल समझो। अब अपना हाथ उठाओ और वह शब्द मेरे लिए निकालो!' मिलारेपा को आदेश देते ही नागेंद्र के नेत्र उत्साह से चमक उठे।

मिलारेपा अग्नि की ओर मुड़े। एक अश्रु उनके मुख पर गिरा, किंतु बढ़ते तापमान में उसी क्षण वाष्पित भी हो गया। वे कुछ नहीं कर सकते थे, केवल स्वयं को असहनीय ऊष्मा में उजागर कर रहे थे। वे अपने खुले नेत्रों से अग्नि के निकट जाते रहे।

'तुम मुक्ति चाहते थे न! आज वह दिन आ गया है।' नागेंद्र ने मिलारेपा की पलकों को जलते हुए देखा, फिर उनके नेत्रों के आसपास की त्वचा को। मिलारेपा ने अपने हाथ भीतर डाले और शब्द को पकड़ लिया। उनके हाथ का मांस किसी मिश्र धातु के समान धीरे-धीरे पिघल गया। लपटों ने मिलारेपा के वस्त्रों को अपनी चपेट में ले लिया और उनकी संपूर्ण देह अब जल चुकी थी। जब तक मिलारेपा ने शब्द निकाला और नागेंद्र को सौंपा, तब तक उनकी अधिकांश देह जल चुकी थी। परंतु वे अभी भी खड़े थे। नागेंद्र ने शब्द हाथ में लिया, यह अपेक्षा करते हुए कि उष्ण गरम होगा, परंतु ऐसा नहीं था। जैसे ही उसने शब्द धारण किया, वह धूल में परिवर्तित हो गया और उसकी त्वचा के छिद्रों के माध्यम से अवशोषित हो गया।

जैसे ही नागेंद्र ने उस शब्द को आत्मसात् किया, एक प्रचंड छाया ने ताजमहल को घेर लिया और चामत्कारिक रूप से भवन का प्राचीन सफेद संगमरमर काले ग्रेनाइट में परिवर्तित हो गया। जो शब्द की रक्षा करने आए थे, वे उसके वितरण का माध्यम बन गए।

'सुरंग में बहुत अँधेरा है। मुझे इस गड्ढे से बाहर निकालो।' नागेंद्र ने जलते हुए मिलारेपा को आदेश दिया। मिलारेपा, जो अब मांस एवं हड्डियों के एक जलते हुए ठूँठ में बदल गए थे, नागेंद्र के समक्ष एक जीवित मशाल के रूप में चलते रहे; जबकि उनकी जलती हुई त्वचा घुल गई और रास्ते में गिर गई।

'राम नाम सत्य है! सत्य बोलो मुक्ति है! राम नाम सत्य है! राम नाम सत्य है!' नागेंद्र ने हिंदुओं द्वारा अंतिम संस्कार में बोले जाने वाले वाक्यांश का उच्चारण करना आरंभ कर दिया। जैसे ही वे गड्ढे के मुख पर पहुँचे, नागेंद्र ने मोर्चा सँभाला और बाहर आ गया। इसके पश्चात् उसने परिमल और एल.एस.डी. को बुलाया।

'तुम जानना चाहते थे न कि मिलारेपा कौन था?' नागेंद्र ने गड्ढे में उस आकृति की ओर संकेत किया, जिससे जलती हुई लपटों का प्रकाश निकल रहा था। एल.एस.डी. एवं परिमल ने भीतर झाँका और देखा कि जलता हुआ पुरुष उनकी ओर देख रहा था।

'यह है...नहीं...यह था मिलारेपा!'

मिलारेपा इतने जल गए थे कि किसी के लिए भी यह समझना असंभव था कि वे पहले कैसे दिखते थे? उनकी दृष्टि नागेंद्र पर थी, क्योंकि उनके पास जो कुछ भी शेष था, वह भूमि पर गिर गया था, अभी भी जल रहा था और उनकी आत्मा ने उनकी देह का त्याग कर दिया।

'वेदव्यास! मिलारेपा को जीवित ही भस्म कर दिया गया है! मिलारेपा की मृत्यु हो गई है। मैंने बिना अंतिम संस्कार के उसका अंतिम संस्कार कर दिया और उसके मोक्ष-प्राप्ति के कड़े परिश्रम के लिए उसे नरक का उपहार दे दिया!' नागेंद्र आकाश की ओर देखते हुए उत्साहित होकर बोला।

वहाँ खड़े अन्य सभी लोग नागेंद्र की आज्ञा का पालन करते हुए गड्ढे में कूदने लगे।

'यहाँ का हमारा कार्य संपन्न हुआ। चलो, चलते हैं!' नागेंद्र आगे बढ़ने लगा और एल.एस.डी. तथा परिमल उसके पीछे चले गए। सभी सम्मोहित व्यक्ति, पशु व पक्षी उनकी विपरीत दिशा में जाने लगे। क्षेत्र छोड़ने से पूर्व एल.एस.डी. सम्मोहन स्थल को फिर एक बार देखने को मुड़ी। उन सभी को गड्ढे के भीतर जलती हुए देह के ऊपर स्वयं की मृत्यु-शय्या में कूदते देख उसे बहुत दु:ख हुआ। इतने शव एक साथ जल जाने के कारण अग्नि और ऊँची उठने लगी। अंधकार ने न केवल सम्मोहित सिपाहियों को, अपितु विश्व के सर्वश्रेष्ठ अजूबों में से एक ताजमहल को भी निगल लिया था, जिसके चारों ओर हवा में धुँधले धुएँ और जलते हुए शवों की असहनीय गंध छा गई थी।

'क्या यह विश्व के अंत का आरंभ है?' ऐसे समाचार विश्व भर में प्राइम-टाइम चैनल पर काले ताजमहल की छवि को प्रदर्शित करते हुए दिखाए जाने लगे। यह देख परशुराम एवं अश्वत्थामा समझ गए थे कि उन्होंने एक और शब्द खो दिया था। वे दोनों स्वयं इसकी पुष्टि करने और मिलारेपा की जाँच करने के लिए अपने-अपने स्थान से निकल गए।

इस बीच कैलाश पर्वत पर वेदव्यास अपने नेत्र बंद करके मौन बैठे थे और अन्य स्थलों की खोज करने का प्रयत्न कर रहे थे। तभी उन्हें वह आवाज सुनाई दी, जिसने उन्हें भीतर तक झकझोरकर रख दिया।

'वेदव्यास! मिलारेपा को जीवित ही भस्म कर दिया गया है! मिलारेपा की मृत्यु हो गई है। मैंने बिना अंतिम संस्कार के उसका अंतिम संस्कार कर दिया और उसके मोक्ष-प्राप्ति के कड़े परिश्रम के लिए उसे नरक का उपहार दे दिया।'

वेदव्यास ने नेत्र खोले और जान गए कि उन्होंने एक और शब्द खो दिया था। ब्रह्मांड में कही गई हर बात सुनने की उनकी शक्ति का लाभ उठाकर नागेंद्र ने उन्हें उनके ही अपने की मृत्यु का समाचार देकर उनका उपहास किया था।

□

'मुझे स्मरण है, जब ताजमहल के काले होने के समाचार विश्व भर में प्रसारित हो रहे थे।' मिसेज बत्रा ने कहा, 'डॉक्टरों की टीम ने हर प्रकार से मेरी जाँच की, जिससे वे यह निर्णय ले सकें कि तेज का नाम 'नोबेल पुरस्कार' के लिए कैरोलिंस्का इंस्टीट्यूट, स्टॉकहोम, स्वीडन की नोबेल असेंबली में सुझाया जा सकता है या नहीं?

'तेज ने मुझे एक इंजेक्शन दिया और मेरा तापमान, ब्लड प्रेशर, ब्लड सैंपल तथा अन्य आवश्यक जाँचें करके वे फिर से हिंदू वेदों को पढ़ने लगे। ऐसा लग रहा था कि वे कोई उत्तर खोज रहे थे।

' 'मृत्यु से जीवित होकर मैं आई हूँ, परंतु आप हो, जो पूरी तरह से बदल गए हो, तेज!' मैंने उनसे कहा।

' 'संभव है कि मेरे बदलने के कारण तुम जीवित हो, अमृता।' तेज ने दृढ़ता से उत्तर दिया।

' 'क्या बदल गया? रॉस द्वीप पर क्या हुआ? वहाँ से आने के पश्चात् आपको किस बात ने व्याकुल कर रखा है? आप मुझसे इस बारे में बात क्यों नहीं करते?' मैंने उनसे यह एक बार नहीं, कई बार पूछा, परंतु हर बार मुझे एक ही उत्तर मिलता।

' 'कृपया अपने कक्ष में वापस जाओ। उचित समय आने पर मैं तुम्हें सबकुछ बता दूँगा।'...

'वे पौराणिक ग्रंथों के पन्नों में डूबे रहे, फिर भी मैं थोड़ी देर वहीं खड़ी रही। मैंने असहाय पूह को देखा, जिसने कभी कुछ नहीं माँगा था। मुझे कभी समझ नहीं आया कि एक इतना श्रेष्ठ चिकित्सा वैज्ञानिक हिंदू वेदों व पुराणों में क्या खोज रहा है?

'तेज आशा से प्रज्वलित थे और मैं जीवित होते हुए भी निर्जीव अनुभव कर रही थी। ऐसा लग रहा था, जैसे मैं उनकी जीवन साथी नहीं, केवल उनकी सफलता सुनिश्चित करने वाला विषय बन गई थी। उन्होंने मुझे हर तरह से आश्वासन दिया, परंतु मेरे जीवित होने की और उनके साथ होने की प्रसन्नता उनके नोबेल पुरस्कार जीतने की आकांक्षा के नीचे दबी रह गई। मुझे नहीं लगता कि उन्हें इस बात का ज्ञान था। वे एक सज्जन व्यक्ति थे, किंतु उन्हें अपने भीतर का अँधेरा दिखाई नहीं दे रहा था। मेरे जीवन के प्रकाश ने उन्हें अंधकार में डाल दिया था।

'उनके विषय को हर स्तर पर परखने के पश्चात् वे अपनी रिपोर्ट लेकर चले गए। रॉस द्वीप में जो कुछ भी हुआ था, उसके प्रभाव का अनुमान तेज भलीभाँति लगा सकते थे। परंतु उस समय तेज और मैं इस बात से अनजान थे कि इस चमत्कार का समाचार रिपोर्ट के माध्यम से बाहर जा रहा था। तेज केवल अपने प्रयोग की सफलता पर केंद्रित थे।'

दीघा समुद्र-तट पर पनडुब्बी के रास्ते में परिमल नागेंद्र से पूछताछ करना बंद नहीं कर सका। 'आप किसकी प्रतीक्षा कर रहे हैं?'

'क्या?' नागेंद्र ने पूछा।

'आपके पास मृत संजीवनी की पुस्तकें हैं। आप अमर हो सकते हैं। आप किसकी प्रतीक्षा कर रहे हैं?' परिमल ने पूछा।

'ओम् शास्त्री की।' नागेंद्र मुसकराया।

'ओम् शास्त्री! परंतु हमने तो उससे पहले ही मृत संजीवनी प्राप्त कर ली थी।' परिमल ने भौंहें चढ़ाईं।

नागेंद्र परिमल की ओर मुड़ने लगा; परंतु फिर उसकी दृष्टि एल.एस.डी. पर गई, जो उसके साथ चल रही थी। नागेंद्र ने उसके पेट के उभरे हुए निचले भाग को देखा। वह एक उल्लसित बालक के समान ताली बजाते हुए अभी भी उसके गर्भ को देखते हुए उसके पास गया और गर्भ के सामने झुक गया। एल.एस.डी. ने परिमल को देखा, जो उसी की तरह चिंतित था।

नागेंद्र ने सावधानी से अपने दोनों हाथ उसके पेट पर रखे और उसके नेत्र चमक उठे। 'क्या तुम जानते हो कि मेढक की एक अनोखी प्रजाति होती है, जिसे 'रेड-आइड ट्री फ्रॉग' कहा जाता है? वे मांसाहारी होते हैं और उनका औसत जीवन लगभग पाँच वर्ष का होता है। वे लगभग 2-2.5 इंच बड़े होते हैं—एक चाय के प्याले जितने छोटे! तुम जानते हो, उनके विस्तारित लाल नेत्र, झिल्लीदार नारंगी पैर, चमकीले नीले व पीले हाशिए तथा उनकी नियॉन-हरी देह से अधिक उनकी अन्य एक अनोखी विशिष्टता क्या है?'

परिमल और एल.एस.डी. अवाक् व चकित खड़े थे। नागेंद्र एल.एस.डी. के पेट को ऐसे देख रहा था, जैसे कि भ्रूण को कोई कथा सुना रहा हो! अपने ही प्रश्न का उत्तर देते हुए उसने कहा, 'रेड-आइड ट्री फ्रॉग के शिशु समय से पूर्व ही अंडे से बाहर आ सकते हैं, यदि उन्हें किसी संकट का आभास हो तो! परंतु तुम्हें किसी संकट की अपेक्षा करने की आवश्यकता नहीं है। अगर मम्मा और पापा असफल हुए तो मैं तुम्हारी रक्षा करूँगा! ठीक है, मम्मा-पापा?' नागेंद्र ने उन दोनों की ओर देखा।

कुलधारा और अमरकंटक से लगभग 830 किलोमीटर का अंतर केवल पंद्रह घंटों में तय करते हुए अश्वत्थामा एवं परशुराम आगरा पहुँचे, जो विश्व भर में ब्रेकिंग न्यूज बना हुआ था। उन्हें पता चला कि अधिकारियों को पूर्वी द्वार पर एक गड्ढे में जले हुए शवों का ढेर मिला था और एक को छोड़कर सभी शवों की पहचान कर ली गई थी। उन्हें संदेह था, परंतु वे विश्वास नहीं करना चाहते थे कि वह शव किसी और का नहीं, अपितु मिलारेपा का था! उनके पास मिलारेपा के शव पर दावा करने हेतु कोई संबंध, प्रमाण का कोई कागज नहीं था। उन्होंने कोने में रखे शव को देखा और काली इमारत से चले

गए, जो अब न तो तेजो महालय थी और न ही ताजमहल।

कैलाश पर्वत पर वेदव्यास उस कुटिया में गए, जहाँ ओम् और अन्य संत वृषकपि को जीवित रखने का प्रयास कर रहे थे। जैसे ही ओम् ने वेदव्यास को प्रवेश करते देखा, वह उठ खड़ा हुआ। वेदव्यास ने उसके पास जाकर पूछा, 'वृषकपि कैसा है?'

'वह संघर्ष कर रहा है, परंतु हमें सकारात्मक रहना होगा। अभी तक हमने उसे नहीं खोया है।' ओम् ने उन्हें आश्वस्त किया।

उस क्षण वेदव्यास को अशुभ समाचार का वाहक बनना पड़ा। 'हाँ, परंतु हमने एक और शब्द खो दिया है, ओम्। और इस शीत युद्ध में अब हमने मिलारेपा को भी खो दिया है।'

ओम् यकायक असहाय अनुभव करने लगा। 'आगरा!' निराशा और शोक में सिर झुकाए उसने कहा, 'अब क्या?'

'मुझे शीघ्र ही शेष स्थानों का अनुमान लगाना होगा।' वेदव्यास ने एक भारी आह भरी और मरते हुए वृषकपि पर एक अंतिम दृष्टि डालकर कुटिया से बाहर चले गए। ओम् उनके पीछे गया और सम्मानपूर्वक पुकारा।

'यह सब मेरे कारण हो रहा है। मैंने पुस्तकें खो दीं, जिस कारण उन्हें इन स्थानों का ज्ञान हुआ। मिलारेपा की मृत्यु हो गई। वृषकपि मर रहा है! कृपाचार्य फँस गए हैं। मैं सहायता करना चाहता हूँ। मुझे क्या करना चाहिए?'

'स्वयं को जानो।' वेदव्यास ने शांति से उत्तर दिया और चले गए।

पनडुब्बी फिर से रवाना होने के लिए तैयार थी।

'कहाँ जाना है?' परिमल ने पूछा।

नागेंद्र ने उसे एक परची दी, जिस पर लिखा था—'मांडवी बीच'।

गुजरात का मांडवी बीच देश के विपरीत कोने में था। वहाँ पहुँचने हेतु पश्चिम बंगाल के दीघा समुद्र-तट से पनडुब्बी को भारत के दक्षिणी तट से नीचे की ओर जाना था और फिर रॉस द्वीप से मुड़ते हुए गुजरात में कच्छ की खाड़ी तक पहुँचना था। इस सफर को तय करने में पनडुब्बी को कई दिन लगने वाले थे। यात्रा आरंभ हुई। नागेंद्र ने फिर से मृत संजीवनी खोली और अगले शब्द को प्राप्त करने की प्रक्रिया जानने के लिए आगे पढ़ने लगा।

□

13

देवध्वज

जब ओम् वृषकपि की पट्टियाँ बदल रहा था, तब उसे कुटिया की ओर आते पदचापों की ध्वनि सुनाई दी। परशुराम ने प्रवेश किया और उनकी अभिव्यक्ति को देखकर ओम् समझ गया कि महान् चिरंजीवी वृषकपि की जाँच करने नहीं, अपितु ओम् को कोई आदेश देने आए थे।

'मेरे साथ आओ!' परशुराम ने कहा।

ओम् ने पट्टी के टुकड़े वृद्ध ऋषि को सौंप दिए और परशुराम के पीछे चला गया। वे उस स्थान पर पहुँचे, जहाँ कृपाचार्य की निर्जीव देह पड़ी थी। ओम् जानता था कि वे वहाँ क्यों आए थे! परंतु फिर भी परशुराम का उत्तर सुनने हेतु वह धैर्यपूर्वक खड़ा रहा।

'हम कृपाचार्य की रक्षा करने जा रहे हैं।' उन्होंने कहा। अश्वत्थामा भी वहाँ आया और परशुराम ने आगे कहा, 'कृपाचार्य के वहाँ फँस जाने की अपेक्षा हमने नहीं की थी; परंतु किसी कारण ऐसा हो गया है। वे तुम्हारे अतीत में फँसे हैं। वह तुम ही हो, जिसने उन्हें तुम्हारे अतीत में बंदी बना रखा है। कृपाचार्य से द्वंद्व करने वाला और उन्हें बंदी बनाकर रखने वाला कोई साधारण व्यक्ति नहीं हो सकता।'

'जिसने वृषकपि को पराजित किया और मिलारेपा की हत्या कर दी, वह भी कोई साधारण व्यक्ति नहीं हो सकता। कृपया मुझे वहाँ जाकर आपकी सहायता करने की अनुमति दें।' ओम् ने आग्रह किया।

परशुराम ने वचन दिया, 'जिस क्षण अश्वत्थामा मुझे आश्वासन देगा कि तुम तैयार हो, मैं तुम्हें अनुमति प्रदान करूँगा।'

ओम् और अश्वत्थामा ने एक-दूसरे की ओर देखा। परंतु परशुराम की

बात अभी समाप्त नहीं हुई थी—'तुम दोनों मेरी बात सुनो!' परशुराम की दृढ़ वाणी सुनते ही वे दोनों तुरंत उनकी ओर मुड़े।

'मैं जो कहने जा रहा हूँ, उस पर कोई चर्चा या तर्क नहीं चाहता। इसे मेरा आदेश समझो—तुम दोनों एक होकर इसका पालन करोगे। मैं इस बार अकेले कृपाचार्य को खोजने जाऊँगा। ओम्, कृपाचार्य सतयुग में तुम्हारे अतीत में फँस गए हैं। कृपाचार्य के इस कारावास से हमें ज्ञात हुआ है कि तुम उस समय असाधारण थे। अगर हम सभी भीतर जाएँगे तो इस बार द्वार खोलने वाला कोई नहीं होगा, इसलिए केवल एक ही व्यक्ति जोखिम उठाएगा।' परशुराम ने समझाया।

'यदि केवल एक ही जोखिम उठा सकता है तो मैं क्यों नहीं, गुरुदेव?' अश्वत्थामा ने प्रत्याशित संकट का परिणाम भोगने के लिए तत्पर होते हुए पूछा।

'क्योंकि हम अब दो युद्ध लड़ रहे हैं! कृपाचार्य को तुमसे अधिक मेरी आवश्यकता है और ओम् को मुझसे अधिक तुम्हारी। इसलिए इस बारे में और कोई प्रश्न नहीं उठेगा।' परशुराम ने और किसी भी चर्चा को स्थगित करते हुए कहा।

'ओम् की स्मृति के भीतर उसके जीवन के चालीस वर्षों की अवधि है और कृपाचार्य कहीं भी हो सकते हैं। अर्थात् मुझे उन्हें खोजने और सुरक्षित लाने में अधिक समय लग सकता है। यदि मैं सफल हुआ तो हम सब मिलकर ओम् की स्मृति के द्वार को सदैव के लिए नष्ट कर देंगे।

'मेरे वापस आने तक भूलोक का युद्ध केवल तुम्हारे हाथों में है, अश्वत्थामा। मैं भीतर विजय-प्राप्ति का पूर्ण प्रयास करूँगा और वही प्रयास तुम बाहर करना। अब द्वार खोलो और मुझे भीतर जाने दो।' ये परशुराम के अंतिम शब्द थे, जिसके पश्चात् उन्होंने अपने नेत्र बंद कर लिये। अश्वत्थामा और ओम् ने उनकी आज्ञा का पालन किया। कुछ ही क्षणों में तीनों ने ओम् के अवचेतन में प्रवेश करने हेतु अपने सूक्ष्म रूप को पार कर लिया और परशुराम के लिए द्वार खोल दिया।

परशुराम ने द्वार में प्रवेश किया और क्षण भर को वहीं खड़े हो गए। उनकी दृष्टि दूसरी ओर ओम् और अश्वत्थामा पर टिकी रही, जब उनके बीच

का द्वार धीरे-धीरे बंद हो गया। फिर वे मुड़ गए और कृपाचार्य की खोज में अंधकार में चलने लगे। अश्वत्थामा और ओम् ने परशुराम की निर्जीव देह के पास वास्तविकता में अपने नेत्र खोले। उन्होंने अत्यंत सावधानी से उनकी देह को उठाया और कृपाचार्य के निकट रख दिया।

'अब क्या करना है?' ओम् ने पूछा।

'अब तैयार होना है!' अश्वत्थामा ने दृढ़ता से उत्तर दिया।

□

पनडुब्बी में परिमल अपने कक्ष से निकलकर एल.एस.डी. का द्वार खटखटा रहा था। अप्रत्याशित दस्तक ने एल.एस.डी. को चौंका दिया। वह रॉस द्वीप से निकाले वे फुटेज देख रही थी, जिनमें परशुराम ने ओम् की रक्षा करने हेतु पूछताछ कक्ष में आकर उन पर आक्रमण किया था। उसने लैपटॉप तत्क्षण बंद किया और उठकर द्वार खोला तथा सामने परिमल को देखा।

'क्या मैं भीतर आ सकता हूँ?' परिमल ने पूछा।

पीछे मुड़कर अपने अस्त-व्यस्त कक्ष को देख एल.एस.डी. ने हिचकिचाते हुए उत्तर दिया, 'भीतर सब बिखरा हुआ है।'

'वह तो यहाँ पर भी है...हमारे बीच और तुम्हारे भीतर। चलो, आज रात इसे थोड़ा व्यवस्थित करने का प्रयास करते हैं। आज्ञा?'

एल.एस.डी. ने केवल अपने कंधे उचकाए और परिमल को अपने छोटे से कक्ष में आने के लिए रास्ता दिया। कक्ष में कोई वस्तु अपने स्थान पर नहीं थी। बैठने के लिए थोड़ी जगह बनाने हेतु परिमल ने बिस्तर से नक्शों की गठरी एवं एक लैपटॉप उठाया और उन्हें छोटी सी मेज पर रख दिया, जो पहले से ही वस्त्रों, चार्जर और अन्य केबलों से भरी हुई थी। परिमल बिस्तर पर बैठ गया और एल.एस.डी. द्वार के पास ही खड़ी रही। दोनों के बीच एक प्रकार की व्याकुलता थी। परिमल ने कुछ छोटी-छोटी बातें करके उसे दूर करने का प्रयास किया।

'तो, तुम्हें कैसा लग रहा है?'

'तुम यहाँ क्यों आए हो?' एल.एस.डी. ने उससे सीधी बात की।

'सुनो, हमारे बीच जो हुआ, उसके लिए मुझे खेद है। मैं केवल आदेशों का पालन कर रहा था।' परिमल ने झिझकते हुए कहा।

'ठीक है! परंतु तुम यहाँ क्यों आए हो?' एल.एस.डी. ने उसी अशिष्ट स्वर में पूछा।

'तुम्हारे भीतर एक शिशु है, जो मेरा भी है···अर्थात् वह हमारा शिशु है, तुम्हारा और मेरा—दोनों का।' परिमल ने एल.एस.डी. की ओर देखा, जो पहले से ही उसे देख रही थी, यह समझने के लिए कि वह क्या कहना चाह रहा था? वह उसकी बात पूरी होने की प्रतीक्षा कर रही थी। परिमल भी इस बात को समझ गया था, इसलिए उसने आगे कहा, 'मैं केवल यह कहने का प्रयत्न कर रहा हूँ कि तुम अकेली नहीं हो और अगर तुम्हें किसी की आवश्यकता है तो मैं यहाँ हूँ।'

'तो···तुम क्या बनने का प्रयास कर रहे हो? पति या पिता?' एल.एस.डी. उत्तेजित लग रही थी।

'दोनों! मैं तुम्हारा और बालक का ध्यान रखूँगा।' परिमल ने दृढ़ता से उत्तर दिया।

'क्यों?' एल.एस.डी. ने फिर पूछा, इस बार और भी कड़वाहट से। परंतु परिमल ने अपना कोमल और देखभाल भरा स्वर बनाए रखा।

'क्योंकि यही एक पुरुष का अपनी पत्नी और संतान के प्रति कर्तव्य होता है।'

'मुझे तुम्हारी देखभाल की आवश्यकता नहीं है। मैं अपना ध्यान रख सकती हूँ।' एल.एस.डी. ने द्वार खोल दिया।

परिमल एक आह भरकर खड़ा हो गया और बाहर निकलने के लिए चल पड़ा। द्वार बंद करने से ठीक पूर्व एल.एस.डी. ने कहा, 'और मैं समझती हूँ।'

'क्या?' आशा से मुड़ते हुए परिमल ने पूछा।

एल.एस.डी. ने कहा, 'हमारे बीच जो कुछ हुआ, उसके लिए तुम्हें खेद है और तुम केवल आदेशों का पालन कर रहे थे।' यह परिमल के लिए फिर से एक ताना था।

उसने अपने गर्भ पर हाथ रखा और कहा, 'मैं और यह शिशु तुम्हारी समस्या नहीं हैं। और मानसरोवर में हमारे बीच जो हुआ, उसका भी मुझे दुःख है। मैं भी केवल आदेशों का पालन कर रही थी।' इससे पूर्व कि परिमल कुछ कह पाता, एल.एस.डी. ने कक्ष का द्वार बंद कर दिया।

परिमल वापस अपने कक्ष की ओर चला गया। परंतु जैसे ही वह अपने द्वार पर पहुँचा, वहाँ उसने चालक दल के एक युवा सदस्य को उसकी प्रतीक्षा करते हुए पाया।

'कहो ?' परिमल ने पूछा।

'वे आपसे मिलना चाहते हैं।' चालक दल के सदस्य ने कहा।

परिमल जानता था कि वह नागेंद्र की बात कर रहा था। परिमल नागेंद्र के कक्ष की ओर चलने लगा। परंतु युवक ने उसे रोका और कहा, 'नहीं, वहाँ नहीं। कृपया मेरे साथ आइए।'

युवक के पीछे-पीछे परिमल पनडुब्बी के सँकरे गलियारों से होते हुए एक बंद द्वार के समक्ष खड़ा हो गया। वह विचलित हो रहा था। युवक उसे द्वार तक पहुँचाकर वहाँ से चला गया। यह नागेंद्र का कक्ष नहीं था, यह परिमल जानता था। उसने द्वार खटखटाने हेतु हाथ उठाया; परंतु वह ऐसा कर पाता, उससे पूर्व भीतर से नागेंद्र की दबी हुई आवाज आई, 'भीतर आ जाओ, परिमल।'

परिमल ने कड़ी खोली और प्रवेश किया। कक्ष में कई छोटी-छोटी स्क्रीन लगी थीं, जो पनडुब्बी में होती हर हरकत पर दृष्टि रखती थी। नागेंद्र बोला, 'वसांसि जीर्णानि यथा विहाय नवानि गृह्णाति नरोपराणि। यथा शरीराणि विहाय जीर्णान्यन्यानि संयाति नवानि देही॥

'जैसे मनुष्य अपने पुराने वस्त्रों को त्यागकर नए वस्त्र पहनता है, वैसे ही आत्मा अपने पुराने शरीर को त्यागकर नया शरीर धारण कर लेती है।' नागेंद्र ने स्पष्ट किया।

उसने रिमोट पर एक बटन दबाया और एक स्क्रीन पर फुटेज चला, जिसमें परिमल को एल.एस.डी. के कक्ष में प्रवेश करते देखा गया। वीडियो बंद होते ही नागेंद्र ने कहा, 'बिना मेरी अनुमति के एक ही भाव तुम्हें उस द्वार तक ले जाने में सक्षम है और वह है प्रेम का। मैं वृद्ध हूँ। संभव है कि मुझे स्मरण न हो, परंतु मुझे विश्वास है कि तुम्हें अवश्य होगा। मुझे बताओ, क्या मैंने तुम्हें प्रेम करने का आदेश दिया है ?' नागेंद्र ने उसकी ओर सख्ती से देखा और एक-एक शब्द पर जोर देते हुए कहा, 'एक दिन उसकी मृत्यु हो जाएगी और तुम्हारी भी। तुम्हारे जन्म एक-दूसरे से प्रेम करने हेतु

नहीं हुए हैं। वह यह स्पष्ट रूप से जानती हैं और तुम्हें भी यह जान लेना चाहिए।'

जब परिमल कक्ष से बाहर निकलने लगा तो नागेंद्र ने उसे फिर से रोका। 'परिमल! अगली बार तुम उसे तभी देखोगे, जब मैं तुम्हें ऐसा करने का आदेश दूँगा।'

परिमल एक पल के लिए रुका, उसकी अंतिम बात सुनी और मौन रहकर चला गया।

□

कैलाश पर्वत पर वेदव्यास भी मौन थे। ब्रह्मांड में बोले गए हर शब्द को वे जितना संभव था, उतनी शीघ्रता से सुन रहे थे, ताकि देर होने से पूर्व उन्हें अगले स्थान का पता लग सके। वे आशा कर रहे थे कि कहीं, किसी ने, किसी युग में उन अन्य स्थानों के बारे में कुछ कहा होगा, जहाँ शब्द छिपे हुए थे।

वेदव्यास का मस्तिष्क पिछले युगों के असंख्य शब्दों की गूँज का अध्ययन करता रहा, परखता रहा और परशुराम तथा अन्य लोगों की सहायता करने का कोई उपाय खोजने का प्रयास करता रहा। कई दिनों के पश्चात् वेदव्यास ने अपने नेत्र खोले, क्योंकि उन्हें उस शब्द का ज्ञान हुआ, जिसे वे खोज रहे थे।

'सकल जी!' वे चिल्ला उठे। वेदव्यास का स्वर सुनकर एक साधु दौड़ता हुआ उनके पास आया। वेदव्यास ने द्रष्टा को देखा और उसे तुरंत अश्वत्थामा को बुलाने के लिए कहा।

अश्वत्थामा को तुरंत बुलाया गया और ओम् भी उसके साथ आया। वेदव्यास हाथ में सूखी लकड़ी का एक तिनका लिये बैठे थे। कीचड़ वाली भूमि पर तीन शब्द एक के नीचे एक लिखे हुए थे, परंतु वे एक सीध में नहीं थे। अश्वत्थामा और ओम् स्पष्टीकरण के लिए वेदव्यास की ओर देखने लगे।

'उसने अब तक मानसरोवर, रूपकुंड और अग्रवन से तीन शब्द प्राप्त किए हैं— अविनाशी, अनादि और अनंत। ये शब्द देश की हर बड़ी नदी के समान उत्तर से दक्षिण की ओर बह रहे हैं।' वेदव्यास मानसरोवर से रूपकुंड से आगरा तक एक साथ एक रेखा खींचते हुए बोले, 'यदि मैं सही हूँ तो मुझे

विश्वास है कि उसका अगला स्थान रेगिस्तान की भूमि पर स्थित शापित गाँव होगा।' वेदव्यास ने रेखा को आगरा के बाईं ओर खींच दिया।

□

'शापित गाँव?' मिसेज बत्रा ने भौंहें चढ़ा लीं।

'हाँ, शापित गाँव!' पृथ्वी ने पुष्टि की।

'तेरहवीं शताब्दी के आसपास स्थापित कुलधारा कभी एक समृद्ध गाँव हुआ करता था। कई शिलालेखों में निवासियों की जाति का 'कुलधर' या 'कलधर' के रूप में उल्लेख किया गया है, जिस कारण गाँव का नाम 'कुलधारा' पड़ा। ऐतिहासिक अभिलेख बताते हैं कि सत्रहवीं व अठारहवीं सदी के बीच उस गाँव की जनसंख्या लगभग 1588 थी। पौराणिक कथा के एक पुनःकथन का दावा है कि उन्नीसवीं सदी में अज्ञात कारणों से गाँव को रातोरात छोड़ दिया गया था। स्थानीय किंवदंती है कि गाँव को छोड़ते समय ग्रामीणों ने एक शाप दिया कि कोई भी गाँव को दोबारा नहीं बसा पाएगा। जिन लोगों ने उसे फिर से बसाने का प्रयास किया, उन्होंने असाधारण गतिविधियों का अनुभव किया और इसलिए वह गाँव आज भी निर्जन रहता है।' पृथ्वी ने समझाया।

'यह जगह कहाँ है?' मिसेज बत्रा आगे झुकीं।

'जैसलमेर से दक्षिण-पश्चिम में 18 किलोमीटर दूर कुलधारा राजस्थान में स्थित है। वहाँ की बस्ती एक मंदिर पर केंद्रित थी। गाँव के खँडहरों में 410 इमारतें और तीन श्मशान घाट स्थित हैं, जिनमें कई स्मारक पत्थर हैं। राजस्थान पर्यटन द्वारा इसे एक पर्यटन स्थल घोषित किया गया था और आज तक सूर्यास्त के पश्चात् किसी को भी गाँव में रहने की अनुमति नहीं है। जिन लोगों ने रात्रि में वहाँ रहने का प्रयत्न किया है, उन्हें विचित्र व असामान्य घटनाओं ने खदेड़ दिया।' पृथ्वी ने निष्कर्ष निकाला।

□

अश्वत्थामा अब जानता था कि उन्हें किस रास्ते पर जाना था और नागेंद्र भी; परंतु परशुराम ओम् के अतीत में कृपाचार्य को ढूँढ़ते हुए खो गए थे। वे उसी रास्ते पर थे और उन्हीं घटनाओं के साक्षी बने, जो कृपाचार्य ने अश्वत्थामा और ओम् के साथ देखी थीं। फिर भी उन्हें कृपाचार्य का कोई संकेत नहीं मिल रहा था। अतः परशुराम दृढ़ता से आगे बढ़ते रहे।

वे जानते थे कि वहाँ समय व्यर्थ हो रहा था; परंतु ऐसा कुछ भी नहीं था, जिससे वे इस प्रक्रिया को तेज कर सकें। उन्होंने अँधेरे में दौड़ने का प्रयास किया, अपनी शक्तियों का प्रयोग करते हुए कृपाचार्य को पुकारा, परंतु सब व्यर्थ। दिन भर भटकने के पश्चात् तेज वर्षा होने लगी। सभी ग्रामीण आश्रय लेने भागे और वर्षा के रुकने की प्रतीक्षा करने लगे। सभी स्थानीय सरोवरों के साथ-साथ भूमिगत भंडारण टैंक और कुएँ ताजा जल से लबालब हो गए थे, परंतु निर्मम वर्षा रुकने का नाम ही नहीं ले रही थी। हर क्षण जल का स्तर बढ़ता गया, जिससे ग्रामीण असहाय हो गए। गाँव के प्रवेश द्वार पर एक बाँध था, जो वहाँ के निवासियों को सिंचाई में सहायता करता था। कुछ घंटों की निरंतर वर्षा के पश्चात् बाँध में दरार पड़ने लगी। परशुराम कुछ नहीं कर सकते थे। वे देखते रहे, जब कुछ ग्रामीण भय से सिसक रहे थे और कुछ प्रार्थना कर रहे थे। गाँव में पहले से ही बाढ़ आ रही थी और यदि बाँध टूट जाता तो उनका पूरा समुदाय नष्ट हो सकता था। यकायक दूसरे छोर से परशुराम ने लगभग बीस वर्ष के एक युवक को बाँध की ओर भागते हुए देखा। जैसे ही युवक नंगे पैर दौड़ा, परशुराम ने उसकी बाईं एड़ी पर एक काला तिल देखा।

'देवध्वज! वहाँ मत जाओ, यह संकटमय है! तुम डूब सकते हो!' एक स्त्री की आवाज ने युवक को वापस आने के लिए कहा। किंतु देवध्वज तब तक पानी में तैरता रहा, जब तक कि वह अंत में बाँध पर नहीं पहुँच गया। दबाव के कारण दीवार दरकती रही। उसने उसे एकत्र रखने और बहाव को रोकने का प्रयास किया, परंतु वह समझ गया था कि इससे कोई प्रभाव नहीं पड़ने वाला था। उसकी दृष्टि पास के एक पर्वत पर पड़ी और उसे एक विशाल शिला दिखाई दी। वह तुरंत उसकी ओर बढ़ा और जोर की घुरघुराहट के साथ उसे बाँध की ओर लुढ़काने हेतु नीचे धकेल दिया। गाँववालों को युवक के हाथों एक और आपदा की आशंका होने लगी।

जैसे ही बाँध टूटा, शिला लुढ़कते हुए उसके केंद्र में जा अटकी। पानी पूरी गति से बहता हुआ आया, परंतु चट्टान के कारण वह दो धाराओं में विभाजित हो गया, जो खेतों के माध्यम से अपना रास्ता बनाते हुए गाँव के परिसर के चारों ओर फैल गई। ग्रामीण आश्चर्य से देख रहे थे कि युवक ने अपना जीवन दाँव पर लगाकर अकेले ही उन सभी की कैसे रक्षा की! शीघ्र

ही वर्षा भी बंद हो गई और अतिरिक्त जल बह गया। रात्रि में सभी ने अपने घरों को ठीक किया और फिर उत्सव मनाने एकत्र हुए, जहाँ उन्होंने देवध्वज की वीरता की प्रशंसा की और उसकी समृद्धि के लिए प्रार्थना की। परशुराम ने दूर से देखा। उनकी दृष्टि अभी भी कृपाचार्य को खोज रही थी, जो कहीं नहीं मिले।

अगली सुबह परशुराम फिर निकल पड़े। वे गाँव के किनारे नवगठित नदियों के साथ चलते रहे। कुछ समय पश्चात् उन्होंने एक ऋषि के आगे सम्मान में झुके हुए ग्रामीणों के एक समूह को देखा। क्षेत्र को पार करने वाले स्थानीय लोगों के वार्त्तालाप से परशुराम यह अनुमान लगा सकते थे कि यात्रा करते ऋषि ने शंभाला गाँव के बाहरी क्षेत्र में रुकने और विश्राम करने का निर्णय लिया था। जैसे-जैसे बस्तियों में समाचार फैलता गया, लोग श्रद्धेय ऋषि का प्रवचन सुनने हेतु वहाँ आने लगे।

एक-एक करके प्रत्येक ग्रामीण ऋषि का आशीर्वाद लेने के लिए उनके पास गया। परशुराम ने देवध्वज को पहचान लिया, जो तीस वर्ष का होने वाला था और एक दृढ़ व तेज पुरुष में परिवर्तित हो गया था। वह अपनी बारी आने पर ऋषि के पास गया और उनके पैर छूने हेतु झुका। ऋषि ने अपना दायाँ हाथ उसके सिर पर रखा और आशीर्वाद दिया। तभी देवध्वज सीधा हो गया और तीव्रता से अपनी तलवार निकाली। इससे पूर्व कि परशुराम देवध्वज के और निकट जाकर समझ पाते कि देवध्वज ने ऋषि से क्या कहा था, चारों ओर अँधेरा छा गया, जिस कारण दूर से कुछ भी समझना कठिन हो गया। देवध्वज ने ऋषि का सिर काट दिया था। भीड़ से एक सामूहिक चीत्कार निकली। ऋषि का मस्तक भूमि पर गिरते ही ऋषि के सिर-विहीन शव से रक्त बहने लगा।

तलवार वाला पुरुष यकायक पीछे हट गया। भयभीत गाँववाले चिल्लाते रहे और वह वन में अदृश्य हो गया। परशुराम ने उसका पीछा करने का प्रयत्न किया, परंतु शीघ्र ही सबकुछ फिर से काला हो गया।

□

मिसेज बत्रा ने आगे कहा, 'मेरे भविष्य का रास्ता भी अंधकार में डूबा हुआ लग रहा था। मेडिकल टीमें हमारे द्वार पर समय-समय पर आती रहीं।

कभी घर किसी संग्रहालय के समान लगता था तो कभी एक प्रयोगशाला जैसा, और मुझे एक अवशेष तो कभी एक विषय होने का अनुभव होता था। हम दोनों उस घर में उपस्थित थे, परंतु कभी भी एक-दूसरे की उपस्थिति का आभास हमें नहीं हुआ। हम अब एक नहीं थे। मुझे लगा कि मैं मात्र एक विषय हूँ, जिसे अपने नए-नवेले जीवन के लिए अपने पति का सदा ऋणी होना चाहिए।

'ऐसा महीनों तक चलता रहा। तेज अब कोई डॉक्टर नहीं, एक व्यवसायी बन गए थे, जिनके पास अपनी खोज के माध्यम से धन-प्राप्ति की विस्तृत योजना थी, जैसा कि उन्होंने मेरे जीवन का नमूना देखने आते लोगों के सामने बताया। वे जिसकी प्रतीक्षा कर रहे थे, वे अनुमति और पंजीकृत होने के आई.पी. अधिकार थे। मुझे बचाने का जो लक्ष्य था, अब वह प्रशंसा और धन बटोरने का माध्यम बन गया था। उनकी आकांक्षाओं को साकार करने हेतु मार्च 2020 में कोविड-19 की महामारी ने भारत को प्रभावित किया। यह वही समय था, जब ताजमहल काला हो गया था।' मिसेज बत्रा ने याद किया।

'हाँ, चैत्र का महीना।' पृथ्वी ने जोड़ा।

'समस्त विश्व वैक्सीन एवं वायरस के उपचार के लिए कड़ा परिश्रम कर रहा था और तेज इस दौड़ में सबसे आगे थे, क्योंकि उन्होंने फार्मास्युटिकल उद्योग में कुछ माननीयों के साथ हाथ मिलाया था। वह एक और अनुचित निर्णय था, जो उन्होंने लिया था।' मिसेज बत्रा निराश लग रही थीं।

'अनुचित निर्णय?…कैसे?' पृथ्वी ने पूछा।

'वे लोग प्रायः मुझसे पूछताछ करने हेतु हमारे घर आते थे; परंतु उस दिन वे दूसरी योजना लेकर आए थे। मैं दूसरे कक्ष में थी, जब मैंने असहमति में तेज की आवाज सुनी। मैं जाकर उनके पास खड़ी हो गई। वे लोग आगे की जाँच के लिए मुझे कम-से-कम मेरे रक्त का नमूना लेने के लिए ले जाना चाहते थे, जो उनके अनुसार, हमारे घर में संभव नहीं था। तेज मेरे रक्त के नमूने को साझा करने के लिए तैयार नहीं थे। उन लोगों ने मुझे अपने साथ ले जाने हेतु एक बड़ी राशि देने का सुझाव दिया। तेज ने अपना आपा खो दिया। उस क्षण मैं समझ गई थी कि हमने शत्रु बना लिये हैं—ऐसे शत्रु, जो हमसे अधिक शक्तिशाली हैं, जो हमें भयभीत करने से अधिक और भी बहुत कुछ

कर सकते हैं। उस दिन वे खाली हाथ गए थे, परंतु हमें पता था कि वे शीघ्र ही लौटेंगे।

'तेज ने अपनी खोज में सहायता के लिए सरकार से संपर्क करने का निर्णय लिया, जिसे उन्होंने एक नए रक्त प्रकार का आविष्कार कहा। उन्होंने सरकार को विश्वास दिलाया कि उनका जीवन संकट में था और जेड-प्लस सुरक्षा माँगी। मैंने उनसे विनती की कि वे इस उन्माद को त्याग दें। मैं बस, इन बातों से दूर हो जाना चाहती थी और जीवन के इस चमत्कार को तेज तथा अपने साथ दफना देना चाहती थी। मैंने उनके आगे भीख माँगी और हठ किया, परंतु उन्होंने मेरी बात नहीं मानी। दोनों पक्षों की कड़ी चर्चा के पश्चात् अंतत: हमने एक निर्णय लिया।

'उन्होंने मुझे एक पता दिया, साथ ही कुछ पैसे, अपनी सभी चेकबुक्स एवं क्रेडिट कार्ड्स देते हुए कहा, 'यह लो! अपना सामान बाँधो और जाओ। मैं दो महीने पश्चात् तुमसे मिलूँगा। मैंने जो खोजा है, वह मानव जाति के लिए एक वरदान है और मैं अपनी जाति के साथ विश्वासघात नहीं कर सकता। अपने आसपास देखो। विश्व भर में कोविड-19 के कारण लोगों की मौतें हो रही हैं। यह रक्त लाखों लोगों का जीवन बचा सकता है।'

' 'यह रक्त लाखों लोगों का जीवन ले भी सकता है, तेज।' मैंने तर्क दिया। उस समय नागेंद्र या ओम् के अस्तित्व से अनजान होते हुए तेज ने मेरी बाँहों को कोमलता से पकड़ लिया और कहा, 'यह मानव जाति को तय करना है, हमें नहीं। चाहे वे इसका प्रयोग लाखों लोगों का जीवन बचाने के लिए करें या लाखों लोगों का जीवन नष्ट करने के लिए करें। मुझे इसे उचित प्राधिकारी के पास ले जाना है। इससे पूर्व कि मैं तुम्हारे साथ कहीं अदृश्य हो जाऊँ, मुझे अपने देश के प्रति अपना कर्तव्य निभाना है। कृपया मुझ पर विश्वास करो और जाओ।' उन्होंने विनती की।

' 'किंतु आप मेरे बिना इसका प्रमाण कैसे देंगे? उन्हें प्रयोग करने और आपके दावों को प्रमाणित करने के लिए एक विषय की आवश्यकता होगी!' मैंने तर्क दिया।

'तेज बेसमेंट की प्रयोगशाला में गए और अपने प्रयोग के पहले विषय पूह को पिंजरे में बंद कर बाहर लाए। उन्होंने मुझे गिनी पिग दिखाया, प्रेम से

मुसकराए और कहा, 'अमृता, तुम कोई विषय नहीं हो। तुम मेरी पत्नी हो। यह एक विषय है और इसका नाम पूह है। मैं तुमसे प्रेम करता हूँ और इसी प्रेम ने मुझे वह सबकुछ करने की शक्ति दी है, जो मैंने अब तक किया है। मैं भलीभाँति जानता हूँ कि मैंने इसकी केवल एक खोज की है, न कि कोई आविष्कार; और मैं यह भी जानता हूँ कि यह मेरी सर्वश्रेष्ठ खोज नहीं है। मेरी सर्वश्रेष्ठ खोज तुम हो और मैं तुम्हारी रक्षा के लिए सबकुछ करूँगा। अब जाओ। मुझे इसे सही जगह पहुँचाने दो और मैं तुम्हारे पास सदैव के लिए वापस आऊँगा।'

'तेज और मेरे विवाह को सत्ताईस वर्ष हो गए थे और उस बीच किए गए एक भी वचन को उन्होंने कभी नहीं तोड़ा। उन्होंने कहा कि वे सदैव के लिए मेरे पास वापस आएँगे। पहली बार उन्होंने कोई वचन तोड़ा था। इसके साथ ही उन्होंने सदैव के लिए सबकुछ तोड़ दिया। वे कभी नहीं लौटे। उन्होंने मेरे साथ विश्वासघात किया।' मिसेज बत्रा फूट-फूटकर रोने लगीं।

'नहीं, उन्होंने आपके साथ विश्वासघात नहीं किया। हाँ, उन्होंने वचन तोड़ा और वापस नहीं आए, परंतु आपके साथ विश्वासघात नहीं किया।' पृथ्वी ने उन्हें आश्वासन दिया।

मिसेज बत्रा ने पृथ्वी को बड़े-बड़े अश्रु भरे नेत्रों और काँपती हुई ठुड्डी से देखा, क्योंकि उन्हें ज्ञात हुआ कि वह उनके पति के बारे में कुछ जानता था।

'वे कहाँ हैं?' उन्होंने डॉ. बत्रा को फिर से देखने की आशा में उससे पूछा।

□

14

वृद्ध पुरुष का पालतू प्राणी

ओम् ने अश्वत्थामा को शीघ्रतापूर्वक अपना सामान बाँधते देखा और जान गया कि वह कुलधारा जा रहा है।

'मुझे अपने साथ ले चलो। मैं तुम्हारी सहायता कर सकता हूँ।' ओम् उसका उत्तर जानते हुए भी आग्रह करने लगा।

'तुम परशुराम के आदेशों से परिचित हो। मैं उनका उल्लंघन नहीं कर सकता।'

'परशुराम ने कहा कि मैं तभी सहायता कर सकता हूँ, जब तुम पुष्टि करो कि मैं तैयार हूँ।' ओम् ने विवादित रूप से कहा।

'तुम तैयार नहीं हो, ओम्। और तब तक नहीं होगे, जब तक तुम अपने मस्तिष्क को नियंत्रित नहीं कर लेते। तुम्हें यहाँ रहना चाहिए और मेरे द्वारा सिखाए गए अस्त्रों का अभ्यास करना चाहिए। परशुराम और कृपाचार्य के वापस आने या मेरे वापस आने तक तुम्हें ज्ञानगंज नहीं छोड़ना है।' अश्वत्थामा ने कठोरता से कहा।

ओम् ने आदेश स्वीकार कर लिया और तब तक मौन खड़ा रहा, जब तक अश्वत्थामा ने अपना सामान नहीं बाँध लिया और कैलाश पर्वत नहीं छोड़ दिया। ओम् अश्वत्थामा को क्षितिज में ओझल होते देखता रहा। बर्फीले मार्ग पर अकेला चलता अश्वत्थामा शीघ्र ही अदृश्य हो गया। भारी मन से ओम् वापस चला गया।

कुटिया के रास्ते में एक साधु ओम् की ओर दौड़ता हुआ आया और उसे बताया कि वृषकपि ने अपने नेत्र खोल लिये थे और अश्वत्थामा का नाम ले रहा था, इसलिए ओम् वृषकपि को देखने दौड़ा। वह उस कुटिया के पास

पहुँचा, जहाँ वृषकपि की देखभाल की जा रही थी। उसने देखा कि उसके हाथ हिल रहे थे और वह अपना सिर उठा रहा था। ओम् उसके निकट गया और धीरे से अपना हाथ वृषकपि के कंधों पर रखा।

'तुम सुरक्षित हो और घर पर हो। विश्राम करो और स्वयं को अधिक कष्ट मत दो। तुम्हारा स्वास्थ्य किसी भी प्रकार की क्रिया के लिए अभी अत्यंत निर्बल है, वृषकपि।'

वृषकपि कुछ बुदबुदाया। ओम् नीचे झुका और अपना एक कान वृषकपि के होंठों के पास ले गया, ताकि समझ सके कि वह क्या कह रहा था?

'तीन…' वृषकपि फुसफुसाते हुए कराह उठा।

'तीन? क्या तीन, वृषकपि?' वृषकपि ने कुछ कहने का प्रयास किया, परंतु फिर मूर्च्छित हो गया।

ओम् जानता था कि वह इतना निर्बल था कि उसे त्वरित जगाया नहीं जा सकता था, इसलिए उसने वृषकपि के पुनः चेतना में आने की प्रतीक्षा करने का निर्णय लिया। ठीक उसी समय ओम् की स्मृति के बंद द्वार के पीछे परशुराम कृपाचार्य की खोज में भटक रहे थे। जब से उन्होंने ऋषि का सिर कटने का वीभत्स दृश्य देखा था, तब से सबकुछ भयानक रूप से शांत हो गया था। जब भी वे किसी ग्रामीण के निकट से जाते, वह उन्हें क्रोधित या दु:खी दृष्टि से देखता।

तभी परशुराम ने देखा कि मिट्टी से बनी एक पुरानी कुटिया के पास लोगों का जमावड़ा है, जो उत्सुकता से भीतर झाँक रहे थे। जैसे-जैसे वे निकट गए, उन्हें पता चला कि लोगों की जिज्ञासा का कारण दुर्बल व क्लांत कृपाचार्य थे, जिन्हें भीतर बंदी बनाया गया था। उनके अपहरणकर्ता कहीं दिखाई नहीं दे रहे थे। परशुराम जानते थे कि कृपाचार्य की रक्षा करने हेतु उन्हें इस अवसर का लाभ उठाना था। जैसे ही वे कुटिया में गए, उन्होंने स्वयं को प्रहार के लिए तैयार कर लिया था। परंतु आश्चर्य, उन पर किसी ने धावा नहीं बोला! त्वरित उन्होंने कृपाचार्य के बंधन खोल दिए और उन्हें चुपके से बाहर निकलने में सहायता की। लोगों की दृष्टि अभी भी उनका पीछा कर रही थी; परंतु उनके वहाँ से जाने के पश्चात् सभी लोग घटनास्थल से चले गए।

वहाँ कैलाश पर वृषकपि को हिले हुए कई दिन व्यतीत हो गए थे। ओम् वहाँ से क्षण भर के लिए भी नहीं उठा था। एक सुबह ध्यान करते समय ओम् ने वृषकपि को फिर से कुछ बड़बड़ाते हुए सुना। वह दौड़कर गया और उसके पास जाकर बैठ गया।

'तीन…' वृषकपि अभी भी बंद नेत्रों से कर्कश स्वर में कराह उठा।

ओम् ने वृषकपि के हाथ पकड़ लिये। वृषकपि ने नेत्र खोले और देखा कि ओम् उसे ही देख रहा था।

'अश्वत्थ…' वृषकपि कुछ बड़बड़ाया।

'वह अभी यहाँ नहीं हैं। मुझे बताओ कि तुम्हें क्या कहना है?' ओम् ने आग्रह किया।

'वह…छलपूर्वक…लड़ता…है…वह…अकेला…नहीं। वे…तीन हैं… अश्वत्थामा को बताओ…वे तीन हैं…' वृषकपि ने पीड़ा से कहा।

ऋषियों के व्यथित स्वरों ने पुष्टि की कि वृषकपि के पास अधिक समय नहीं है। उन्होंने कहा, 'इसका अंत निकट है।'

ओम् ने वृषकपि की पूरी देह को देखते हुए विचार किया, 'इसकी आयु जाने के लिए बहुत छोटी है। यह उचित नहीं है।' वृषकपि पुनः अचेत हो गया। ओम् जानता था कि उसे मिली जानकारी अत्यंत महत्त्वपूर्ण थी और कुलधारा में अश्वत्थामा तक उसे पहुँचाने की आवश्यकता थी, इससे पूर्व कि उसे अकेले नागेंद्र और उसकी टोली का सामना करना पड़े! ज्ञानगंज में ओम् को रोकने वाला कोई नहीं था, इसलिए उसने स्वयं कुलधारा जाने का निर्णय लिया।

जैसे ही ओम् कुलधारा जाने के लिए तैयार हुआ, वेदव्यास ने उसे एक तलवार सौंपी और आशीर्वाद दिया।

इस बीच, नागेंद्र की पनडुब्बी कच्छ की खाड़ी पर पहुँच गई और अश्वत्थामा भी लगभग वहीं था। वह तब तक निरंतर रेगिस्तान में चलता रहा, जब तक उसे कुलधारा के प्राचीन खँडहर नहीं दिखाई देने लगे। जब तक वह उस परित्यक्त गाँव में पहुँचा, तब तक सूर्यास्त हो चुका था।

यह स्थान एक संरक्षित स्थल था और भारतीय पुरातत्त्व सर्वेक्षण द्वारा इसका रख-रखाव किया जाता था। जब पहरेदार पर्यटकों को प्रवेश टिकट

देकर उनसे पैसे लेने में व्यस्त थे, तभी अश्वत्थामा धीरता व चतुराई से भीतर चला गया। वह तब तक इधर-उधर घूमता रहा, जब तक उसे छिपने हेतु उचित स्थान नहीं मिल गया।

सूर्यास्त के समय अधिकारियों ने पर्यटकों को गाँव से चले जाने का आदेश देना आरंभ कर दिया। अश्वत्थामा, जो एक घर के बंद कोने में छिपा हुआ था, उस घोषणा को सुन सकता था। शीघ्र ही सभी पर्यटक चले गए, पहरेदार अपने स्थानों पर वापस आ गए और अश्वत्थामा भूतों के गाँव में अकेला जीवित व्यक्ति रह गया।

जब उसने यह सुनिश्चित कर लिया कि कोई भी आसपास नहीं है, तब वह घरों के बीच की गलियों में घूमने लगा, जिनकी छतें उधड़ गई थीं, परंतु जर्जर दीवारें अभी भी बीते हुए विनष्ट अतीत का स्मरण दिला रही थीं। बहती वायु प्राचीन दीवारों की दरारों से निकलते हुए अपनी उपस्थिति का प्रमाण अपनी डरावनी आवाज से दे रही थी। कुछ दूरी पर उल्लू बीच-बीच में हुँकार रहे थे। गार्ड पोस्ट से केवल एक हलकी रोशनी निकल रही थी। पूरे गाँव में अँधेरा हो चुका था।

अश्वत्थामा एक ऐसे स्थान पर रुका, जो गाँव का चौक प्रतीत हो रहा था। उसके दाईं ओर तुलनात्मक रूप से अच्छी हालत में एक घर था। वह उसके भीतर गया, वहाँ के कक्ष की छानबीन की और सीढ़ियाँ चढ़कर छत पर गया, जहाँ से पूरा गाँव दिखाई देता था। हर दिशा में दृष्टि रखने हेतु अश्वत्थामा को एक उपयुक्त स्थान मिल गया था, क्योंकि वह नहीं जानता था कि यह शब्द कहाँ छिपा था? अब उसे केवल नागेंद्र की प्रतीक्षा करनी थी। उसने चाँद को देखा और अगली रात्रि उसके आने की भविष्यवाणी की।

अगले दिन के चमकते सूरज ने रात्रि के काले आकाश को मिटा दिया। अब तक नागेंद्र ने परिमल और एल.एस.डी. के साथ जैसलमेर में प्रवेश कर लिया था। कुलधारा में छिपा शब्द नागेंद्र की प्राप्ति से केवल 20 किलोमीटर दूर था।

जब फिर से सूर्यास्त हुआ और पहरेदार यह सुनिश्चित करने लगे कि वहाँ अब कोई पर्यटक नहीं है, तभी एक पहरेदार ने देखा कि कोई अँधेरे में उनकी ओर आ रहा है।

'कल आना, श्रीमान। आज के लिए सब बंद हो गया है।' पहरेदार ने पुरुष का मुख देखे बिना कहा। परंतु फिर उसने देखा कि उसकी बात का व्यक्ति पर कोई प्रभाव नहीं पड़ा था और वह फिर भी भीतर चला आ रहा था। तभी उन्होंने नागेंद्र का मुख देखा, मुसकराए और उसकी उम्र देखकर व्यंग्य करते हुए बोले, 'गाँव के सारे लोगों को अदृश्य हुए 200 वर्ष बीत गए हैं। आप अभी तक यहाँ क्या कर रहे हैं?'

'पाठशाला बंद हो गई है। घर वापस जाओ।' दूसरे पहरेदार ने ताना मारा। वे वृद्ध पुरुष के गले में लटकी धातु की बोतल को देखकर जोर से हँस पड़े। उनके साथ नागेंद्र भी हँस पड़ा।

'तुम आज जिस पर हँस रहे हो, वही तुम्हारा भविष्य हो सकता है।' नागेंद्र ने प्रतिवाद किया।

'हमारा भविष्य! वह तो कम-से-कम पचास वर्ष दूर है, दादाजी! अब बाहर जाइए।' एक और पहरेदार ने उपहास किया।

नागेंद्र ने आश्चर्य से अपने नेत्र बड़े कर लिये। 'अच्छा, ऐसा है क्या? पचास वर्ष देखने के लिए तो बहुत लंबा समय है। मैं तो तुम्हारा कल भी नहीं देख सकता, क्योंकि तुम्हारे लिए उसका कोई अस्तित्व ही नहीं है।'

'क्या?' पहरेदार ने उलझन में कहा।

'हाँ, मैंने इसे अभी ही मिटाया है। मुझ पर हँसने वाले व्यक्ति मुझे पसंद नहीं।' नागेंद्र ने क्रोधित होते हुए कहा।

तभी एल.एस.डी. और परिमल ने अपने चाकू के एक तेज वार से उनके प्राण ले लिये। फिर वे तीनों सामने के द्वार से भीतर चले गए। परिमल और एल.एस.डी. ने नाइट विजन गॉगल्स पहने और अपनी योजना के निर्बाध निष्पादन के लिए गाँव की रखवाली करते नागेंद्र के लिए परिधि को सुरक्षित करने हेतु अलग-अलग दिशाओं में चले गए।

'सतर्क रहना और शत्रु की अपेक्षा करना। मुझे विश्वास है कि यहाँ कोई हमारी प्रतीक्षा कर रहा है।' नागेंद्र ने आदेश दिया और टॉर्च निकाली, इस बात से अनभिज्ञ कि अश्वत्थामा ने पहले ही छत से उस पर अपनी दृष्टि गड़ा रखी थी।

वातावरण में वायु की गूँज कायम थी। सूखी, धूल भरी और वीरान गलियाँ एल.एस.डी. को भयभीत कर रही थीं।

गली के दूसरी ओर परिमल को किसी आध्यात्मिक आकृति की उपस्थिति का आभास हुआ। पग-पग पर उसे ऐसा अनुभव हो रहा था, जैसे उसकी हर गतिविधि पर कोई दृष्टि रख रहा था, परंतु निराशापूर्वक उसे कोई दिखाई नहीं दे रहा था।

नागेंद्र को एक परित्यक्त मंदिर मिला। जैसे ही वह उस तक पहुँचा, उसे अपनी गरदन की नस पर एक विचित्र-सी चुभन हुई। उसकी दृष्टि ने मंदिर को पार करने वाली ढहती हुई दीवारों के साथ-साथ हर गली को देखा, परंतु अविश्वसनीय रूप से उसे आसपास कोई नहीं दिखाई दिया। अश्वत्थामा ने उस पर प्रहार करने से पूर्व उसकी अगली चाल को समझने का प्रयास करते हुए उस पर मौन रूप से दृष्टि बनाए रखी। जब वह नागेंद्र को ध्यान से देख रहा था, एल.एस.डी. ने अश्वत्थामा को ढूँढ़ लिया।

'अश्वत्थामा यहाँ है।' एल.एस.डी. ने वायरलेस के माध्यम से नागेंद्र और परिमल को दबे हुए स्वर में सूचित किया।

'शत्रु का ज्ञान होना, अर्थात् अर्ध-युद्ध का विजेता होना! जैसे वह मुझ पर यकायक वार करना चाहता है, वैसे ही तुम उस पर करना। उसे पहला प्रहार करने दो।' नागेंद्र ने आदेश दिया।

'उसे कोई भी अवसर देना घातक होगा। आप उसकी सीध में हो। वह आप पर कभी भी गोली चला सकता है।' एल.एस.डी. ने चिंतित स्वर में कहा।

'नहीं, वह ऐसा नहीं करेगा! वह मुझसे पुस्तकें लेना चाहता है, इसलिए मुझे जीवित पकड़ने का प्रयत्न करेगा।' नागेंद्र वायरलेस पर फुसफुसाया।

नागेंद्र का अनुमान सही था। अश्वत्थामा अपने स्थान से उठ खड़ा हुआ और छत से सीधे रेतीली गली में कूद गया। उसने अपने शस्त्र निकाले और नागेंद्र की ओर बढ़ने लगा।

'वह आपके दाईं ओर है।' एल.एस.डी. ने उसे सूचित किया।

परिमल नागेंद्र की बाईं ओर चला गया और अश्वत्थामा के पीछे रेंगते हुए एल.एस.डी. पहले से ही उसकी दाईं ओर स्थित थी। अश्वत्थामा इस बात

से अनभिज्ञ कि वह तीन दिशाओं से घिरा हुआ था, जाल में फँसने को आगे बढ़ा। वह मंदिर के और समीप गया, जहाँ नागेंद्र खड़ा था और कहा, 'बस, नागेंद्र!'

नागेंद्र दाईं ओर मुड़ा और अश्वत्थामा को अपनी ओर आते देखा। 'बस? नहीं, बस नहीं। अभी भी छह शब्द शेष हैं। आज मैं एक और प्राप्त कर लूँगा। फिर मुझे पाँच और प्राप्त करने होंगे। बस तो तब होगा, जब मैं सारे शब्द प्राप्त कर लूँगा।'

अश्वत्थामा ने चेतावनी दी, 'तुम बहुत विनाश कर चुके हो और बहुत अराजकता भी फैला दी है; परंतु यह तुम्हारी भ्रष्ट यात्रा का अंत है।'

'तो कर दो मेरी हत्या! आओ, विषय समाप्त करें।' नागेंद्र ने उसे चुनौती दी।

अश्वत्थामा ने नागेंद्र की ओर एक और कदम बढ़ाया। नागेंद्र एक ओर हट गया और बोला, 'तुम केवल इतने ही निकट आ सकते थे, बस।'

यकायक स्टील के तार से बँधी एक लंबी व चमकदार धातु की छड़ी अश्वत्थामा की पीठ से होकर उसके पेट से निकल गई। अश्वत्थामा तुरंत अपने घुटनों पर गिर गया और उसे ज्ञात हुआ कि उसने भूल कर दी थी।

'तुम मूर्ख हो! मुझे मारा नहीं जा सकता।' अश्वत्थामा ने गर्व से कहा।

'इसीलिए मैं तुम्हें मारने का प्रयास भी नहीं कर रहा, मूर्ख!' नागेंद्र ने अपना सिर हिलाया।

तभी अश्वत्थामा की देह को चीरती हुई लोहे की छड़ी के सिरे से आठ लोहे के काँटे उभर आए और वह एक बड़े ग्रॅप्लिंग हुक के रूप में खुल गई। परिमल एक छिद्र वाली दीवार के पीछे उस बंदूक को लिये खड़ा था, जिसमें से वह धातु की छड़ी निकली थी और जो अभी भी स्टील के तार से बँधी हुई थी। उसने एक और ट्रिगर दबाया, जिसने तार को तेज गति से बंदूक में वापस खींच लिया। कुछ ही क्षणों में अश्वत्थामा शूलों से फँस गया, जिससे वह अचल हो गया और उस दीवार से चिपक गया, जिसके पीछे परिमल ने यह कार्य किया था। धातु के शूलों ने उसकी देह को सामने से फँसा दिया था और वह भूमि से लगभग दस फीट ऊपर दीवार पर अटक गया था। अश्वत्थामा ने नागेंद्र की ओर देखा, जो उसके तेजी से सुधरते घाव

पर मुसकरा रहा था, जिस कारण अश्वत्थामा की छाती व पीठ ने उस छड़ी को और कस लिया था।

अश्वत्थामा ने धातु की कीलों से निकलने का संघर्ष किया, परंतु उसके शीघ्रता से ठीक होते ऊतकों ने उसके पेट के घाव को ढँक दिया। उसकी भुजाएँ शूलों की कठोर पकड़ से प्रतिबंधित थीं और वह अपने शस्त्रों तक पहुँचने में असमर्थ था। इस अप्रत्याशित जाल ने उसे असहाय बना दिया था। उसकी अमरता वास्तव में इस बार एक अभिशाप प्रतीत हो रही थी, क्योंकि यह असहनीय रूप से कष्टदायक हो रहा था और उससे बाहर निकलना अधिक कठिन। धातु की छड़ी और स्टील के तार का जो हिस्सा उसकी देह के भीतर रह गया था, वह अब उसके मांस से ढँकी हड्डियों के समान बन गया था। अश्वत्थामा जानता था कि इससे विमुक्त होना संभव नहीं था; स्वयं के बल पर तो नहीं। नागेंद्र ने तब चमकते अर्धचंद्र से प्रकाशित आकाश की ओर देखा।

'समय हो गया है!' उसने विजयी भाव से कहा।

परिमल को अश्वत्थामा पर दृष्टि रखने हेतु बाहर छोड़कर नागेंद्र मंदिर के खँडहर में चला गया। थोड़ा आगे चलने पर उसे भवन के मध्य में एक पुराना हवन कुंड मिला। उसने एल.एस.डी. को आंतरिक गर्भगृह के बाहर पहरा देने का आदेश दिया। अर्धचंद्र के प्रकाश में हवन कुंड को देखकर पता चल रहा था कि सदियों के अनुपयोग के कारण उसका रंग बहुत फीका पड़ गया था। शब्द निकालने हेतु नागेंद्र को मंदिर के हृदय को पुनर्जीवित करना था। उसने अपने गले से पुरानी धातु की बोतल को निकाला, उसे खोल दिया और उसमें लाया रक्त कुंड में एक भेंट समान चढ़ाने लगा। कुंड ने तुरंत रक्त को अवशोषित कर लिया और वह गर्भगृह के आंतरिक व बाहरी भाग में दिखाई देती नसों के माध्यम से हर स्थान पर फैलने लगा, हर स्तंभ का चक्कर लगाने लगा और हर दीवार पर रेंगने लगा। नागेंद्र के क्षुधित नेत्र मंदिर की रगों में बहते रक्त का पीछा करते रहे, जो उस संरचना के चारों ओर एक जाले की तरह बढ़ता जा रहा था। ऐसा लग रहा था, जैसे उस स्थान का पुनर्जन्म हो रहा हो!

ठीक उसी समय ओम् ने मुख्य द्वार को लाँघकर गाँव में प्रवेश किया।

उसने भूमि में होते कंपन का अनुभव किया। परिसर रेतीली आँधी में घिरा हुआ था, जिस कारण ओम् को कुछ स्पष्ट नहीं दिखाई दे रहा था। इसलिए उसने भूमि के कंपन का पीछा किया और उसके स्रोत की ओर भागा।

नागेंद्र शिराओं में बहते रक्त के पीछे-पीछे चल रहा था, जो उसे फिर से मंदिर के बाहर ले गया। एल.एस.डी. भी पहरा देते हुए नागेंद्र के पीछे चलने लगी। अश्वत्थामा जीर्ण-शीर्ण इमारतों को देखता रहा, जो ऐसे हिल रही थीं, जैसे कोई भूकंप आया हो! नसें नागेंद्र को एक खुले मैदान में ले गईं, जहाँ रक्त एकत्र होकर एक छोटे से फव्वारे के रूप में भूमि से फूट रहा था। नागेंद्र जानता था कि यही वह स्थान था; रक्त मंदिर की यात्रा करके शब्द को यहाँ ले आया था।

जैसे ही नागेंद्र शब्द ग्रहण करने हेतु तैयार हुआ, ओम् ने उसे ढूँढ़ लिया। उसने अश्वत्थामा को दीवार पर लगे बड़े-बड़े शूलों में फँसा हुआ देखा और तभी उसकी दृष्टि रक्त के फव्वारे के पास खड़े नागेंद्र पर पड़ी। ओम् नागेंद्र को शब्द को आत्मसात् करने से रोकने के लिए दौड़ पड़ा। उसने नागेंद्र का सिर काटने के लिए मंदिर की छत से छलाँग लगाई; परंतु इससे पूर्व कि उसकी तलवार नागेंद्र की गरदन तक पहुँच पाती, एल.एस.डी. की चलाई गोली ओम् की हथेली पर जा लगी। गोली केवल ओम् की उँगली में लगी, क्योंकि ओम् गति में था। यह दूसरी बार था, जब एल.एस.डी. ने ओम् को गोली मारी थी। पहली बार ऐसा रॉस द्वीप पर हुआ था। एल.एस.डी. का निशाना चूक गया था और ओम् का भी, क्योंकि गोली के घर्षण के कारण तलवार पर उसकी पकड़ छूट गई, जिससे उसकी हथेली पर रक्त की एक पतली रेखा बहने लगी। ओम् ने अपने पैरों पर खड़े होने में एक क्षण व्यर्थ नहीं गँवाया; किंतु तब तक नागेंद्र अपना हाथ रक्त के फव्वारे में डुबो चुका था, जो उसकी त्वचा में समाकर एक और शब्द प्रकट कर रहा था—'सकल जी'।

वेदव्यास इस बार स्थान एवं शब्द दोनों के बारे में सही थे।

निर्माण की रिक्त नसें अब मंदिर में दरारें बन गईं। पुरानी इमारतें एक-एक करके रेत में धँसने लगीं।

नागेंद्र ने ओम् को तथा रक्त से लथपथ उसकी हथेली को देखा और एक उन्मत्त व क्षुधित प्राणी के समान उसकी ओर झपट पड़ा; जबकि ओम्

ने फिर से अपनी तलवार उठाई और अश्वत्थामा को मुक्त करने हेतु उसकी ओर दौड़ा। ओम् देख सकता था कि नागेंद्र उसके निकट आ रहा था और यह सुनिश्चित करते हुए कि वह उसके रक्त की एक बूँद भी न ले पाए, उसने अपने घाव को ढँक लिया। परिमल अपने बंदूक के थैले की ओर भागा और एल.एस.डी. को पहरेदारों के एक वाहन को गाँव के मुख्य द्वार से उनके पास लाने के लिए कहा। एल.एस.डी. ने आज्ञा का पालन किया और द्वार की ओर चली गई। परिमल का प्राथमिक उद्देश्य ओम् पर प्रहार करना नहीं, अपितु नागेंद्र की रक्षा करना था, इसलिए वह भी उसके पीछे भागा।

ओम् सबसे आगे था और वह उस दीवार तक पहुँच गया, जिस पर अश्वत्थामा को बंदी बनाया गया था। असमान ईंटों पर चढ़कर उसने अपनी तलवार के एक ही झटके से स्टील का तार काट दिया। नागेंद्र ने बलपूर्वक ओम् को पकड़ लिया, जिससे वह भूमि पर गिर पड़ा और उसकी तलवार उसके हाथ से छूटकर दूर जा गिरी। ओम् नागेंद्र से अपनी रक्षा करने हेतु संघर्ष कर रहा था, जिसका व्यवहार किसी वहशी प्राणी से कम नहीं था। परंतु इस हाथापाई में ओम् अधिक शक्तिशाली था। जब परिमल वहाँ पहुँचा तो उसने देखा कि अश्वत्थामा अपने घुटनों पर बैठा था और अपने भीतर अटकी स्टील की छड़ को पकड़कर उसे बाहर निकालने का प्रयत्न कर रहा था। परिमल समझ गया था कि जिस क्षण अश्वत्थामा पुनः युद्धभूमि में उतर आएगा, उसी क्षण नागेंद्र की पराजय आरंभ हो जाएगी। वह अश्वत्थामा के पास गया और उसके चेहरे व सिर पर निरंतर गोलियाँ चलाईं, जब तक कि उसकी बंदूक के कारतूस समाप्त नहीं हो गए। इससे उन्हें कुछ और समय मिल गया था। अश्वत्थामा किसी शव की भाँति भूमि पर गिर गया और परिमल नागेंद्र की रक्षा करने के लिए मुड़ा, जो अब ओम् के प्रहार से पूर्णतः दब गया था और जिसमें स्वयं की रक्षा करने हेतु शक्ति नहीं बची थी। ओम् नागेंद्र पर प्रहार करता रहा, जिसका मुख अब उसी के रक्त में सना हुआ था। जब तक परिमल ओम् को नागेंद्र से दूर घसीटता हुआ ले गया, तब तक नागेंद्र भी एक शव के समान निढाल पड़ा था।

एल.एस.डी. मृत पहरेदारों तक पहुँची और चाबी की खोज में उनके शवों को थपथपाने लगी। उसे रिमोट लॉक वाली एक चाबी मिली और गाड़ी

की पहचान करने हेतु उसने अनलॉक का बटन दबाया। जैसे ही गाड़ी की बत्ती एक बीप के साथ चमकी, उसने बटन दबाया, भीतर बैठी और नागेंद्र एवं परिमल को साथ लेने गाँव की धूल भरी गलियों में तेजी से गाड़ी चलाने लगी। वह संकेत देने हेतु गाड़ी का हॉर्न बजाती रही कि सहायता उन तक पहुँचने वाली है।

ओम् अब परिमल से लड़ रहा था, जिसके पास युद्ध की बेहतर रणनीति थी; परंतु परिमल भी जानता था कि उसके पास केवल अश्वत्थामा के ठीक होने और फिर से खड़े होने तक का समय है। उसने ओम् को पराजित करने हेतु अपनी पूरी शक्ति से उस पर प्रहार करना आरंभ किया। ओम् के मुख पर कुछ घातक प्रहार करने के पश्चात् परिमल ने उसे भूमि पर गिरा दिया। दूसरी ओर, नागेंद्र में थोड़ी शक्ति पुनः आने लगी। वह उठा और जहाँ ओम् गिरा था, वहाँ से थोड़ी ही दूरी पर बैठ गया।

परिमल ने ओम् की तलवार उठाई और अश्वत्थामा को देखने के लिए मुड़ा, जो लगभग ठीक हो चुका था। उसके पास अश्वत्थामा को फिर से गिराने के लिए बहुत कम समय था और वह पराजय स्वीकार करने के कगार पर था, क्योंकि उसके विरोधियों की अमरता ने धीरे-धीरे उसकी विजय-प्राप्ति की इच्छा को निर्बल कर दिया था। उसके कंधे क्लांत हो गए थे और उनमें पीड़ा होने लगी थी तथा उसकी साँस भी फूल रही थी। वह नहीं जानता था कि वह कब तक यह अमानवीय संघर्ष कर पाएगा? तभी परिमल ने उनकी ओर आती गाड़ी का तेज हॉर्न सुना और उसकी शक्ति बढ़ गई। वह जानता था कि यह कोई और नहीं, अपितु एल.एस.डी. ही थी, जो उनकी सहायता के लिए आ रही थी। अर्थात् परिमल को केवल तब तक नागेंद्र की रक्षा करनी थी, जब तक एल.एस.डी. उनके पास न पहुँच जाए। हॉर्न की आवाज से उसने अनुमान लगाया कि वह अधिक दूर नहीं थी। गंभीर रूप से घायल परिमल ने ओम् को रक्त से लथपथ भूमि पर छोड़ दिया और लड़खड़ाते हुए अश्वत्थामा की ओर बढ़ा।

स्वयं निर्बल व क्लांत नागेंद्र ने ओम् को असहाय देखा और फिर से उसकी ओर बढ़ा। उसके मुख पर लगी हर चोट से वह रक्तरंजित हो गया था, जिस पर चिपकी धूल ने उसकी विशेषताओं को ढँक दिया था। अपने हाथ व

पैरों के बल रेंगते हुए नागेंद्र तेजी से ओम् की ओर बढ़ा, जैसे कोई गिरगिट अपने शिकार को खाने जा रहा हो! जब वह वापस अपने पैरों पर खड़ा हुआ तो ओम् ने नागेंद्र को अपने पीछे नहीं देखा; परंतु अश्वत्थामा दोनों को देख पा रहा था। नागेंद्र ओम् के निकट जा रहा था और परिमल उसकी ओर दौड़ रहा था। जैसे ही अश्वत्थामा ने अपनी बंदूक निकाली, नागेंद्र ने पिशाच की भाँति ओम् की गरदन पर वार कर दिया और परिमल ने अश्वत्थामा का गला काटने हेतु तलवार उठाई। उसके पास दो ही विकल्प थे—या तो नागेंद्र को गोली मार दे और ओम् की सहायता करे या स्वयं की रक्षा करे और नागेंद्र को ओम् का रक्त लेने दे! वह जानता था कि उसके पास दो लक्ष्य थे, परंतु दोनों को प्राप्त करने हेतु पर्याप्त समय नहीं था। इसलिए परिमल की तलवार उसके गले से टकराने से पूर्व वह केवल एक ही गोली चला सकता था। नागेंद्र ने ओम् पर और परिमल ने अश्वत्थामा पर एक साथ प्रहार किया। नागेंद्र ओम् की पीठ पर चढ़ गया और अपनी भुजाओं के बल से उसकी गरदन को एक तरफ कर दिया। ओम् की गरदन पर नागेंद्र ने अपने दाँत गड़ा दिए और ओम् पीड़ा से कराह उठा। परंतु इससे पूर्व कि उसका रक्त नागेंद्र की जीभ को छू पाता और वह ओम् के रक्त का स्वाद चख पाता, एक गोली ने नागेंद्र के मुख को चीर दिया और उसके मस्तिष्क के टुकड़ों को हर दिशा में बिखेर दिया। परिमल के हाथों एक बार फिर मृत्यु स्वीकारने से ठीक पूर्व अश्वत्थामा निशाना साधने और गोली चलाने में सफल रहा। जब गोली नागेंद्र का मुख चीरते हुए गई, तब उसके रक्त की एक बूँद ओम् के होंठों पर गिरी, जिस कारण उसी क्षण ओम् के मन में सहस्र स्मृतियाँ एक साथ घूमने लगीं। क्षण भर में ओम् अपने मन में उमड़ते दृश्यों के ज्वालामुखी से लकवाग्रस्त-सा हो गया।

ओम् की स्मृति के द्वार के पीछे एक प्रचंड भूकंप ने कृपाचार्य और परशुराम को दूर गिरा दिया। विभिन्न भू-दृश्य, व्यक्ति और प्राणी उनके आसपास क्षण भर में प्रकट व अदृश्य होने लगे। वे नहीं समझ पा रहे थे कि वे क्या देख रहे थे? इसलिए वे निष्क्रिय पर्यवेक्षक बने रहे, जो उन्हें प्रारंभ से होना था।

यकायक अपनी बाईं ओर उन्होंने एक चट्टान को देखा, जिस पर एक बलशाली व्यक्ति खड़ा था, जो किसी को प्रणाम कर रहा था। परशुराम एवं

कृपाचार्य भ्रमित हो गए थे और आसपास किसी को नहीं देख पा रहे थे। वे धीरे-धीरे आगे बढ़े, जब तक उन्हें सबकुछ स्पष्ट नहीं दिखने लगा। नीचे घाटी में एक विशाल आकार का प्राणी खड़ा था, जो पुरुष के समान ही प्रणाम में सिर झुका रहा था। उसका मस्तिष्क एक मादा कुत्ते का था, जिसका जबड़ा प्रबल था और कई आकर्षक विशेषताएँ थीं। उसकी गरदन मोर की थी, जो दूर से चमकीले नीले रंग में झिलमिला रही थी। उसकी पीठ पर एक बैल का सफेद कूबड़ था और वह अपने तीन पैरों पर खड़ा था, जो एक हाथी, एक बाघ और एक घोड़े का था। उसका चौथा पैर, जो एक मानव का हाथ था, जिसमें कमल का फूल लेकर वह प्राणी मनुष्य को भेंट कर रहा था। उसके सिर के नीचे से एक पूँछ निकल रही थी, जो वास्तव में एक सर्प था। परशुराम एवं कृपाचार्य इस विचित्र दृश्य को देखकर भयभीत हो गए थे और साथ ही सम्मोहित भी।

'हमने काले तिल वाले लड़के को बालक से युवक में विकसित होते हुए देखा है; परंतु यहाँ कहीं भी हमें ओम् का कोई संकेत नहीं दिखा। ओम् का अस्तित्व उसके ही अतीत में कैसे नहीं है?' कृपाचार्य ने अपनी चिंता व्यक्त की।

इससे पूर्व कि परशुराम कुछ कहते, उनके सामने का दृश्य अदृश्य हो गया और बहती वायु ने उन्हें अब खुले द्वार के बाहर फेंक दिया।

कुलधारा में सबकुछ धूल-धूसरित हो गया था। परित्यक्त गाँव, जिसके अस्तित्व का प्रतिनिधित्व करने वाली केवल कुछ ही इमारतें खड़ी थीं, अब उसे पूर्ण रूप से मिटा दिया गया था और वह किसी रेगिस्तान के रेत के टीलों में परिवर्तित हो गया था।

नागेंद्र को मृत होकर ओम् के कंधों से गिरता देख परिमल को अपने नेत्रों पर विश्वास नहीं हुआ। एल.एस.डी. ने गाड़ी अश्वत्थामा पर चढ़ा दी और परिमल के पास रोकी, जो अपने स्वामी की रक्षा करने में असमर्थ होने के कारण अपने घुटनों पर था। नागेंद्र मर चुका था, परिमल दुःखी हो गया था, ओम् एवं अश्वत्थामा न तो जीवित थे और न ही मृत; परंतु एल.एस.डी. ने अभी भी अपनी भावनाओं, शक्ति व कार्य-योजना पर नियंत्रण बनाए रखा था। वह यह देखने के लिए पीछे मुड़ी कि अश्वत्थामा और ओम् पुनः

जीवित तो नहीं हो रहे! ओम् को देखकर लग रहा था, जैसे वह अनंत काल के लिए रुक गया था, जैसे किसी गहरे सम्मोहन में हो या कोई स्वप्न देख रहा हो! अश्वत्थामा की टूटी हड्डियों और कटा गला ठीक होते हुए उसके प्राण धीरे-धीरे वापस आ रहे थे। एल.एस.डी. समझ गई थी कि उनके पास कितना समय है, जिसके पहले अश्वत्थामा का मुख उनके जीवन के अंत से पूर्व अंतिम दृश्य बन जाएगा। उसने परिमल को उसकी भ्रमित स्थिति से बाहर निकालने हेतु उसका नाम जोर से पुकारा और उसे गाड़ी में बैठने का आदेश दिया। परिमल धीरे-धीरे उठा और लड़खड़ाते हुए भीतर बैठ गया। वह अभी भी खोया हुआ-सा लग रहा था। एल.एस.डी. गाड़ी को नागेंद्र के बिना सिर के शव के पास ले गई। वह बाहर निकली और उसके शव को ऐसे खींचने लगी, जैसे आलू की बोरी हो और फिर गाड़ी की डिक्की में फेंक दिया। परिमल अभी भी भौचक्का और अनुत्तरदायी स्थिति में मौन बैठा रहा। एल.एस.डी. ने डिक्की बंद कर दी और वाहन को कुलधारा से बाहर निकाल लिया। वे तीनों रात्रि में अदृश्य हो गए।

उनके जाने के पश्चात् ओम् शांति से खड़ा हुआ और सीधे चलने लगा, जैसे किसी यात्रा पर निकला हो! शव के समान भूमि पर पड़े अश्वत्थामा ने अपने खुले नेत्रों से ओम् को दूर जाते देखा। ओम् तब तक चलता रहा, जब तक कि अँधेरे ने उसे निगल नहीं लिया।

कुछ क्षणों के पश्चात् अश्वत्थामा गहरी साँस लेते हुए उठा। वह अपने रक्षात्मक भाव में उठा और पाया कि वे सब चले गए थे। उसे पता था कि ओम् कौन से रास्ते गया है! इसलिए वह उसी रास्ते पर चल पड़ा। यात्रा में आधे मील की दूरी पर अश्वत्थामा ने ओम् को अकेला खड़ा पाया। वह स्तब्ध था और अंधकार में दूर कहीं देख रहा था। अश्वत्थामा को नहीं पता था कि उसे क्या हो गया था? जब वह उसके कंधों को पकड़ने के लिए आगे बढ़ा, ओम् मानो एक गहरी समाधि से बाहर निकलते हुए अपनी चेतना खो बैठा और भूमि पर गिर पड़ा। अश्वत्थामा ने उसे अपने कंधों पर उठाया और भूतिया गाँव में जीवन का कोई संकेत न छोड़ते हुए अंधकार में अदृश्य हो गया।

नागेंद्र की देह को ठंडा रखने हेतु एल.एस.डी. ने जैसलमेर में गाड़ी रोकी और बड़ी-बड़ी बर्फ की सिल्लियों से डिक्की को भर दिया। इसके

पश्चात् वह विस्मित परिमल और नागेंद्र के शव को सीधे कच्छ की खाड़ी में स्थित उनकी पनडुब्बी तक ले गई। जैसे ही उन्होंने पनडुब्बी में प्रवेश किया, परिमल ने धीरे से कहा, 'नागेंद्र की मृत्यु हो गई है और उद्‌देश्य सदैव के लिए नष्ट हो गया है।'

एल.एस.डी. ने परिमल को क्षण भर के लिए देखा और उसे निषिद्ध कक्ष का द्वार खोलने के लिए कहा। परिमल असमंजस में था, क्योंकि नागेंद्र के अलावा किसी और को कभी उस कक्ष में प्रवेश करने की अनुमति नहीं थी। एल.एस.डी. ने नागेंद्र के अवशेषों से भरे बैग को खोल दिया और उसे निषिद्ध कक्ष के ठीक बगल वाले कक्ष में ले आई। नागेंद्र की मृत्यु को चौबीस घंटे से अधिक हो जाने के कारण शव से दुर्गंध आ रही थी। परिमल अभी भी इतना स्तब्ध था कि यह जानते हुए भी कि द्वार खुलने पर उन्हें अपार पीड़ा और नकारात्मकता का सामना करना पड़ेगा, उसने बिना किसी प्रश्न या अपेक्षा के वही किया, जो उससे कहा गया था।

एल.एस.डी. एवं परिमल ने फिर वह सबकुछ सहा, जब तक उनके नेत्रों से अश्रु और नाक व कान से रक्त न रिसने लगा। उनके विषादपूर्ण विचारों ने उन्हें घेर लिया था, जो अब पहले से अधिक कष्टदायक थे। ऐसा लग रहा था कि वे आविष्ट तथा शक्तिहीन थे और अपने नेत्रों के अलावा अपनी इच्छा से किसी भी अंग पर नियंत्रण नहीं रख सकते थे। उन्होंने कक्ष के द्वार की ओर देखा, जब एक विशाल आकृति बाहर आई। लगभग आठ फीट लंबा एक पुरुष केशों की मोटी सफेद अयाल और लंबी दाढ़ी के मध्य क्रूर नेत्रों की तीव्र दृष्टि लिये बाहर आया, जिसे देखकर दोनों स्तब्ध रह गए थे। उसने नागेंद्र के गलते हुए शव को देखा और परिमल के नेत्रों में गहराई से देखते हुए उसके पास गया। परिमल ने अनिच्छा से उसे सबकुछ दिखाया, जिस कारण कुलधारा में नागेंद्र की मृत्यु हुई थी। जब वे घटनाओं की श्रृंखला देख रहे थे, परिमल तब तक रोता रहा, जब तक उसके नेत्रों का सफेद भाग लाल नहीं हो गया।

तब आकृति ने अपना हाथ परिमल के सिर पर रखा और उसे माया से मुक्त किया। परिमल अपने घुटनों पर गिर गया और जोर-जोर से साँस लेने लगा। फिर एल.एस.डी. को भी उसने मुक्त किया और वह सीधे परिमल

को साँस लेने में सहायता करने लगी और उसके मुख से बहता रक्त पोंछने लगी। दोनों को पुनः स्वयं को नियंत्रित करने में कुछ क्षण लगे। आकृति धैर्यपूर्वक वहीं खड़ी रही, जब तक कि दोनों अपने पैरों पर वापस नहीं खड़े हो गए।

'उसे अंदर लाओ।' आकृति ने नागेंद्र के गलते शव की ओर संकेत देते हुए आदेश दिया। एल.एस.डी. नागेंद्र का शव उठाने के लिए चली गई और परिमल भी उसके पीछे-पीछे गया। वे शव को उठाकर कक्ष में ले गए। द्वार के आकार की तुलना में भीतर से कक्ष अधिक विस्तृत था। परिमल यह देखकर चकित रह गया था कि एल.एस.डी. को पता था कि शव कहाँ रखना है, जैसे कि वह कक्ष से पहले से परिचित हो। उन्होंने शव को पीतल की एक आयताकार सतह पर रखा।

परिमल कक्ष के निर्माण को देखकर आश्चर्यचकित रह गया था। शेतपाल गाँव में उनकी हवेली के समान यहाँ भी दीवारों पर वैसे ही चित्र एवं छवियाँ प्रदर्शित थीं। इन चित्रों में भी उसके पूर्वजों को अपने पालतू प्राणियों के साथ और उनकी देखभाल करने वाले सेवक को दर्शाया गया था, जो आंशिक रूप से अपना मुख ढँककर राजाओं के पीछे खड़ा था। एक को छोड़कर सभी चित्र परिमल के घर के समान थे। जो भिन्न था, उसमें परिमल के पिता थे, जिनके पीछे सेवक अपना मुख दिखाए खड़ा था—और वह सेवक स्वयं नागेंद्र था। परिमल अवाक् रह गया। वह जानना चाहता था कि वास्तव में वह पुरुष कौन था, जिसकी आज्ञा का पालन एल.एस.डी. बिना किसी प्रश्न के कर रही थी? वह शांत व संयत थी, जैसे कि यह कोई सामान्य प्रक्रिया हो! परिमल के मन में प्रश्नों की बाढ़ उमड़ रही थी; परंतु एल.एस.डी. अविचलित थी, जैसे उसके पास सारे उत्तर थे। परिमल एल.एस.डी. के पास जाकर उसे पूछने वाला था कि वे क्या कर रहे थे और वह पुरुष कौन था? परंतु वह आगे बढ़ता, उससे पूर्व उस भारी स्वर ने उसका सारा ध्यान खींच लिया। 'लतिका, तुम जानती हो, अब आगे क्या करना है?'

एल.एस.डी. ने उसके आदेशों का उतनी ही निष्ठा से पालन किया, जितनी वह नागेंद्र के आदेशों का करती थी। उसने परिमल को अपने साथ कक्ष से बाहर चलने का संकेत दिया। परिमल ने चुपचाप उसके निर्देशों का

पालन किया। वे कक्ष से बाहर आए और एल.एस.डी. ने द्वार फिर से बंद कर दिया।

परिमल ने उस पर प्रश्नों की बौछार कर दी, जिनमें से पहला था, 'वह कौन था?'

□

मिसेज बत्रा ने भी दो दशक से अधिक समय के पश्चात् वर्ष 2020 में हुई घटना के वास्तविक समय के बारे में पृथ्वी से यही प्रश्न पूछा, 'वह कौन था?'

पृथ्वी ने वही उत्तर दिया, जो एल.एस.डी. ने परिमल को दिया था, 'श्री शुक्राचार्य!'

उत्तेजित होकर मिसेज बत्रा चीख पड़ीं, 'शुक्राचार्य! अब यह कौन है और तुम मुझे यह क्यों बता रहे हो? मैंने तुमसे पूछा कि तेज कहाँ हैं? क्या वे जीवित हैं?' मिसेज बत्रा हर बीतते क्षण के साथ अपना धैर्य खोती जा रही थीं और यह जानने की प्रतीक्षा कर रही थीं कि उनके पति डॉ. बत्रा जीवित थे या नहीं? परंतु पृथ्वी फिर भी शांत रहा और उसने धैर्यपूर्वक उत्तर दिया।

'डॉ. बत्रा के साथ क्या हुआ, यह जानने हेतु आपको यह समझना होगा कि वर्ष 2020 में उनके लुप्त होने का क्या कारण था?'

'शुक्राचार्य असुरों के महापुरोहित और गुरु हैं, जो परमात्मा के उपासक हैं। परंतु वे सतयुग से असुरों के समर्थक रहे हैं। नागेंद्र शुक्राचार्य का सर्वोत्तम शिष्य था। जिसे तुम ओम् शास्त्री के नाम से जानते हो, उसका शव नागेंद्र धन्वंतरि एवं सुश्रुत के पास ले गया था, जिन्होंने उसे जीवनदान देकर उसका नाम 'मृत्युंजय' रखा। शुक्राचार्य पहली बार नागेंद्र से इस घटना से भी पहले मिले थे। सतयुग में शुक्राचार्य मृत्यु पर विजय प्राप्त करने वाले मंत्र को प्राप्त करने के पश्चात् लोगों को पुनर्जीवित करने की क्षमता के लिए प्रसिद्ध थे। उन्होंने इस दुर्लभ विज्ञान को स्वयं भगवान शिव से प्राप्त किया था, जिन्हें मृत्यु के विजेता के रूप में जाना जाता है।'

जैसे-जैसे एल.एस.डी. ने परिमल को बताया कि निषिद्ध कक्ष में जो थे, वे शुक्राचार्य थे, परिमल के मन में अनेक प्रश्नों व संदेहों की बाढ़-सी आ गई।

'तुम यह सब कैसे जानती हो? या मुझे पूछना चाहिए, मैं तुम्हारे बारे में और क्या नहीं जानता?'

'तुम्हारे पास वह सबकुछ जानने के लिए पर्याप्त समय होगा, जो तुम अभी नहीं जानते; परंतु इस समय हमें अमावस्या से पूर्व ओम् का रक्त प्राप्त करने की आवश्यकता है। तभी नागेंद्र को पुनर्जीवित किया जा सकता है।' एल.एस.डी. ने कहा।

'क्या तुम्हें ज्ञात है, तुम क्या कह रही हो? यह एक आत्मघाती योजना है। हमने एक बार रॉस द्वीप पर और फिर कुलधारा में उनका सामना किया है। हमारी मृत्यु निश्चित है और वे अमर हैं। अगर हम ऐसा करेंगे तो हमारी पराजय भी निश्चित है। और तो और, हम ओम् को कैसे ढूँढ़ेंगे?'

एल.एस.डी. ने उसकी हथेली पकड़ ली और उसमें एक पेन ड्राइव रख दिया।

'मैंने कब कहा कि हमें ओम् शास्त्री को ढूँढ़ना है?'

उलझे हुए परिमल ने झिझकते हुए पेन ड्राइव ले लिया। नागेंद्र की मृत्यु, शुक्राचार्य का परिचय, शुक्राचार्य के निषिद्ध कक्ष में परिमल के वंश के चित्र, एल.एस.डी. के रहस्य और नागेंद्र का संभावित पुनरुत्थान एक नश्वर प्राणी के लिए एक दिन में अवशोषित करना असंभव था। परंतु पेन ड्राइव में परिमल के लिए और भी बहुत कुछ था। उसने उसे एक लैपटॉप में लगाया और पाया कि उसमें केवल एक ही फाइल थी। उसने फाइल आइकन को क्लिक किया, जो उसे रॉस द्वीप पर पूछताछ कक्ष में वापस ले गया, जिसमें दिखाया गया था कि कैसे डॉ. बत्रा ने भूमि पर गिरे रक्त को एकत्र किया और विस्फोटों से पूर्व सुविधा से बाहर निकल गए।

'तुमने सदैव संदेह किया कि हम शब्दों के बजाय ओम् का रक्त लेने ओम् को ही क्यों नहीं ढूँढ़ रहे थे? ऐसा इसलिए था, क्योंकि मैं डॉ. बत्रा को ढूँढ़ रही थी!' एल.एस.डी. ने लैपटॉप की ओर हाथ दिखाकर घोषित किया।

'क्या हमने उन्हें ढूँढ़ लिया?' परिमल ने पूछा।

'हाँ! हाल ही में मिले और पकड़े गए।' उसने गर्व से कहा।

'और?' परिमल ने पूछा।

'और हमें उनसे उनकी पत्नी का पता लगाने की आवश्यकता है।'

'वे कहाँ हैं?' जो सबसे स्पष्ट प्रश्न परिमल पूछ सकता था, वह उसने पूछ लिया।

'यहीं; मेरे साथ आओ।' एल.एस.डी. ने उत्तर दिया और आगे चलने लगी।

तभी उनकी पनडुब्बी सतह पर आई। एल.एस.डी. परिमल को खुले डेक पर ले गई, जहाँ वे दूर से एक स्पीडबोट को अपनी ओर आते देख सकते थे।

यद्यपि उसके मन में अनगिनत प्रश्न भरे हुए थे, परिमल कुछ कह नहीं पा रहा था और क्रोध से उसने अपने दाँत भींच रखे थे। एल.एस.डी. उसका भाव देख सकती थी, क्योंकि वह उसके मुख पर स्पष्ट था। उसने उसके ऐसे आचरण को संबोधित करने का निर्णय लिया। 'क्या हुआ?'

'कौन हो तुम?' इस बार परिमल ने सीधे प्रश्न किया, जैसे एल.एस.डी. ने किया था, जब वे उसके कक्ष में मिले थे।

एल.एस.डी. ने उत्तर देने से पूर्व एक गहरी साँस ली। 'क्या तुमने अपने पूर्वजों के चित्रों को, उनके पालतू जीवों को उनके सेवक नागेंद्र के साथ देखा है?'

'हाँ, मैंने देखा था; परंतु मेरा प्रश्न है कि तुम कौन हो?' उसकी पहेलियाँ परिमल को और क्रोधित कर रही थीं।

'क्या तुम उन सभी पालतू जीवों के नाम जानते हो?' एल.एस.डी. ने पूछा।

'मुझे कुछ स्मरण हैं।' परिमल ने स्मरण करने का प्रयास करते हुए कहा।

'मुझे उन सबके नाम पता हैं।' उसने कहा, 'वर्ष 1687 में तुम्हारे पूर्वजों के पास जो स्टेलर सी काउ थी, उसका नाम 'आठवीं' था। वर्ष 1557 के भालू मकाक का नाम 'कलप' था। तुम्हारे कुटुंब ने वर्ष 1926 में जिस मगरमच्छ को रखा था, वह 'पद्म' था। तुम्हारे परदादा के पास जो नेवला था, उसका नाम 'सबरी' था और उनके पिता के पास जो चित्तीदार चील थी, उसका नाम 'दर्श' था।'

'तुम मुझे यह सब क्यों बता रही हो?' परिमल ने झुँझलाहट में अपना सिर हिला दिया।

‘क्योंकि हर पालतू जीव, जो तुम और तुम्हारे पूर्वजों ने उन सभी तख्तों में देखा था, वह मैं ही थी। तुम्हारे पिता और तुम जिन पालतू जीवों के साथ खेलते थे, उनमें सबसे अंतिम पालतू जीव था—बादल। परिमल, मुझे स्मरण है वह समय, जो मैंने अपनी मृत्यु तक एक शिशु के रूप में तुम्हारे साथ बिताया था। तुम्हारी हवेली के प्रबंधक शुभेंद्र, जिनसे मैंने मेरा कन्यादान करने का अनुरोध किया था, वे ही थे, जिन्होंने मेरी सेनेका सफेद हिरण की देह को एक उचित अंतिम संस्कार प्रदान किया था। वास्तव में, उन्होंने मेरे शव की नागेंद्र द्वारा खाए जाने से रक्षा की थी। ऐसा करने पर उन पर अत्याचार भी किया गया था। मुझे स्मरण है कि तुमने मेरे पास बैठकर कैसे शोक मनाया था, जब उन्होंने तुमसे कहा था कि मेरी मृत्यु होने वाली है।’

एल.एस.डी. द्वारा कहे गए हर शब्द ने परिमल को और भी अधिक भ्रमित कर दिया और उसने अविश्वास में सबकुछ सुना; जबकि वह और जानकारी देती रही।

‘हर चित्र में उपस्थित सेवक तुम्हारे पूर्वजों का दास नहीं था। जो उनके पीछे खड़ा था, वह दो पालतू जीवों का वास्तविक स्वामी था।’ एल.एस.डी. ने समझाया।

‘दो पालतू जीव?’ परिमल ने अचंभे से पूछा।

‘नागेंद्र के पास सदैव दो पालतू जीव थे, परिमल! एक, जिसने अपनी देह परिवर्तित की थी और दूसरा, जिसने अपनी आत्मा—तुम और मैं। तुम्हें वह कहानी सुनाई गई थी, जब लोपाक्ष एवं सरपुती नागेंद्र से मिले थे और वह दृष्टि तथा मानवीय देह माँगकर उसकी सेवा करने हेतु तैयार हो गई थी। उस समय नागेंद्र के पास जो काला सिंह बैठा था, वह मैं थी। मैं इतनी पुरानी हूँ।...मालती, नाम की मृत पत्ती वाली तितली, जब मिलारेपा पहली बार नागेंद्र से मिले थे और ‘कार्क’ नाम की छिपकली तथा ‘कुरूप’ नाम का लकड़बग्घा, जो धन्वंतरि की रक्षा करता था, जब तक उसे मिलारेपा मारकर भाग नहीं गए—वे सब मैं ही थी!

‘मनुष्य के रूप में एक जन्म लेने में एक सहस्र जीवन लगते हैं। पशु, रेंगने वाले जीव, वृक्ष, कीट-पतंगे आदि सहस्र जन्मों को भोगकर मैं यहाँ मनुष्य रूप में हूँ। तुम्हारे वंश की पहली संतान से लेकर अर्ध-मानव और

अर्ध-सर्प लोपाक्ष से लेकर तुम्हारे आने तक, मैंने नागेंद्र के साथ यह सब देखा है, यह शाप लिये कि मैं अपने पिछले जन्मों को कभी नहीं भूल पाऊँगी।'

'क्यों?' परिमल के पास अभी भी सारे उत्तर नहीं थे।

'उस मुक्ति के लिए, जिसके नाम पर मेरे साथ छल किया गया था।' एल.एस.डी. ने उत्तर दिया।

स्पीडबोट रुक गई और बंदी बनाए गए तेज को पनडुब्बी पर ले लिया गया। परिमल और एल.एस.डी. को अपनी चर्चा बीच में ही रोकनी पड़ी, क्योंकि उन्हें दूसरे कक्ष में जाना था, जहाँ तेज को लाया गया था। वे जैसे ही भीतर गए, एक वरिष्ठ व्यक्ति उनका अभिवादन करने हेतु आगे आया।

'अब तक क्या मिला है?' एल.एस.डी. ने पूछा।

'अधिक कुछ नहीं। बस, कुछ पते, मेडिकल टेस्ट पेपर्स की एक गठरी, उनके आई कार्ड, मोबाइल फोन, कुछ पैसे और एक गिनी पिग।'

'हमें उनके पास ले चलो।' एल.एस.डी. ने कहा।

उन्होंने भीतर प्रवेश कर डॉ. बत्रा को एक कुर्सी से बाँध दिया। तेज ने उन्हें देखा और उपहास किया, 'अगर तुम चाहो तो मेरी हत्या कर दो। मैं तुम्हें नहीं बताऊँगा कि मेरी पत्नी कहाँ है?'

एल.एस.डी. उनके पास गई, उनके हाथ खोल दिए और कहा, 'डॉ. बत्रा, आप गलत समझ रहे हैं। हम आपको या आपकी पत्नी को कोई क्षति नहीं पहुँचाना चाहते हैं। हमें आपकी पत्नी भी नहीं चाहिए। हम केवल उस रक्त की कुछ बूँदें चाहते हैं, जिसने उन्हें बचाया। हम बस, वही चाहते हैं, जो हमें चाहिए; और मुझ पर विश्वास करें, इसके लिए हम किसी के प्राण नहीं लेना चाहते, अपितु एक जान की रक्षा करना चाहते हैं। हमारी सहायता में आपकी सहायता है और आपकी पत्नी की भी।'

डॉ. बत्रा ने अपने विकल्पों पर विचार करते हुए मौन साध लिया। एल.एस.डी. समझ गई कि उसे और आग्रह करना होगा, इसलिए उसने कहा, 'हम जिसका जीवन बचाने का प्रयास कर रहे हैं, वे हमारे लिए उतने ही महत्त्वपूर्ण हैं, जितनी आपकी पत्नी आपके लिए है। यदि उनकी मृत्यु हो जाती है तो क्या आपके जीवन का कोई महत्त्व होगा? अच्छा, यह कल्पना कीजिए। हम उन्हें बंदी बनाकर हर दिन और हर रात उन पर अत्याचार

करेंगे, केवल इस कारण कि आपने हमें समय पर रक्त की कुछ बूँदें नहीं दीं! हर बीतते क्षण के साथ मूल्यवान् समय व्यर्थ हो रहा है, डॉ. बत्रा; और जिसे बचाने का प्रयास मैं कर रही हूँ, यदि उसे खो देती हूँ तो मैं आपको वचन देती हूँ, जब तक मैं आपकी पत्नी को नहीं ढूँढ़ लेती, तब तक आपको मरने नहीं दूँगी। उन्हें आपके पास लाऊँगी और उन्हें उस स्तर की यातना दूँगी, जिसका वर्णन आपने केवल कथाओं में सुना होगा। और मैं ऐसा तब तक करूँगी, जब तक आप स्वयं मुझसे उनके प्राण लेने की भीख नहीं माँगते। उसके पश्चात् ही मैं उन्हें मुक्ति दूँगी...आपके नेत्रों के ठीक सामने... आपके प्राण लेने से पूर्व।

'यह आपके लिए एक सरल विकल्प है, डॉ. बत्रा—एक पुरस्कार और जिसका जीवन आपको सबसे प्रिय है, उसके बीच। आप इस पर निर्णय लें, ताकि हम आप पर निर्णय ले सकें।' एल.एस.डी. के कठोर स्वरों ने वातावरण में भय की एक सुरसुराहट फैला दी।

'तुम्हें रक्त चाहिए, मेरी पत्नी नहीं।' तेज ने कहा।

'हाँ; परंतु वह रक्त उनमें है, इसलिए हमें उनकी आवश्यकता है।' एल.एस.डी. ने जोर दिया।

'यदि मैं तुम्हें रक्त दे दूँ, तो तुम उसके पीछे नहीं जाओगे और न ही मुझे मारोगे?' तेज ने उससे आश्वासन माँगा।

'हम ऐसा क्यों करेंगे? हमने एक ही मेज पर बैठकर भोजन किया है। हम आपके प्रशंसक हैं। आप देश की संपत्ति हैं और हम आपके विरुद्ध नहीं हैं।' एल.एस.डी. धीरे-धीरे डॉ. बत्रा के निकट गई।

यह जानते हुए कि यही एकमात्र विकल्प था, डॉ. बत्रा ने एल.एस.डी. को बताया कि केवल उनकी पत्नी में ही नहीं, अपितु 'पूह' नामक उनके गिनी पिग में भी वह रक्त था।

एल.एस.डी. को अंततः वह प्राप्त हो गया, जो वह चाहती थी। गिनी पिग का परीक्षण करने और डॉ. बत्रा की बात की पुष्टि करने में उन्हें कुछ घंटे लग गए। एक बार जब उन्हें वह मिल गया, जो वे चाहते थे, तो एल.एस. डी. गिनी पिग के साथ डॉ. बत्रा के पास अकेले वापस आई और उनसे कहा, 'मैंने आपसे कहा था कि हम देश के विरुद्ध नहीं हैं; परंतु यह केवल अर्धसत्य

है, डॉ. बत्रा। बात यह है कि हम संपूर्ण मानव जाति के विरुद्ध हैं, केवल एक देश के नहीं।'

उसके पश्चात् एल.एस.डी. ने युवकों को डॉ. बत्रा को मुक्त करने का आदेश दिया। उन्हें बंधनों से खोल दिया गया और शीघ्र ही दूसरे छोटे कक्ष में ले जाया गया। युवकों ने उन्हें रस्सियों से बाँधकर उनके मुँह को कपड़ा ठूँसकर बंद कर दिया। उन्हें पनडुब्बी के एक हैच के सामने वाली सीट पर बिठा दिया गया। डॉ. बत्रा ने उनके साथ हाथापाई करने का प्रयास किया। वे जो करने की योजना बना रहे थे, उसकी भयावहता से उनके नेत्र विस्तारित हो गए थे। युवक कक्ष से बाहर आ गए और एयरटाइट द्वार बंद कर दिया। कक्ष में समुद्र की ओर स्थित द्वार खुल गया और उन्हें असीम व अपार जलराशि में छोड़ने हेतु सीट खोल दी गई। बँधे हुए डॉ. बत्रा हैच के द्वार से जुड़ी खोखली नाली से बंदूक से निकलती गोली के समान तेजी से बाहर गए और कुछ ही समय में समुद्र के तल में डूब गए। कार्य पूरा करने के पश्चात् हैच को फिर से बंद कर दिया गया।

□

मिसेज बत्रा के नेत्रों में अश्रु थे और उनके हाथ उनके मुँह पर। पृथ्वी उन्हें शोक मनाने का समय देते हुए चुप खड़ा रहा।

गिनी पिग प्राप्त करने के पश्चात् एल.एस.डी. और परिमल गलियारे में वापस चले गए। एल.एस.डी. ने गिनी पिग को अपने पास पकड़ रखा था। परिमल ने पूछा, 'मुक्त होने के पश्चात् डॉ. बत्रा कहाँ जाना चाहते थे?'

एल.एस.डी. उस प्रश्न के लिए तैयार नहीं थी, इसलिए उसने परिमल को भावहीन मुख से देखा।

परिमल ने अपने प्रश्न को पुन: परिभाषित किया और पूछा, 'मेरे कहने का अर्थ है कि उन लोगों ने डॉ. बत्रा को कहाँ छोड़ा?'

'मुझे नहीं पता। मैंने नहीं पूछा।'

इसके साथ ही एल.एस.डी. मुसकराते हुए गिनी पिग को प्रेम से सहलाने लगी और आगे बढ़ती रही। एक बार फिर उन्होंने प्रतिबंधित कक्ष में प्रवेश किया, जहाँ शुक्राचार्य मृत संजीवनी में निर्धारित प्रक्रिया को पूरा कर रहे थे। जैसे ही उन्होंने प्रवेश किया, शुक्राचार्य ने एल.एस.डी.

के हाथों से गिनी पिग ले लिया और उसे नागेंद्र की बिना सिर वाली देह पर रख दिया। उन्होंने छोटे से चीखते हुए प्राणी को निचोड़ा और उसकी हड्डियों के टूटने का स्वर बंद कक्ष में गूँजने लगा। गिनी पिग के रक्त की बूँदें नागेंद्र की कटी हुई गरदन पर गिरीं और शीघ्र ही अवशोषित हो गईं। प्रक्रिया अंततः पूर्ण हुई। शुक्राचार्य पुनः खड़े हो गए, क्योंकि नागेंद्र का सिर और देह पुनर्जीवित होने लगे थे। एल.एस.डी. और परिमल अवाक् रह गए, क्योंकि उन्होंने अपने नेत्रों के सामने सबसे बड़ा चमत्कार होते देखा था।

□

कैलाश पर्वत पर ओम् ने अपने नेत्र खोले और स्वयं को अपनी कुटिया में तथा अश्वत्थामा को अपने निकट बैठा पाया। कृपाचार्य और परशुराम भी भीतर चले आए। अश्वत्थामा उनका अभिवादन करने हेतु खड़ा हुआ और पूछा, 'आप वापस आ गए! आपने द्वार कैसे खोला?'

'उसकी आवश्यकता नहीं हुई; हमें भीतर रखने हेतु वहाँ कोई द्वार नहीं था।' परशुराम ने समझाया।

'परंतु यह कैसे संभव है?'

उत्तर देने हेतु ओम् दूरदृष्टि लिये उठकर बैठ गया। 'ऐसा इसलिए है, क्योंकि मुझे अब सबकुछ स्मरण है। मेरे और मेरे छिपे हुए अतीत के बीच अब कोई बाधा नहीं है। मुझे स्मरण है कि मैं कौन हूँ!'

'तुम कौन हो?' कृपाचार्य ने पूछा।

ओम् ने अपने नेत्र बंद कर लिये और एक गहरी साँस ली। 'मैं देवध्वज हूँ।'

'परंतु···यह संभव नहीं है! हमने निरीक्षण किया था। तुम्हारे पास तिल नहीं है!' अश्वत्थामा ने नए रहस्योद्घाटन को समझने का प्रयास करते हुए कहा।

□

पनडुब्बी के निषिद्ध कक्ष में एल.एस.डी. ने नागेंद्र की देह में फिर से हलचल देखी। अब अमर होकर वह धीरे-धीरे पुनः जीवित हो रहा था। उसकी निर्बल व जीर्ण देह उनके सामने रूपांतरित हो रही थी। उसकी रीढ़ सीधी हो

गई और मुख से झुर्रियाँ अदृश्य हो गईं। युवक नागेंद्र को नेत्रों में क्रोध लिये मुसकराते देख दोनों भयभीत हो गए।

'तुम्हारा पुनः स्वागत है, देवध्वज।' शुक्राचार्य ने गर्व से घोषणा की और एल.एस.डी. एवं परिमल ने नागेंद्र के बाएँ पैर की एड़ी पर एक काला तिल पाया।

□□□

आगे जारी...

प्रतीक

जो सबसे छोटा प्रतीत होता है, वह सबसे शक्तिशाली टुकड़ा हो सकता है।

सतयुग द्वापर युग

कलियुग त्रेता युग

सतयुग से आरंभ होकर त्रेता और द्वापर युगों को पार करते हुए कलियुग के साथ समाप्त होने वाले युगों का अनंत लौकिक पाश, जिसका सतयुग से पुनः आरंभ होगा।

अतुल्य भारत में बसी अतुल्य खोज! आगे क्या?

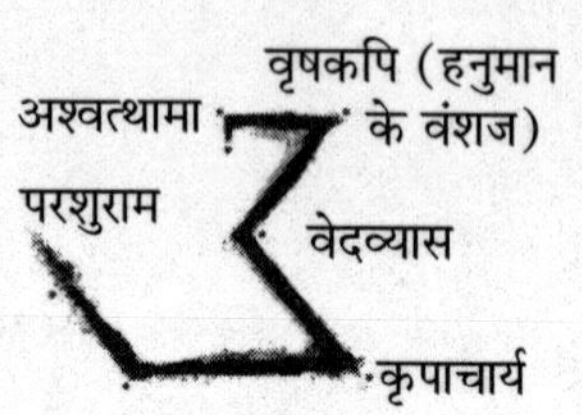

सात में से पाँच चिरंजीवियों का मिलना। शेष कहाँ हैं (राजा महाबली और विभीषण) ?

युगों की अनंत यात्रा में लुप्त कौन है ओम् ?

क्या चिरंजीवियों के लिए भी कभी समय समाप्त हो सकता है ? क्या वे समय के विरुद्ध इस युद्ध में विजय प्राप्त करेंगे ?